KARIN SEEMAYER

Sterne über der Toskana

AF638536

aufbau taschenbuch

KARIN SEEMAYER, geboren 1959, machte eine Ausbildung zur Reiseverkehrskauffrau und war beruflich und privat viel unterwegs. Die meisten ihrer Romanideen sind auf diesen Reisen entstanden. Allerdings musste die Umsetzung der Ideen warten, bis ihre drei Kinder erwachsen waren. Heute lebt Karin Seemayer im Taunus.

Bei Aufbau Taschenbuch sind ihre Romane »Die Tochter der Toskana«, »Das Gutshaus in der Toskana«, »Die Sehnsucht der Albatrosse« und »Das Geheimnis des Nordsterns« lieferbar.

Toskana 1857: Gianna führt ein Leben, wie sie es sich erträumt hat. Ihr Vater leitet eines der bedeutendsten Weingüter in der Region, und sie wird bald ihre große Liebe heiraten. Doch dann bricht der zweite italienische Unabhängigkeitskrieg aus und macht ihr Glück zunichte: Die Familie ihres Verlobten Angelo gehört zum gegnerischen Lager, eine Heirat scheint unmöglich. Gianna hält es im elterlichen Haus nicht mehr aus und beschließt, eine Zeitlang zu ihrer Tante nach Genua zu gehen. Eine Entscheidung, die ihr Leben für immer verändern wird.

Karin Seemayer

STERNE ÜBER DER TOSKANA

Historischer Roman

aufbau taschenbuch

MIX
Papier aus verantwortungsvollen Quellen
FSC® C083411

ISBN 978-3-7466-3548-4

Aufbau Taschenbuch ist eine Marke
der Aufbau Verlag GmbH & Co. KG

1. Auflage 2019

Umschlaggestaltung www.buerosued.de, München
unter Verwendung eines Bildes von © arcangel / Rekha Garton
Satz Greiner & Reichel, Köln
Druck und Binden CPI books GmbH, Leck, Germany
Printed in Germany

www.aufbau-verlag.de

Für Kristin und Moritz

PERSONENLISTE

Historische Personen sind mit * gekennzeichnet.

In Florenz:

Madame Colleone	Leiterin des Instituts für junge Damen
Piero di Raimandi	Giannas Bruder
Nerina di Raimandi	Pieros Ehefrau

Auf Alberi d'Argento:

Gianna di Raimandi	Tochter von Enrico und Silvana
Enrico di Raimandi	Giannas Vater
Silvana	Giannas Mutter
Lorenzo	Giannas Bruder
Giuseppe + Tommaso	Zwillinge, Giannas Brüder
Stella	Lorenzos Frau
Alisa	Stellas Tochter
Ilaria Perucci	Zofe
Luisa Perucci	Giannas Zofe
Domencio	Stallmeister
Carlo	Stallbursche
Matteo	Stallbursche
Manfredo	Kutscher
Don Alberto	Pfarrer auf Alberi d'Argento

Auf der Tenuta Bandello:

Donata Castiglioni	Erbin der Tenuta
Sergio Castiglioni	Donatas Ehemann
Rosanna Castiglioni	Donatas Tochter
Angelo Castiglioni	Sohn von Sergio und Donata
Maurizio (Mauro)	Pferdeknecht und Giannas Freund
Emilio Romani	Stallmeister
Rosa Romani	Frau des Stallmeisters
Giulio	Stallbursche
Signor Neri	Cantiniere auf Bandello

Sonstige:

Enzo Manari	Schmied, Maurizios Vater
Angelica Manari	Magd, Maurizios Mutter
Vito Manari	Enzos Bruder
Contessa Lavinia Grifoni	
Alfredo Balduccio	
Domenico Ricasoli	

In Genua:

Giovanni Fassio	Steward auf der Iberia
Emilia Barrati	Giannas Tante
Fabrizzio Barrati	Emilias Ehemann
Antonia	Tochter von Emilia und Fabrizzio
Adele	Fabrizzios Mutter
Celeste	Köchin
Elisa	Zimmermädchen
Gloria	Emilias Zofe
Vincenzo	Diener

Riccardo Parenti	Marchese da Abairate
Mario Giraudo	Antonias Verlobter
Principessa Cristina Trivulzio di Belgiojoso*	Widerstandskämpferin

In Mailand:

Claudia Parenti	Riccardos Mutter
Margherita	Riccardos jüngere Schwester
Rosalia	Riccardos ältere Schwester

In Abbiategrasso:

Anna	Köchin/Zimmermädchen
Giulio	Annas Mann
Luca	Annas Sohn
Don Adriano	Pfarrer

In Castiglione:

Henry Dunant*	Schweizer Geschäftsmann, der spätere Gründer des Roten Kreuzes
Don Lorenzo*	Pfarrer im Dom von Castiglione
Valentina; Sofia	freiwillige Pflegerinnen

In Verona/beim Militär:

Raimondo Castiglioni	Sergios Bruder, Oberleutnant
Hauptmann Häusel	Kompanieführer
Leutnant Anton Meissner	Zugführer Jäger
Leutnant Niemetz	Zugführer Infanterie
Bernardo Righetti	Jäger
Ivo Vuković	Infanterist aus Kroatien

Andreas; Franz; Milan	Jäger
Josef Kübl	Feldwebel
Andreas Farkas	Rittmeister
Feldzeugmeister Gyulay*	Oberkommandierender der österreichischen Truppen
Feldmarschallleutnant von Stadion*	Anführer des V. Korps
Feldmarschallleutnant von Benedek*	Anführer des II. Korps
Vittorio Emanuele II.*	König von Sardinien-Piemont
Conte di Cavour*	Ministerpräsident von Sardinien-Piemont
Napoleon III.*	Kaiser von Frankreich
Franz-Josef I.*	Kaiser von Österreich

1. KAPITEL

Zusammen mit neunzehn jungen Mädchen von adeliger Herkunft stand Gianna di Raimandi im großen Saal von *Madame Colleones Institut für junge Damen*. Mit dem Rücken zu ihnen stand ebenjene Madame Colleone und hielt eine Rede. Vor ihr saßen die Eltern der jungen Frauen.

Zwei Jahre hatte Gianna im Institut verbracht, in dem Mädchen der letzte gesellschaftliche Schliff verliehen wurde. Zwei Jahre voller Langeweile, die nun endlich vorbei waren.

In dieser Zeit waren die Mädchen in gesittetem Benehmen, Musik, Tanzen und Handarbeiten unterrichtet worden, Fertigkeiten, die gemäß Madame Colleone jede junge Frau aus besserer Gesellschaft besitzen musste, wenn sie ein behagliches, repräsentatives Heim für ihre Familie schaffen wollte. Um sicherzustellen, dass sie ihren späteren Ehemännern angemessene Gesprächspartnerinnen sein würden und auch in Gesellschaft Konversation führen konnten, wurden zusätzlich Französisch, Mathematik, Geschichte und Literatur gelehrt, allerdings nur wenige Stunden im Vergleich zu den anderen Fächern. Diese Fächer hatten Gianna sehr viel mehr interessiert, und sie war in Mathematik und Geschichte Klassenbeste gewesen. Das allerdings hatte Madame Colleone nicht der Rede wert gefunden. Stattdessen hatte sie wortreich bedauert, dass Gianna wegen ihres lebhaften Temperaments und ihres Widerspruchsgeistes die höchste Auszeichnung der Schule, die Medaille für Sanftmut, nicht erhalten konnte. Immerhin konnte sie Auszeichnungen in Musik und Tanzen vorweisen, weshalb es ihr nach Madame Colleones Aussage durchaus möglich sein sollte, einen Ehemann zu finden.

In der Gewissheit, dass es ihr letzter Tag im Institut war, hatte Gianna Madames Predigt ohne Widerspruch über sich ergehen lassen.

Gewiss hatte Madame auch mit ihrem Vater gesprochen und auch dort bedauert, wie wenig damenhaft sie doch war. Doch bei ihrem Vater waren diese Worte wohl auf taube Ohren gestoßen. Immerhin war er derjenige gewesen, der sie ermutigt hatte, nachzufragen, wenn sie etwas wissen wollte. Unterwürfigkeit war in seinen Augen keine erstrebenswerte Tugend, auch nicht für eine Frau. Ihre Eltern hatten immer alle Entscheidungen, große wie kleine, gemeinsam getroffen. Sie hatte das für normal gehalten. Erst als sie mit sechzehn Jahren nach Florenz auf Madames Institut gegangen war, hatte sie gemerkt, welch ungewöhnliche Ehe ihre Eltern führten.

Ungeduldig wartete Gianna darauf, dass Madame ihre Festrede beendete. Sie hatte das Gefühl, schon Stunden hier zu stehen. Ihre Freundin Rosanna versetzte ihr einen leichten Stoß mit dem Ellbogen. »Hör auf zu zappeln«, wisperte sie. »Signora Melani guckt schon ganz böse hierher.«

Gianna unterdrückte ein Seufzen. Still zu stehen fiel ihr noch schwerer, als still zu sitzen. Meistens merkte sie erst, wenn sie ermahnt wurde, dass sie mit den Füßen wippte oder mit dem Stuhl kippelte. Signora Melani hatte gesittetes Benehmen und Handarbeiten unterrichtet, die beiden Fächer, die Gianna am wenigsten leiden konnte.

Irgendwann war auch die endlos erscheinende Ansprache zu Ende, und die Mädchen wurden aufgerufen, um ihre Abschlusszeugnisse und Medaillen in Empfang zu nehmen. Gianna knickste höflich vor Madame Colleone, dann verabschiedete sie sich von den Lehrerinnen. Der Abschied von Signorina Rinaldi, die Geschichte und Literatur unterrichtet hatte, fiel ihr am schwersten. Signorina Rinaldi stammte aus dem Piemont, sie kannte Leute wie die Prinzessin Cristina Trivulzio Belgiojoso, die in Paris einen literarischen Salon betrieben hatte, in dem selbst Größen wie Honoré de Balzac, Frédéric Chopin, Franz Liszt und Alfred de Musset verkehrten. Sie hatte in Gianna die Liebe zur Literatur geweckt, und sie war immer eher eine Freundin als eine Lehrerin gewesen.

Ihre Eltern lächelten ihr entgegen, als sie mit dem Zeugnis in der Hand zu ihnen ging. Neben ihnen stand Piero, einer ihrer Brüder, und grinste. Bevor sie ihre Eltern begrüßte, warf sie einen raschen Blick auf Rosannas Familie, die in unmittelbarer Nähe stand. Donata und Sergio Castiglioni, Rosannas Eltern waren die Besitzer der Tenuta Bandello, des Weinguts, dessen Ländereien an Alberi d'Argento angrenzten. Beide Familien waren seit langem befreundet, und die Weingüter waren nur bedingt Konkurrenten. Alberi d'Argento, das Gut von Giannas Eltern, produzierte in erster Linie Rotweine, während die Tenuta Bandello für ihre guten Weißweine bekannt war.

Ein Hauch der Enttäuschung mischte sich in ihre Freude. Angelo, Rosannas älterer Bruder, war nicht mitgekommen, um seine Schwester abzuholen. Doch das Gefühl verflog rasch. Sie würde ihn bald wiedersehen, auf ein paar Tage kam es nicht an. Sie trat zu ihren Eltern und sank in einen anmutigen Knicks, der sicher auch Madame Colleone ein Lob entlockt hätte. Ihre Mutter nickte huldvoll, dann lächelte sie strahlend und zog sie in ihre Arme. »Bin ich froh, dass du wieder bei uns bist, mein liebes Kind.«

Auch vor ihrem Vater knickste sie. Er reichte ihr die Hand und half ihr auf, sichtlich um einen würdigen, gemessenen Gesichtsausdruck bemüht, doch seine Augen funkelten vor Freude, und er zwinkerte ihr zu.

Piero beugte sich vor und zupfte an einer Locke, die sich aus ihrer Frisur gelöst hatte. »So, so, Schwesterchen, dir fehlt es also an Sanftmut.«

Unwillig warf sie den Kopf zurück. »Lass das.«

Piero und ihr Vater brachen in Gelächter aus. Aus den Augenwinkeln sah Gianna, wie Rosannas Mutter die Augenbrauen hochzog. Donata Castiglioni legte großen Wert auf gute Umgangsformen. Niemals würde sie in der Öffentlichkeit laut lachen.

Ihr Vater bemerkte ihren Blick. »Ärgere deine Schwester nicht«, sagte er zu Piero. »Ich habe Madame Colleone gesagt, dass ein Mädchen, das mit vier älteren Brüdern aufwächst, wenig Gelegenheit hat, Sanftmut zu lernen, und dass ich andere Eigenschaften wesentlich wichtiger finde. Wenn die Frauen unserer Familie sanftmütig und nicht so kämpferisch gewesen wären, besäßen wir heute Alberi d'Argento nicht mehr.«

Der Schalk saß noch in Pieros Mundwinkeln. »Nicht böse sein, Schwesterchen. Du bist genau richtig. Und wenn Signora Castiglioni deine Schwiegermutter wird, ist Sanftmut die letzte Eigenschaft, die du brauchst.«

»Piero!« Ihre Mutter schüttelte den Kopf. »Also wirklich …«

Doch Gianna achtete nicht auf sie, sondern blickte ihren Vater an. Bei Pieros Worten war etwas wie ein Schatten über sein Gesicht gehuscht. Ein Ausdruck von Unmut oder Verlegenheit? Aber warum? Weil Piero über Donata Castiglioni gelästert hatte? Vielleicht. Pieros loses Mundwerk hatte schon oft für Irritationen gesorgt. Überhaupt fand sie die Bemerkung ihres Bruders seltsam. Die Hochzeit zwischen ihr und Angelo, dem ältesten Sohn der Familie Castiglioni, war schon seit zwei Jahren beschlossene Sache. Es war ihr Vater gewesen, der darauf bestanden hatte, diese Verlobung erst nach ihrem Besuch des Instituts für junge Damen bekanntzugeben. Er wolle sie nicht drängen, hatte er gesagt, sie solle Gelegenheit haben, etwas mehr von der Welt kennenzulernen als das Weingut, das ihre Heimat war.

Ein Lächeln stahl sich in ihre Mundwinkel, als sie an dieses Gespräch dachte. Als ob sie gedrängt werden müsste. Sie kannte Angelo seit ihrer Kindheit, und sie liebte ihn schon lange. Für sie würde es niemals einen anderen Mann geben. Das hatte sie auch ihrem Vater erklärt. Er hatte nur gelächelt und gemeint, wenn sie sich dessen so sicher sei, werde er einer Verbindung nicht im Wege stehen. Zum ersten Mal kam ihr der Gedanke, dass Enrico di Raimandi sich vielleicht einen anderen Ehemann für sie gewünscht hätte.

Prüfend sah sie ihrem Vater ins Gesicht. Er erwiderte ihren Blick, und die Fältchen um seine Augen vertieften sich, als er ihr zulächelte. Sie musste sich getäuscht haben.

Rosanna und ihre Eltern kamen zu ihnen. Man gratulierte sich gegenseitig artig zu den wohlgeratenen Töchtern. Währenddessen zog Rosanna Gianna zur Seite. »Haben deine Eltern etwas von Giuseppe erzählt? Ist er zu Hause? Er und Tommaso haben doch Urlaub?«

»Ich glaube schon, aber ich weiß es nicht genau«, antwortete Gianna.

Giuseppe und Tommaso, ihre Zwillingsbrüder, waren drei Jahre älter als sie und besuchten die Kavallerieschule in Pinerolo.

Enttäuschung stand in Rosannas Gesicht. So wie Gianna seit Jahren in Rosannas Bruder Angelo verliebt war, war Rosanna in Giuseppe verliebt. Doch anders als bei Angelo und ihr erwiderte Giuseppe Rosannas Liebe nicht. Er behandelte sie nicht anders als seine jüngere Schwester. Trotzdem gab Rosanna die Hoffnung nicht auf, irgendwann sein Herz zu gewinnen.

»Warte, ich frage meine Eltern«, sagte Gianna. Sie trat zu ihrer Mutter. »Hatten die Zwillinge keine Lust auf Florenz, oder sind sie noch gar nicht zu Hause?«

»Doch, sie sind seit letzter Woche da. Aber sie meinten, du würdest ihnen verzeihen, wenn sie nicht mitkommen. Sie waren acht Tage unterwegs und wollten nicht schon wieder reisen.«

»Ist das eine Hitze.« Mit einem Ruck öffnete Signora Castiglioni ihren Fächer. »Man bekommt kaum Luft.«

Gianna unterdrückte ein Grinsen. Es war wirklich sehr warm, doch dass die Signora keine Luft bekam, lag wohl eher an ihrem Korsett. Ihre Taille war so eng geschnürt, dass sie sogar schmaler war als Giannas, und das, obwohl sie zwei Kinder geboren hatte. Unwillkürlich verglich Gianna die schlanke Gestalt der Signora mit den üppigen Formen ihrer Mutter. Aber ihre Mamma hatte schließlich sechs Kinder bekommen und schnürte sich nicht so eng.

»Ich hoffe, es wird nicht noch heißer«, sagte die Signora.

»Wir wollen noch eine Woche bleiben. Endlich mal ein bisschen Stadtleben und Kultur genießen. Ich freue mich schon darauf, wenn Angelo in ein paar Jahren die Tenua Bandello übernimmt. Dann kaufen wir uns ein Haus hier.«

Gianna lächelte. Etwas Besseres, als dass die Signora in die Stadt zog, konnte ihr nicht passieren. Donata Castiglionis strenge, distanzierte Kühle war ihr schon immer unheimlich gewesen. Ihre eigene Mutter war so ganz anders. Herzlich und offen. Sie machte keinen Hehl daraus, wie sehr sie ihre Kinder liebte, und umarmte und küsste sie oft. Dagegen hatte sie niemals gesehen, dass die Signora Angelo oder Rosanna geherzt und geküsst hatte, noch nicht einmal, als sie kleine Kinder gewesen waren.

»Wir bleiben noch eine Woche hier?«, fragte Rosanna sichtlich entsetzt.

»Aber natürlich, Liebling. Glaubst du, ich setze mich zwei Tage in eine Kutsche, um nur einen Tag hierzubleiben? Wir haben Zimmer im Hotel Gran Britannia gemietet. Wir werden einkaufen, in die Oper gehen, Konzerte besuchen. Es wird herrlich.«

Rosannas Miene verriet nur allzu deutlich, dass sie die Aussicht alles andere als herrlich fand, und auch ihr Vater wirkte nur mäßig begeistert.

»Bleiben Sie auch länger in Florenz?«, wandte sich die Signora nun an Enrico.

»Wir fahren übermorgen. Wir dachten, wenn wir schon mal hier sind, nutzen wir die Zeit und gehen mit unserer Tochter in die Oper«, antwortete er. »Sie spielen heute Nabucco, und die göttliche Fanny Donatelli singt die Hauptrolle. Vielleicht möchten Sie uns begleiten?«

Sichtlich indigniert zog Signora Castiglioni ihre schmalen Brauen hoch und fixierte Enrico. »Verdi …«

Er erwiderte ihren Blick. »Ja. Verdi.«

»Nun, wem das gefällt …«. Die Signora wandte sich zu ihrem Mann. »Wir sollten uns verabschieden und auf den Heimweg machen.«

Gianna sah von ihrem Vater zu der Signora. Irgendwie hatte Donata Castiglioni eine Botschaft in ihren Worten über Verdi versteckt. Sie spürte deutlich die Spannung zwischen ihrem Vater und der Signora. Der Abschied der beiden Familien fiel nicht so herzlich aus wie sonst.

Vor der Tür wartete bereits die Kutsche der Castiglionis. Rosanna warf Gianna eine Kusshand zu, bevor sie sich mit ihrer Krinoline durch die Tür quetschte. Nachdem auch ihr Vater eingestiegen war, fuhr die Kutsche an. Als Nächstes rollte die Kutsche mit dem Wappen der Raimandis heran. Enrico öffnete die Tür und half Silvana und Gianna beim Einsteigen. Gianna versuchte ihre Krinoline und die Röcke so eng wie möglich an sich zu drücken. Piero quetschte sich neben sie, ihr Vater nahm ihr gegenüber neben ihrer Mutter Platz.

»Ich dachte immer, Signora Castiglioni liebt Opern. Was hat sie gegen Verdi?«, fragte Gianna.

»Verdi selbst ist es gar nicht, sondern die Tatsache, dass sein Name ein Akronym für die Losung der Società Nazionale ist.* Und da Verdis Opern durchaus auch politisch sind und seine Lieder vom Volk gesungen werden, ist es unter den Anhängern der Habsburger nicht comme il faut, Verdi zu mögen.«

»Ich wusste gar nicht, dass die Castiglionis Anhänger der Habsburger sind.«

»Nun, jetzt weißt du es«, versetzte Piero. »Vielleicht

* Vittorio Emanuele re d'Italia – V.E.R.D.I.

solltest du dich öfter mal mit Politik befassen, statt nur diesen Schönling Angelo anzuschmachten.«

»Piero!« Die Stimme ihres Vaters klang ungewohnt scharf. »Lass sie in Ruhe. Im Institut für junge Damen hat sie ja wohl nicht viel davon mitbekommen, was in den letzten Monaten hier los war.«

Verwundert sah sie von einem zum anderen. Beide wirkten angespannt. Es stimmte: Obwohl in ihrer Familie viel über Politik geredet wurde, hatte sie sich nie sehr dafür interessiert. Es hatte einfach nichts mit ihrem Alltag zu tun. Politik, das war etwas, das in den Städten stattfand, das die Rebellen beschäftigte. Ja, ihr Onkel hatte 1849 an Garibaldis Seite gegen die Habsburger und Franzosen gekämpft und anschließend mit seiner Familie das Land verlassen müssen, doch damals war sie neun Jahre alt gewesen. Sie erinnerte sich kaum daran. Bis auf ihren Aufenthalt in Florenz hatte sie ihr ganzes Leben auf Alberi d'Argento verbracht, umsorgt von ihren Eltern, umgeben von ihren Brüdern. Abgesehen vom Tod ihrer älteren Schwester Felicia, die vor zehn Jahren am Wechselfieber gestorben war, hatte sie nie größeren Kummer erlebt.

»Was war in den letzten Monaten los?«

»Darüber reden wir ein anderes Mal«, sagte ihr Vater. »Heute sollst du deinen letzten Tag in Florenz genießen und nicht über Politik nachdenken.«

Der Palazzo, in dem Piero, seine Frau Nerina und ihre Eltern lebten, stand in der Nähe des Arno. Piero war fünf Jahre älter als Gianna und seit letztem Jahr verheiratet. Nerina, seine Frau, war das einzige Kind eines florentinischen Großhändlers, der auch mit Wein handelte. Gianna hatte sie bisher nur bei der Hochzeit vor einem Jahr gesehen, deshalb war sie sehr neugierig auf die Frau, die offensichtlich das Herz ihres spitzzüngigen Bruders gewonnen hatte. Schon ihr ältester Bruder, Lorenzo, hatte aus Liebe geheiratet und Piero ebenfalls. Wie alle Adeligen und Großgrundbesitzer, versuchte auch ihr Vater, seine Kinder vorteilhaft zu verheiraten. Doch da er, wie auch sein jüngerer Bruder, aus Liebe geheiratet hatte und beide Ehen überaus glücklich waren, hatte er beschlossen, keines seiner Kinder gegen dessen Willen zur Ehe zu zwingen.

Piero half ihnen aus der Kutsche und betätigte den Klopfer an der schweren Holztür. Ein Mädchen in einem schlichten, dunkelblauen Kleid öffnete und knickste, als die Familie das Vestibül betrat.

Im Inneren des Hauses war es angenehm kühl, die dicken Mauern hielten die Hitze ab. Lächelnd kam ihnen Nerina entgegen. Sie war nicht geschnürt, unter ihrem Rock wölbte sich ihr Bauch. Gianna erinnerte sich, dass ihre Mutter ihr geschrieben hatte, dass Nerina und Piero ihr erstes Kind erwarteten.

»Kommt rein. Irma«, sie wandte sich an das Mädchen, das die Tür geöffnet hatte, »serviere bitte Kaffee und Kuchen im Salon.« Danach umarmte sie Silvana und Gianna und ließ sich von Enrico auf beide Wangen küssen. »Schön, dass ihr hier seid.«

Später, nachdem sie Kaffee getrunken und einen köstlichen Schokoladenkuchen gegessen hatten, fiel Gianna etwas ein. »Ich habe überhaupt kein Kleid für die Oper.«

Piero, der neben ihr saß, verdrehte die Augen. »Dann kannst du natürlich nicht hingehen, ohne passende Garderobe. Was sollen denn die Leute denken?«

Gianna verpasste ihm einen Stoß gegen den Arm. »Du sollst mich nicht immer aufziehen.«

»Da!«, sagte Piero lachend. »Seht ihr? Zwei Jahre im Institut und immer noch fehlt die Sanftmut.«

Das Blut stieg ihr in die Wangen. Piero mochte es scherzhaft meinen, doch seine Bemerkung traf sie.

Ihre Mutter lächelte sie an. »Wir haben selbstverständlich ein Kleid für die Oper mitgebracht.«

Nach der Abendmahlzeit stiegen ihre Eltern, Piero und sie in Pieros Kutsche und fuhren zum Teatro Della Pergola. Nerina wollte angesichts ihrer fortgeschrittenen Schwangerschaft auf den Besuch der Oper verzichten.

Es war Giannas erster Besuch der Oper. Alberi d'Argento lag zu weit weg von den großen Städten, und auch in den zwei Jahren, die Gianna an Madame Colleones Institut verbracht hatte, war sie nicht im Theater gewesen. Madame erachtete Theaterbesuche als nicht passend, selbst wenn es sich um die Oper handelte.

Zu ihrer Überraschung war der Eingang zum Theater eher unscheinbar. Er unterschied sich kaum von den Eingangstüren eines beliebigen Palazzos in Florenz. Im Inneren jedoch erwartete sie ein prachtvolles, hell erleuchtetes Foyer, dessen Decke von Granitsäulen gestützt wurde. Piero zeigte dem Platzanweiser die Eintrittskarten und der geleitete sie zu einer Loge im dritten Stock. Der Saal war rund, die Logenränge waren hufeisenförmig um die Bühne angeordnet.

Gianna setzte sich und ordnete ihre Röcke. Zum Glück lag ihre Loge der Bühne gegenüber, so dass sie einen guten Blick hatte. Von den seitlichen Logen sah man wohl eher die Menschen auf der anderen Seite des Saals als die Aufführung. Neugierig blickte sie auf die Bühne. Noch war der Vorhang geschlossen. In einem Graben vor der Bühne saß das Orchester. Die Musiker stimmten ihre Instrumente; es klang alles andere als schön. In einer Oper wurde nur gesungen, nicht gesprochen. Wahrscheinlich würde es eher langweilig werden.

»Um was geht es in der Oper?«, raunte sie ihrem Vater zu.

Lächelnd reichte er ihr das Programm. Sie schlug es auf und las. Es ging also um das jüdische Volk, das in babylonischer Gefangenschaft lebte und sich nach Freiheit sehnte. Kein Wunder gefiel den Anhängern der Habsburger diese Oper nicht.

Der Vorhang hob sich und gab den Blick auf Mauern und steinerne Terrassen frei. Beifall ertönte, als ein Mann in schwarzem Frack vor das Orchester trat, sich verbeugte und dann dem Publikum den Rücken zudrehte. Er hob den Taktstock. Das Flüstern und Räuspern im Saal erstarben, es wurde totenstill.

Die ersten Töne erklangen. Leise, melancholische Töne wechselten sich mit lauten Fanfarenklängen ab. Und dann ertönte eine Melodie, bei der Gianna ein Schauder über den Rücken lief. Ein langsamer Walzer, zunächst nur gespielt von Oboen und Klarinetten, bis das gesamte Orchester die Melodie aufnahm. Sie war schön, traurig und so voller Sehnsucht, dass Gianna die Tränen in die Augen traten. Doch bevor sie wirklich zu weinen anfing, wechselte der Rhythmus, und die Ouvertüre wurde schwungvoll und fröhlich. Vor ihrem inneren Auge sah sie eine Gruppe Reiter an einem Sommertag fröhlich über eine Wiese galoppieren.

Als das Orchester verstummte, klatschte das Publikum begeistert, und Gianna klatschte mit. Sie würde diese Oper lieben, das wusste sie jetzt schon.

In der Pause bot Piero ihr galant seinen Arm und geleitete sie ins Foyer. Immer wieder wurde er angesprochen, er schien halb Florenz zu kennen. Auch einige junge Herren ohne Damenbegleitung verbeugten sich und baten darum, der reizenden jungen Dame an seiner Seite vorgestellt zu werden. Sie nippte an dem Glas Champagner, das ihr Vater ihr gebracht hatte, und wechselte mit jedem ein paar höfliche Worte. Konversation zu machen, hatte sie in Madames Institut gelernt.

Als der Gong ertönte, kehrten sie auf ihre Plätze zurück, und der dritte Akt begann. Kurz vor Ende des dritten Aktes standen die hebräischen Sklaven müde von der Arbeit vor den Mauern der Stadt und sangen: »Va, pensiero, sull'ali dorate …«

Es war der Walzer, der in der Ouvertüre angespielt worden war, jetzt von einem Chor gesungen. Selten hatte sie so etwas Schönes gehört. Sie warf einen Blick zu ihren Eltern, um zu sehen, ob sie ebenso hingerissen waren wie sie, und bemerkte, dass ihr Vater sogar Tränen in den Augen hatte. Piero wiegte sich ganz leicht im Takt, seine Lippen formten stumm die Worte. Woher kannte er den Text?

»Wie hat es dir gefallen?«, fragte ihr Vater, als sie die Oper verließen.

»Es war wundervoll. Und am schönsten fand ich dieses Lied, das sie im dritten Akt gesungen haben.«

»Ach«, versetzte Piero spöttisch. »Das lass mal besser nicht die Castiglionis hören.«

»Aber warum? Es ist doch wunderschön.«

»Ja, ein wunderschönes Lied, gesungen von einem Volk, das von Fremden beherrscht wird und sich nach Freiheit sehnt. Inzwischen kennt es jeder Italiener. Es wird heimlich bei Versammlungen gesungen. Was meinst du, wie das den Habsburgern und den Bourbonen gefällt?«

»Denkst du, das war Verdis Absicht?«

»Nein«, antwortete ihr Vater. »Aber es gibt Leute, die möchten das gerne glauben.« Er warf einen schnellen Blick zu Piero. »Ich denke, Verdis Texte und Melodien treffen auf die Sehnsucht der Italiener nach Freiheit.«

Piero hob die Schultern. »So oder so, ob er es geplant hat oder nicht, inzwischen ist Va pensiero die heimliche Hymne der Patrioten.«

2. KAPITEL

Sie kamen am Freitagabend nach Hause, und am Sonntag nach der Kirche bat Gianna um die Erlaubnis, zur Tenuta Bandello zu reiten, um Rosanna zu besuchen.

Als ihr Vater nickte, versuchte sie Giuseppe zu überreden, sie zu begleiten, doch er schüttelte den Kopf. »Ich weiß, was du gerne hättest, Schwesterchen, doch so nett Rosanna ist, ich will mich nicht mit ihr verkuppeln lassen. Ich kenne sie seit ihrer Kindheit, sie ist für mich wie eine Schwester. Lass dich von einem der Stallburschen begleiten.«

»Och.« Sie schob die Unterlippe vor. »Die Burschen haben heute frei, ich möchte keinem den Sonntag verderben. Ich dachte, du möchtest vielleicht Angelo treffen.«

Angelo war ein Jahr älter als Giuseppe und Tommaso. Die Kinder von Alberi d'Argento und der Tenuta Bandello waren zusammen aufgewachsen. Die Güter lagen nebeneinander, die Eltern waren befreundet, und andere Spielgefährten hatte es nicht gegeben. Sie alle waren seit ihrer Kindheit befreundet, und Gianna hatte immer gehofft, dass Rosanna und sie gemeinsam vor den Traualtar treten würden. Sie mit Angelo und Rosanna mit einem ihrer Brüder.

»Ich habe Angelo letzte Woche getroffen. Ich soll dich herzlich grüßen und dir sagen, er freut sich sehr darauf, dich zu sehen. Aber ich komme nicht mit. Ich will nicht, dass Rosanna sich Hoffnungen macht.«

Schließlich erklärte ihr Vater sich bereit, sie zu begleiten. »Ich wollte ohnehin mit Don Sergio sprechen.«

Als sie in den Hof der Tenuta einritten, kam Rosanna freudestrahlend aus der Tür gelaufen. Doch ihr Lächeln verblasste rasch, auch wenn sie sich Mühe gab, es sich nicht anmerken zu lassen. »Don Enrico, wie schön, Sie zu sehen.« Sie knickste hastig und lief dann zu Gianna. »Was ist mit Giuseppe?«, flüsterte sie. »Ich hatte gehofft, er würde euch begleiten.«

Gianna rang sich ein Lächeln ab. Sie fühlte sich miserabel, weil sie es nicht fertigbrachte, ihrer Freundin die Wahrheit zu sagen. Ein Ruf von den Ställen ersparte ihr die Antwort. Sie wandte sich um. Angelo kam über den Hof auf sie zu. Ihr Herz schlug plötzlich viel schneller, ihre Wangen wurden heiß. Sechs Monate hatte sie ihn nicht gesehen, das letzte Mal war an Weihnachten gewesen. Jedes Mal, wenn sie ihn nach so langer Zeit wiedertraf, dachte sie, dass er der schönste Mann war, den sie je erblickt hatte. Er war groß und schlank wie seine Mutter. Von ihr hatte er auch die großen, dunklen Augen und das glatte, schwarze Haar geerbt. Sein Gesicht war ebenmäßig geschnitten, mit feinen Zügen, ohne weibisch zu wirken. Die Lippen unter dem schwarzen Schnurrbart waren schmal, aber so rot, dass sie voller erschienen. Erleichtert stellte sie fest, dass er nicht der Mode folgte und den Schnurrbart lang wachsen ließ, um ihn nach oben zu zwirbeln oder die Koteletten bis unter das Kinn wuchern zu lassen. Anscheinend kam er von einem Ausritt. Er trug eine dunkelgraue Hose, hohe schwarze Stiefel, ein helles Hemd und eine blaue Weste. Auf die Jacke hatte er wohl wegen der Hitze verzichtet. Sein Haar war vom Wind zerzaust.

Vor ihrem Vater neigte er den Kopf. »Don Enrico, schön, Sie hier zu sehen.« Dann wandte er sich an sie und seine Augen strahlten. »Gianna, du siehst zauberhaft aus.« Er griff nach ihrer Hand und deutete einen Kuss auf ihr Handgelenk an. »Bist du hier, weil du Rosanna treffen willst, oder darf ich hoffen, dass *ich* der Grund für dein Kommen bin?«, flüsterte er mit einem verschmitzten Lächeln.

»Beides«, antwortete sie, ohne nachzudenken. Dann schluckte sie. Für diese Antwort hätte Madame Colleone ihr eine Rüge erteilt. *Man zeigt einem jungen Mann nicht offen, dass man ihn gernhat,* pflegte sie zu predigen. *Dann nehmen sich die Herren Freiheiten heraus. Seien Sie sparsam mit ihren Gunstbeweisen, nur dann wird man Sie achten.*

Doch sie hatte keine Lust, sich zu verstellen und so zu tun, als wäre er ihr gleichgültig. Sie liebte ihn so sehr, und er war schließlich nicht irgendein junger Herr, sondern ihr Verlobter.

Inzwischen war auch Sergio Castiglioni vor die Tür getreten. Er begrüßte Enrico, der sich für den unangemeldeten Besuch entschuldigte. »Gianna hatte schon wieder Sehnsucht nach ihrer Freundin und bat mich, sie zu begleiten. Aber ich wollte ohnehin mit dir sprechen.«

»Komm herein. Donata ist unpässlich, die Hitze macht ihr zu schaffen, aber wir können einen Kaffee trinken.«

»Darf ich Gianna das Fohlen zeigen?«, fragte Rosanna.

Don Sergio nickte. »Ja, gut, zeigt ihr unseren Neuankömmling. Ich sage Simona, sie soll euch Limonade machen und auf die Veranda stellen.«

Während Sergio und Enrico ins Haus gingen, nahm Rosanna Giannas Hand und zog sie in Richtung der Ställe. Angelo begleitete sie.

»Ein Fohlen?«, fragte Gianna.

»Ja. Tessa, Mutters spanische Stute, hat gestern gefohlt. Ein kleiner Hengst. Noch ist er dunkel, aber er wird wohl grau werden, wie sein Vater.«

Angelo hielt die Stalltür auf und ließ die beiden Mädchen hineingehen.

»Maurizio«, rief er, jedoch mit gedämpfter Stimme. »Wir haben Besuch. Signorina Gianna möchte das Fohlen sehen.«

»Maurizio ist hier?« Ein warmes Gefühl breitete sich in Giannas Mitte aus. Wenn sie als Kinder hier gespielt hatten, war immer auch Maurizio dabei gewesen. Seit seinem zehnten Lebensjahr lebte er schon auf der Tenuta Bandello. Seine Mutter war Küchenmagd bei den Castiglionis gewesen, bevor sie Enzo Manari, einen Schmied aus Montescudaio geheiratet hatte. Die beiden hatten sich auf der Tenuta kennengelernt. Enzo Manari hatte schon vor Giannas Geburt die Pferde der umliegenden Güter beschlagen, auch die von Alberi d'Argento. Sie erinnerte sich vage an ihn. Ein großer Mann mit gewaltigen Muskeln. Seine Frau, Maurizios Mutter, war bestimmt zwanzig Jahre jünger als er, und Maurizio war ihr einziges Kind. Nachdem seine Eltern vor elf Jahren ums Leben gekommen waren, hatte Don

Sergio ihn hierhergeholt. Maurizio war auf der Tenuta aufgewachsen, hatte mit ihren Brüdern und den beiden Kindern von Don Sergio gespielt und war bis zu seinem vierzehnten Lebensjahr sogar gemeinsam mit Angelo unterrichtet worden.

Gianna hatte ihn in den letzten zwei Jahren nur selten gesehen, das letzte Mal an Weihnachten. Damals hatte er ihr gesagt, dass Don Sergio ihm vorgeschlagen hatte, sich als Soldat bei der kaiserlichen Armee der Habsburger zu verdingen. An dem Beruf seines Vaters hatte er kein Interesse, und ein Leben als Knecht auf der Tenuta war ihm auf Dauer nicht genug. Gianna hatte es sehr bedauert, sie mochte die junge Waise mit den traurigen Augen sehr gern. Er war so ganz anders als ihre Brüder. Ruhiger, nachdenklicher. Nachdem er nicht mehr unterrichtet worden war, hatte sie ihn oft in der Sattelkammer sitzen sehen, den Kopf über ein Buch aus der Bibliothek der Castiglionis gebeugt.

»Ich komme«, kam die leise Antwort aus der Boxengasse.

Er zupfte sich Strohhalme von der Hose, als er auf sie zutrat. »Gianna!«

Sie lächelte ihn an. Er war nicht so eine blendende Erscheinung wie Angelo, etwas kleiner und kräftiger, aber ebenfalls ein gutaussehender junger Mann. Sein welliges Haar, das sich niemals ordentlich scheiteln ließ, hatte die Farbe geschälter Korkeichenstämme: ein warmes Hellbraun. Seine Augen hatten sie schon immer fasziniert. Sie waren blaugrau; die Farbe wurde nach außen dunkler, und wenn man genau hinsah, entdeckte man, dass goldfarbene Sprenkel darin zu tanzen schienen.

Er erwiderte ihr Lächeln.

Angelo räusperte sich. »Ich finde, es ist nicht angemessen,

dass du meine Verlobte mit Vornamen ansprichst. Wir sind keine Kinder mehr, die in den Weinbergen Verstecken spielen.«

Das Lächeln verschwand aus Maurizios Gesicht, er verneigte sich steif vor ihr. »Ich bitte um Entschuldigung, Signorina di Raimandi.«

Verwirrt starrte Gianna Angelo an. Meinte er das ernst? Sicher war das auf den Einfluss der Signora zurückzuführen. Donata Castiglioni hatte nie einen Hehl daraus gemacht, dass sie den zwanglosen Umgang ihrer Kinder mit dem Stallburschen nicht billigte.

»Also wirklich, Angelo«, sagte Rosanna kopfschüttelnd. »Wir sind hier unter uns und nicht in Mutters Salon.«

Angelo runzelte die Stirn. »Giovanna wird die Herrin auf Tenuta Bandello sein, es schickt sich nicht, dass die Dienerschaft sie mit Vornamen anspricht.«

Gianna verdrehte die Augen. Also steckte wirklich die Signora dahinter. Donata Castiglioni und die Lehrerinnen im Institut für junge Damen waren die Einzigen, die sie mit ihrem Taufnamen, Giovanna, ansprachen, alle anderen nannten sie Gianna.

Sie blickte Maurizio an. »Schön, dass du noch da bist, Mauro. Mir würde hier etwas fehlen ohne dich.«

Maurizios Lächeln kehrte zurück, als sie ihn mit dem Namen ansprach, den sie in ihrer Kindheit benutzt hatte, weil Maurizio ihr zu lang gewesen war.

»Ich freue mich auch sehr, Sie wiederzusehen, Signorina. Das Fohlen und seine Mutter sind dort hinten, in der letzten Box. Hier entlang.«

Entzückt betrachtete Gianna den kleinen Hengst. Er hatte unendlich lange Beine und einen schönen Kopf mit freundlichen, großen Augen.

»Sein Vater ist ein Sohn von El Cid, dem Hengst, den Don Piero vor fünfundzwanzig Jahren aus Spanien importiert hat«, sagte Maurizio. »Er wird ein großartiges Pferd werden.«

Gianna streckte die Hand in die Box, und das Fohlen stakste heran und beschnupperte sie. Dann machte es einen übermütigen Bocksprung zurück zu seiner Mutter, schob den Kopf unter ihren Bauch und begann zu trinken.

»Das glaube ich auch«, sagte sie.

Angelo bot ihr den Arm. »Lasst uns zurückgehen. Du bist bestimmt durstig.«

Gianna warf einen Blick zu Maurizio, der an der Box lehnte. »Einen Moment noch. Ihr könnt ja schon vorgehen.«

Angelo runzelte die Stirn, doch Rosanna legte ihm die Hand auf den Arm. »Komm. Wir warten draußen.«

Gianna wartete, bis sie den Stall verlassen hatten, dann trat sie zu Maurizio. »Bleibst du jetzt doch hier? Ich dachte, du wolltest zur Armee.«

Er senkte kurz den Blick, dann sah er ihr in die Augen. Sie schienen dunkler zu sein als sonst, als wäre der Himmel wolkenverhangen. »Nach der Weinlese gehe ich nach Verona und schließe mich der Armee an. Signor Castiglionis Bruder ist dort Oberleutnant, und Don Sergio wird mir eine Empfehlung schreiben. Er möchte, dass ich mehr werde als ein einfacher Soldat.«

Ihre Kehle wurde eng. Was an Weihnachten noch in weiter Ferne gewesen war, wurde jetzt wahr. Er würde fortgehen, und wahrscheinlich würde sie ihn niemals wiedersehen. Dabei gehörte er für sie ebenso zur Tenuta wie Angelo und Rosanna. Er war ein Teil ihrer Kindheit. Sie war sechs gewesen, als er hierhergekommen war, und mit seinen zehn Jahren war er ihr erstaunlich reif erschienen. Er hatte sie getröstet, wenn sie sich beim Spielen die Knie aufgeschlagen hatte. Wenn sie sich mit Rosanna gestritten hatte oder ihre Brüder sie geärgert hatten, war sie zu Maurizio gelaufen und hatte sich bei ihm ausgeweint. Er hatte immer ein offenes Ohr für ihre kindlichen Nöte gehabt, sie aber niemals geneckt.

Sie schluckte. »Und was möchtest *du?*«

»Ich freue mich darauf. Die militärische Laufbahn bietet mir Aufstiegsmöglichkeiten, die ich hier niemals hätte. Hier könnte ich doch höchstens Schmied werden oder wäre ewig der Knecht.«

»Für mich warst du niemals ein Knecht. Ich fand immer, du gehörst irgendwie zur Familie.«

Die goldenen Punkte in seinen Augen glühten. In seiner rechten Wange zuckte ein Muskel, sein Blick schweifte zur Stalltür. Gianna drehte sich um. Angelo stand noch dort, sichtbar ungehalten. »Kommst du nun endlich?«

Sie nickte ihm zu.

»Wir sehen uns sicher noch, bevor du gehst«, sagte sie leise zu Maurizio.

»Bestimmt, Signorina«, antwortete er laut. »Gianna«, fügte er so leise hinzu, dass nur sie es hören konnte.

Kurz vor der Haustür blieb Rosanna stehen. »Geh doch bitte schon einmal vor, Angelo. Ich möchte noch kurz mit Gianna reden.«

Er verdrehte die Augen, doch er lächelte dabei. »Frauengespräche.«

Rosanna wartete, bis er um die Ecke des Gebäudes verschwunden war, dann fragte sie: »Wie lange hat Giuseppe Urlaub?«

»Ich weiß es gar nicht. Ich glaube, sie bekommen immer

vier Wochen im Sommer, aber ich weiß nicht, wie lange sie schon da sind.« Es war die Wahrheit. Sie hatte wirklich nicht gefragt, seit wann die Zwillinge zu Hause waren.

»Würdest du mich nachher offiziell zu einem Besuch einladen? Meine Mutter meint, ich dürfe nicht einfach ohne Einladung zu euch kommen.« Rosanna verdrehte die Augen. »Madonna, war das herrlich, als wir noch Kinder waren und einfach miteinander spielen konnten, wann immer wir Lust hatten.«

»Natürlich lade ich dich ein. Vielleicht möchte Angelo ja mitkommen.«

»Oh, das ist eine gute Idee.« Rosannas Augen leuchteten. »Dann hat Giuseppe einen Vorwand, um uns Gesellschaft zu leisten. Angelo sagte, er sei letzte Woche hier gewesen.«

Gianna blickte ihre Freundin an. Rosanna war so hübsch. Nicht so dünn wie ihre Mutter, sondern mit Rundungen an den richtigen Stellen. Ihr liebliches Gesicht war herzförmig mit ebenmäßigen Zügen, einem schönen, kleinen Mund und großen, braunen Augen. Sie selbst hatte zwar ebenfalls große Augen, und sie waren sogar von einem dunklen Blau, doch niemand würde ihr Gesicht als lieblich bezeichnen. Dazu waren ihre Wangenknochen zu ausgeprägt, ihr Mund zu groß und ihr Kinn zu hervorstehend. *Dieses Kinn!*, hatte Madame Colleone oft geseufzt. *Gut, dass es Fächer gibt, damit kannst du es auf Gesellschaften gut kaschieren und die Aufmerksamkeit auf deine Augen lenken. Die sind wirklich schön.*

An Rosannas Aussehen konnte es jedenfalls nicht liegen, dass Giuseppe keinen Gefallen an ihr fand.

Sie fasste sich ein Herz. »Mach dir nicht allzu viele Hoffnungen, dass Giuseppe sich zu uns gesellt. Ich habe ihn zu überreden versucht, heute mitzukommen. Er wollte nicht.«

Prüfend sah Rosanna sie an. »Hat er gesagt, warum nicht?«

Gianna griff nach der Hand ihrer Freundin. »Er weiß, was du für ihn empfindest. Und er will dir keine Hoffnungen machen. Er sagte, er mag dich sehr, sehr gern, aber du seiest für ihn wie eine Schwester.«

Rosanna senkte den Blick. »Gibt es ein anderes Mädchen?«

»Nein. Weder Tommaso noch Giuseppe haben bisher irgendwelche ernsthaften Absichten.« Sie verschwieg, dass ihre Brüder keineswegs Unschuldslämmer waren, was Frauen anging. Allerdings waren das nur flüchtige Affären; keiner der beiden dachte ans Heiraten.

Erleichterung zeigte sich auf Rosannas Gesicht. Sie warf den Kopf zurück. »Das ist gut. Ich werde ihn schon noch überzeugen, dass ich die richtige Frau für ihn bin. Ich brauche nur Zeit und Gelegenheit.«

»Ich würde es mir für euch beide wünschen.«

Hand in Hand liefen die beiden Mädchen zu der kleinen Terrasse auf der Nordseite der Villa.

3. KAPITEL

Maurizio stand an der Box und sah ihr nach, als sie zu Angelo trat, der ihr den Arm bot und sie nach draußen geleitete. Der Rock ihres dunkelblauen Reitkleides bauschte sich unter ihrer schmalen Taille, die Sonne entzündete kupferfarbene Funken in ihrem Haar. Der schon vertraute ziehende Schmerz machte sich in seiner Magengrube breit. Gianna!

In Gedanken äffte er Angelo nach. *Es ist nicht angemessen, dass du meine Verlobte mit Vornamen ansprichst.*

Dann würde er sie eben in Zukunft mit *Signorina di Raimandi* ansprechen. In seinem Herzen würde sie immer Gianna sein.

»Eh, was stehst du hier rum und träumst?«

Er zuckte zusammen. Angelo und Gianna waren verschwunden, in der offenen Tür stand Emilio Romani, der Stallmeister der Tenuta.

»Wenn du nichts zu tun hast, komm mit mir, wir müssen den Zaun auf der Weide ausbessern. Zwei der Pfosten sind so morsch, die fallen um, wenn sich eines der Pferde daran scheuert.

»Ich komme.« Es war zwar Sonntag, und eigentlich hatte er frei, aber die Arbeit würde ihn ablenken.

Auf dem Hof standen Gianna und Rosanna und tuschelten. Sie bemerkten Emilio und ihn gar nicht, so vertieft waren sie in ihr Gespräch.

Emilio holte einen schweren Hammer, Maurizio schulterte den Spaten, und sie machten sich auf den Weg durch die Weingärten zur Weide. Vor zwei Wochen hatte es noch einmal kräftig geregnet. Am Wegesrand blühten Margeriten, Kornblumen, Wegwarte und Zistrosen. Eidechsen huschten über den Weg, ein Eichelhäher krächzte sie von einem Olivenbaum aus an. Nach zehn Minuten erreichten sie die Weide. Zwölf Pferde standen darauf: vier Arbeitspferde, die beiden Kutschpferde der Castiglionis und sechs Reitpferde. Drei davon gehörten der Signora. Sie war eine begeisterte Reiterin. Die anderen drei wurden von

Angelo oder Rosanna geritten. Don Sergios Hengst stand im Stall.

Die beiden morschen Pfosten standen in einer Senke, in der sich bei Regen die Feuchtigkeit sammelte. Mit einer Zange zog Emilio die Nägel der Querbalken heraus. Danach war es ein Leichtes, die Pfosten zu entfernen. Maurizio grub die Reste mit dem Spaten aus. Jemand hatte bereits zwei neue Pfosten bereitgelegt. Sie waren unten zugespitzt und vom Feuer, mit dem man sie gegen Feuchtigkeit schützen wollte, geschwärzt.

Auf Emilios Wink hin packte Maurizio einen und rammte ihn in die Erde. Dann hielt er ihn fest, während Emilio mit dem Hammer daraufschlug, bis er so tief im Boden steckte, dass er nicht mehr wackelte. Genauso verfuhren sie mit dem zweiten Pfosten. Anschließend nagelten sie die Querbalken wieder an.

»Du bist aber sehr schweigsam heute«, sagte Emilio und wischte sich den Schweiß von der Stirn.

Maurizio hob die Schultern. Obwohl Emilio nur fünfzehn Jahre älter war als er, war er eine Art Ersatzvater, nicht nur für ihn, sondern für alle vier Stallburschen auf der Tenuta. Sie teilten sich eine Kammer in Emilios Haus; seine Frau Rosa sorgte für die vier Burschen und ihre zwei Töchter und ihren Sohn.

»Kann es sein, dass diese ungewöhnliche Schweigsamkeit etwas mit der Rückkehr der Signorina di Raimandi zu tun hat?«

Maurizio wandte den Kopf ab und blickte zu den grasenden Pferden. »Wie kommst du darauf?«, fragte er betont gleichmütig, doch seine Wangen brannten.

»Ach komm, Junge. Mir machst du nichts vor. Ich habe dein Gesicht gesehen vorhin. Wenn ich dir einen Rat geben darf: Pass auf, dass der junge Herr niemals mitbekommt, wie du sie ansiehst. Sonst bist du die längste Zeit hier Stallknecht gewesen.«

»Ich passe schon auf«, entfuhr es ihm, und im selben Augenblick wurde ihm klar, was er damit zugegeben hatte. Nun, dann konnte er auch weiterhin offen sein. Bei Emilio war sein Geheimnis sicher. »Und außerdem werde ich nach der Lese hier weggehen. Ich habe keine Lust, das glückliche Paar ständig vor Augen zu haben.«

»Du liebst das Mädel?«

Liebte er sie? Allerdings, aber es war noch mehr. Sie gehörte zu seinem Leben, seit er denken konnte. Schon als er noch mit seinen Eltern in Montescudaio gelebt hatte, hatte er sie gekannt. Seit er drei Jahre alt gewesen war, hatte sein Vater ihn mitgenommen, wenn er auf die umliegenden Güter gefahren war, um die Pferde zu beschlagen oder Kutschen und Wagen zu reparieren. Auf Alberi d'Argento hatte es ihm immer am besten gefallen. Die Menschen dort waren glücklich, das spürte man. Auf dem Hof rannten ständig Kinder herum, vier Söhne und zwei Töchter von Don Enrico, und die zwei Söhne von Don Michele, Enricos Bruder. Er wusste gar nicht, wann er die Jüngste, Gianna, das erste Mal bewusst gesehen hatte. Wahrscheinlich erst Jahre nachdem er zum ersten Mal seinen Vater begleitet hatte. Seine früheste Erinnerung an sie zeigte ein etwa vierjähriges Mädchen, das auf dem Hof stand und vor Zorn mit dem Fuß aufstampfte, weil der ältere Bruder ihr einen Pfirsich weggenommen hatte. Wahrscheinlich war es Piero gewesen, er hatte seine Schwester schon immer gerne geärgert. Er war in den Garten gegangen und hatte ihr einen anderen Pfirsich gepflückt. Sie hatte hineingebissen, sich auf die Zehenspitzen gestellt und ihm, als er sich zu ihr gebeugt hatte, einen süßen, nach Pfirsich duftenden Kinderkuss auf die Lippen gedrückt. Sieben Jahre alt war er damals gewesen. Noch heute waren der Duft und Geschmack von Pfirsichen für ihn untrennbar mit Gianna verbunden.

Für die Raimandi-Kinder war es jedes Mal ein Ereignis gewesen, wenn der Schmied auf den Hof gekommen war. Die Jungs hatten um die Esse herum gelauert, sich gefreut, wenn sie den Blasebalg betätigen durften, und über die Muskeln seines Vaters gestaunt. Da die Besuche meistens länger gedauert hatten, hatten sie irgendwann im Hof und im Garten gespielt. Er war immer dabei gewesen, als hätte er dazugehört. Erst Jahre später war im klargeworden, wie groß der Unterschied zwischen ihm und ihnen war.

Auf der Tenuta Bandello war es längst nicht so ungezwungen zugegangen. Die Tochter hatte er so gut wie nie zu sehen bekommen, wenn er mit seinem Vater dort gewesen war. Der Sohn, Angelo, hatte sich nicht für das Schmiedehandwerk interessiert.

Er wandte sich wieder Emilio zu. »Ja, ich liebe sie, und ich weiß sehr gut, dass es völlig aussichtslos ist. Selbst wenn sie für mich das Gleiche empfände, würde Don Enrico niemals seine Tochter mit einem einfachen Knecht verheiraten, so liberal seine Ansichten auch sonst sind.«

»Bist ein kluger Junge«, brummte Emilio. »Ich verliere dich nicht gerne, aber ich verstehe, warum du gehst.«

Schweigend setzten sie ihren Weg fort.

4. KAPITEL

Angelo erwartete sie auf der Terrasse, mit einem Glas Limonade in seiner Hand. Auf dem Tisch standen ein Krug mit Zitronenlimonade und zwei weitere Gläser.

Ein Diener rückte die Stühle für Gianna und Rosanna zurecht und reichte ihnen die Gläser, dann zog er sich zurück.

Sie plauderten ein wenig über die bevorstehende Weinlese und über Madame Colleones Institut.

»Mir fällt gerade ein, dass du doch das Buch von dieser Jane Austen ausleihen wolltest, über das wir im Unterricht gesprochen haben«, sagte Rosanna plötzlich.

Ratlos sah Gianna sie an. Wann hatten sie über Jane Austen gesprochen?

Rosanna zwinkerte ihr zu. »Stolz und Vorurteil. Weißt du nicht mehr? Ich gehe es holen.«

Kaum hatte sie die Terrasse verlassen, griff Angelo nach ihrer Hand und zog sie von ihrem Stuhl. »Gianna, Liebste. Wie schön du bist.« Seine Lippen streiften ihr Haar, und dann küsste er sie.

Es war nicht das erste Mal, dass er sie küsste, auch an Weihnachten hatten sie schon Gelegenheit gehabt, miteinander allein zu sein. Damals hatte er ihr gesagt, dass er sie liebe, und sie in die Arme genommen. Doch das war ein verstohlener, hastiger Kuss gewesen. Jetzt küsste er sie anders, leidenschaftlicher. Er drückte sie an sich und strich ihr über die Schulter, dann ließ er seine Hand nach unten gleiten und umfasste ihre Brust. Sie spürte die Wärme durch den dünnen Stoff ihres Kleides, als er sie streichelte. Es war, als berühre er ihr Herz, hielte es in seiner Hand.

»Ich habe es gefunden«, tönte Rosannas Stimme von der Tür her. Mit einem verschmitzten Lächeln betrat sie so langsam die Terrasse, dass Gianna Zeit hatte, sich zu setzen und ihren Ausschnitt zurechtzuzupfen. Gegen die Röte auf ihren Wangen konnte sie allerdings nichts tun. Immer noch spürte sie Angelos Lippen auf ihren, seinen Atem an ihrem Hals, seine Hand … Verstohlen blickte sie zu ihm. Seine Augen glänzten, er fuhr sich durchs Haar.

Rosanna überreichte Gianna das Buch. »Ich glaube, dein Vater will aufbrechen.«

Tatsächlich hörte sie kurz darauf die Stimmen ihres Vaters und Don Sergios. Sie legte ihre Hände auf ihre glühenden Wangen. Sah man ihr noch an, dass Angelo sie geküsst hatte?

Auf dem Heimweg war ihr Vater ungewöhnlich schweigsam. Ihr war es nicht unrecht, so konnte sie ihren Gedanken nachhängen. Angelo hatte ihren Vater ehrerbietig begrüßt und gesagt, dass er hoffe, ihre Verlobung werde nun bald verkündet. Don Enricos Antwort war höflich, aber unverbindlich gewesen: Er werde sich die nächsten Tage mit Angelos Eltern in Verbindung setzen.

Kurz bevor sie das Gutshaus erreichten, zügelte Don Enrico sein Pferd und wandte sich ihr zu. »Ist es immer noch dein Wunsch, Angelo Castiglioni zu heiraten?«

Warum fragte er? Er wusste doch, dass sie Angelo seit Jahren liebte. Warum sollte sich daran etwas geändert haben? »Aber ja. Ich liebe ihn, und er liebt mich. Er hat es mir heute erst wieder gesagt.«

Ihr Vater atmete tief ein. »Ja, ich denke auch, dass er dich liebt. So wie er dich ansieht … Ich hoffe, seine Liebe ist stark genug.«

Fragend blickte sie ihn an. »Stark genug?«

»Wie du weißt, haben die Castiglionis und wir unterschiedliche Ansichten zu der Politik dieses Landes.«

Politik. Sie unterdrückte ein Seufzen. »Angelo interessiert sich nicht besonders für Politik. Und ich mich auch nicht. Ich glaube, ihm ist es egal, auf wessen Seite du stehst.«

»Aber seinen Eltern ist es nicht egal. Don Sergio hat mich heute gefragt, ob es wahr ist, dass Lorenzo Mitglied der Società Nazionale ist. Donata war es schon immer ein Dorn im Auge, dass mein Bruder 1849 an Garibaldis Seite in Rom gekämpft hat.«

Sie schüttelte den Kopf. »Ihr hattet doch schon immer unterschiedliche Meinungen zur Politik. Ihr habt diskutiert und euch wieder vertragen, und Onkel Michele lebt seit acht Jahren in Amerika. Was hat das mit Angelo und mir zu tun?«

»Ich hoffe, nichts, mein Kind. Lass uns nach Hause reiten.«

»Tommaso und ich werden morgen für ein paar Tage nach Livorno reisen«, verkündete Giuseppe am selben Abend beim Abendessen.

Don Enrico runzelte die Stirn und warf den Zwillingen einen scharfen Blick zu, doch er schwieg.

»Was wollt ihr denn in Livorno?«, fragte Gianna. Um die Weinlieferungen an die Tavernen dort kümmerte sich seit einigen Jahren ihr ältester Bruder Lorenzo.

Giuseppe lächelte sie an. »Einer unserer Kameraden aus Pinerolo lebt dort. Wir haben schon länger ausgemacht, dass wir ihn besuchen werden.«

Aus dem Augenwinkel sah Gianna, wie ihr Vater die

Lippen zusammenpresste. Er schien nicht besonders glücklich über die Ankündigung ihrer Brüder zu sein.

»Es gäbe da noch einiges zu besprechen«, sagte er. »Kommt bitte nach dem Essen in mein Büro.«

Die Zwillinge wechselten einen Blick, ihre Mienen verrieten Entschlossenheit. Tommaso, der Ruhigere der beiden, nickte. »Machen wir, Vater.«

»Heute kam Post von Michele aus Kalifornien«, wechselte ihr Vater das Thema. »Interessiert es euch, was er geschrieben hat?«

»Aber ja«, antworteten ihre Mutter und Lorenzo gleichzeitig.

Gianna nickte. Die Briefe ihres Onkels aus dem fernen Land waren immer recht unterhaltsam.

Enrico stand auf und holte ein paar engbeschriebene Seiten von der Anrichte. »Es geht ihnen sehr gut, Michele hat noch mal Land dazugekauft. Enrico kümmert sich um den Handel, und Roberto, der Jüngere, hilft ihm in den Weinbergen. Antonella sei so schön wie immer, schreibt er. Sie hoffe jetzt auf Enkelkinder, weil sie sich doch immer eine Tochter gewünscht hat. Allerdings haben beide Söhne bisher nicht die Absicht, zu heiraten.«

»Na ja«, warf Silvana ein, »Roberto ist ja auch erst achtzehn und Enrico zwanzig Jahre alt. Unsere Zwillinge haben ja auch noch keine Ambitionen.«

Es folgten noch ein paar Anmerkungen über kalifornische Weine und den Handel.

Als Gianna am nächsten Tag zum Frühstück kam, waren die Zwillinge schon aufgebrochen. Ihr Vater und Lorenzo waren ungewöhnlich wortkarg, sie aßen schnell und erhoben sich bald. Sie wollten in die Weingärten, erklärte

Lorenzo, um nach der Blüte zu sehen und wo welche Triebe aufgebunden werden mussten.

Ihre Mutter zog sich ebenfalls nach dem Frühstück zurück, sie musste ein paar Briefe schreiben und mit der Köchin sprechen. So saßen nur noch Stella, Lorenzos Frau, und sie selbst im Frühstückszimmer. Stella erwartete in zwei Monaten ihr erstes Kind. Sie rückte sich einen Sessel ans Fenster und stickte an einem Einstecktuch.

»Weißt du, ob Vater Sorgen hat?«, fragte Gianna. »Er macht so einen bedrückten Eindruck.«

»Mit dem Wein steht es wohl nicht zum Besten. Es gibt Mehltaubefall, und Don Enrico fürchtet, es könne so schlimm werden wie 1852.«

Gianna nickte. 1852 hatten sie beinahe die Hälfte der Ernte durch Mehltau verloren, und ihr Vater hatte bei der Monte dei Pasci eine Hypothek aufgenommen. An und für sich war das nicht weiter schlimm, viele Winzer taten das jedes Jahr. Sie nahmen Hypotheken auf die Ernte auf und zahlten sie ab, wenn der Wein verkauft war. Doch ihr Vater hatte einen ausgesprochenen Widerwillen gegen Schulden. Nachdem ihr Großvater in den 1830er Jahren das Gut so hoch mit Hypotheken belastet hatte, dass die Familie es beinahe verloren hätte, hatte er geschworen, niemals wieder Schulden zu machen. Die Hypothek von 1852 hatte er im Jahr darauf zurückgezahlt, trotz der Einschränkungen, die es für die Familie bedeutet hatte. Verständlich, dass er sich vor einer neuen Missernte fürchtete. Trotzdem hatte sie das Gefühl, dass das nicht der wirkliche Grund für die Schweigsamkeit ihres Vater und ihres Bruders heute Morgen war. Das Problem mit dem Wein war sicher schon länger bekannt, und ihr Vater hatte bisher eher unbekümmert gewirkt.

Am späten Nachmittag kamen Rosanna und Angelo auf den Hof geritten. Rosanna konnte ihre Enttäuschung kaum verbergen, als Gianna ihr sagte, dass Giuseppe und Tommaso in Livorno waren. Angelo runzelte die Stirn. »Was machen die beiden denn in Livorno?«

Sie saßen auf einer kleinen Terrasse, die an das Frühstückszimmer angrenzte. Nachmittags lag sie im Schatten, weshalb es angenehm kühl war. Auf dem kleinen Tisch vor ihnen standen eine Karaffe und drei Gläser, in denen dunkelroter Wein schimmerte, ein kleiner Krug Olivenöl, Brot und eine Platte mit Oliven, eingelegten Artischocken und dünnen Scheiben Schinken.

»Sie wollen einen Freund aus Pinerolo dort besuchen«, antwortete Gianna. »Was ist daran so seltsam?«

»Es gibt Gerüchte, dass dieser Mazzini etwas in Livorno plant, nachdem es ihm letztes Jahr nicht gelungen ist, in Massa und Carrara Aufstände anzuzetteln. Man sollte diesem Kerl endlich das Handwerk legen.«

»Ich denke nicht, dass sich meine Brüder für Politik interessieren. Bisher hatten sie nur Pferde und ihre Karriere im Kopf.« Und Mädchen. Doch das erwähnte sie aus Rücksicht auf Rosanna nicht.

»Lorenzo interessiert sich sehr wohl für Politik«, widersprach Angelo. »Immerhin ist er dieser Società Nazionale Italiana beigetreten.«

»Für die Mazzini aber nicht viel übrighat«, warf Rosanna ein. »Ich habe gehört, dass der Conte di Cavour, Präsident des Ministerrates von Sardinien, die treibende Kraft in der Società sein soll, und Mazzini und Cavour sind sich politisch überhaupt nicht einig.«

Verblüfft starrte Gianna ihre Freundin an. Rosanna interessierte sich für Politik? Und sie wusste offensichtlich einiges darüber. »Ich habe bisher nur einmal etwas von dieser Società Nazionale gehört. Was hat es damit auf sich?«

»Die Vereinigung hat sich den Kampf für die Unabhängigkeit Italiens auf die Fahnen geschrieben«, antwortete Rosanna. »Garibaldi und viele andere Mazzinianer sind Mitglieder. Ursprünglich wollten sie eine Republik Italien, doch mittlerweile unterstützen sie die Idee eines Königreichs Italien unter Vittorio Emanuele. Das gefällt Mazzini nicht.«

Auch Angelo musterte seine Schwester, allerdings mit deutlicher Missbilligung im Blick. »Seit wann beschäftigst du dich mit solchen Dingen?«

Rosanna zuckte mit den Schultern, doch ihre Wangen färbten sich rot. »Seit ich wieder zu Hause bin, sprechen Mutter und Vater von nichts anderem. Ich müsste mir schon die Ohren zustopfen, wenn ich davon nichts hören wollte.«

Wenn das so war, warum errötete sie dann? Hatte ihr Interesse an der Politik vielleicht mit Giuseppe zu tun?

Auch Angelo schien mit ihrer Erklärung nicht zufrieden, er runzelte die Stirn.

»Ich hoffe, es gibt keine Unruhen«, sagte Gianna schnell, um ihn abzulenken. »Es geht uns doch gut, warum sollten wir etwas ändern?«

Angelos Gesichtsausdruck entspannte sich, er beugte sich vor und griff nach dem Glas Rotwein, das vor ihm auf dem Tisch stand. »Du hast recht, Liebste. Es geht uns gut. Auf das Leben und die Liebe.«

Die Mädchen griffen ebenfalls nach ihren Gläsern.

»Auf die Liebe und das Leben«, wiederholte Gianna, und ihr Blick traf Angelos. Ein zärtliches Lächeln umspielte seine Lippen, als er ihr zuprostete.

5. KAPITEL

Hufschläge zerrissen die Stille. Jemand preschte im vollen Galopp auf den Hof. Verwirrt richtete Gianna sich in ihrem Bett auf. Fahles Licht fiel durch die Fensterläden, es konnte nicht später als vier oder fünf Uhr morgens sein. Wer kam um diese Uhrzeit?

Eine Tür schwang auf, Schritte waren auf dem Flur zu hören. Sicher ihr Vater; der Ankömmling hatte bestimmt alle im Haus geweckt.

»Dio mio!« Das war die Stimme des Stallmeisters Domenico. »Wer wagt es, um diese Uhrzeit …?« Dann ertönte ein Schrei. »Hilfe, ich brauche Hilfe!«

Gianna sprang aus dem Bett und hastete zum Fenster. Auf dem Hof stand ein Pferd, Hals und Brust waren dunkel von Schweiß, Schaum troff aus seinem Maul. Ihre Knie wurden weich, als sie Benito erkannte, Tommasos Pferd. Tommaso hing über seinem Hals, die Hände waren in der Mähne verkrallt, sein Hemd hatte dunkle Flecken. Blut?

Domenico stand neben ihm und wollte ihm vom Pferd helfen, doch Tommaso rutschte einfach aus dem Sattel und fiel zu Boden. Nur mit seinem Nachthemd bekleidet, stürmte ihr Vater aus der Haustür, gefolgt von ihrer Mutter.

Als ihr Vater neben Tommaso auf die Knie sank, löste sich Giannas Starre. Sie rannte aus dem Zimmer, die Treppe hinunter und auf den Hof. Inzwischen waren auch Lorenzo und seine Frau dort. Entsetzt starrte Gianna auf Tommaso. Sein Hemd war blutdurchtränkt. Ihr Vater schob es hoch und sog scharf die Luft ein. Unterhalb des rechten Schlüsselbeins blutete Tommaso aus einer klaffenden Wunde, auch aus seinem Haar sickerte Blut und lief über sein Gesicht. Keuchend rang er nach Luft.

Silvana kniete sich neben ihn und wischte mit dem Saum ihres Nachtgewands das Blut aus seinem Gesicht.

»Was ist passiert? Wo ist Giuseppe?«, fragte ihr Vater.

Seine Stimme erschreckte Gianna fast noch mehr als Tommasos Zustand. Noch nie hatte sie solche Angst, solche Verzweiflung in der Stimme ihres Vaters gehört.

Tränen liefen über Tommasos Gesicht. »Tot«, stieß er hervor. »Erschossen vor dem Palazzo Colò, mit sechs anderen. Ich konnte mich in eine der Tavernen retten, die unseren Wein kaufen, und ein Freund hat mich aus der Stadt geschmuggelt.«

Er richtete sich auf und sah sich gehetzt um. »Ich brauche ein frisches Pferd, ich muss fort.«

»Du bleibst.« Die Stimme ihres Vaters hatte wieder den gewohnten ruhigen, entschlossenen Klang.

Tommaso klammerte sich an seinen Arm. »Aber sie verfolgen mich, ich bringe euch alle in Gefahr. Ich *muss* fort.«

»Nicht in diesem Zustand!« Enrico stand auf. »Domenico, gib dem Pferd Wasser, und bring es in das Pinienwäldchen hinter den nördlichen Weingärten. Niemand darf es in dieser Verfassung sehen. Lorenzo, du hilfst mir, Tommaso in den Weinkeller zu tragen.«

»In den Weinkeller?« Lorenzo starrte seinen Vater an, als zweifelte er an dessen Verstand. »Da werden sie zuerst suchen.«

»Tu, was ich sage! Silvana, besorge Verbandszeug, Grappa und Laudanum und bring es in den Weinkeller. Gianna, Stella, ihr spült hier im Hof das Blut fort. Danach geht ihr ins Haus. Bleibt in den Nachtgewändern. Wenn Soldaten kommen, müssen sie glauben, dass sie euch aus dem Schlaf gerissen haben. Wenn sie fragen, unsere Söhne ...« Jetzt brach seine Stimme, er schluchzte kurz, bevor er weiterredete. »Unsere Söhne sind nach Pisa geritten, um einen Freund zu besuchen. Wir wissen nichts von Livorno.«

Niemand sprach, alle starrten Enrico an. Lorenzo war der Erste, der sich fasste. »Ich hole eine Decke, damit können wir ihn tragen, ohne Blutspuren zu hinterlassen.«

Er lief ins Haus und kam kurz danach mit einer Decke wieder. Sie betteten Tommaso darauf und trugen ihn fort.

Domenico packte das Pferd am Zügel und führte es vom Hof.

Gianna erwachte aus ihrer Starre. Sie lief zum Brunnen, ließ den Eimer hinunter und schöpfte Wasser. Giuseppe war tot? Das konnte nicht sein. Ihr temperamentvoller Bruder, der so viel Freude am Wein, an Pferden und an Mädchen gehabt hatte. Wie hatte das passieren können? Mechanisch nahm sie den Eimer, trug ihn zu der Stelle, an der Tommaso gelegen hatte, und goss das Wasser aus. Stella hatte bereits einen Schrubber geholt und bürstete das Blut vom Pflaster. Gianna holte den nächsten Eimer. Sie dachte nicht darüber nach, was sie tat, es war, als würde sie von einem Puppenspieler an Fäden gesteuert. Nach drei Eimern war von dem Blut nichts mehr zu sehen. Stella brachte den Schrubber in den Stall zurück, Gianna stellte den Eimer neben den Brunnen.

Stumm gingen sie ins Haus, blieben im Vestibül stehen und sahen sich an. In den Augen ihrer Schwägerin erkannte Gianna das gleiche ungläubige Entsetzen, das auch sie erfüllte. Was war passiert? Ein Aufstand? Hatte Angelo recht gehabt mit seiner Vermutung?

»Lass uns in den Salon gehen«, sagte Stella.

Im Salon zündete Gianna eine Kerze an und stellte sie auf den Tisch vor den Kamin. Stella zog die Vorhänge zu, so dass kein Licht nach außen dringen konnte. Nebeneinander setzten sie sich auf die Couch und drängten sich zitternd zusammen, als wäre es Winter und kein lauer Sommermorgen.

Stella legte eine Hand auf ihren Bauch. »Hoffentlich wird es ein Mädchen«, flüsterte sie. »Die Söhne schicken sie in den Krieg, wo sie totgeschossen werden.«

Ihr Bruder war 1849 im Kampf um Rom gefallen.

»Aber es ist doch gar kein Krieg.« Gianna rang die Hände. Was hatten ihre Brüder getan?

Endlich kamen ihre Eltern und Lorenzo in den Salon. Ihr Vater führte ihre Mutter zu dem zweiten Sofa, setzte sich neben sie und zog sie an sich. Sie schmiegte sich in seine Arme, ihre Schultern zuckten, sie schluchzte leise. Giannas Herz schlug schwer. Das letzte Mal, dass sie ihre Mutter hatte weinen sehen, war nach dem Tod ihrer Schwester Felicia gewesen. Sie rückte zur Seite, um Platz für Lorenzo zu machen. Auch er nahm seine Frau in die Arme.

Gianna zog die Knie an und schlang die Arme um die Beine. Über den Kopf ihrer Mutter hinweg blickte sie ihren Vater an. »Was ist mit Tommaso?« Ihre Stimme klang rau.

»Er ist in Sicherheit. Seine Verletzungen sind nicht sehr schwer, aber er hat wohl viel Blut verloren.«

»Aber wo ist er und was ist überhaupt geschehen?«

Ihr Vater schüttelte den Kopf. »Ich sage es euch später. Jetzt ist es erst einmal besser, wenn ihr nichts wisst. Dann müsst ihr nicht lügen, wenn Soldaten kommen und nach ihm suchen. Denkt daran: Tommaso und Giuseppe sind nach Pisa geritten. Mehr wisst ihr nicht.«

Gianna nickte stumm.

»Wir sollten in unsere Betten gehen. Außer Domenico weiß keiner der Dienstboten, was vorgefallen ist, auch wenn wahrscheinlich einige Tommasos Ankunft gehört haben. Wir müssen so tun, als wäre nichts Besonderes geschehen.«

Offensichtlich hatte Tommaso sich geirrt, niemand hatte ihn verfolgt. Der Tag verging in gespannter Erwartung, doch es kamen keine Soldaten. Enrico und Lorenzo ritten in die Weingärten, als wäre nichts geschehen. Domenico holte Tommasos Pferd aus dem Wald, striegelte es und brachte es in den Stall.

Die Stunden schlichen dahin. Manchmal glaubte Gianna, sie könne es nicht mehr ertragen und müsse schreien. Doch sie schrie nicht und auch niemand von den anderen. Alle hielten das Theater aufrecht. Fast war sie erleichtert, als gegen Abend Hufschläge zu hören waren. Sie saß in ihrem Zimmer und hatte *Stolz und Vorurteil* aufgeschlagen auf dem Schoß liegen, doch keine Zeile gelesen. Jetzt huschte sie zum Fenster und blickte hinaus.

Ein Trupp von etwa zehn Soldaten kam die Zypressenallee entlang. Sie ritten auf den Hof und saßen ab. Der Offizier übergab die Zügel an einen der Soldaten, dann schritt er zur Tür. Bevor er klopfen konnte, trat ihr Vater um die Ecke, als käme er eben aus den Ställen oder von den Weingärten. Sie sah ihn mit dem Offizier sprechen, sah, wie er einen Schritt zurücktrat und die Hand auf seine Brust legte wie jemand, der einen überraschenden Schlag abbekommen hatte. Der Offizier sprach wieder. Ihr Vater schüttelte den Kopf, doch dann lud er den Mann mit einer Handbewegung ein, ihm zu folgen, und trat ins Haus.

Seine Stimme hallte durch die Flure, er rief nach Ilaria, sie solle bitte seine Frau in den Salon begleiten.

Wieder wartete Gianna. Endlose, bange Minuten stand sie am Fenster und starrte auf den Hof. Die Soldaten blickten sich aufmerksam um. Schließlich öffnete sich die Tür, der Offizier trat heraus und sprach mit ihnen. Sie saßen ab.

Kurze Zeit später klopfte Ilaria an Giannas Tür und teilte ihr mit, die Soldaten würden jetzt das Haus durchsuchen. Sie solle mit den anderen Frauen im Salon warten.

Sie durchsuchten das Haus, die Ställe, die Kammern darüber, in denen die Stallburschen wohnten, das Haus, in dem Mario, der Cantiniere des Gutes, mit seiner Familie lebte, das Kelterhaus, den Weinkeller und auch die kleine Kapelle, die zum Gut gehörte. Sie durchsuchten jeden Winkel, doch sie fanden nichts.

Währenddessen saßen die drei Frauen im Salon. Mit tränenerstickter Stimme berichtete Silvana, was der Offizier gesagt hatte. Giuseppe habe an einem Aufstand in Livorno, hinter dem Mazzini stand, teilgenommen. Sieben Männer seien erschossen worden, neun weitere sollten während der Kämpfe gefallen sein. »Mehr weiß ich auch nicht«, schloss sie ihre Schilderung ab.

Eine Stunde später kam Don Enrico in den Salon. »Sie sind weg«, sagte er nur und ließ sich neben seiner Frau auf das Sofa sinken.

Gianna sah ihn an. Zum ersten Mal wurde ihr bewusst, dass ihr Vater fünfzig Jahre alt war. Sein Haar war von grauen Strähnen durchzogen, sein Mund schmal, um seine Augen lag ein Kranz kleiner Fältchen. Sein einnehmendes Wesen, sein Humor und seine Offenheit hatten ihn immer jünger wirken lassen. Jetzt sah er aus wie ein alter Mann.

»Wir können Giuseppe aus Livorno abholen und hier beerdigen.« Er schlug die Hände vors Gesicht und weinte.

»Wusstest du, was sie vorhaben?«, fragte Silvana.

Enrico hob den Kopf. »Ich ahnte etwas, als sie sagten, sie wollen nach Livorno. Deshalb habe ich am selben Abend mit ihnen gesprochen. Doch sie blieben dabei, dass sie nur einen Freund treffen wollten.« Hilflos hob er die Hände, sein Blick bat Silvana um Verzeihung. »Ich konnte nichts tun, sie sind einundzwanzig Jahre alt. Zum ersten Mal kann ich mir vorstellen, wie es Vater ging, als Michele ihm sagte, er sei desertiert, um sich Giovine Italia anzuschließen. Vielleicht hat er ihn nur rausgeschmissen, weil er hoffte, ihn damit zur Besinnung zu bringen. Verbieten konnte er es ihm nicht mehr.« Er schüttelte den Kopf. »Ich wünschte, ich hätte unseren Jungs diese Reise untersagen können. Ich hätte sie einsperren sollen.«

Silvana weinte stumm.

»Wo ist Tommaso?«, fragte Gianna leise.

»Im Weinkeller. Dort steht ein präpariertes Fass. Mein Großvater Vincenzo hat zu Napoleons Zeiten in ein großes Fass, das schon lange nicht mehr benutzt wurde, ein Loch in den Boden geschnitten und zwei Pritschen eingebaut. Von außen sieht es aus wie ein normales Weinfass. Don Vincenzo hat damals einige junge Männer vor der Zwangsrekrutierung durch die Franzosen gerettet, und Michele hat 1834 politische Flüchtlinge darin versteckt, bevor er sie nach Livorno geschmuggelt hat, wo sie dann ausreisen konnten. Dort ist Tommaso sicher. Wenn wir die Soldaten überzeugt haben, dass er nicht in Livorno war, kann er hierbleiben, ansonsten schicke ich ihn zu Emilia und Fabrizzio nach Genua, sobald seine Verletzungen verheilt sind.«

»Nach Genua? Ist das nicht gefährlich?«

»Seit Cavour Ministerpräsident ist, sind Genua und Turin Zufluchtsorte für politisch Verfolgte geworden, wie die Toskana es früher einmal war.«

Später, als sie im Bett lag, dachte Gianna an ihre Freundin. Für Rosanna würde es ein schrecklicher Schlag sein. Vielleicht sollte sie morgen zu ihr reiten und mit ihr reden, bevor sie es von anderen erfuhr. Aber durfte sie überhaupt über Giuseppes Tod reden? Wieder kamen ihr die Tränen, und schließlich weinte sie sich in den Schlaf.

Am nächsten Abend brachte Enrico Tommaso in den Salon, wo die Familie versammelt war. Tommaso saß im Sessel, bleich wie ein Gespenst, die Augen vom Weinen gerötet.

Enrico reichte ihm ein Glas Grappa. »Ich fahre morgen nach Livorno, um mit den Behörden über die Freigabe von Giuseppes Leiche zu verhandeln. Kannst du uns erzählen, was passiert ist?«

Tommaso trank den Grappa aus und nickte. »Mazzini suchte schon länger Freiwillige, die sich in Livorno und Umgebung auskennen. Wir haben uns der Gruppe um Maurizio Quadrio angeschlossen. Maurizio ist mit einigen Helfern schon vor längerer Zeit nach Livorno gegangen, um den Aufstand vorzubereiten. Sie glaubten, dass sich uns die meisten Soldaten der Garnison von Livorno anschließen würden. Am dreißigsten Juni war es schließlich so weit. Wir banden uns die Trikolore um den Arm und versammelten uns an verschiedenen Punkten in der Stadt. Giuseppe und ich waren an der Piazza Grande vor dem Hauptquartier der Carabinieri.«

Er griff nach der Flasche Grappa und schenkte sich nach.

»Wen meinst du mit *wir?*«, fragte Enrico.

»Bürger von Livorno, Leute wie Giuseppe und ich, bewaffnet mit ein paar Gewehren und Säbeln. Der Kampf brach bald aus und erstreckte sich auf einen großen Teil der Gegend um die Piazza del Voltone und die Piazza Rangoni. Der Oberkommandierende in der alten Festung feuerte Kanonenschüsse ab, um die stationierten Militärabteilungen zu alarmieren. Die Soldaten schlossen die Stadttore, so dass keiner entkommen konnte.« Seine Stimme brach, er griff nach dem Glas und trank, bevor er weitersprach. »Sie jagten uns durch die Stadt bis zu den Mauern, wo sie uns stellten. Ich wurde angeschossen und verlor das Bewusstsein. Wahrscheinlich hat mir das das Leben gerettet. Viele ergaben sich, doch manche leisteten Widerstand. Major Giovanni Traditi ließ sieben von ihnen gleich vor dem Palazzo Colò hinrichten, auch Giuseppe.«

»Und wie bist du entkommen?«

»Vermutlich hielten sie mich für tot. Ein Freund schleppte mich in Salvatores Taverne, wo wir uns versteckten, bis die Soldaten sich zurückgezogen hatten. Danach holte er mein Pferd und schmuggelte mich aus der Stadt.« Seine Hand zitterte, als er erneut nach seinem Glas griff und den Rest des Grappas trank. »Salvatore erzählte mir, die jungen Männer vor dem Palazzo Colò seien sehr mutig gewesen.« Jetzt zitterte auch seine Stimme. »Sie hätten nicht um Gnade gebettelt, sondern nur beklagt, dass sie so jung sterben müssen, ohne ihre Aufgabe erfüllt zu haben.« Er barg das Gesicht in den Händen. »Giuseppe, mein Bruder. Ich hätte an seiner Seite stehen müssen, als sie ihn erschossen haben.«

»Nein.« Silvana stürzte zu ihm und umarmte ihn heftig.

»Dann hätten wir euch beide verloren. Es ist gut, dass du lebst.«

Tommaso hob den Kopf und sah sie an. Noch nie hatte Gianna so viel Elend in einem Gesicht gesehen. Giuseppe und er waren immer zusammen gewesen, hatten alles geteilt. Manchmal hatte ihre Mutter gescherzt, wenn sie nicht bald getrennte Wege gingen, würden sie sich am Ende noch eine Frau teilen.

Ihr Vater stand auf und füllte Tommasos Glas erneut. »Trink.« Er ging zum Schrank, holte Gläser heraus und öffnete eine Flasche Wein. Für die Frauen schenkte er Wein ein, für sich Grappa. Anschließend setzte er sich und hob sein Glas. »Auf Giuseppe.«

Zwei Stunden später war Tommaso betrunken. Enrico stützte ihn auf dem Weg in sein Zimmer.

Gianna ließ sich von Ilaria aus den Kleidern helfen und sank anschließend ins Bett. Ihr fielen die Augen zu.

Eine Woche später wurde Giuseppe in der Familiengruft der di Raimandis beigesetzt. Piero war aus Florenz gekommen, allein. Er wollte Nerina, die kurz vor der Niederkunft stand, die Reise nicht zumuten.

Aus Genua waren Giannas Tante Emilia und ihr Mann Fabrizzio angereist. Freunde und Nachbarn kamen zum Trauergottesdienst. Offiziell hatte Enrico angegeben, sein Sohn sei in Livorno zwischen die Fronten geraten und bei einer Schießerei ums Leben gekommen. Die Erklärung war stillschweigend akzeptiert worden, obwohl die meisten wohl die Wahrheit ahnten. Der Besuch der Soldaten auf Alberi d'Argento hatte sich herumgesprochen.

Tommaso nahm am Gottesdienst teil, seine Verletzung

war unter einem Umhang verborgen. Es war das erste Mal, dass er das Haus verließ.

Später folgte der Zug der Trauergemeinde den Sargträgern zur Familiengruft. Giannas Knie zitterten, als der Sarg auf dem Podest in der Gruft abgesetzt wurde. Piero, der neben ihr stand, spürte es wohl. Er bot ihr seinen Arm. Irgendwo hinter sich hörte sie Rosannas verzweifeltes Weinen. Ihr Vater weinte nicht, sein Gesicht war geisterhaft bleich. Er stützte ihre Mutter, die den Schleier vor das Gesicht gezogen hatte. Stella stand neben Lorenzo, die Hände schützend auf ihren Bauch gelegt, ihre Schultern zuckten. Emilias Augen wirkten riesig, sie starrte den Sarg an, als könne sie es immer noch nicht glauben. Fabrizzio hatte den Arm um ihre Schultern gelegt.

Als die Tür der Gruft geschlossen wurde, wurde ihre Mutter vom Schluchzen derartig geschüttelt, dass sie sich kaum noch auf den Beinen halten konnte.

Die Gäste zogen vorbei und drückten ihr Beileid aus.

Die Familie Castiglioni gehörte zu den Letzten, die kondolierten. Rosannas Gesicht war vom Weinen geschwollen, sie umarmte Gianna, doch sie brachte keinen Ton heraus.

Angelo umarmte sie nicht, sondern griff nach ihren Händen und blickte sie an, seine schönen Augen waren voll Trauer. »Es tut mir so leid. Alles.«

Die Signora und ihr Mann bekundeten mit steinerner Miene ihr Beileid und verließen den Friedhof.

Zwei Tage später kam Sergio Castiglioni nach Alberi d'Argento und bat um eine Unterredung mit Don Enrico.

Gianna beobachtete seine Ankunft von ihrem Fenster aus. Sicher ging es darum, dass der Hochzeitstermin von

Angelo und ihr wegen des Trauerjahrs verschoben werden musste. Das war nicht weiter schlimm, immerhin lebte der Mann, den sie liebte, noch. Voller Mitleid dachte sie an Rosanna. Sie würde Don Sergio fragen, ob sie Rosanna morgen besuchen durfte. Dann konnten sie sich gegenseitig trösten.

Sie ging hinaus und wartete, bis Signor Castiglioni, gefolgt von ihrem Vater, ebenfalls auf den Flur trat. Angelos Vater benahm sich seltsam. Er musste sie gesehen haben, doch er beachtete sie nicht, sondern ging mit schnellen Schritten den Flur entlang und verließ wortlos das Haus. Ihr Vater begleitete ihn nicht, sondern blieb an der Tür zum Salon stehen und sah ihm nach. Seine Lippen waren fest zusammengepresst, Zorn funkelte in seinen Augen. Dann fiel sein Blick auf sie, und Mitleid verdrängte den Zorn.

»Gianna, mein Kind.« Er atmete tief ein wie jemand, der Anlauf zu einem Sprung nahm. »Komm bitte in den Salon, wir haben etwas zu besprechen.«

Sie folgte ihm und nahm auf einem der Sessel Platz; ihr Vater blieb am Kamin stehen und starrte in den leeren Feuerraum. Schließlich sah er sie an. »Es tut mir sehr leid, aber eure Verlobung wird nicht auf dem Ball an Ferragosto verkündet werden.«

Da ihre Familie und sie an dem Ball nicht teilnehmen würden, war das nun keine große Überraschung. »Ich dachte es mir schon, Vater. Dann eben später. Mir ist zur Zeit auch nicht nach Feiern zumute.«

Er schüttelte den Kopf und rang sichtlich nach Worten. »Ich weiß nicht, wie ich es dir schonend beibringen kann«, sagte er schließlich. »Eure Verlobung ist gelöst, es gibt keine Hochzeit. Signor Castiglioni hat mir eben mitgeteilt, dass kein Mitglied seiner Familie jemanden aus einer Sippe heiraten wird, die es mit Verrätern hält und deren Söhne sich an Aufständen beteiligen.«

Das konnte nicht sein. Angelo liebte sie, er hatte es mehr als einmal gesagt.

»Es tut mir sehr leid«, sagte ihr Vater, als sie stumm blieb.

Genau das hatte Angelo vor zwei Tagen gesagt. Und dann noch hinzugefügt: *Alles*. Sie schnappte nach Luft, als hätte ihr jemand einen Kübel kaltes Wasser über den Kopf gegossen. Hatte er es etwa so gemeint? Hatte er da schon gewusst, dass seine Eltern die Verlobung lösen würden? Aber dann hätte er doch versucht, mit ihr zu reden. Sie schüttelte den Kopf. Nein, er musste die Umstände von Giuseppes Tod gemeint haben. »Aber sie können uns nicht trennen«, sagte sie. »Angelo und ich, wir lieben uns.«

»Sie wollen dich nicht in ihrer Familie haben, Gianna.«

»Die Signora vielleicht nicht, aber Angelo …«

»Er ist der einzige Sohn und damit der Erbe. Er wird tun, was seine Eltern ihm sagen.«

»Das glaube ich nicht.«

Bedauernd schüttelte ihr Vater den Kopf. »Ich fürchte, Angelo ist nicht Manns genug, um sich gegen seine Eltern zu stellen.«

»Das sagst du nur, weil du ihn nicht magst. Du hast nie besonders viel von ihm gehalten, nicht wahr?«

»Er ist ein netter Kerl, aber oberflächlich. Um etwas zu kämpfen liegt nicht in seiner Natur. Wenn eine Sache zu schwierig wird, sucht er sich eine andere. Mir war nie besonders wohl bei dem Gedanken, dass er dein Ehemann wird.«

»Du hast nie etwas gegen ihn gesagt.«

»Weil ich wusste, wie sehr du ihn liebst.«

»Und er liebt mich auch.«

»Wahrscheinlich. Auf seine oberflächliche Art. Eure Hochzeit war die ideale Verbindung unserer beiden Güter. Als seine Eltern vor vier Jahren bei mir um deine Hand angehalten haben, hat er sich gefügt. Du warst damals schon in ihn verliebt, aber er auch in dich? Oder war es nur der bequemste Weg für ihn?«

»Was schert mich, wie er vor vier Jahren dachte? Jetzt liebt er mich.«

»Wenn es so ist, dann wird er um dich kämpfen.« Er trat zu ihr und streichelte ihre Wange. »Sollte er es nicht tun, dann ist er deiner auch nicht wert.«

Nachdem ihr Vater gegangen war, saß Gianna im Salon und grübelte. Hatten Angelos Eltern mit ihm darüber gesprochen, dass sie die Verlobung lösen würden, bevor sein Vater hierhergeritten war? Wenn ja, warum hatte er dann nicht längst versucht, sie zu treffen und mit ihr zu reden? Andererseits, wie hätte er sie kontaktieren sollen? Wenn sie an seiner Stelle wäre, hätte sie Rosanna gebeten, sie zu besuchen und ihr eine Nachricht ausrichten lassen. Doch dann fiel ihr ein, dass Rosanna wohl auch nicht mehr würde hierherkommen dürfen. Ein bitteres Schluchzen stieg in ihre Kehle. Sollte sie nun auch ihre beste Freundin verloren haben? Nur wegen dieser verdammten Politik? Es war ihr gleichgültig, ob der Regent, den sie ohnehin niemals zu Gesicht bekam, Leopold II. oder Vittorio Emanuele II. hieß.

Ihre Gedanken kehrten zurück zu Angelo. Rosanna konnte er nicht schicken. Und er selbst konnte wohl kaum nach Alberi d'Argento reiten und nach ihr fragen, nach diesem Affront seines Vaters.

Er hätte vorher kommen können, wisperte eine Stimme in ihrem Hinterkopf. *Aber vielleicht überwachen seine Eltern ihn.*

Sie könnte ihn erreichen. Gleich morgen würde sie sich ihr Pferd satteln lassen und dem Stallburschen sagen, sie wolle ein wenig durch die Weingärten reiten. Selbst wenn der sich wundern sollte, dass sie ohne Begleitung ausritt, würde er nichts sagen. Wenn sie nicht den normalen Weg zur Tenuta Bandello nahm, sondern den, der zu den Stallungen führte, konnte sie Maurizio suchen, ohne dass es jemand bemerkte. Der Gedanke an Maurizio legte sich wie Balsam auf ihr wundes Herz. Er konnte ihr helfen. Wenn sie ihm erzählte, was geschehen war, würde er verstehen, und er konnte jederzeit ins Haus und mit Angelo sprechen.

Ja, das würde sie tun. Und Angelo würde in die Ställe kommen, sie umarmen, sie küssen und ihr sagen, dass er sie liebe. Und dann würden sie Pläne schmieden, wie sie zusammenbleiben könnten. Angelo würde einen Weg finden. Und wenn sie fortlaufen müssten. Sie dachte an ihren Onkel Michele und seine Frau. Sie war eine Schäferstochter, und ihr Großvater war mit dieser Ehe nicht einverstanden gewesen. Deshalb hatten ihr Onkel und ihre Tante auf einem Stück Pachtland bei Castagneto gelebt. Michele hatte das Land bewirtschaftet und auf den umliegenden Höfen geholfen; ihre Tante Antonella hatte in einer Osteria als Köchin gearbeitet. Das könnten sie ebenfalls tun.

Beim Abendessen war sie so gefasst, dass ihre Eltern ihr erstaunte Blicke zuwarfen. Inzwischen wusste die Familie von Signor Castiglionis Besuch. Lorenzo und seine Frau versicherten ihr, dass sie es überhaupt nicht nötig habe, Angelo nachzutrauern. Lorenzo zählte ihr fünf junge Männer auf, die sich glücklich schätzen würden, sie zur Frau zu bekommen, und meinte, es gebe bestimmt noch mehr. Ihre Mutter sagte ihr, dass sie Zeit habe, sich zu entscheiden. Man müsse mit achtzehn Jahren noch nicht verheiratet sein. Sie zählte einige Beispiele von Frauen auf, die erst mit zwanzig geheiratet hatten, und es seien alles glückliche Ehen. Selbst Tommaso, der sich inzwischen nicht mehr in Napoleons Fass versteckte, sondern wieder im Haus wohnte, meinte, Angelo sei ein Casanova wie sein Vater, und es sei besser so.

Alle versuchten, Angelo schlechtzureden und ihr über den vermeintlichen Verlust hinwegzuhelfen, und sie liebte sie sehr dafür. Der Verlust von Giuseppe wog so viel schwerer als der Liebeskummer einer Tochter. In anderen Familien wäre überhaupt nicht darauf eingegangen worden. Dort hätten die Wünsche der Frauen nicht gezählt. In ihrer schon, und sie war stolz darauf. Und so lächelte und nickte sie und sagte ihnen, sie sollten sich keine Sorgen machen. Dabei dachte sie daran, dass sie vielleicht in den nächsten Tagen schon mit Angelo irgendwo in einer kleinen Kirche vor dem Traualtar stehen könnte. Ihre Eltern würden es verstehen. Hatte nicht ihr Vater gesagt, wenn Angelo sie liebte, würde er um sie kämpfen? Und hatte er ihr nicht erzählt, wie Onkel Michele es durchgesetzt hatte, dass ihr Großvater schließlich Antonella als Schwiegertochter akzeptiert hatte, weil er seinen Sohn unbedingt auf dem Gut halten wollte? Wenn Angelo das Gleiche täte wie damals Michele, nämlich seinen Eltern sagen, dass er das Gut nur weiterführen würde, wenn er die Frau, die er liebte, heiraten durfte, dann würde Donata und Sergio nichts anderes übrigbleiben, als nachzugeben.

6. KAPITEL

Am nächsten Morgen zog sie sich nach dem Frühstück in ihr Zimmer zurück und schlüpfte in ihr Reitkleid. Es wurde vorne geknöpft, so dass sie es ohne Hilfe anziehen konnte. Sie setzte den kleinen Hut auf und zog den Schleier vors Gesicht. Dann schlich sie sich aus dem Haus. Den Stallburschen konnte sie vielleicht weismachen, dass sie nur durch die Weinberge reiten wollte, ihre Eltern würden sie wahrscheinlich durchschauen.

Carlo, einer der Stallknechte, war noch dabei, die Boxen auszumisten. Als sie in die Boxengasse trat, blickte er verblüfft auf. »Guten Morgen, Signorina. Sie wollen ausreiten?« Er reckte den Kopf und spähte über ihre Schulter, wohl um zu sehen, wer sie begleiten würde.

»Ja. Kann jemand meine Frecetta satteln?«

»Matteo!«, rief Carlo durch den Stall. »Sattle das Pferd der Signorina. Wer wird Sie begleiten?«, wandte er sich wieder an sie. Seine ganze Haltung drückte aus, dass er keine Lust dazu hatte und auch keinen von den anderen Burschen mitschicken wollte.

»Ich reite nur ein wenig durch die Weingärten. Dabei brauche ich keine Begleitung.«

Wie sie erwartet hatte, runzelte Carlo zwar die Stirn, doch er widersprach nicht. Morgens gab es im Stall viel Arbeit, da wurde jede Hand gebraucht.

Kurze Zeit später führte Matteo Frecetta aus dem Stall und half Gianna in den Sattel. Sie bedankte sich, dann ritt sie los. Nicht über die Zypressenallee, sondern in Richtung der Weingärten. Sobald sie außer Sicht war, trieb sie ihr

Pferd zum Galopp. Frecetta bedeutete *Kleiner Pfeil,* und schnell war die Stute.

Nach einer halben Stunde erreichte sie das Land der Castiglionis. Sie folgte dem Weg durch die Weingärten und näherte sich dem Gut von den Gebäuden her, in denen der Wein gemacht und gelagert wurde. Dort stieg sie ab, führte Frecetta zu den Ställen und band sie an der Tränke an. Die Stute senkte den Kopf und trank.

Gianna sah sich um. Der Stall wirkte verlassen. Bis auf das Sägen der Zikaden und das Zwitschern der Schwalben war kein Geräusch zu hören. Bisher war alles nach Plan verlaufen, niemand hatte sie gesehen.

Sie atmete tief durch, um ihre Nervosität zu bekämpfen, dann betrat sie den Stall. Die Boxen waren bereits ausgemistet und leer. Die Pferde wurden wohl gerade geputzt oder befanden sich schon auf der Weide. Sie schlich den Boxengang entlang bis zur Sattelkammer. Wie sie gehofft hatte, saß Maurizio dort am Tisch, den Kopf über ein Buch gebeugt. Er war so in seine Lektüre vertieft, dass er sie erst bemerkte, als sie die Tür hinter sich schloss.

»Gianna?« Er sprang heftig auf. »Was tust du denn hier?«

Also wusste er auch schon Bescheid. Sie schlug den Schleier zurück. »Maurizio, du musst mir helfen.«

Besorgt sah er sie an. »Ich helfe dir gerne. Komm, setz dich. Willst du einen Schluck Wasser? Es ist schrecklich heiß heute.« Ohne auf ihre Antwort zu warten, griff er nach dem Krug, der auf dem Tisch stand, und füllte einen Becher.

Gianna trank.

Maurizio räusperte sich. »Es tut mir leid, was mit Giuseppe passiert ist. Wie verkraftet es Tommaso?«

Sie schluckte. »Nicht gut. Er läuft herum wie ein Geist. Die beiden waren doch unzertrennlich.«

»Giuseppe war immer derjenige, der auf die Leute zuging, Tommaso der Stillere, Nachdenklichere. Ich kann mir vorstellen, dass es für ihn sehr schwer ist. Ich war auf der Beerdigung, aber ich konnte natürlich nicht zum Kondolieren kommen.« Er schenkte ihr Wasser nach. »Wie kann ich dir helfen?«

Ihre Augen wurden feucht, ihre Kehle verengte sich. »Weißt du, dass Angelos Eltern unsere Verlobung gelöst haben?«

Etwas in seinem Gesicht veränderte sich. Der Zug um seinen Mund wurde strenger, seine Züge härter. Mit einem Mal wirkte er viel erwachsener. »Ich weiß es.«

»Ich muss mit Angelo reden. Kannst du ihm sagen, dass ich hier bin und ihn sprechen will?«

»Gibt es denn noch etwas zu sagen?« Selbst seine Stimme klang jetzt hart.

»Aber natürlich. Ich kann nicht glauben, dass er sich so einfach seinen Eltern fügt. Bestimmt …«

Maurizio unterbrach sie. »Gianna, willst du mir sagen, er hat nicht mit dir gesprochen?«

»Nein. Wann denn auch?«

»Nach der Beerdigung, oder später. Er hätte seinen Vater begleiten können.«

Stumm schüttelte sie den Kopf.

»Er hatte nicht den Mut, dir persönlich zu sagen, dass er dich nicht heiraten wird?«

Irgendwie erinnerte sie dieses Gespräch an das mit ihrem Vater gestern. »Vielleicht hatte er keine Gelegenheit, vielleicht musste er noch über eine Lösung nachdenken.«

Der Zweifel stand überdeutlich in Maurizios Gesicht geschrieben.

Sie verlegte sich aufs Bitten. »Maurizio, bitte, ich muss mit ihm reden. Es ist wahrscheinlich die einzige Gelegenheit.«

Er nickte langsam. »Ja. Ich werde ihn holen. Er soll es dir selbst sagen.« *Dieser Feigling,* sagten seine Augen. Er stand auf. »Warte hier.«

Es dauerte nicht lange, dann wurde die Tür aufgerissen, und Angelo stürmte in den Raum. »Gianna, Liebste. Wie kommst du hierher?«

»Durch die Weingärten. Mein Pferd steht hinter dem Stall.«

Er griff nach ihren Händen, zog sie aus dem Stuhl und in seine Arme. Ihr Kopf lag an seiner Schulter, und alle ihre Sorgen und Bedenken lösten sich auf. Er freute sich, sie zu sehen, er liebte sie. Eine Weile standen sie schweigend da, dann sagte sie: »Dein Vater war bei uns.«

»Ich weiß«, antwortete er leise.

Sie löste sich aus seinen Armen, trat einen Schritt zurück und sah ihn an.

»Ich habe erst davon erfahren, als er zurückkam.«

»Du wusstest nicht, dass deine Eltern die Verlobung lösen wollten?«

Die Stalltür knarrte, jemand rief nach Maurizio. Angelo öffnete die Tür der Sattelkammer. »Hier ist er nicht.« Er wartete, bis die Stalltür zufiel, dann winkte er sie heran. »Komm mit, ich weiß, wo wir ungestört sind.«

Er führte sie durch die Boxengasse und durch die hintere Tür in einen Heuschober. Gianna sah sich um. Die große Tür nach draußen war verschlossen, es war dämmrig und duftete intensiv nach dem Heu, das auf den erhöhten Böden lagerte. In den Sonnenstrahlen, die durch die Fensteröffnung über der Tür fielen, tanzte der Staub. Still war es hier, fast wie in einer anderen Welt.

Angelo schloss leise die Tür zum Stall und drehte sich zu ihr um. »Meine Eltern sprachen darüber, die Verlobung zu lösen, aber ich ahnte nicht, dass sie es gleich tun würden.« Er lief in der Scheune auf und ab wie eine dieser Raubkatzen, die sie als Kind im Käfig eines Zirkus gesehen hatte. »Ich dachte, sie seien nur schockiert, und wenn erst mal ein bisschen Gras über die Sache gewachsen wäre, würden sie vielleicht noch mal darüber nachdenken.«

»Und nun?«

Abrupt hielt er inne und drehte sich zu ihr um. »Wie, und nun?«

»Was sollen wir tun?«

Ratlosigkeit stand in seinem Gesicht geschrieben. »Wir können nichts tun. Es sind meine Eltern.«

»Du gibst mich einfach auf?« Das konnte nicht sein.

»Gianna, ich liebe dich. Aber du weißt doch, die wenigsten Ehen werden aus Liebe geschlossen, sondern von den Eltern arrangiert. Ich habe keine Wahl.«

»Wir könnten fortlaufen.«

»Fortlaufen? Wohin?«

»Ich weiß nicht. Vielleicht in die Berge. Dort würde uns niemand finden.«

»Und wo sollen wir wohnen, wovon sollen wir leben? Ich habe kein eigenes Vermögen, und du hast auch keines.«

»Und doch wäre es möglich. Mein Onkel Michele hat es getan. Er hat seine Antonella geheiratet und mit ihr in der Nähe von Donoratico gelebt.«

»Ich kenne die Geschichte. Er hat den Bauern geholfen

und eigenes Land bewirtschaftet. Aber, Gianna, du kannst dich doch unmöglich mit dieser Bauersfrau vergleichen. Sie war eine Dienstmagd. Du kannst doch nicht die Fußböden scheuern und als Schankmädchen arbeiten. Mutter sagte, niemand wisse genau, womit sie wirklich ihr Geld verdient hat.«

Sie wurde wütend. Sie erinnerte sich gut an ihre Tante, eine bildschöne Frau, die offen und herzlich gewesen war. Alle auf Alberi d'Argento hatten sie gemocht. »Sie war kein Schankmädchen, sie war Köchin«, fuhr sie auf. »Und sie war eine anständige Frau, keine Hure.«

»Nicht böse sein«, sagte er besänftigend. »Aber du kannst nicht kochen, und du kannst auch nicht als Dienstmädchen arbeiten. Du weißt doch gar nicht, was du tun müsstest. Und ich bin der einzige Erbe meiner Eltern. Ich kann sie nicht im Stich lassen.«

Tränen stiegen ihr in die Augen. In Grunde hatte er recht. Sie konnte nichts von dem, was Antonella gekonnt hatte. »Aber *mich* kannst du im Stich lassen.«

Er trat auf sie zu und strich ihr über die Wange. »Es gibt nur einen Weg. Ich muss meine Eltern überreden, die Verlobung nicht zu lösen. Noch ist es ja nicht offiziell.«

Durch den Tränenschleier sah sie ihn an. »Du glaubst, sie werden es sich noch mal überlegen?«

»Bestimmt. Meine Mutter liebt mich sehr, sie will nicht, dass ich unglücklich bin. Und ich wäre sehr unglücklich ohne dich.« Seine Stimme wurde weich und schmeichelnd. »Aber dazu brauche ich Zeit, Liebste. Ich muss sie überzeugen.«

Natürlich, er hatte recht. Er wollte seinen Eltern ebenso wenig Kummer bereiten wie sie ihren.

Er nahm ihre Hände und sah ihr in die Augen. »Was ist

mit deinen Eltern? Meinst du, sie werden dir noch erlauben, mich zu heiraten, oder haben sie schon einen anderen Bräutigam für dich ausgesucht?«

»Sie werden es erlauben. Und, nein, sie haben keinen anderen Bräutigam für mich ausgesucht. An eine Hochzeit denken sie zurzeit ohnehin nicht.«

»Stimmt, ihr seid in Trauer. Es tut mir sehr leid, Giuseppe war immer so fröhlich.«

Gianna schluckte.

»Nicht weinen«, sagte er leise. »Alles wird gut.«

»Ich muss jetzt wieder nach Hause.«

»Ja. Ich sollte auch ins Haus gehen, bevor mich jemand sucht.« Doch er machte keine Anstalten, ihre Hände loszulassen und zu gehen. Stumm sahen sie einander an. Das Heu duftete süß. Irgendwo raschelte es, vielleicht war es eine Maus. Draußen zwitscherten Schwalben. Jemand ging den Weg entlang und pfiff ein Lied. Immer noch blickten sie sich an, die Zeit schien stillzustehen. Dann hob er die Hand und strich über ihre Wange, zog sie an sich. »Wie schön du bist.«

Sie sank ihm entgegen.

Er umarmte sie, küsste sie. »Gianna, Gianna«, flüsterte er an ihrem Ohr. Er bog sie nach hinten, küsste ihren Mund, ihren Hals, die kleine Mulde unter ihrer Kehle. Mit einer Hand umfasste er ihre Brust, und wieder war es, als griffe er direkt nach ihrem Herzen. Ihre Beine wurden weich. Zusammen sanken sie ins Heu. Wieder küsste er sie, während er die Knöpfe ihres Oberteils öffnete. Zart streichelte er ihre Brüste. Ihr Unterleib schien sich zusammenzuziehen, doch nicht vor Schmerz wie an ihren Tagen, sondern vor Sehnsucht nach ihm. Ihr Herz pochte so laut, dass er es auch hören musste. Er küsste ihren Hals entlang nach unten und umfasste schließlich eine ihrer Brustwarzen mit den Lippen. Ein tiefer Seufzer entfuhr ihr. Sie grub ihre Hände in sein Haar. Wie sehr sie ihn liebte. Sie spürte eine Berührung an ihrer Fessel. Es war seine Hand; er schob ihren Rock nach oben.

Und dann riss ihn plötzlich jemand von ihr fort, und eine Stimme schrie: »Was tust du da, verdammt noch mal?«

Es war Maurizio, der Angelo an seiner Weste gepackt und hochgezerrt hatte und ihn jetzt gegen die Wand der Scheune schleuderte. Sein Gesicht war so von Wut verzerrt, dass es völlig fremd wirkte.

Angelo schnappte nach Luft, dann brüllte er los. »Bist du von Sinnen? Was bildest du dir ein?« Er stieß Maurizio vor die Brust, so dass er zurücktaumelte. »Verschwinde von hier, und zwar schnell.«

Doch Maurizio fing sich, sprang vor und drückte Angelo gegen die Scheunenwand. »Du wirst deine Finger von ihr lassen, du geiler Bock. Vergnüge dich weiterhin mit den Mägden wie dein Vater.«

»Du wagst es ...?« Angelo hob die Hand und schlug Maurizio ins Gesicht. Der schlug zurück, und kurze Zeit später rollten beide über den Boden und prügelten aufeinander ein.

Gianna hatte sich aufgesetzt und starrte entsetzt auf die kämpfenden Männer. Noch niemals hatte sie erlebt, dass Maurizio die Beherrschung verloren hatte, doch jetzt drosch er auf Angelo ein, als wolle er ihn umbringen.

»Hört auf!«

Ihr Schrei schien beide zur Besinnung zu bringen. Sie ließen voneinander ab und rappelten sich auf. Aus einer Wunde an Maurizios rechter Augenbraue floss Blut. Angelos Unterlippe war aufgeplatzt, und an seinem

Wangenknochen zeichnete sich ein Bluterguss ab. Schwer atmend standen sie voreinander und starrten sich an wie zwei Kampfhähne.

»Das wird dich deine Stellung hier kosten«, zischte Angelo. »Ich rede mit meinem Vater.«

»Tu das«, gab Maurizio zurück. »Aber ich hatte ohnehin nicht vor, hierzubleiben. Und jetzt begleite ich Signorina di Raimandi nach Hause.«

»Das wirst du *nicht* tun.«

»Willst *du* sie heimbringen? Ich sattle dein Pferd.«

Angelos Blick glitt zu ihr, er wirkte sichtlich verlegen. Dann nickte er langsam. »Es ist wohl das Beste, er bringt dich nach Hause, Gianna. Vergiss nicht, worüber wir gesprochen haben.« Er klopfte seine Hose ab, zupfte Heu von seiner Weste und verließ die Scheune.

Maurizio sah ihm nach, dann drehte er sich zu ihr um und wandte sofort den Blick wieder ab.

Ihr Kleid! Es war bis zur Taille aufgeknöpft. Hastig versuchte sie es über der Brust zusammenzuziehen.

»Ich hole deinen Hut, er liegt noch in der Sattelkammer.« Seine Stimme klang, als müsse er ein Husten unterdrücken.

Ihre Wangen brannten vor Scham, während sie fahrig die Knöpfe schloss und sich dann mühsam erhob. Heuhalme hingen an ihrem Unterrock und ihrem Kleid. Sie zupfte sie ab und schüttelte den Rock aus. Strähnen ihres Haars hatten sich aus ihrer Frisur gelöst; sie strich sie hinter die Ohren. Maurizio ließ sich Zeit. Sie war dankbar dafür, denn sie fürchtete sich vor seinem Blick. Vielleicht sollte sie einfach weglaufen und heimlich davonreiten. Sie wusste nicht, was sie mehr beschämte: das, was zwischen Angelo und ihr passiert war, oder dass Maurizio sie erwischt hatte.

Mit ihrem Hut in der Hand betrat Maurizio die Scheune. Stumm nahm sie ihn entgegen, setzte ihn auf und zog den Schleier über ihr Gesicht. So konnte sie sich wenigstens etwas verstecken.

»Am besten ist, du setzt dich in die Sattelkammer, bis ich mein Pferd gesattelt habe.« Immer noch klang seine Stimme belegt. Er hielt ihr die Tür auf und schenkte noch mal Wasser in den Becher ein, bevor er einen Sattel und Zaumzeug vom Haken nahm und ging.

Trotz der Hitze zitterten ihre Hände, als sie nach dem Becher griff. Wäre Angelo wirklich weitergegangen? Hätte er mit ihr geschlafen, dort im Heu, wie mit einer Dirne, wenn Maurizio nicht gekommen wäre? *Sie* hätte ihn nicht aufgehalten, das wusste sie. Noch niemals hatte sie derartiges empfunden.

Das Klappern von Pferdhufen in der Boxengasse schreckte sie auf. Das musste Maurizio mit dem Pferd sein. Vorsichtig öffnete sie die Tür und spähte hinaus. Es war tatsächlich Maurizio; er führte ein braunes Pferd am Zügel und bedeutete ihr mit einem Wink, ihm zu folgen. Hinter dem Stall stellte er sein Pferd ab und ging zu Frecetta. Als sie zu ihm trat, beugte er die Knie und verschränkte seine Finger. Sie stellte den Fuß hinein und ließ sich in den Sattel helfen.

Stumm bestieg er sein Pferd und lenkte es neben ihre Stute. Nebeneinander ritten sie den Weg entlang.

Nach einigen Minuten brach er das Schweigen. »Wissen deine Eltern, dass du hier bist?«

»Nein.« Ihre Kehle war so eng, dass sie zu ersticken glaubte.

»Dann reiten wir durch die Weingärten. Dort kommen wir unauffällig zum Gut.«

»Du musst mich nicht bis nach Hause begleiten, ich finde den Weg allein.«

»Ich denke, es ist besser, wenn du jetzt nicht allein bist. Wirst du deinen Eltern erzählen, was passiert ist?«

Sie zuckte zusammen. Darüber hatte sie noch nicht nachgedacht.

»Tu es nicht«, sagte Maurizio. »Dein Vater müsste Angelo zum Duell fordern.«

»Aber doch nicht, wenn Angelo mich heiratet.«

»Er wird dich nicht heiraten.« Mitleid schwang in seiner Stimme. »Er wird tun, was seine Eltern sagen. Er hatte ja noch nicht einmal den Mut, dir zu sagen, dass die Verlobung gelöst wird.«

»Er hat nicht gewusst, dass sein Vater es gleich tun würde. Die Verlobung lösen.«

»Das hat er gesagt?« Maurizio schüttelte den Kopf.

»Willst du behaupten, er lügt?«, fuhr sie auf.

»Ich weiß, dass er lügt, Gianna.« Er zügelte sein Pferd und drehte sich im Sattel zu ihr. »Er wusste es schon vor der Beerdigung deines Bruders. Ich habe gehört, wie sie darüber gesprochen haben. Er ist ein Feigling, und dann verführt er dich auch noch.«

»So war das nicht. Er hat mich nicht verführt. Es ist nichts passiert … ich meine …« Ihr Gesicht glühte, sie konnte nicht weitersprechen.

»Ich weiß«, antwortete er ruhig. »Aber dass nichts passiert ist, war nicht *sein* Verdienst.«

Sie senkte den Kopf, Tränen der Scham liefen über ihre Wangen.

»Nicht weinen, Gianna. Ich wollte dich nicht kränken. Du bist unerfahren und verliebt. Aber *er* müsste es besser wissen.«

»Er liebt mich.«

»Ich hoffe es, denn sonst wäre sein Verhalten wirklich unverzeihlich.«

»Er sagte, er wird mit seinen Eltern reden. Er ist sicher, dass er sie noch überzeugen kann, der Hochzeit zuzustimmen.«

»Ich kann mir nicht vorstellen, dass die Signora mit sich reden lässt. Aber vielleicht täusche ich mich. Jedenfalls solltest du nicht mehr zur Tenuta kommen, bis diese Sache geklärt ist. Versprich mir das.«

Ihr erster Impuls war, ihm zu sagen, dass es ihn überhaupt nichts anging, ob sie sich mit Angelo traf oder nicht. Doch die Scham verschloss ihr den Mund. So nickte sie nur und trieb Frecetta zum Galopp. Nach Hause, sie wollte nach Hause und sich in ihr Zimmer verkriechen.

Sie hatte gehofft, ihm davonreiten zu können, doch er hielt sich neben ihr. Kurz bevor das Herrenhaus in Sicht kam, zügelte sie ihr Pferd. »Ich danke dir für deine Begleitung, aber ab hier reite ich lieber allein.«

»Ich würde gerne mitkommen und mich von deiner Familie verabschieden. Sie waren immer sehr nett zu mir, und ich habe sie sehr gern.«

»Verabschieden?« Jetzt erst erinnerte sie sich an seine Worte in der Scheune. Dass er die Tenuta Bandello verlassen werde. »Ich dachte, du gehst erst nach der Weinlese.«

»Ich denke, es ist besser, wenn ich gleich gehe.«

»Es ist meine Schuld«, sagte sie leise. »Du musst gehen, weil du dich meinetwegen mit Angelo geprügelt hast, nicht wahr?«

Er zögerte mit der Antwort. »Nicht nur. Du weißt, ich wollte schon länger fort. Ich möchte nicht ewig der Knecht auf Bandello sein. Ich will mehr.«

Sie ritten weiter, bis sie zum Stall des Gutes kamen. Dort stieg Maurizio ab und half dann ihr aus dem Sattel.

Carlo eilte herbei, nahm Frecetta am Zügel und bedachte Maurizio mit einem verwunderten Blick. »Hatten Sie einen schönen Ausritt, Signorina?«

»Ja, danke.«

»Hallo, Carlo«, begrüßte Maurizio ihn. »Mein Pferd kannst du im Hof lassen, ich bleibe nicht lange. Weißt du, ob der Marchese di Raimandi zu Hause ist?«

»Sein Pferd steht im Stall, also ist er wohl da.«

Maurizio folgte Gianna ins Haus. Im Vestibül blieb er kurz stehen und blickte auf das Wappen der Raimandis an der Wand. »Ich wollte schon immer fragen, was *Alta alatis patent* heißt.«

»Sinngemäß heißt es: Wer Flügel hat, dem steht der Himmel offen. Die wörtliche Übersetzung ist: Wer Flügel hat, darf hoch fliegen.«

»Wer Flügel hat, darf hoch fliegen«, wiederholte er leise.

Gianna sah ihn an. »Du hast Flügel, Maurizio. Du wirst fliegen.«

Zum ersten Mal, seit der unseligen Begegnung in der Scheune, lächelte er. »Glaubst du?«

»Ich bin mir sicher. Mein Vater ist bestimmt in seinem Büro. Ich zeige dir den Weg.« Sie führte ihn den Gang entlang und klopfte dann an die Tür.

»Herein«, erklang es von drinnen.

Sie öffnete und trat ein. »Entschuldigen Sie die Störung, Vater, aber Maurizio von der Tenuta Bandello ist hier und möchte sich verabschieden.«

»Maurizio? Kommt rein.«

Hastig fuhr Maurizio sich durchs Haar und wischte die

Hände an seiner Hose ab, dann verneigte er sich. »Guten Tag, Don Enrico.«

»Guten Tag, mein Junge. Schön, dich zu sehen. Du warst lange nicht hier.« Enrico legte die Feder aus der Hand und musterte Maurizio. »Du hast dich verändert. Aus dem Jungen ist ein Mann geworden. Was sagte Gianna eben, du willst dich verabschieden?«

»Jawohl. Ich werde die Tenuta Bandello verlassen.«

»Schließ bitte die Tür, Gianna, und setzt euch.«

Gianna gehorchte.

Ihr Vater lehnte sich in seinem Stuhl zurück. »Du gehst fort? Darf ich fragen, warum?«

»Ich glaube nicht, dass es auf Bandello eine Zukunft für mich gibt. Einfacher Pferdebursche will ich nicht bleiben, und etwas anderes kann ich dort kaum werden.«

Ein spöttisches Lächeln zuckte um die Lippen ihres Vaters. »Probleme mit Signora Castiglioni?«

Maurizios Wangen wurden rot, er räusperte sich. »Hm, ja, das auch. Woher wissen Sie …?«

»Ich kenne Donata schon mein Leben lang. Sie kann … schwierig sein.«

»Sie mag mich nicht. Und ich hatte Streit mit dem jungen Herrn.« Er deutete auf sein rechtes Auge, das inzwischen von einem blauen Hof umgeben war.

»Mit Angelo?«

Verwundert blickte Gianna ihren Vater an. Klang da Hochachtung aus seiner Stimme?

»Deshalb musst du Montescudaio nicht verlassen. Wenn du dir vorstellen kannst, mit Wein zu arbeiten, könntest du hier bei unserem Cantiniere lernen, wie man Wein macht. Er möchte sich in ein paar Jahren zu Ruhe setzen, und ich brauche einen Nachfolger.«

Einen Augenblick glaubte Gianna Maurizios Augen aufleuchten zu sehen, doch dann schüttelte er den Kopf. »Das ist ein sehr großzügiges Angebot, Marchese di Raimandi, aber ich denke, ich muss einfach von hier fort. Ich werde nach Norden gehen und mich der kaiserlichen Armee anschließen.«

»Verstehe. Du gehst zu den Habsburgern?«

Maurizio errötete noch mehr, doch er sah ihrem Vater in die Augen. »Ich bin der Meinung, dass Großherzog Leopold ein guter Herrscher ist. Die Toskana ist ein Land, in dem es sich gut leben lässt. Vittorio Emanuele dagegen hat sein eigenes Volk bekämpft, seine eigene Stadt, Genua, beschossen und sie zum Plündern freigegeben. Ich glaube nicht, dass er ein guter Herrscher ist.«

»Du bist ein mutiger und kluger junger Mann. Ich wünsche dir Glück. Ich hoffe sehr, dass es nicht zum Krieg kommt.«

»Das hoffe ich auch, Marchese di Raimandi, von ganzem Herzen.«

Er erhob sich, und auch ihr Vater stand auf. Er streckte Maurizio die Hand entgegen. »Dann wünsche ich dir alles Gute, mein Junge. Solltest du das Soldatenleben satthaben, komm hierher. Wir haben immer Verwendung für Männer wie dich.«

Maurizio ergriff seine Hand und verneigte sich tief. »Ich danke Ihnen. Grüßen Sie Ihre Gattin und Ihre Söhne von mir.«

Gianna begleitete ihn nach draußen. Dort machte er sich am Sattel seines Pferdes zu schaffen, zog den Gurt enger, prüfte die Schnallen der Steigbügel. Es war, als wollte er noch nicht fort.

»Warum nimmst du Vaters Angebot nicht an?«, fragte

sie. »Dann müsstest du nicht fortgehen. Und er würde dich gut bezahlen, so dass du heiraten und eine Familie gründen könntest.«

Wehmut lag in seinen Augen. »Ich glaube nicht, dass ich jemals heiraten werde.«

»Aber warum denn nicht? Du bist ein sehr gutaussehender junger Mann. Hast du noch nie bemerkt, wie dich die jungen Mägde auf Bandello ansehen? Ich glaube, keine würde nein zu dir sagen.«

Jetzt lächelte er, doch in seinem Lächeln lag ebenso viel Wehmut wie vorher in seinem Blick. »Kann sein, ich habe es wirklich nie bemerkt. Aber ich will nicht irgendeine Magd heiraten, ich will ...« Fast erschrocken hielt er inne.

»Was willst du? Gibt es ein Mädchen, das du liebst? Vielleicht kann mein Vater etwas für dich tun. Er würde sich bestimmt für dich verwenden, wenn sie über deinem Stand ist.«

Einen Moment lang blickte er sie ungläubig an, dann schüttelte er den Kopf. »Ich will zur Kavallerie. Ich fürchte, ich kann mit Pferden besser umgehen als mit Menschen.«

»Kommst du irgendwann zurück?«

Er zuckte mit den Schultern. »Ich weiß es nicht.«

Schon wieder stiegen ihr die Tränen in die Augen. So viel wie in der letzten Woche hatte sie noch nie geweint. »Du warst immer mein bester Freund, ich will dich nicht auch noch verlieren.«

»Ich werde immer dein Freund sein. Ich schreibe dir, ja?«

Ihre Augen liefen über. »Ja«, flüsterte sie.

Er holte tief Luft, dann beugte er sich vor und küsste sie sanft auf die Stirn. Anschließend bestieg er sein Pferd und galoppierte die Zypressenallee entlang, als wäre der Teufel hinter ihm her.

7. KAPITEL

An der Straße, in die die Zypressenallee mündete, zügelte er sein Pferd und ritt im Schritttempo weiter. Um ein Haar hätte er ihr gesagt, wie er wirklich zu ihr stand, dass er sie schon seit Jahren liebte. Zum Glück ging er nun fort und lief nicht mehr Gefahr, sich ihr zu offenbaren. Es würde sie nur in Verlegenheit bringen, sie würde sich entschuldigen und ihn anschließend bemitleiden. Nichts von alledem könnte er ertragen. So behielt sie ihn als Freund in Erinnerung, nicht als schmachtenden Verehrer. Aus der Hochzeit mit Angelo würde nun nichts werden, aber früher oder später würde sie einen anderen Mann kennen- und lieben lernen und ihn heiraten. Er gönnte ihr alles Glück der Erde, aber er wollte nicht Zeuge dieses Glückes sein.

Langsam ritt er weiter bis zu dem Hügel, von dem aus der Weg zur Tenuta Bandella bergab führte. Dort hielt er an und blickte sich um. Von hier aus konnte er die Mauern und Türme von Montescudaio sehen, das majestätisch auf dem Hügel thronte. Er wandte sich nach rechts. Dort lag die Tenuta Bandello im Tal. In der Mitte stand das Gutshaus, umgeben von Pinien, etwas abseits waren die Ställe. Dahinter lagen die Weingärten, die sich über sanfte Hügel bis an die Grenze von Alberi d'Argento zogen. Elf Jahre seines Lebens hatte er hier verbracht. Seine Gedanken schweiften zurück zu dem Tag, als seine damalige Welt in Trümmer zerfallen war. Buchstäblich.

Es war der 14. August 1846. Seine Mutter stand in der Küche und bereitete das Festessen für Ferragosto am nächsten

Tag vor. Sein Vater hatte am Tag zuvor fünf Pferde auf der Tenuta Bandello beschlagen und nicht nur Geld dafür bekommen, Signor Castiglioni hatte ihm auch eine Wildschweinkeule und ein Fiasco Rotwein gegeben. Für Ferragosto.

Seine Mutter sang, während sie Zwiebeln und Knoblauch hackte und alles in Olivenöl anbriet. Köstlicher Duft stieg aus dem Topf, als sie das Fleisch dazugab. »So, das kann jetzt ein paar Stunden schmoren.« Sie legte den Deckel auf den Topf. »Dein Vater vergisst mal wieder die Zeit. Bring ihm doch sein Essen in die Schmiede.« Sie schlug Brot und Käse in ein Tuch und reichte es Maurizio.

Mit dem Bündel in der Hand trat er aus der Tür. Die Schmiede war ein niedriges Gebäude neben ihrem Wohnhaus. Als er eintrat, beugte sich sein Vater über den Amboss. Schweigend sah Maurizio zu, wie er das glühende Metall in Form hämmerte und dann in den Wassereimer tauchte. Zischend stieg Wasserdampf auf. Sein Vater wischte sich den Schweiß von der Stirn, zog die Zange heraus und begutachtete sein Werk. Offenbar war er zufrieden, denn er legte es vorsichtig auf ein Tuch auf dem Tisch.

Maurizio trat näher. Auf dem Tisch lag ein kunstvoll verzierter Beschlag für ein Schloss. »Das ist wirklich schön geworden«, sagte er. »Ist das für Signora Castiglioni?«

»Ja«, brummte sein Vater. »Aber ich wette, die Signora hat trotzdem etwas daran auszusetzen, damit sie den Preis drücken kann.«

Maurizio zeigte auf das Stoffbündel. »Ich bringe dir dein Mittagessen.«

»Gut. Leg es dorthin. Ich muss noch zwei weitere machen, dann bin ich fertig für heute. Kannst du mir noch mal Wasser holen? Der Eimer ist fast leer.«

Maurizio griff nach dem Eimer und lief aus der Schmiede.

Hitze brütete über der Stadt, die Pflastersteine unter seinen nackten Füßen schienen zu glühen. Doch der Himmel war von einem seltsam bleiernen Grau. Vielleicht würde es noch regnen. Rasch lief er die Straße entlang. Der Brunnen befand sich auf einem Platz, an dem sich drei Straßen trafen. Er befestigte den Eimer am Seil und warf ihn in den Brunnen. Dann drehte er an der Kurbel. Viel Wasser war nicht mehr im Brunnen, er musste lange kurbeln, bis er den Eimer greifen konnte. Er stellte ihn ab und schöpfte sich Wasser ins Gesicht. Wie still es auf einmal war. Das *Sri-Sri* der Mauersegler, das normalerweise den ganzen Tag über der Stadt erklang, war verstummt. Er sah zu den Stadtmauern. Die Vögel waren verschwunden. Als er sich bückte, um den Eimer aufzuheben, fiel dieser um. »Merda!« Wie hatte das passieren können? Jetzt musste er noch mal schöpfen.

Plötzlich erklang ein Rauschen, das schnell zum Dröhnen wurde. Der Boden bewegte sich unter seinen Füßen. Er fiel auf die Knie und starrte dem Eimer nach, der davonrollte. Was war das? Das Dröhnen wurde lauter, der Boden vibrierte. Dann begann er zu schaukeln. Er hörte Schreie, das Poltern herabstürzender Steine. Verzweifelt versuchte er, auf die Füße zu kommen, doch die Erde bebte so stark, dass er kein Gleichgewicht fand. So kauerte er sich auf den Boden und beobachtete entsetzt, wie ein Haus in seiner Nähe in sich zusammenfiel. Aus dem Gebäude nebenan taumelte eine Frau mit einem Baby auf dem Arm, sie zog ein Kleinkind hinter sich her. Blut strömte ihr übers Gesicht. Hinter ihr stürzte das Haus ein. Immer mehr Menschen stolperten auf den Platz. Paare, die sich aneinanderklammerten, Frauen, die weinende Kinder hinter sich her zerrten.

Das Beben schien eine Ewigkeit zu dauern. Dann war es plötzlich vorbei. Langsam richtete er sich auf. Noch nie war die Stadt so still gewesen. Es war, als hielte Gott den Atem an. Auch die Menschen um ihn herum waren stumm. Er blickte in entsetzt aufgerissene Augen, in zu Masken erstarrte Gesichter. Niemand schien zu begreifen, was geschehen war. Er wandte sich um. Die imposanten Burgmauern der Stadt gab es nicht mehr und auch viele der Häuser waren eingestürzt. Vereinzeltes Schluchzen erklang.

Die Frau, die mit ihren Kindern aus dem Haus geflohen war, stieß einen wilden, hohen Schrei aus. »Luigi!« Sie setzte das Baby ab, ließ das Kleinkind los, stürmte zu den Trümmern und versuchte, mit bloßen Händen die Steine wegzuräumen. Dabei schrie sie unablässig diesen Namen. »Luigi!«

Auch die anderen Menschen auf dem Platz schienen zu sich zu kommen. Namen wurden gerufen, manche Rufe wurden beantwortet, andere nicht.

Seine Eltern! Eine Hitzewelle flutete über ihn hinweg. Sie waren beide im Haus gewesen. Er rannte los, über die heißen Pflastersteine, wich immer wieder Trümmern aus, bis er atemlos vor dem stand, was einmal sein Elternhaus gewesen war. Es standen nur noch die seitlichen Mauern und ein Teil der Front. Das Dach und die andern beiden Mauern waren eingestürzt. Auch die Schmiede gab es nicht mehr. Fassungslos starrte er auf den Rauch, der aus den Trümmern aufstieg.

»Bappo, Mamma.« Es war kein Schrei, nur ein Flüstern. Er wusste, sie waren tot. Seine Mutter, die vorhin noch gesungen hatte, wie sie es immer beim Kochen tat. Sein Vater, der eben noch aus einem Stück Eisen ein Kunstwerk geschaffen hatte. Sein Herz, sein Kopf, sein ganzer Körper schienen schwer wie Blei. Er setzte sich einfach auf die Straße, zog die Knie an den Körper, umschlang sie mit den Armen und starrte auf die Trümmer.

So fanden ihn die Nachbarn vor, Giovanni und Maria. Sie waren mit ihren fünf Kindern auf den Feldern vor der Stadt gewesen. Giovanni legte ihm die Hand auf die Schulter. »Waren deine Eltern da drin?«

Maurizio nickte, und plötzlich liefen ihm die Tränen über die Wangen.

»Dio mio«, sagte Giovanni. »Dann werden sie es nicht überlebt haben.« Er trat an den Steinhaufen, der einmal Maurizios Heimat gewesen war. »Enzo, Angelica, seid ihr da drinnen?«

Hoffnung wallte in ihm auf. Vielleicht lebten sie doch noch. Vielleicht waren sie nur verletzt. Angestrengt lauschte er, doch es kam keine Antwort. Giovanni schleppte ein paar Steine zur Seite, Maurizio sprang auf und half ihm, und auch Maria räumte Steine weg.

Sie waren nicht die Einzigen; überall versuchten verzweifelte Menschen, den Schutt wegzuräumen, und suchten nach Verschütteten. Nach einer Stunde hatten sie den Eingang so weit freigelegt, dass man ins Innere konnte.

»Du bleibst draußen«, sagte Giovanni zu ihm. Dann kletterte er nach drinnen. Kurze Zeit später kam er wieder heraus und schüttelte den Kopf. »Sie ist tot. Der Dachbalken hat sie getroffen. Es tut mir sehr leid.« Er blickte zur Schmiede und schüttelte den Kopf. »Da drinnen hat niemand überlebt. Du kommst erst einmal mit zu uns, in die Hütte auf unserem Land.«

Maurizio rührte sich nicht. Mit brennenden Augen sah er auf die Trümmer.

Maria legte den Arm um seine Schultern. »Komm mit, Junge.«

Wie im Traum folgte er ihnen durch die zerstörte Stadt auf die Felder. Die Hütte bestand aus einem Raum mit einer Kochstelle. Sie war nur dafür gebaut, um ein paar Nächte dort zu schlafen, wenn sehr viel Arbeit zu erledigen war. Maurizios Schlafplatz war ein aufgeschütteter Strohhaufen an der zugigen Wand.

»Wir können dich nicht bei uns behalten«, sagte Giovanni am nächsten Tag zu ihm. »Auch wenn wir es gerne würden. Aber wir haben schon fünf Mäuler zu stopfen. Ich habe gehört, dass das Haus deines Onkels nicht zerstört wurde. Morgen bringe ich dich zu ihm. Vielleicht kann er für dich sorgen und dich zu einem Schmied in die Lehre schicken. Die Schmiede kann man sicher wieder aufbauen.«

Maurizio nickte stumm. Er wollte kein Schmied werden, er besaß weder die Kraft noch das Geschick seines Vaters. Aber das war jetzt nicht wichtig. Nichts war wichtig. Er hatte ein Loch in seinem Herzen.

Am nächsten Tag folgte er Giovanni in die Stadt. Das Haus seines Onkels lag am östlichen Stadtrand. Hier hatte das Beben nicht so sehr gewütet, die meisten Häuser standen noch.

Vito Manari war Barbier, er empfing seine Kunden in einen Raum im Erdgeschoss seines Hauses oder bei schönem Wetter vor dem Haus. Maurizio hatte seinen Onkel bisher nur an den Feiertagen oder bei Familienfesten getroffen. Er war der jüngere Bruder seines Vaters und hatte zwei Töchter und einen Sohn.

An diesem Tag hatte er keine Kunden. Sie trafen ihn vor seinem Haus. Tränen hatten helle Spuren in sein staubverschmiertes Gesicht gemalt, seine Hände bluteten. »So, du hast es also überlebt«, sagte er, als er Maurizio erblickte. »Ich komme gerade vom Haus meines Bruders. Wir konnten die Leiche deiner Mutter bergen, aber seine noch nicht. Die Schmiede ist ein Trümmerhaufen.«

Giovanni trat vor. »Ich bin Giovanni Bossi, wir sind, wir *waren* Nachbarn von Enzo. Wir haben gestern schon versucht, die Trümmer wegzuräumen, doch wir waren zu wenige.«

Sein Onkel nickte. »Und was willst du von mir?«

»Wir haben Maurizio vor dem Haus gefunden.«

»Hm.« Der Blick, mit dem sein Onkel ihn bedachte, war alles andere als freundlich. »Und?«

Sichtlich verwirrt sah Giovanni Vito an. »Er ist Waise. Ich habe selbst fünf Kinder, ich kann kein sechstes durchfüttern.«

»Dann bring ihn ins Waisenhaus.«

Maurizio senkte den Blick. Schon immer hatte er das Gefühl gehabt, dass Vito Manari ihn nicht leiden konnte, ohne zu wissen, warum.

Giovanni fuhr auf. »Du willst den Sohn deines Bruders in ein Waisenhaus geben? Was bist du für ein Mensch?«

Vito verschränkte die Arme vor der Brust. »Den Sohn meines Bruders würde ich aufnehmen, aber nicht diesen Kuckuck, den man ihm ins Nest gelegt hat. Und jetzt verschwinde.«

Giovanni legte Maurizio die Hand auf die Schulter. »Komm.«

Verwirrt folgte er Giovanni. Warum hatte sein Onkel ihn als Kuckuck bezeichnet? Er war doch kein Vogel. Sie gingen durch die Stadt bis zu dem Kloster, in dem verwaiste Kinder aufgenommen wurden.

Giovanni umarmte ihn. »Es tut mir so leid, aber ich kann dich wirklich nicht bei mir behalten, wir haben schon nicht genug für uns sieben. Hier musst du wenigstens nicht hungern. Und vielleicht besinnt sich Vito ja noch.«

An die Tage, die folgten, hatte er kaum Erinnerungen. Die Leichen seiner Eltern wurden geborgen und beerdigt. Das Erdbeben hatte weniger Opfer gefordert, als zu Anfang vermutet, denn die meisten Leute waren auf den Feldern gewesen. Insgesamt hatte es nur fünfzehn Tote gegeben.

Er verbrachte nur eine Woche im Kloster, dann kam Signor Sergio Castiglioni und holte ihn auf sein Gut, die Tenuta Bandello.

»Deine Mutter hat früher als Magd bei uns gearbeitet, und dein Vater war als Schmied hier gern gesehen«, sagte er. »Ich glaube nicht, dass du zum Schmied taugst, aber ich habe gesehen, wie du mit den Pferden umgehst, die dein Vater beschlagen hat. Du hast eine Hand für Pferde. Du könntest als Stallbursche anfangen und dich später um unsere Pferde kümmern. Meine Frau möchte eine Zucht aufbauen. Willst du?«

Und ob er wollte.

Ein wenig fühlte es sich an, wie nach Hause zu kommen. Er war so oft auf dem Gut gewesen, hatte seinem Vater geholfen und, wenn die Kinder von Alberi d'Argento dort gewesen waren, mit ihnen und den Kindern von Don Sergio gespielt.

Rosanna und Angelo waren im Hof, als er aus der Kutsche stieg.

»Du hast ihn gefunden!«, jubelte Rosanna bei seinem Anblick und hüpfte auf ihn zu.

»Rosanna! Benimm dich!«, rief eine strenge Stimme sie zurück.

Maurizio blickte zum Gutshaus. Vor der Tür stand eine vornehm gekleidete Frau. Das musste die Signora Castiglioni sein. Er hatte sie noch nie gesehen, nur gehört, dass sie sehr schön sein sollte. Sie *war* schön. Ihre Haut war so hell wie Rahm, ihre Augen waren groß und dunkel, und ihre Taille war so schmal, das sein Vater sie wohl mit beiden Händen hätte umfassen können.

»Geht ins Haus, Angelo und Rosanna«, sagte sie.

Rosanna zog einen Schmollmund und setzte zum Sprechen an, doch der eisige Blick ihrer Mutter brachte sie zum Schweigen.

Inzwischen war auch Signor Castiglioni ausgestiegen und stand nun neben ihm. Die Signora trat auf sie zu, blickte ihrem Mann lange ins Gesicht, dann sah sie ihn an. Ihr Gesicht wirkte wie aus Marmor gehauen, so unbewegt war es, doch ihre Augen verrieten ihren Unwillen.

»So, du bist also Angelicas Sohn«, sagte sie.

»Ja, Signora.« Er verneigte sich und wunderte sich. Warum nannte sie nur seine Mutter? Sonst war er immer als der Sohn des Schmiedes oder Enzo Manaris Sohn bezeichnet worden.

»Nun, da du deine Eltern verloren hast, hat mein Mann beschlossen, dich bei der Familie Romani unterzubringen. Emilio Romani ist unser Stallmeister, seine Frau Rosa ist eine Cousine deiner Mutter.« Ihre Lippen bewegten sich kaum beim Sprechen. »Du wirst bei ihnen wohnen und in den Ställen arbeiten. Ich will dich nicht in meinem Haus sehen.«

Er war so verblüfft, dass ihm keine Antwort einfiel. Wie kam sie auf die Idee, dass er das Herrenhaus betreten würde?

Ihre Augen funkelten. »Hast du mich verstanden?«

Höflich neigte er den Kopf. »Jawohl, Signora.«

Ohne ein weiteres Wort drehte sie sich um und ging ins Haus. Er sah ihr nach. Ja, er hatte verstanden. Aus irgendeinem Grund hasste ihn diese Frau, und sie wollte ihn nicht hier haben. Fragend blickte er Signor Castiglioni an.

Der schüttelte den Kopf. »Frauen«, murmelte er. Dann lächelte er ihn an. »Sie ist manchmal etwas schwierig. Mach dir nichts draus, du hast ja nicht viel mit ihr zu tun. Komm, ich bringe dich zu den Romanis.«

Rosa Romani begrüßte ihn sehr viel herzlicher, als die Signora es getan hatte. Sie nahm ihn in die Arme und drückte ihn an ihren üppigen Busen. »Du armes Kind, Mutter und Vater zugleich zu verlieren. Das ist schrecklich. Und meine arme Angelica. So jung musste sie sterben.«

Dankbar lehnte er sich an sie. Ihre Kleider dufteten nach frischem Brot.

»Ich danke der heiligen Mutter Gottes, dass sie dich beschützt und dass unser Herr dich gefunden hat.«

Als die Tür geöffnet wurde, entließ sie ihn aus ihrer Umarmung. Er drehte sich um und erblickte Emilio Romani, der die Küche betrat.

Emilio begrüßte Signor Castiglioni und wandte sich dann an ihn. »Ah, da bist du ja. Und, willst du hier als Stallbursche arbeiten?«

»Ja, sehr gerne.«

»Aber er wird jeden Tag zwei Stunden frei haben, in denen er von unserem Hauslehrer unterrichtet wird«, sagte

Signor Castiglioni bestimmt. »Ich möchte, dass er lesen, schreiben und rechnen lernt.«

»Sehr wohl, Signor Castiglioni.«

»Aber die Signora hat gesagt, sie will mich nicht im Haus haben«, entfuhr es Maurizio.

Rosa hob die Brauen und verzog spöttisch den Mund.

»Das lass *meine* Sorge sein«, entgegnete Signor Castiglioni entschlossen. »Die nächsten Tage gewöhnst du dich erst einmal hier ein. Dann sehen wir weiter.« Er verabschiedete sich und verließ das Haus.

»Nun, mein Junge«, sagte Emilio, »da hast du Glück, dass du in unserem Herrn einen Gönner gefunden hast. Enttäusche ihn nicht.«

Rosa schnaubte abfällig. »Glück. Es ist seine verdammte …«

»Sei still, Weib«, fuhr Emilio sie an. »Ich will keinen Tratsch in meinem Haus.«

Lässig zuckte sie mit den Schultern. »Als ob du das verhindern könntest. Hol die Burschen, es ist Zeit fürs Essen. Und unser Maurizio hat bestimmt Hunger.«

Rosa sollte recht behalten, Emilio konnte den Klatsch nicht verhindern. In den Jahren, die folgten, schnappte Maurizio immer wieder Bemerkungen darüber auf, wie ungewöhnlich es sei, dass der Hausherr einen einfachen Stallburschen bevorzugte und ihn gar mit seinem Sohn gemeinsam unterrichten ließ, gegen den erbitterten Widerstand der Signora. Aber erst als er fünfzehn Jahre alt war, erfuhr er, warum Donata ihn so sehr hasste.

Er atmete tief durch, trieb sein Pferd an. Der Abschied von den Romanis würde schwer werden. Beinahe elf Jahre lang waren sie seine Familie gewesen. Nun würde ein neues Leben beginnen. Eines ohne Rosas liebevolle Fürsorge, ohne Emilios väterliche Art. Eines ohne Gianna. Doch zunächst musste er mit Don Sergio sprechen. Was Angelo wohl seinem Vater als Grund für die Prügelei mit ihm genannt hatte? Irgendetwas musste er sagen, da sie beide Spuren davongetragen hatten. Nun, er würde es erfahren.

Und er musste nicht lange warten. Er hatte eben sein Pferd abgesattelt und in die Box gebracht, als Emilio zu ihm kam. »Der Herr möchte dich sprechen. Du sollst in sein Büro kommen.« Er stutzte. »Wie siehst *du* denn aus?«

Unwillkürlich fuhr Maurizio mit der Hand zu seinem Auge.

»Da hat aber einer ordentlich zugeschlagen«, sagte Emilio. »Musst du deshalb zum Herrn?«

»Kann sein. Ich lasse ihn besser nicht warten.«

Er nutzte die Gelegenheit, um Emilios Fragen zu entkommen. Ob Don Sergio allein mit ihm reden wollte? Er hoffte es. Was die Signora dazu sagen würde, dass er sich mit ihrem Herzblatt geprügelt hatte, konnte er sich lebhaft vorstellen.

Vor der Tür zu Don Sergios Büro holte er tief Luft und straffte die Schultern. Dann klopfte er an.

»Herein«, tönte Don Sergios tiefe Stimme von drinnen.

Er trat ein. Don Sergio saß hinter seinem Schreibtisch, vor ihm lagen Papiere und ein angefangener Brief.

Bei seinem Anblick zuckte ein Lächeln um Don Sergios Mund. »Ich sehe, ihr seid euch nichts schuldig geblieben, Angelo und du. Setz dich.«

Maurizio folgte der Aufforderung und wartete.

Das Lächeln verschwand aus Don Sergios Gesicht. »Du verstehst sicher, dass ich es nicht zulassen kann, dass du dich mit dem zukünftigen Herrn des Gutes prügelst.«

»Ich verstehe. Und deshalb bitte ich um meine Entlassung. Ich werde Ihrem Rat folgen und mich der kaiserlichen Armee anschließen.«

»Ich habe gehofft, dass du das tust. Dort zählt nur deine Leistung und nicht, wo du herkommst und wer dich gezeugt hat. Hier … Meiner Gattin warst du schon immer ein Dorn im Auge, und nach diesem Vorfall wird sie darauf bestehen, dass du das Gut verlässt.« Er räusperte sich. »Du wirst deinen Weg schon machen, und ich werde tun, was ich kann, um dir zu helfen. Du bekommst ein Pferd von mir und finanzielle Unterstützung. Meinen Namen kann ich dir leider nicht geben.«

»Ich habe einen Namen. Ich komme zurecht.«

Don Sergio nickte. »Zweifellos.« Dann kehrte das Lächeln in sein Gesicht zurück. »Angelo sagte mir, es ging um ein Mädchen. Und ich dachte schon, du seiest ein Heiliger, und habe überlegt, ob nicht das Kloster für dich besser wäre als das Militär.«

»Er hat gesagt, es ging um ein Mädchen?«

»Ging es das nicht?«

Was sollte er jetzt sagen? Er war davon ausgegangen, dass Angelo irgendeinen anderen Grund für die Prügelei angegeben hatte.

»Doch … schon.«

»Wer ist sie denn?«

Es wurde immer schlimmer. Er konnte doch nicht erzählen, dass er den Erben des Gutes mit der Tochter des Marchese di Raimandi im Heu erwischt hatte. Er hob die Schultern. »Das ist nicht wichtig.«

Don Sergio beugte sich vor und fixierte ihn. »Es ist nicht wichtig? Aber doch wichtig genug, dass du dich mit Angelo prügelst?«

»Er hat zuerst zugeschlagen.«

»Warum? Hat er dich mit einer erwischt, auf die er Absichten hatte?«

Natürlich. Das war die Lösung. Er nickte.

»Wer? Eine von den Mägden?«

Verdammt, und nun? Wenn er irgendeinen Namen nannte, würde diejenige vielleicht Schwierigkeiten bekommen. »Es ist wirklich nicht wichtig. Ich reise die nächsten Tage ab. Ich will nicht, dass jemand Ärger bekommt.«

Wenn Don Sergio doch bloß aufhören würde, ihn so anzusehen. Er hatte das Gefühl, dass er ihm kein Wort glaubte.

»Soll ich dir sagen, was ich denke?«, sagte Don Sergio langsam. »Ich denke, du lügst. Du hast dich noch nie an einer der Mägde vergriffen.« Er schüttelte den Kopf. »Nein. Es war nicht irgendeine Magd.«

Maurizio senkte den Kopf und schwieg.

»Es war jemand, dessen Ehre du schützen wolltest. Giulio sagte mir, Signorina di Raimandi sei heute Morgen auf Bandello gewesen. Er hat ihr Pferd hinter dem Stall gesehen.«

Ihm wurde glühend heiß, so heftig stieg ihm das Blut in den Kopf. Er öffnete den Mund zu einer Antwort, dann schloss er ihn wieder.

»Nun?«, fragte Don Sergio.

Maurizio schüttelte den Kopf und schwieg weiterhin. Sollte sein Vater doch denken, dass Angelo ihn verprügelt hatte, weil er Gianna Avancen gemacht hatte. Er würde dazu nichts weiter sagen.

Doch Don Sergio ließ nicht locker. »Sag mir die Wahrheit. Was war mit Angelo und Gianna?«

Ruckartig stand er auf und starrte Don Sergio an.

Der schüttelte den Kopf. »Glaubst du wirklich, ich halte dich für so dumm, dich an Gianna di Raimandi zu vergreifen? Niemals. Also, ich will wissen, was passiert ist. Ich habe kein Interesse daran, von Don Enrico zum Duell gefordert zu werden, weil mein Sohn seine Tochter entehrt hat.«

Nun denn. Wenn Don Sergio unbedingt die Wahrheit wissen wollte, würde er sie ihm sagen. Eine andere Möglichkeit hatte er ohnehin nicht mehr. Er blickte dem Herrn des Gutes, seinem Vater, in die Augen. »Es ist nichts passiert, weshalb Don Enrico Sie zum Duell fordern könnte. Heute Morgen kam Signorina di Raimandi hierher und bat mich, Angelo zu holen, weil sie mit ihm reden wollte. Sie wollte nicht glauben, dass er sie einfach aufgibt. Statt ihr die Wahrheit zu sagen, dass Sie und die Signora die Verlobung als unwiderruflich gelöst betrachten und mit Giannas Familie nichts mehr zu tun haben wollen, hat er ihr Hoffnungen gemacht. Hat ihr erzählt, er würde Sie noch überzeugen können.«

Don Sergio runzelte die Stirn. »Woher weißt du das?«

»Ich habe sie in der Sattelkammer allein gelassen, um ihnen Zeit zu geben. Irgendwann sah ich nach, und die Sattelkammer war leer. Ich fand die beiden im Heuschober. Er … hat versucht, sie zu verführen.« Diese Bilder in seinem Kopf. Gianna halbnackt, Angelo, der ihre Brüste streichelte und sich an ihrem Rock zu schaffen machte. Er schluckte. »Ich ging dazwischen. Er hat mich geschlagen und gesagt, ich solle verschwinden. Ich habe zurückgeschlagen. So kam es zu der Prügelei. Anschließend begleitete ich die Signorina nach Hause, und sie erzählte mir, was er gesagt hat.«

Nachdenklich sah Don Sergio ihn an. »Könnte es sein, dass das Mädel versucht hat, *ihn* zu verführen, um ihn zur Ehe zu zwingen?«

»Gianna? Dazu ist sie zu unschuldig und zu ehrlich.«

Don Sergio strich sich über den dunklen Schnurrbart. »Ja, das denke ich auch. Aber es ist auch gleichgültig, wer angefangen hat. Angelo hatte Glück, dass du rechtzeitig gekommen bist. Wenn er sie wirklich verführt hätte, würden Don Enrico oder einer von Giannas Brüdern ihn einen Kopf kürzer machen. Ich weiß noch, wie dieser hitzköpfige Bruder von Enrico einen Schäfer aus den Bergen verfolgt und im Duell getötet hat, weil der seine Frau belästigt hat.«

Maurizio nickte. Er hatte von der Geschichte gehört.

»Wenn Angelo sie nicht heiraten wird, sollte er sich von ihr fernhalten«, sagte er. Gianna würde ihn für diese Bemerkung hassen, falls sie jemals davon erfuhr.

»Er wird sie nicht heiraten! Und ich werde dafür sorgen, dass er sich von ihr fernhält.« Wieder sah Don Sergio ihn eindringlich an. »Dir liegt sehr viel an dem Mädel, nicht wahr?«

»Ja. Und ich verstehe nicht, warum man sie dafür büßen lässt, was ihr Bruder getan hat.«

»Es geht nicht darum, sie büßen zu lassen. Ich schätze Don Enrico und seine Familie nach wie vor sehr. Aber Großherzog Leopold hat mir einen Adelstitel in Aussicht gestellt. Darauf habe ich seit Jahren hingearbeitet. Gianna di Raimandi wäre eine standesgemäße Gemahlin für den zukünftigen Conte di Ripose. Die Schwester eines Verräters ist es nicht. Diese Aktion der Raimandi-Brüder ist zu einem denkbar ungünstigen Zeitpunkt gekommen. Wäre Gianna schon Angelos Gemahlin gewesen ...« Er seufzte. »Mir tut es auch leid um das Mädel. Und deshalb möchte ich dich bitten, Stillschweigen über das, was heute passiert ist, zu bewahren. Ich werde meiner Gattin sagen, ihr habt euch um ein Mädchen aus Buon Riposo geprügelt. Angelo wird das Gleiche sagen. Glaubst du, Gianna erzählt ihren Eltern davon?«

»Ich denke nicht. Sie war sehr beschämt. Und ich habe sie gebeten, es nicht zu tun.«

»Gut. Dann setze ich jetzt das Schreiben an meinen Bruder auf. Nächste Woche kannst du abreisen.«

8. KAPITEL

Eine Woche nach Giannas Besuch auf der Tenuta Bandello überreichte ihr Vater ihr einen Brief, der mit der Post gekommen war, an sie adressiert, jedoch ohne Absender. Ihr Herz hämmerte, als sie ihn in Empfang nahm. War das eine Nachricht von Angelo? Hatte er mit seinen Eltern gesprochen? Sie starrte auf die Adresse, sie war in Druckbuchstaben geschrieben, und sie spürte den prüfenden Blick ihres Vaters. Er wartete einen Moment, doch als sie keine Anstalten machte, den Brief zu öffnen, widmete er sich seiner Post. Erleichtert atmete sie auf und hastete nach oben in ihr Zimmer. Dort verriegelte sie die Tür, bevor sie den Umschlag aufriss. Sie erkannte die Handschrift, es war Rosannas. Schnell überflog sie die Zeilen.

Meine liebe Gianna,
ich darf euch nicht mehr besuchen, deshalb schreibe ich dir. Meine Eltern sagen, ihr seid Verräter. Ich darf nicht mehr über Giuseppe sprechen. Es ist alles so furchtbar. Manchmal wünschte ich, ich wäre tot. Stell dir vor, sie haben sogar schon einen Ehemann für mich ausgesucht. Es ist Alfredo Balduccio, ein reicher Kaufmann aus Pisa. Natürlich handelt er auch mit Wein. Ich habe ihn bisher nur ein Mal gesehen, als er letztes Jahr unser Gut besucht hat, um einen Vertrag mit Vater abzuschließen. Er ist zehn Jahre älter als ich, ein Witwer ohne Kinder. Ich will ihn nicht heiraten. Meine Mutter sagt, ich solle mich nicht so anstellen, Giuseppe hätte mich ohnehin niemals geheiratet.

Liebe Gianna, ich muss aufhören. Ich gebe den Brief unserer Simona, die schickt ihn per Post. Schreibe mir nicht zurück. Ich hoffe, wir sehen uns eines Tages wieder.

In Liebe
Deine Freundin Rosanna

Sie saß auf dem Bett, der Brief lag auf ihrem Schoß. Arme Rosanna. Mit einem Mann vermählt zu werden, den sie nicht kannte. Sie musste ihre Trauer um Giuseppe verbergen, denn für ihre Eltern war er ein Verräter.

Wieder einmal wurde ihr klar, wie anders ihre Eltern waren. Sie ließen ihr Zeit, über Angelo hinwegzukommen, obwohl auch sie mit Sicherheit schon mehrere geeignete Kandidaten für einen Ehemann im Auge hatten.

Ein wenig enttäuscht war sie, dass Rosanna Angelo mit keinem Wort erwähnt hatte. Aber wahrscheinlich hatte er noch gar nicht mit seinen Eltern geredet. Wenn noch nicht mal Rosanna sie besuchen durfte, war es sicher noch zu früh dazu.

Beim Abendessen erzählte sie schließlich von Rosannas Brief. »Stellt euch vor, ihre Eltern haben einen Ehemann für sie ausgesucht. Sie soll Alfredo Balduccio heiraten. Der ist doch zehn Jahre älter als sie. Sie tut mir so leid.«

»Na«, sagte ihr Vater. »So, wie ich Donata kenne, haben sie dann auch schon eine Braut für Angelo. Wahrscheinlich auch ein Mädchen aus dem Adel.«

Entsetzt starrte Gianna ihn an. Daran hatte sie noch gar nicht gedacht. Wenn sie es so eilig hatten, Rosanna unter die Haube zu bringen, dann vielleicht auch Angelo.

»Enrico«, sagte ihre Mutter mahnend. »Das wissen wir doch gar nicht.«

»Aber Angelo …«, begann sie und schloss sofort den Mund, als alle Blicke sich auf sie richteten. Beinahe hätte sie ihr Geheimnis verraten, dass sie Angelo getroffen und er sie um Geduld gebeten hatte.

»Was ist mit Angelo?«, fragte ihr Vater, sein Blick verriet Misstrauen.

»Rosanna hätte mir gewiss geschrieben, wenn sie auch für ihn eine Braut gefunden hätten«, sagte sie.

Nach dem Abendessen ging sie in ihr Zimmer und schrieb einen Brief an Rosanna, auch wenn sie ihn jetzt nicht abschicken konnte. Vielleicht würde sich irgendwann eine Gelegenheit ergeben. Anschließend läutete sie nach Ilaria, damit sie ihr beim Auskleiden half.

Der August kam und mit ihm die heißeste Zeit des Jahres.

Gianna hatte noch nichts von Angelo gehört und auch Rosanna hatte ihr nicht mehr geschrieben. Es gab keinerlei Kontakt zwischen den Herrschaften von Alberi d'Argento und der Tenuta Bandello.

Ende August begann die Weinlese. Die Befürchtungen ihres Vaters hatten sich bewahrheitet: Der Mehltau hatte einen Teil der Ernte vernichtet. Doch es war nicht so schlimm wie fünf Jahre zuvor. Sie würden keinen Gewinn machen, aber auch keine Schulden.

Während der Lese ritt Gianna oft aus. Sie begleitete ihren Vater oder Lorenzo, wenn sie morgens in die Weingärten ritten, um die Arbeiten zu beaufsichtigen. Nach einiger Zeit verabschiedete sie sich und machte sich auf den Heimweg. Das jedenfalls behauptete sie. Doch sie ritt nicht auf direktem Weg nach Hause. Immer machte sie den Umweg zu den nördlichen Weingärten, die an das Land der Tenuta Bandello grenzten. Dort ritt sie im Schritt und hielt Ausschau nach Angelo. Auch er würde während der Lese durch die Weinberge reiten. Vielleicht würde sie ihm zufällig begegnen, oder vielleicht ahnte, fühlte er, dass sie nach ihm suchte.

Jeden Tag, wenn sie Frecetta sattelte, hatte sie das Gefühl, heute müsse es so weit sein, heute würden sie sich begegnen. Sie ritt neben ihrem Vater und malte sich aus, wie Angelo sie von weitem sehen würde. Er würde sein Pferd zum Galopp antreiben und vor ihr zügeln. In ihren Tagträumen flüsterte er ihr zu, wie sehr er sie vermisste. Sie würden in das Pinienwäldchen reiten, das zu Alberi d'Argento gehörte, und dort Pläne für ihre Flucht und ihre heimliche Hochzeit schmieden. Doch sie traf ihn nie. Sie sah die Tagelöhner, die für die Castiglionis Reben schnitten. Ab und zu war Signor Neri, der Cantiniere der Tenuta, bei ihnen. Einmal erblickte sie Don Sergio; er ritt auf seinem großen, schwarzen Hengst den Weg entlang. Als er sie sah, neigte er grüßend den Kopf, doch er sprach sie nicht an.

Nach drei Wochen gab sie es auf. Es konnte kein Zufall sein, dass Angelo niemals die Lese an dieser Stelle beaufsichtigte. Wahrscheinlich schickte sein Vater ihn zu den Hügeln im Westen, damit sie sich nicht begegneten.

Aber es wäre ihm doch ein Leichtes, vom Westhang zur Grenze zwischen den Ländereien zu reiten, flüsterte eine Stimme in ihrem Kopf. *Was also hindert ihn daran?*

Vielleicht hatten ihm seine Eltern ja Lügen über sie erzählt. Sie dachte an Rosanna, die jetzt mit Alfredo Balduccio verlobt war. Es könnte doch sein, dass die Signora behauptete, auch sie, Gianna, sei mittlerweile mit einem anderen Mann verlobt. Und sein gekränkter Stolz erlaubte es ihm nicht, sie zu suchen. Je länger sie darüber nachdachte, desto wahrscheinlicher erschien es ihr. Sie musste eine Möglichkeit finden, ihn wissen zu lassen, dass sie auf ihn warte. Wenn Maurizio noch da wäre, dann hätte sie ihm eine Nachricht zukommen lassen können. Der Vater ihres Stallburschen Matteo arbeitete als Knecht auf Bandello. Wenn sie einen Brief schrieb, könnte Matteo diesen seinem Vater geben. Doch nein, natürlich konnte ein Knecht keine Nachrichten zum Herrn des Hauses schmuggeln. Außerdem war das etwas, was sie nur Maurizio anvertrauen würde.

Der September näherte sich dem Ende, als ihre Mutter sie eines Morgens nach dem Frühstück aufforderte, noch zu bleiben. Ihr Vater und Piero machten sich auf den Weg zum Stall.

»Ich habe gestern mit deinem Vater gesprochen«, begann Silvana. »Auch wenn wir noch in Trauer sind, werden wir an den Erntebällen im Oktober teilnehmen.«

Verblüfft starrte Gianna ihre Mutter an. Sie saß sehr aufrecht, die Hände waren auf dem Tisch verschränkt, und sie sah sie mit einem Lächeln an, das ihr gezwungen erschien. »Aber warum?« Giuseppe war gerade drei Monate tot. Ihre Eltern konnten unmöglich Lust auf Feiern haben.

Silvanas Lächeln veränderte sich. Es wirkte jetzt traurig, aber es schien echt zu sein. »Zum einen ist es Tradition, dass wir mit unseren Arbeitern nach der Lese feiern. Als Dankeschön für ihre Treue und Arbeit. Das möchten wir machen, sie haben es verdient. Und wenn wir das tun, können wir auch auf die Bälle gehen. Zum anderen bist du jung. Dieses Jahr ist deine erste Ballsaison. Es macht Giuseppe nicht wieder lebendig, wenn du dich hier auf dem Gut verkriechst. Und er hätte es auch nicht gewollt. Du weißt, wie lebenslustig er war.«

Giuseppe. Sie sah ihn vor sich. Immer einen Scherz auf den Lippen, immer derjenige, der irgendwelchen Unsinn ausheckte. Nein, er hätte nicht gewollt, dass die Familie in Trauer versank. Aber irgendwie hatte sie das Gefühl, dass mehr dahintersteckte. »Meinetwegen müssen Vater und Sie das nicht tun. Ich habe kein Interesse daran, mit irgendwelchen jungen Männern zu tanzen.«

»Nun«, sagte ihre Mutter, »das solltest du aber. Es sei denn, du möchtest, dass wir einen Mann für dich aussuchen.«

Gianna riss die Augen auf. »Bitte?«

»Du weißt, dass wir dich nicht zwingen werden, jemanden zu heiraten, den du nicht magst. Aber wenn du wählen willst, solltest du dorthin gehen, wo du eine Wahl hast.«

»Aber ich habe schon gewählt. Angelo.«

Das Lächeln verschwand aus dem Gesicht ihrer Mutter. »Das ist unmöglich geworden. Du weißt doch, dass seine Eltern es niemals erlauben werden.«

»Er ist volljährig. Er muss nicht mehr tun, was seine Eltern sagen.«

Ihre Mutter senkte den Kopf und seufzte tief. Als sie ihn wieder hob, stand Mitleid in ihren Augen. »Er hat sich mit der Contessa Grifoni verlobt. Demnächst wird es offiziell bekanntgegeben.«

Sie bekam keine Luft mehr. Es fühlte sich an, als ziehe Ilaria ihr Korsett enger und enger, bis ihr Brustkorb so eingeschnürt war, dass sie nicht mehr atmen konnte. Sie spürte ihr Herz mit langsamen, schweren Schlägen gegen die Rippen schlagen. Vor ihren Augen flimmerte es. Sie würde ohnmächtig werden, das erste Mal in ihrem Leben. Doch sie wurde nicht ohnmächtig, der Moment ging vorüber. »Woher wollen Sie das wissen?«, fuhr sie auf. »Sie reden doch nicht mehr mit den Castiglionis.«

»Das ist auch nicht nötig. Solche Nachricht verbreiten sich schnell. In den Tälern um Montescudaio sind die meisten Menschen in irgendeiner Weise miteinander verwandt oder verschwägert. Eine der Küchenmägde auf der Tenuta Bandello ist die Nichte unserer Köchin. Matteos Vater ist dort Knecht.«

»Seit wann geben Sie etwas auf Küchengeschwätz?«

»Gianna! Mäßige dich.« Silvanas Stimme klang scharf. »Es ist kein Küchengeschwätz«, fuhr sie sanfter fort. »Es ist die Wahrheit.«

»Aber Angelo liebt mich.«

»Das mag sein, aber trotzdem fügt er sich seinen Eltern und heiratet die Frau, die sie für ihn ausgewählt haben. Und du bist hoffentlich zu stolz, um ihm nachzulaufen. Er ist es nicht wert.«

Doch ist er es wert, wollte sie aufbegehren.

Doch dann erinnerte sie sich daran, dass sie schon in

Florenz das Gefühl gehabt hatte, ihr Vater sei nicht besonders zufrieden mit seinem zukünftigen Schwiegersohn, und sie schwieg.

»Ich weiß, es tut weh«, sagte Silvana. »Es fühlt sich so an, als könne man sich niemals mehr verlieben. Aber so ist es nicht. Du wirst darüber hinwegkommen, und dann wirst du dich neu verlieben und diesen Windhund vergessen haben.«

Niemals. Sie wollte Angelo nicht vergessen. Er gehörte zu ihrem Leben, seit sie denken konnte, sie liebte ihn, seit sie dreizehn Jahre alt war. Ihn zu vergessen hieße, einen Teil von sich selbst zu vergessen.

Ihre Mutter stand auf, strich ihr übers Haar und reichte ihr ein Taschentuch. Jetzt erst merkte Gianna, dass ihr die Tränen über die Wangen rollten. »Es klingt banal«, sagte Silvana leise, »aber jeder erlebt das, was du gerade durchmachst. Liebeskummer gehört zu den schlimmsten Schmerzen. Aber er geht vorbei.«

Gianna wischte sich die Tränen ab und putzte die Nase. »Woher wissen Sie das? Sie haben den Mann bekommen, den Sie lieben.«

»Ich hatte das Glück, mich in deinen Vater zu verlieben, als er mir vorgestellt wurde. Aber das heißt nicht, dass ich nicht vorher auch schon mal verliebt war, mein Kind.« Sie nickte und verließ den Raum.

Verwundert starrte Gianna ihr nach. Ihre Eltern hatten niemals ein Geheimnis daraus gemacht, dass sie sich innig liebten. In ihrer Welt war es immer so gewesen, dass ihre Eltern zusammengehörten. Ihre Mutter war eben Mutter. Sie kümmerte sich um die Kinder, beaufsichtigte die Dienstboten und den Haushalt, tröstete, schimpfte. Sie war so beständig wie die Olivenbäume von Alberi d'Argento.

Nie hatte sie daran gedacht, dass auch ihre Mutter einmal ein junges Mädchen gewesen war, das mit Freundinnen gekichert und Geheimnisse geteilt hatte, das auf Bällen mit Verehrern getanzt und manche gar heimlich im Dunkeln geküsst hatte. In wen war sie wohl verliebt gewesen, bevor sie ihren Vater getroffen hatte?

9. KAPITEL

Nach drei Wochen Reise erreichte Maurizio Verona. Er hatte sich Zeit gelassen, schließlich war Frieden, und er hatte es nicht eilig. Don Sergio hatte ihn mit genügend Geldmitteln versorgt, ebenso mit der passenden Kleidung. Doch die größte Überraschung war das Pferd gewesen: Dario. Es war ein großer, schwarzer Salerner Hengst mit einem weißen Stern auf der Stirn. Er stammte aus derselben Zucht, aus der Don Sergios eigenes Pferd kam. Sieben Jahre alt, hervorragend trainiert, er musste viel dafür bezahlt haben. Die Salernitanos galten als die besten Kavalleriepferde in Italien.

Der Weg durch die Berge nach Bologna war der schwierigste Teil der Reise. Maurizio ritt in Etappen von jeweils drei Stunden vormittags und noch mal zwei Stunden am Nachmittag. Die Wege waren nicht schlecht, doch das ständige Bergauf und Bergab ließ eine schnelle Gangart kaum zu. Er brauchte neun Tage, bis er endlich Bologna erreichte. Dort machte er drei Tage Pause, bevor er weiterritt. Jetzt kam er wesentlich schneller voran. Es gab kaum noch Berge, vor ihm breitete sich die Po-Ebene mit endlos scheinenden Reisfeldern aus. Er fand die Landschaft öde und langweilig und sehnte sich nach den Hügeln von Montescudaio.

Die Menschen, die in den Dörfern der Po-Ebene lebten, hatten eine ungesunde gelbliche Hautfarbe. Ein fahrender Händler, mit dem er sich in einer Osteria unterhielt, erzählte ihm, das komme daher, dass die Leute sich hier fast ausschließlich von Reis ernährten.

Auf seiner Reise hatte er viel Zeit zum Nachdenken. Und er dachte immer wieder an Gianna. Was wird sie tun, wenn sie endlich begriff, dass Angelo sie nicht heiratete? Einen anderen Mann suchen? Bewerber gab es sicher viele, sie war schön und reich. Hoffentlich wählte sie dieses Mal klüger.

Verona war beeindruckend schön. Breite Straßen, weiträumige Plätze, schöne Palazzi und jede Menge Kirchen. Sein Weg führte ihn an der Etsch vorbei zum Castelvecchio, dem Hauptquartier der Habsburger. Als er dort nach Oberleutnant Castiglioni fragte, wurde er wieder an den Stadtrand geschickt, zu einer der Kasernen dort.

Am Eingang wurde er aufgehalten. Ein Soldat in weißem Waffenrock musterte misstrauisch sein Pferd, anschließend ihn. Dann bellte er etwas Unverständliches.

»Ich möchte zu Oberleutnant Castiglioni«, antwortete Maurizio im toskanischen Dialekt.

Der Mann schüttelte den Kopf und sagte wieder etwas Unverständliches. Schließlich wandte er sich um und brüllte etwas in den Hof. Ein anderer Soldat kam dazu. Die Wache wies mit dem Kinn auf Maurizio. Der neue Soldat hatte dunkles Haar und dunkle Augen, er war wohl Italiener. Die Sprache, in der er ihn ansprach, verstand Maurizio ebenso wenig, doch sie klang melodischer und vertrauter. Er wiederholte seinen Satz, dass er Oberleutnant Castiglioni zu sprechen wünsche.

»Warum?«, fragte der Soldat, nun auf Toskanisch.

»Ich habe eine Nachricht von seinem Bruder.« Maurizio holte den Brief aus seiner Jacke und hielt ihn dem Mann, der ihn zuerst angesprochen hatte, hin. Der musterte ihn sichtlich misstrauisch, dann befahl er ihm, abzusteigen und seine Waffen abzulegen. Er hatte nur einen Dolch dabei, den er dem italienischen Soldaten aushändigte. Der andere schüttelte unwirsch den Kopf und bedeutete ihm, die Hände zu heben. Dann tastete er ihn ab. Danach forderte der Italiener ihn mit einem Wink auf, ihm zu folgen.

»Der Oberleutnant ist gerade beim Exerzieren, es wird noch ein bisschen dauern. Du kannst hier auf ihn warten.« Er öffnete die Tür zu einem langgestreckten Gebäude und führte ihn in das erste Zimmer.

»Danke«, sagte Maurizio. »Wie ist dein Name?«

»Bernardo Righetti. Hier nennt man mich Bernhard.«

»Maurizio Manari«, stellte er sich vor.

Bernardo lächelte. »Na dann, Maurizio, ich wünsche dir viel Erfolg, was auch immer du hier vorhast.« Er nickte ihm zu und verließ den Raum. Die Tür lehnte er nur an.

Maurizio sah sich um. Vor dem Fenster stand ein Schreibtisch aus dunklem Holz mit geschwungenen Beinen, dahinter ein gepolsterter Stuhl, davor befanden sich zwei schlichte Holzstühle. An den weißgetünchten Wänden hingen Kupferstiche. Einer zeigte wohl Verona, er erkannte das Amphitheater und die Festung, in der er sich befand, der andere zeigte eine Stadt, die er nicht kannte, vielleicht Wien. Auf der einen Seite nahm ein Schrank fast die gesamte Breite der Wand ein.

Maurizio setzte sich auf einen der Stühle vor dem Schreibtisch, lehnte sich zurück und schloss die Augen. Ein wenig ausruhen, bevor er mit Raimondo Castiglioni sprach. Trotz der unbequemen Haltung musste er eingenickt sein. Schwere Schritte vor der Tür ließen ihn hochfahren. Sein Genick schmerzte. Hastig stand er auf und drehte sich um.

Der Mann, der eintrat, hatte keine Ähnlichkeit mit Don Sergio. Er war kleiner, doch seine Schultern waren breiter. Sein sandfarbenes Haar war kurzgeschnitten, und er trug einen Schnurrbart, dessen Spitzen nach oben gezwirbelt waren. Seine Augen waren graublau. Maurizio glaubte eine gewisse Ähnlichkeit mit seinem eigenen Spiegelbild zu erkennen.

»Man sagte mir, du habest einen Brief von meinem Bruder?«

Maurizio neigte den Kopf. Wie war noch mal die entsprechende Anrede? »Jawohl, Herr Oberleutnant.« Er holte den Brief aus seiner Jacke und überreichte ihn.

Der Oberleutnant warf einen schnellen Blick auf den Absender, dann musterte er Maurizio eingehend von Kopf bis Fuß. »So, du bist also Sergios Bastard.«

Unwillkürlich zuckte er zusammen, dann stieg ihm die Zornesröte ins Gesicht. Natürlich war dieser Ausdruck das eine oder andere Mal in seiner Gegenwart gefallen, doch meist hinter vorgehaltener Hand. Noch nie hatte ihn jemand so unverblümt einen Bastard genannt.

»Brauchst dich nicht so aufzuplustern«, sagte der Oberleutnant gelassen. »Es bleibt unter uns. Mein Bruder hat mir schon vor einiger Zeit geschrieben, dass er dich für zu klug und zu talentiert hält, um als Knecht auf seinem Gut zu dienen. Wir werden sehen, ob er recht hatte. Setz dich.«

Maurizio hockte sich wieder auf den Stuhl, der Oberleutnant nahm hinter dem Schreibtisch Platz. Er öffnete den Brief und las ihn. Anschließend beugte er sich vor und legte die Fingerspitzen zusammen. »Warum willst du in der habsburgischen Armee dienen? Warum gehst du nicht ins Piemont und schließt dich den Soldaten von Vittorio Emanuele an? Du bist Italiener.«

»Ebenso wie Sie, Herr Oberleutnant.«

Die Andeutung eines Lächelns huschte über Castiglionis Gesicht, und wieder hatte Maurizio das Gefühl, diesen Ausdruck schon im Spiegel gesehen zu haben. Konnte es sein, dass er seinem Onkel ähnlicher sah als seinem Vater?

»Unser Vater war Italiener, er ist hier in Venetien geboren und aufgewachsen. Doch unsere Mutter kam aus Südtirol. Hat Sergio dir das nie erzählt?«

»Nein. Er hat nie mit mir über seine Familie gesprochen.« Wahrscheinlich war er der Meinung gewesen, seine Herkunftsfamilie ginge seinen Bastard nichts an.

»Nun gut. Aber du hast meine Frage nicht beantwortet. Warum gehst du nicht zur sardinischen Armee?«

»Weil ich der Meinung bin, dass Vittorio Emanuele kein guter König für Italien ist«, antwortete Maurizio und führte die gleichen Gründe an, die er auch bei dem Gespräch mit Giannas Vater genannt hatte.

Der Oberleutnant nickte beifällig. »Das wird Seiner Majestät gefallen. Seit dem Empfang in Mailand misstraut Seine Majestät jedem Italiener, sogar seinen eigenen italienischen Soldaten.«

»Was ist in Mailand geschehen?«

»Hat sich das nicht bis in die Toskana herumgesprochen? Schon bei ihrer Ankunft in Venedig wurde das kaiserliche Paar mit eisigem Schweigen empfangen. Niemand jubelte. In den Palazzi am Canal Grande waren die Fensterläden geschlossen, von einigen Balkonen hing die italienische Trikolore. In Mailand bezahlte man in weiser Voraussicht tausend Bauern, damit sie Seiner Majestät zujubeln. Doch bei einer Gala im Teatro alla Scala erschien der Adel in Schwarz, als Zeichen der Trauer, und einige Frauen trugen Kleider in den Farben der Trikolore. Manche haben sogar nur ihre Dienerschaft geschickt, ein enormer Affront. Es wurde Norma gespielt, und als der Chor *Guerra, guerra* sang, jubelten die Italiener und klatschten Beifall. Seine Majestät war entsetzt.«

Was ziemlich dumm von ihm war, dachte Maurizio.

Hatte er wirklich erwartet, in Mailand bejubelt zu werden? Dort war die Stimmung anders als in der Toskana. Aber er hütete sich, das laut zu sagen, sondern nickte nur.

»Du hast jedenfalls gute Gründe, dich hier anwerben zu lassen. Dir ist aber auch klar, dass du im Falle eines Krieges gegen unsere Landsleute kämpfen musst?« Castiglionis Blick bekam etwas Lauerndes.

Maurizio zögerte. Was für eine Antwort erwartete der Oberleutnant? Sollte er lügen und sagen, das sei ihm gleichgültig? Das war es nicht. Er beschloss, die Wahrheit zu sagen. »Ich hoffe, dass es nicht zum Krieg kommt oder dass ich vielleicht außerhalb Italiens stationiert werde. Ich möchte nicht gegen meine Leute kämpfen.«

Castiglioni nickte. »Gut. Jedenfalls bist du ehrlich. Ich hätte dich nicht genommen, wenn du behauptet hättest, es mache dir nichts aus. Ob du das Zeug zum Soldaten hast, werden wir sehen. Kannst du schießen?«

»Nein.«

»Hm. Dann wirst du es lernen. Kannst du Deutsch?«

Wieder verneinte er. »Auch das wirst du lernen. So schnell wie möglich. Zwar ist die Regimentssprache hier Italienisch, aber alle, die eine Offizierslaufbahn anstreben, müssen mindestens zwei Sprachen sprechen, besser drei. Du willst doch Offizier werden?«

»Jawohl, Herr Oberleutnant.«

Castiglioni verengte die Augen. »Mein Bruder bat mich, dich zu protegieren. Ich werde dich beobachten und es tun, wenn ich denke, dass du es wert bist.«

Offen erwiderte Maurizio seinen Blick. Raimondo Castiglioni schien nicht allzu viel auf die Meinung seines Bruders zu geben. Aber vielleicht war es besser so. Er würde sich seinen Rang erarbeiten müssen, doch damit fühlte er sich wohler, als wenn er als Protegé eines reichen Mannes gelten würde.

»Mein Bruder schreibt, du willst zur Kavallerie«, fuhr der Oberleutnant fort. »Das geht nicht so ohne weiteres. Unsere Kavallerie besteht hauptsächlich aus Husaren und Ulanen. Die meisten Italiener dienen in der Infanterie. Hast du denn ein Pferd?«

»Jawohl, Herr Oberleutnant. Es steht draußen.«

Castiglioni hob die Brauen. »Der Rappe mit dem weißen Stern gehört *dir?*«

»Jawohl, ein Geschenk Ihres Bruders.«

»Ein Prachtpferd. Nun, wir werden sehen. Aber auch für die Kavallerie wirst du zunächst, wie alle anderen Rekruten, exerzieren und schießen lernen. Zwei Türen weiter ist das Musterungsbüro. Dort kannst du dich einschreiben. Du verpflichtest dich für acht Jahre, sechs davon sind Dienst, die anderen beiden Reserve. Nach dem Einschreiben meldest du dich beim Stallmeister, um dein Pferd unterzustellen, und anschließend beim Quartiermeister.«

Beim Quartiermeister wartete Bernardo auf ihn. »Du kommst zu mir in die Stube. Hast Glück, das sind alles nette Burschen. Na ja fast. Wo kommst du her? Du sprichst anders als die Menschen hier.«

»Aus dem Großherzogtum Toskana. Ich war Pferdeknecht auf dem Gut von Oberleutnant Castiglionis Bruder.«

»Ah.« Bernardo nickte. »Er hat dich hierhergeschickt? Ich habe mich schon gewundert, dass der Herr Oberleutnant dich empfängt. Da hast du Glück.«

»Ich weiß.«

Nachdem die Formalitäten erledigt waren, führte Bernardo ihn über den Hof in ein zweistöckiges Gebäude. »Hier liegen unsere Räume.« Er öffnete die dritte Tür im Gang.

Neugierig blickte Maurizio sich um. An der einen Wand standen vier Stockbetten, gegenüber waren zwei Tische mit je vier Stühlen. An einem Tisch saßen drei junge Männer und spielten Karten, einer lag auf einem der Betten und las, einer saß alleine an dem anderen Tisch und schrieb. Bernardo sagte etwas auf Deutsch, wobei er auf ihn deutete. Die Männer betrachteten ihn mit einer Mischung aus Neugier und Misstrauen.

»Ich habe ihnen erklärt, wer du bist und dass du Deutsch lernen sollst. Sie sprechen alle ein bisschen Italienisch, werden aber mit dir Deutsch reden. So lernst du es schneller.«

Maurizio nickte. »Wie sage ich: ›Ich freue mich, euch kennenzulernen‹?«

Langsam sprach Bernardo ihm die fremd klingenden Wörter vor. Er wiederholte sie, so gut er es vermochte. Die meisten seiner zukünftigen Kameraden grinsten und nickten ihm zu, nur einer runzelte die Stirn und sprach ihn auf Italienisch an, wenn auch mit starkem Akzent.

»Wieso schließt sich einer aus der Toskana freiwillig dem Heer in der Lombardei an?«

»Wieso *nicht?*«, gab Maurizio zurück. »Ich bin nicht der einzige Italiener, der nicht für Vittorio Emanuele ist. Unter Leopold II. geht es uns gut in der Toskana.«

»Eben. Und deshalb wundere ich mich, dass du nicht in der Toskana bleibst. Die meisten Italiener sind hier, weil sie eingezogen wurden. Ich habe noch nie gehört, dass einer freiwillig in den Norden kommt.«

»Nur weil du davon nichts weißt, bedeutet das nicht, dass es das nicht gibt«, konterte Maurizio. »Ich war Stallbursche und habe keine Lust, das mein Leben lang zu bleiben. Beim Militär gibt es die besten Aufstiegsmöglichkeiten.«

Der andere erhob sich. Er war etwa so groß wie er selbst, wirkte aber wesentlich bulliger. »Dafür, dass du neu bist, reißt du dein Maul ganz schön weit auf. Weißt du, was ich denke?«

»Du denkst? Da bin ich aber gespannt.«

Die ohnehin schon dunkle Haut des Mannes wurde noch dunkler. Er ballte die Hände. »Ich glaube, du brauchst eine Tracht Prügel«, zischte er.

Bernardo schaltete sich ein. »Fangt nicht gleich Streit an. Maurizio, das ist Ivo, er kommt aus Kroatien. Er ist von uns hier am längsten im Dienst und wird wohl demnächst zum Zugführer befördert.«

Maurizio verstand die Warnung in Bernardos Worten. Der Mann würde sein Vorgesetzter werden. Von den Kroaten im habsburgischen Heer hatte er bereits gehört. Sie galten als furchtlose Kämpfer und gnadenlos gegenüber ihren Feinden. Er nickte Ivo zu. »Hab's nicht böse gemeint. Sag mir, was du denkst.«

Ivo war nicht zufrieden. »An deiner Geschichte stimmt was nicht. Ich glaube, du bist ein Spion, der sich hier einschleichen will. Wo hast du den Gaul her, auf dem du gekommen bist? Das ist kein Pferd für einen Bauernburschen.«

Maurizio erinnerte sich, ihn in den Stallungen gesehen zu haben, als er Dario versorgt hatte. »Das Pferd ist ein Geschenk meines Gutsherrn zum Abschied.«

Jetzt lachte Ivo schallend. »Ein Geschenk deines Gutsherrn? Hab ich noch nie gehört, dass ein Herr so ein Pferd verschenkt. Du wirst's gestohlen haben. Oder du bist nicht der, für den du dich ausgibst.«

Das traf es wohl am ehesten. Doch er konnte kaum damit hausieren gehen, der illegitime Sohn des Gutsherrn zu sein. Er musste sich seine Zukunft selbst schaffen, und er war hier, um genau das zu tun.

Seine Zukunft begann viel langweiliger, als er sich das vorgestellt hatte. Nach dem Wecken wurden die Betten gemacht, sich gewaschen und nach einem Frühstück mit dem schlechtesten Kaffee, den er je getrunken hatte, ging es hinaus zum Exerzieren. Das Erste, was er lernte, war, dass er offensichtlich noch nicht einmal richtig stehen konnte.

Sie versammelten sich im Hof und warteten erst einmal. Der Ausbilder stand vor ihnen und musterte sie. »Du! Du bist neu!«, rief er dem Mann eine Reihe vor Maurizio zu.

»Ja.«

»Das heißt: Jawohl, Herr Feldwebel!«, brüllte der Mann.

»Jawohl, Herr Feldwebel.«

Der Feldwebel verengte die Augen. »Wir haben noch mehr Neue. Vortreten.«

Fünf Mann und Maurizio traten vor.

»Haltung annehmen!«, rief der Feldwebel. Dann runzelte er die Stirn. »Was seid ihr denn für Hampelmänner? Das soll Haltung sein? Da haben wir ja ein hartes Stück Arbeit vor uns. Also.« Sein Ton wechselte, als ob er aus einem Lehrbuch rezitierte. »Die Stellung des einzelnen Mannes ist die Grundlage der Richtung, der Wendungen und des ganzen Exerzierens. Sie muss natürlich, frei und ungezwungen sein. Die Absätze werden auf eine Linie und so nah aneinandergesetzt, wie es der Körperbau des Mannes erlaubt. Die Fußspitzen sind gleich weit auswärts gedreht, so dass die Füße nicht ganz einen rechten Winkel bilden.« Er machte eine Pause und wartete.

Maurizio brachte seine Füße in die vorgeschriebene Stellung.

»Die Knie werden zurückgezogen, ohne sie steif zu halten«, fuhr der Feldwebel fort. »Der Leib ruht senkrecht auf den Hüften, die Brust und der Oberleib werden etwas vorgebracht, die Schultern zurückgelegt, ungezwungen gesenkt, und sind auf gleicher Höhe.«

Madonna, wie sollte er die Knie zurückziehen, ohne sie durchzudrücken? Er kämpfte noch mit Knien, Brust und Schultern, als der Mann weiterredete.

»Die Arme sind längs des Leibes hängend, die Ellbogen nah am Leib, etwas gebogen und nicht angedrückt, die Handballen ein wenig auswärts gedreht, die Haltung des Kopfes ist gerade und ungezwungen, das Kinn gegen den Hals gezogen, ohne ihn zu bedecken. Der Mann hat den Blick vor sich hin, nicht auf den Boden geheftet.«

Maurizio rang um sein Gleichgewicht, während er

versuchte, seine Körperteile in die entsprechenden Positionen zu bringen. Es fühlte sich alles völlig falsch an, und von der mehrfach erwähnten Ungezwungenheit konnte keine Rede sein.

Der Ausbilder ließ die sieben neuen Rekruten vorne stehen, mehrfach Haltung annehmen, sich rühren und wieder Haltung annehmen. Dann schickte er sie zurück in ihre Reihen.

Die Wendungen erwiesen sich als ebenso kompliziert wie das richtige Stehen, und Maurizio fragte sich, wie man einfache angeborene Bewegungsabläufe so schwierig gestalten konnte.

Nach dem Exerzieren war Kommissdienst angesagt. Die Stiefel mussten auf Hochglanz poliert werden, die Uniform musste von jedem Stäubchen befreit sein, und diejenigen, die Gewehre hatten, reinigten sie. Anschließend musste er die Chargengrade im Heer und die Rangabzeichen an den Uniformen auswendig lernen. Eine langweilige, ermüdende Sache. In seiner raren Freizeit lernte er Deutsch und ein paar Sätze Kroatisch.

Nach einer Woche nahm er das erste Mal an Schießübungen teil. Zu seiner Überraschung und der seines Vorgesetzten, Leutnant Niemetz, traf er nach den ersten Fehlschüssen jedes Mal das Ziel. Das blieb auch in den nächsten Tagen so. Die Wochen vergingen. Er gewöhnte sich an das Leben in der Kaserne, ans Exerzieren, an die Übungsmärsche. Mittlerweile konnte er an den Abzeichen auf den Uniformen erkennen, wen er vor sich stehen hatte.

Ivo Vuković wurde zum Gruppenführer befördert, was ihm gewaltig zu Kopfe stieg, fand Maurizio. Er blieb in ihrer Stube und machte besonders Maurizio das Leben schwer, indem er ihn bei Leutnant Niemetz anschwärzte.

Mal hatte er seinen Tornister nicht ordentlich gepackt, dann glänzten seine Stiefel nicht, oder seine Bettwäsche war verkehrt gefaltet. Zum Glück war der Leutnant kein Leuteschinder. Er rügte ihn und wies ihn an, nachzuarbeiten, und damit war die Sache erledigt. Maurizio biss die Zähne zusammen und ertrug die Schikanen stillschweigend. Sich mit einem Vorgesetzten anzulegen würde sein Leben eher noch schwerer machen.

An einem Sonntagnachmittag, vier Wochen nach seiner Ankunft, saß er in der Stube, vor ihm lagen Papier und Feder. Er hatte Gianna versprochen, ihr zu schreiben, und das wollte er jetzt endlich tun. Er schloss die Augen und stellte sich ihr Gesicht vor. Die großen, dunkelblauen Augen, den vollen Mund, ihr Kinn, über das sie sich immer ärgerte, weil es ein wenig zu hervorstehend war, wie sie behauptete. Ihr Haar, das in der Sonne rötlich schimmerte. Danach fiel ihm das Schreiben leicht. Er beschrieb seine Stube und seine Kameraden, schilderte, wie schön Verona war und allerlei Belanglosigkeiten.

Plötzlich stand Ivo neben ihm. »Was machst du da?«

»Ich schreibe an eine Bekannte, Herr Gruppenführer.«

»Auf Italienisch?«

Maurizio presste die Lippen zusammen. Himmel, war der Kerl dämlich. »Natürlich auf Italienisch. Sie lebt in der Toskana, sie kann kein Deutsch.«

»Du kannst viel behaupten. Woher soll ich wissen, dass du nicht an irgendeinen Rebellen schreibst und militärische Geheimnisse preisgibst?«

»Warum sollte ich das tun? Ich diene in dieser Armee genau wie Sie. Ich habe kein Interesse daran, uns zu schaden.«

»Widersprich mir nicht!«, bellte Ivo, griff nach dem

Blatt, verengte die Augen und starrte darauf. Es war offensichtlich, dass er es nicht lesen konnte. »Das wird nicht abgeschickt!«

Maurizio stand auf. »Ich habe das Recht, Briefe nach Hause zu schreiben.«

»Mit allem Respekt, Herr Gruppenführer.« Ferdinand, einer seiner Stubenkameraden, hatte sich ebenfalls erhoben. »Der Brief wird doch ohnehin von der Zensur gelesen, bevor er abgeschickt wird. Die werden schon darauf achten, dass alles seine Richtigkeit hat.«

Ivo funkelte ihn an, doch er hatte keine Antwort auf Ferdinands Einwand.

Maurizio streckte die Hand aus. »Ich möchte den Brief zurück.« Er ließ *Herr Gruppenführer*, auf das Ivo so viel Wert legte, absichtlich unter den Tisch fallen.

Ivo warf das Blatt auf den Tisch und stürmte aus dem Raum.

Der kleine Zwischenfall brachte Maurizio eine zusätzliche Wache an einem freien Abend ein. Danach war er noch vorsichtiger, was Ivo anging. Und er beschloss, Gianna nicht mehr zu schreiben. Die Post brauchte ohnehin Wochen bis in die Toskana. Giannas Antwort, wenn sie überhaupt eine schrieb, würde ebenfalls wochenlang unterwegs sein. Dann würde sie durch die Zensur hier gehen, und wer wusste, was man in ihre Worte hineininterpretierte? Er hatte ihr versprochen, zu schreiben, und das hatte er getan. Nun war es an der Zeit, sie endgültig zu vergessen.

Seinen Onkel, den Oberleutnant, hatte er seit seinem ersten Tag nicht wiedergesehen, und manchmal fragte er sich, ob Raimondo Castiglioni ihn vergessen hatte. Doch nach zwei Monaten bekam er von Leutnant Niemetz den Befehl, sich bei Oberleutnant Castiglioni zu melden. Er marschierte in dessen Büro, stand stramm und salutierte.

Castiglioni musterte ihn. »Du machst dich ganz gut. Ich habe dich bei den Schießübungen beobachtet. Du bist ein exzellenter Schütze. Solche brauchen wir. Ich habe Leutnant Niemetz gesagt, dass ich dich bei den Jägern haben möchte. Ich sagte schon, dass unsere Kavallerie aus Ulanen und Husaren besteht. Als Italiener kommst du da nicht rein, und selbst wenn, hättest du einen schweren Stand. Die halten zusammen wie Pech und Schwefel und sind Fremden gegenüber sehr misstrauisch. Jäger zu sein ist eine gute Sache. Als Jäger bekommst du ein anderes Gewehr, einen unserer modernen Lorenz-Stutzen. Es ist ein Präzisionsgewehr, das bis zu tausend Meter weit schießt. Die Jäger kämpfen nicht mit der normalen Infanterie, sondern in kleinen Gruppen von fünf bis zehn Mann als Tirailleure.«

»Als *was?*«

»Tirailleure«, wiederholte Castiglioni. »Störer, Plänkler, Kleine Einheiten, die der Armee voraus aufklären, mit gezielten Schüssen die gegnerischen Linien stören und versuchen, deren Offiziere auszuschalten. Die Ausbildung ist etwas anders als die der Infanterie.« Jetzt lächelte er. »Weniger Drill. Jäger sollen selbständig arbeiten und das Gelände nutzen. Das sollte dir gefallen. Righetti kommt übrigens auch zu den Jägern. Ihr gehört zur fünften Brigade unter Feldmarschallleutnant von Stadion. Ich bin euer Bataillonskommandant. Ihr meldet euch gleich nachher bei eurem neuen Zugführer, Leutnant Meissner, der weist euch euren Oberjäger zu, in dessen Stube ihr auch zieht.«

Nach einem kurzen Stich der Enttäuschung, weil er nicht in die Kavallerie kam, freute er sich. Von Stadion war schon seit Jahren in Italien, er galt als umsichtig und erfahren, und Castiglioni als vorgesetzter Offizier konnte nur von Vorteil sein. Außerdem reizte ihn das neue Gewehr, von dem er schon viel gehört hatte. »Ich danke Ihnen, Oberleutnant Castiglioni.« Dann fiel ihm etwas ein. »Mein Pferd werde ich dann wohl nicht brauchen.«

»Nein, eher nicht.«

»Dürfte ich dann darum bitten, dass Sie, Herr Oberleutnant, den Hengst reiten? Ich überlasse ihn lieber Ihnen als irgendjemandem, der Dario nicht zu schätzen weiß.« Und der das Tier am Ende schlecht behandelte.

Castiglioni strich sich über den Bart. »Das ist eine sehr großzügige Geste. Ich werde gut auf ihn aufpassen.«

Maurizio salutierte und verließ das Zimmer. Draußen wartete bereits Bernardo auf ihn. Er schlug ihm so heftig auf den Rücken, dass er nach Luft schnappte. »Jäger Righetti grüßt Jäger Manari! Junge, was Besseres konnte uns kaum passieren. Endlich kein stundenlanges Exerzieren mehr.«

Maurizio lachte. »Dafür Schießübungen, und marschieren werden wir trotzdem.«

»Warum sind wir denn so fröhlich?« Hinter ihnen stand Ivo und hatte die Hände in die Hüften gestemmt. »Haben die Herren vergessen, dass sie heute dran sind, die Stube gründlich zu reinigen? Los, ich komme in einer Stunde, und wehe, es blitzt nicht alles.«

»Bedaure, Herr Gruppenführer, aber dazu haben wir keine Zeit«, sagte Righetti, und Maurizio sah, wie er nur mühsam ein Grinsen unterdrückte.

Ivos Gesicht lief rot an. »Keine Zeit? Dir werd ich helfen. Ihr werdet nicht nur die Stube, sondern auch die Latrinen reinigen.«

»Wir haben wirklich keine Zeit«, sagte Maurizio. »Wir

haben Befehl, uns umgehend bei Leutnant Meissner zu melden.«

»Dann erledigen Sie das heute Abend, während die anderen Ausgang haben.«

»Wir stehen nicht mehr unter Ihrem Kommando.« Bernardo genoss sichtlich die Situation. »Wir sind jetzt bei den Jägern, und Leutnant Meissner ist unser neuer Vorgesetzter. Er wird sicher andere Aufgaben für uns haben.« Er salutierte, Maurizio tat es ihm gleich, und dann marschierten sie den Gang entlang zum Ausgang.

»Den sind wir los«, flüsterte Bernardo. »Darauf gehen wir heute Abend einen trinken.«

Und so zogen sie zusammen in eine andere Stube.

Die Ausbildung bestand nun nicht mehr aus stundenlangem Exerzieren, sondern in erster Linie aus Schießübungen. Von den Jägern erwartete man eine sehr viel höhere Treffergenauigkeit als von normalen Infanteristen. Jäger wie er, die mit den modernsten Jägerstutzen mit gezogenem Lauf ausgestattet waren, durften auf dreihunderfünfzig Schritt nie den Oberkörper des auf der Scheibe dargestellten Feindes verfehlen.

10. KAPITEL

Die erste Einladung zu einem Ball kam Anfang Oktober vom Conte Ricasoli. Gianna, ihre Mutter und Lorenzos Frau Stella quetschten sich mit ihren Reifröcken in die Kutsche. Ihr Vater und Lorenzo zogen es vor, zu reiten.

Die Zufahrt zum Haus der Ricasoli war mit Fackeln erleuchtet, das Haus selbst strahlte im Licht unzähliger Lampen, die auf den Balustraden, Fensterbänken und der Treppe standen.

Manfredo, der Kutscher, öffnete die Tür und half zunächst ihrer Mutter und anschließend Stella und ihr heraus.

Silvanas Kleid war schwarz, jedoch am Ausschnitt und an den Ärmeln mit weißen und purpurnen Bändern verziert. Gianna trug ein Ballkleid, dessen Farbe zwischen Burgund und Rosé changierte und das mit schwarzen Spitzen verziert war. Es war ein Kompromiss: kein Schwarz, aber auch nicht die hellen Farben, die junge Mädchen sonst zum Ball trugen.

Stellas Kleid war moosgrün mit champagnerfarbenen Spitzen.

Ihr Vater lächelte sie an und reichte ihr den linken Arm, ihre Mutter ging zu seiner Rechten. Lorenzo und Stella folgten ihnen.

Anscheinend hatten die Ricasolis die halbe Provinz Pisa eingeladen. Auf dem Vorplatz fuhr eine Kutsche nach der anderen vor. Neben der Treppe zum Haus standen Grüppchen von Leuten, unter ihnen Conte Giribaldi mit seiner Frau und den drei Töchtern. Eine von ihnen, Carlotta, war mit Gianna auf Madame Colleones Institut gewesen. Sie hatte sie entdeckt und winkte ihr fröhlich zu. Daneben plauderte Signora Pellegrini mit der Duchessa Montisone, während ihr Mann den jungen Mädchen hinterherstarrte.

Ihre Eltern begrüßten die Gastgeber Giancarlo Ricasoli und seine Frau, ihren Sohn Domenico und Giulia, die Tochter.

Gianna knickste so anmutig wie möglich und erntete ein huldvolles Lächeln der Contessa.

Während seine Eltern die nächsten Gäste begrüßten, verbeugte sich Domenico artig vor Gianna. »Signorina di Raimandi, schön, dass Sie hier sind. Ich habe Sie schon lange nicht mehr gesehen.« Er betrachtete sie mit sichtlicher Bewunderung. »Haben Sie die Güte, mir den ersten Tanz an diesem Abend zu gewähren?«

Im gleichen Augenblick hörte sie hinter sich die Stimme von Conte Ricasoli. »Signora Castiglioni, ich bin entzückt, Sie begrüßen zu dürfen.«

Ihr Herz setzte einen Schlag aus, sie spürte, wie ihre Wangen und dann ihre Ohren heiß wurden. Die Castiglionis waren hier? Mit Angelo und Rosanna? Dann könnte sie vielleicht mit ihm reden.

Es dauerte einen Moment, bis sie gewahr wurde, dass Domenico auf ihre Antwort wartete. Sein Lächeln war ein wenig zu selbstgefällig, wahrscheinlich glaubte er, dass sie wegen seiner Aufforderung zum Tanz dermaßen errötete. Sie hob den Kopf und knickste, wie man es sie im Institut für junge Damen gelehrt hatte. »Es ist mir eine Ehre, Don Domenico.«

Er schien sich wirklich zu freuen. Sie reichte ihm ihre Tanzkarte, und er trug sich gleich für drei Tänze ein. »Bis später«, sagte er und ging an ihr vorbei, um weitere Gäste zu begrüßen.

Endlich konnte sie einen Blick über die Schulter wagen. Angelo und Rosanna standen neben ihren Eltern. Rosanna begrüßte Domenico, Angelo jedoch starrte sie, Gianna, an, als sähe er einen Geist. Sie erwiderte seinen Blick. Wie immer sah er blendend aus. Er trug eine dunkelblaue Hose, ein weißes, an der Brust gefältetes, Seidenhemd und einen silbergrauen Frack. Sein Haar war nach hinten gekämmt. Sein Schnurrbart war länger als früher, und er hatte die Spitzen nach oben gezwirbelt.

»Gianna, kommst du?« Der Ruf ihrer Mutter riss sie aus ihrer Starre. Hastig raffte sie ihren Rock und folgte ihren Eltern in den Ballsaal.

Sie nippte an ihrem Champagner, als Domenico auf sie zukam und sich formvollendet verbeugte. »Darf ich Sie auf die Tanzfläche bitten, Signorina di Raimandi?« Höflich nahm er ihr das Glas ab und gab es einem der vielen Diener, dann reichte er ihr seinen Arm.

Die Tanzfläche füllte sich rasch. In unmittelbarer Nähe entdeckte sie Rosanna am Arm eines Herrn, den sie nicht kannte. Rosannas Gesicht war schmaler geworden. Trauerte sie noch um Giuseppe? Der Herr, der sie zum Tanz führte, schien ein paar Jahre älter zu sein als sie. Sein hellbraunes Haar lichtete sich bereits an den Schläfen.

Rosanna sah zu ihr hinüber. Sie lächelte verstohlen und nickte kurz. Gianna erwiderte das Lächeln. Vielleicht konnte sie sich später mit Rosanna irgendwo unbeobachtet treffen.

Der Dirigent hob den Taktstock.

»Wir eröffnen mit einem Walzer«, flüsterte Domenico ihr zu.

Sie nickte, stellte sich vor ihn und legte ihre rechte Hand in seine linke. Er war ein guter Tänzer, führte sie elegant, ohne ihr unschicklich nahe zu kommen. Nach einigen Takten fühlte sie sich sicher. Dann erblickte sie Angelo wenige Schritte entfernt. Er tanzte mit einer sehr üppigen jungen Frau, die in ihrem rosa Ballkleid an die Törtchen erinnerte, die auf dem Buffet standen. In ihrem blonden Haar steckten rosafarbene Rosen.

Domenico folgte ihrem Blick. »Das ist die Contessa Grifoni. Signor Castiglioni hat sich vor kurzem mit ihr verlobt.«

Das war also die Frau, die Angelo heiraten würde. Gianna zwang sich zu einem Lächeln. »Ja, ich habe davon gehört.«

»Meinem Geschmack entspricht sie nicht«, raunte Domenico ihr zu. »Zu üppig, zu rosa. Aber sie ist sehr reich.«

Schwungvoll drehte er sie weiter. Wusste er, dass sie mit Angelo verlobt gewesen war? Wenn ja, dann besaß er so viel Taktgefühl, nicht darauf anzuspielen. Stattdessen nannte er ihr die Namen der anderen Paare, an denen sie vorbeitanzten. Eigentlich war er sehr nett und unterhaltsam. Jetzt bemerkte sie auch, dass ihnen viele Blicke folgten. Nicht alle waren freundlich.

Schließlich war der Walzer zu Ende. Er verbeugte sich vor ihr. »Es war mir ein großes Vergnügen, Signorina. Ich sehe Sie später zum Cotillon. Jetzt muss ich noch einige Pflichttänze absolvieren.« Er zwinkerte ihr zu. Sie knickste.

Machte er ihr den Hof? Wohl kaum. Er war der Erbe eines großen Handelshauses, er würde seine Braut nicht selbst aussuchen.

Ihr schwindelte ein wenig vom Champagner und vom Tanz. Domenico hatte sie noch zweimal aufgefordert, und auch andere junge Männer hatten sie zum Tanz gebeten. Selbst wenn Angelo gewollt hätte, er hätte keine Gelegenheit gehabt, sie aufzufordern. Sobald sie nur einen Moment irgendwo alleine stand, holten entweder ihr Vater oder Lorenzo sie auf die Tanzfläche. Aber, das musste sie zugeben, Angelo hatte auch gar keinen Versuch unternommen, zu ihr vorzudringen. Er ignorierte sie geflissentlich, auch wenn er ganz in ihrer Nähe tanzte. Und er tanzte ausschließlich mit dem rosa Törtchen.

Mit Rosanna hatte sie dagegen mehrfach Blicke gewechselt. Sie tanzte sehr oft mit dem Herrn, mit dem sie den ersten Walzer getanzt hatte. Er war keine auffällige Erscheinung, mittelgroß, mit hellbraunem, gewelltem Haar und den typischen langen Koteletten. Aber er hatte ein sehr gewinnendes Lächeln, stellte sie fest, als er Rosannas Blick folgte und sie anlächelte.

Die letzten Takte des Walzers verklangen, die Musiker kündigten eine Pause an. Gianna knickste vor dem dicklichen Jüngling, mit dem sie eben getanzt hatte und dessen Namen ihr entfallen war. »Entschuldigen Sie mich bitte.«

Sie verließ den Ballsaal und lief den Gang entlang zur Garderobe und zum dahinterliegenden Badezimmer. Dort drängten sich schon einige Damen vor der Tür. Aus dem Augenwinkel sah sie, dass Rosanna ihr gefolgt war. Sie öffnete ihren Fächer und fächelte sich Luft zu. Als Rosanna hinter ihr stand, drehte sie sich um. »Lass uns nach draußen gehen«, wisperte sie, den Fächer vor den Mund haltend.

Rosanna nickte und ging voran. Gianna folgte ihr. Drei große Türen führten hinaus auf eine riesige Terrasse, auf deren Balustrade unzählige Windlichter leuchteten. Auch hier drängten sich die Menschen. Die Herren rauchten Zigarren oder Pfeife, die Damen fächelten sich Luft zu und nippten an Weingläsern. Rosanna winkte ihr und lief die Treppe hinunter in den Garten. Zwischen einer Gruppe Zypressen fühlten sie sich unbeobachtet.

»Gianna!« Rosanna fiel ihr um den Hals und küsste sie auf beide Wangen. »Ich wollte dir die ganze Zeit schreiben, aber ich wusste nicht, wie ich den Brief abschicken soll.«

Gianna erwiderte ihre Umarmung, dann griff sie nach

Rosannas Hand. »Ich habe mir Sorgen gemacht. Wie geht es dir? Du bist dünn geworden.« Es war ihr schon beim ersten Anblick aufgefallen. Rosannas üppige Rundungen waren verschwunden, ihre Wangen waren blass.

Sie lächelte, aber es war nicht das unbekümmerte, herzliche Lächeln, das Gianna kannte. »Es geht mir wieder ganz gut. Giuseppes Tod war ein furchtbarer Schock, und ihr fehlt mir alle so sehr. Aber das Leben muss irgendwie weitergehen, nicht wahr?«

»Musst du diesen Balduccio wirklich heiraten?«

»Irgendwen muss ich heiraten. Selbst wenn Giuseppe noch lebte, würden meine Eltern nicht erlauben, dass ich ihn heirate, nicht nach …« Sie räusperte sich. »Und Alfredo ist freundlich und ansehnlich, auch wenn er zehn Jahre älter ist als ich.«

»Aber du liebst ihn doch nicht. Warum lassen dir deine Eltern nicht mehr Zeit?«

Rosanna seufzte. »Ich habe Giuseppe geliebt, ich werde immer um ihn trauern, egal wie viel Zeit vergeht. Ich kann keinen anderen Mann lieben. Und dann nehme ich lieber Alfredo, der nett und höflich ist und mich offensichtlich sehr gern hat, als irgendeinen anderen.«

Also hatte Rosanna sich mit ihrem Schicksal abgefunden, ihr zukünftiges Leben an der Seite eines ungeliebten Mannes zu verbringen. »Und Angelo? Denkt er auch wie du?«

»Du meinst, weil er die Contessa Grifoni heiraten wird?«

Gianna nickte. »Ich liebe ihn so, wie du Giuseppe geliebt hast. Und ich dachte, er liebt mich ebenso.«

»Ehrlich gesagt, ich weiß nicht, was in seinem Kopf vorgeht. Er spricht nicht viel mit mir.«

»Rosanna, ich muss mit ihm reden. Kannst du ihm sagen, dass ich hier draußen auf ihn warte?«

»Wenn die Contessa davon Wind bekommt, macht sie ihm die Hölle heiß. Sie ist sehr … besitzergreifend.«

»Tatsächlich? Und dein Bruder fügt sich ihr?« Ihre Stimme klang selbst in ihren Ohren zu giftig.

Rosanna drückte ihre Hand. »Ich rede mit ihm. Warte hier.« Sie raffte ihren Rock und ging zurück zum Haus.

Gianna trat in den Schatten des Wacholders und drückte die Hände an die Seiten. Ihr Herz schlug wild, sie hatte das Gefühl, nicht genug Luft zu bekommen.

Langsam atmen, sagte sie sich. *Ein und aus. Ein und aus.*

Plötzlich erschien ihr die Idee, mit ihm zu reden, völlig abwegig. Was sollte er denn sagen? Und was hatte *sie* ihm sagen wollen? Ihr Kopf schien wie leergefegt.

Ein Paar kam tuschelnd und lachend auf die Gruppe Wacholderbäume zugelaufen, in deren Schatten sie sich verbarg. Sie hielten sich an den Händen. Sicher suchten sie nach einem Ort, an dem sie ungestört sein konnten. Gianna hustete und öffnete den Fächer. Die beiden blieben stehen und blickten zu ihr, dann wechselten sie die Richtung.

Unruhig beobachtete Gianna die erleuchtete Terrasse. Wie lange sollte sie hier warten? Vielleicht kam er ja gar nicht. Sie wollte eben aus dem Schatten heraustreten, da entdeckte sie seine vertraute Silhouette. Er ging rasch und sah sich suchend um. Gianna wartete, bis er in Hörweite war, dann rief sie ihn leise. »Angelo.«

Er wandte den Kopf in ihre Richtung. Sie winkte mit dem Fächer, und er eilte zu ihr, nahm ihren Arm und zog sie ein Stück weiter in die Dunkelheit des Gartens hinein.

»Rosanna sagte, du wolltest mich sprechen? Was gibt es denn?«

Sie öffnete den Mund und schloss ihn wieder. Fragte er ernsthaft nach dem Grund? Sie blickte in sein Gesicht, das ihr so vertraut war. Die großen, dunklen Augen, die schmalen Lippen unter dem schwarzen Schnurrbart. Kein Zwinkern in seinen Augen, kein Lächeln auf seinen Lippen. Er meinte es ernst. Einen Augenblick rang sie um Fassung, dann loderte Zorn wie eine Flamme in ihr auf und verbrannte zwei Jahre Erziehung zur Sanftmut in Madame Colleones Institut zu Asche. »Was es gibt?«, fuhr sie ihn an. »Erinnerst du dich vielleicht nicht mehr an unsere letzte Begegnung? Du batest mich um Geduld, damit du deine Eltern überzeugen kannst, unsere Verlobung nicht zu lösen.«

Sichtlich betreten wandte er den Blick ab. »Leider ist es mir nicht gelungen, sie zu überzeugen. Es gab … Umstände, von denen ich damals noch nichts wusste.«

»Ach. Umstände! Was für Umstände?«

Er atmete tief ein, als müsste er Mut fassen, dann hob er den Kopf und sah sie an. »Mein Vater bekommt von Großherzog Leopold einen Adelsbrief verliehen. Er wird zum Conte di Riposo ernannt.«

Dann trägt seine Mutter die Nase noch höher als bisher, schoss es ihr völlig unpassend durch den Kopf. *Contessa di Riposo. Sie wird unausstehlich sein.*

»Und was hat das mit *mir* zu tun?« Sie verengte die Augen. »Willst du mir weismachen, ich sei keine standesgemäße Partie für den Sohn eines neuernannten Grafen? Meine Familie trägt ihren Titel seit vierhundert Jahren.«

Verlegen senkte Angelo den Blick. »Das ist es nicht. Aber Großherzog Leopold vergibt den Titel für treue Dienste und erwartet eine entsprechende Vermählung. Deine Familie hält es mit den Piemontesen und Vittorio Emanuele.

Und dein Bruder hat sich an dem Aufstand in Livorno beteiligt. Damit ist eine Verbindung zwischen unseren Häusern unmöglich geworden.«

Natürlich. Wenn der Großherzog einen Adelstitel verlieh, dann um denjenigen an sein Haus zu binden. Und Großherzog Leopold brauchte Unterstützung. Er würde es nicht dulden, dass der Sohn des neuernannten Conte die Tochter eines Mannes heiratete, der offen Vittorio Emanuele unterstützte und dessen Sohn sich an einem Aufstand beteiligt hatte.

»Also deshalb. Und wie kommt es, dass du so schnell Ersatz für mich gefunden hast?«

»Die Verbindung mit Lavinia di Grifoni hat sich eben ergeben.«

»So, sie hat sich ergeben! Sehr groß war deine Liebe zu mir wohl nicht, wenn du so schnell bereit bist, eine andere zu nehmen!«, schrie sie ihn an, bebend vor Zorn.

»Nicht so laut. Man kann dich hören.« Sichtlich nervös blickte er sich um.

»Na und? Meinetwegen kann es jeder hören! Du hast mir geschworen, dass du mich liebst.« Sie dachte daran, wie er sie auf der Terrasse ihres Hauses geküsst hatte, an ihr Treffen im Stall, wo er so viel mehr getan hatte, als sie zu küssen. Und sie dumme Gans hätte sich um ein Haar von ihm verführen lassen. Wenn Maurizio nicht gekommen wäre … Der Gedanke daran, wie er sie erwischt hatte, halbentblößt in Angelos Armen, machte sie noch wütender. »Maurizio hatte recht, du bist ein Feigling. Du wusstest schon an Giuseppes Beerdigung, dass deine Eltern die Verlobung lösen wollen. Du hattest nur nicht den Mut, es mir zu sagen.«

Seine Augen wurden schmal. »Was? Maurizio, dieser Bastard, hat es gewagt, mich einen Feigling zu nennen?«

»Er hat es gewagt, mir die Wahrheit über dich zu sagen. Er hat verdammt viel mehr Mut als du. Nur war ich so dumm und wollte ihm nicht glauben. Jetzt weiß ich, dass er recht hatte. Statt zu kämpfen, fügst du dich deinen Eltern und heiratest eine Frau, die dir nichts bedeutet.«

»Lieber Himmel, Gianna. Ich sagte es schon einmal, das ist doch so üblich. Wer heiratet in unseren Kreisen schon aus Liebe?«

»*Wir* hätten aus Liebe geheiratet«, entgegnete sie bissig. »Oder war ich für dich auch nur jemand, der euer Vermögen und Ansehen vermehrt hätte?«

»Natürlich nicht. Aber wir hatten Glück. Es hätte auch sein können, dass wir uns gar nicht gemocht hätten. Und dann? Wir hätten trotzdem heiraten müssen.«

»Mein Vater würde mich niemals zwingen, einen Mann zu ehelichen, den ich nicht will. In unserer Familie heiratet man aus Liebe.«

»Ach ja«, antwortete er mit deutlichem Spott in der Stimme. »So wie dein Onkel, der eine Mesalliance mit diesem Bauernmädchen eingegangen ist. Sehr erstrebenswert. Aber dein Onkel war nur der zweite Sohn und nicht der Erbe des Gutes. Dein Großvater hat ihn verstoßen, weil er sich den Rebellen angeschlossen hatte. Er war nichts, und er hatte nichts, als er diese Frau geheiratet hat.«

»Ach, hat deine Mutter dir das erzählt? Nun, es ist nicht die ganze Wahrheit: Mein Großvater hat ihm angeboten, die Ehe annullieren zu lassen und ihn wieder als Sohn aufzunehmen, damit er deine Mutter, die Erbin der Tenuta Bandello, heiraten kann und sein eigenes Weingut hat. Mein Onkel hat das abgelehnt, weil er seine Frau aufrichtig geliebt hat und eher mit ihr als Pächter ein kleines Stück Land bearbeiten wollte, als eine Frau zu heiraten, die ihm nichts bedeutet. Das hat deine Mutter ihm nie verziehen. Wahrscheinlich ist sie deshalb so verbittert, weil sie den Mann, den sie hat haben wollen, nicht bekommen hat.«

»Rede nicht so über meine Mutter«, gab er erbost zur Antwort.

»Ich lasse mir von dir nicht den Mund verbieten. Deine Mutter war von Anfang an gegen unsere Verlobung. Und jetzt hat sie ihren Willen durchgesetzt.«

»Meine Mutter war keineswegs gegen unsere Verbindung. Meine Eltern hätten es auch gerne gesehen, wenn Giuseppe Rosanna geheiratet hätte, auch wenn sie politisch nicht immer der gleichen Meinung waren wie deine. Wenn dein Bruder nur nicht an diesem verdammten Aufstand teilgenommen hätte.«

Ihr Zorn verflog. »Ja, wenn er das nur nicht getan hätte«, sagte sie leise. »Dann wäre er jetzt noch am Leben, und alle wären glücklich.«

»Es tut mir so leid. Er war ein netter Kerl.« Er atmete tief auf und blickte sie prüfend an. »Gianna …«

»Ja?«

»Wenn du mich wirklich liebst, gibt es eine Lösung.«

Seine Worte verwandelten das Blut in ihren Adern in flüssiges Glück. Ihr Herz schlug leichter. »Welche?«

Er senkte die Stimme. »Es ist ein bisschen heikel, und es muss natürlich geheim bleiben.«

Irgendwo in ihrem Hinterkopf mahnte eine Stimme sie zur Vorsicht, doch sie ignorierte sie und sah ihn stumm an.

»Es ist nicht unüblich, da viele Ehen arrangiert werden und die Ehegatten nicht einander lieben, sondern jemand anderen, den sie aus gesellschaftlichen oder politischen Gründen nicht heiraten können. Du hast doch bei

Madame Colleone bestimmt Stendhals Kartause von Parma gelesen.«

Sie zog die Brauen zusammen. Natürlich hatte sie diese Geschichte gelesen und schrecklich langweilig gefunden. Worauf wollte er hinaus?

»Du erinnerst dich an die Figur der Contessa Pietranera, die sich in den Conte Mosca verliebt hat? Damit sie zusammen sein konnten, ist sie eine Ehe mit dem Duca di Sanseverina eingegangen.« Am Ende seiner Rede hob er fragend die Stimme.

Gianna kramte in ihrer Erinnerung. Die Duchessa hatte einen reichen älteren Mann geheiratet, der ihr ein Auskommen gesichert hatte, und danach eine Affäre mit einem verheirateten Mann gehabt. Ruckartig hob sie den Kopf und starrte Angelo an. Er erwiderte ihren Blick mit einem leichten Lächeln. »Bietest du mir gerade an, deine Mätresse zu werden?« Das konnte nicht wahr sein. Wie konnte er ihr das zumuten, wenn er sie liebte? Jedoch, er hatte gar nicht gesagt, dass er sie liebte. *Wenn du mich wirklich liebst*, waren seine Worte gewesen. Sie *ihn*, nicht er *sie*.

Sichtlich erleichtert, dass sie begriffen hatte, worauf er hinauswollte, nickte er. »Natürlich erst, wenn du auch verheiratet bist.«

Natürlich. Sie musste als Jungfrau in die Ehe gehen. Und wenn sie verheiratet war, würde sie auch mit ihrem Mann das Bett teilen müssen, was Angelo offenbar nicht im Geringsten störte. Sie wusste nicht, was sie sagen sollte. Das also war der Mann, den sie seit Jahren liebte, von dem sie geglaubt hatte, er liebe sie auch.

Er deutete ihr Schweigen falsch. »Nun, was meinst du?«

Mit der Geschwindigkeit eines Macchiabrands breitete sich maßloser Zorn in ihr aus, fegte alles hinweg, was sie jemals über damenhaftes Benehmen gelernt hatte. Ihr ganzer Körper schien vor Wut und Schmerz zu brennen.

»Was ich meine?« Sie holte aus und schlug ihm ins Gesicht. »*Das* meine ich. Wenn ich ein Mann wäre, würde ich dich dafür zum Duell fordern. Heirate deine dicke, blasse Contessa, und langweile dich mit ihr. Du verdienst es nicht anders.«

Sie ließ ihn stehen und lief zurück ins Haus. Fort, sie musste fort von hier und das so schnell wie möglich. Scham brannte auf ihrem Gesicht, fühlte sich an wie ein Kainsmal auf ihrer Stirn, für alle deutlich sichtbar. Blindlings hastete sie am Buffet vorbei, direkt in Domenico Ricasolis Arme.

»Hier sind Sie, Signorina. Sie haben den Cotillon verpasst, den Sie mir versprochen haben. Geht es Ihnen nicht gut?«, fragte er, nachdem er einen Blick in ihr Gesicht geworfen hatte. »Sie sind ganz blass.«

Sie drückte die Hände auf den Magen. »Entschuldigen Sie vielmals. Mir ist ein wenig schwindelig.« Hilfesuchend sah sie sich um. Lorenzo tanzte mit seiner Frau, Rosanna mit Balduccio. Die Contessa Grifone stand mit einem Glas Champagner in der Hand am Buffet und blickte griesgrämig auf die Tanzfläche.

»Gianna, ich habe dich gesucht«, drang die warme Stimme ihres Vaters an ihr Ohr. »Geht es dir nicht gut?«

Sie schluckte krampfhaft. »Mir ist ein wenig übel.«

Er entschuldigte sich bei Domenico und bot ihr seinen Arm an. »Lass uns ein bisschen an die frische Luft gehen. Vielleicht geht es dir dann besser.«

Bloß nicht, da draußen war Angelo. Wieder stieg ihr das Blut ins Gesicht. Sie hatte ihn geohrfeigt. Wie hatte sie sich nur so vergessen können?

Aus dem Augenwinkel sah sie ihn den Ballsaal betreten. Er sah kurz zu ihr, dann trat er ans Buffet, nahm sich ein Glas Champagner und leerte es in einem Zug. Die Contessa legte eine Hand auf seinen Arm und sagte etwas. Er nickte und führte sie zur Tanzfläche.

»Hast du mit ihm gesprochen?«, sagte ihr Vater und wies mit dem Kinn auf das Paar.

Beschämt senkte sie den Kopf. Ihr Vater hatte sie gewarnt und ihr gesagt, sie solle Angelo nicht nachlaufen. Doch im Grunde hatte sie genau das getan, als sie um das Gespräch gebeten hatte. Sie hatte erwartet, er werde ihr sagen, dass er sie immer noch liebe. Vielleicht hätte sie sogar akzeptiert, dass er sich dem Druck der Gesellschaft und seiner Eltern beugte. Doch nach diesem unfassbar dreisten Angebot war ihr nun klar, dass Maurizio und ihr Vater recht gehabt hatten. Er liebte sie nicht, jedenfalls nicht genug. Er zog den bequemen Weg vor und war noch nicht einmal Manns genug, ihr das zu sagen.

»Also ja«, sagte ihr Vater.

Sie nickte. »Ich habe ihn um ein Gespräch gebeten. Ich wollte wissen, warum er mir ausweicht, mir nicht selbst gesagt hat, dass unsere Verlobung gelöst ist. Ich weiß, das war nicht damenhaft«, fügte sie leise hinzu.

»Aber mutig.« Er führte sie auf die Terrasse. »Was hat er gesagt?«

»Viel. Er hat mir erzählt, dass Großherzog Leopold seinen Vater zum Conte di Riposo ernennen wird und eine angemessene Verbindung erwartet. Und dass es nicht angeht, dass er die Schwester eines Aufständischen heiratet.«

Ihr Vater legte seine Hand auf ihre. »Also deshalb hat Sergio die Verlobung gelöst. Es tut mir sehr leid für dich, aber jeder an seiner Stelle hätte so gehandelt. Auf einen

Adelstitel zu verzichten, damit der Sohn heiraten kann, wen er will, das würde niemand tun.«

»Ich weiß«, sagte sie mit erstickter Stimme.

Ihr Vater blieb stehen. »Schau mich einmal an.«

Sie gehorchte.

»Da ist noch mehr, nicht wahr? Hat er dich beleidigt?«

Sie hatte es nicht erzählen wollen, doch da er fragte, platzte es aus ihr heraus. »Er hat mich gefragt, ob ich seine Mätresse werden will.«

»Was?« Jäh drehte er sich um und blickte zurück zum Haus. »Dieser Lump, dieser gottverdammte Mistkerl. Er wagt es … Ich werde ihn zum Duell fordern.« Sein Mund war zu einem Strich gepresst, seine Augen blitzten. Es war das erste Mal, dass sie an ihm etwas von der Hitzköpfigkeit bemerkte, die man ihrem Onkel Michele nachsagte.

Sie drückte seinen Arm. »Bitte tun Sie das nicht.«

»Und warum nicht? Pezzo di merda! Er verdient es, dass ich ihm die Eier abschneide, und bei Gott, ich werde es tun.«

Noch niemals hatte sie ihren Vater so fluchen hören. »Wenn du ihn forderst, wird jeder in Montescudaio wissen, warum. Es ist schlimm genug, dass alle sich das Maul darüber zerreißen, dass er mich hat sitzen lassen, um die Contessa zu heiraten.«

»Was hast du ihm geantwortet?«

Sie schluckte. »Ich habe ihn geohrfeigt.«

»Gianna!« Sein Ausruf sollte wohl entsetzt klingen, doch sie sah, wie die Fältchen um seine Augen sich vertieften und seine Mundwinkel nach oben zuckten. »Gut gemacht«, sagte er leise und fügte hinzu. »Du hast recht, ich werde ihn nicht zum Duell fordern, du hast ihm bereits die passende Antwort gegeben. Tanze noch ein- oder zweimal mit Domenico, dann können wir gehen, ohne dass es auffällt. Da kommt er schon.«

Sie wandte sich um und blickte in Domenicos lächelndes Gesicht.

»Marchese, darf ich Ihnen Ihre schöne Tochter entführen? Sie schuldet mir noch einen Tanz.« Galant bot er ihr seinen Arm. Sie knickste und sah unwillkürlich zum Rand der Tanzfläche, wo Angelo und seine Verlobte standen. Beide sahen zu ihr. Die Contessa schien erstaunt, Angelo wirkte äußerst ungehalten. Gianna klappte den Fächer auf und schenkte Domenico über den Rand hinweg einen Augenaufschlag, der sogar Madame Colleone begeistert hätte, bevor sie ihre Hand auf seinen Arm legte und sich zur Tanzfläche geleiten ließ.

Als die nächste Einladung zu einem Ball folgte, erklärte Gianna ihren Eltern, dass sie nicht die Absicht habe, noch irgendwelche Bälle zu besuchen, auf denen sie Angelo und seiner Verlobten begegnen würde.

Ihre Mutter blickte sie besorgt an. »Du wirst dich daran gewöhnen müssen, ihnen zu begegnen. Auch wenn wir privat nicht mehr befreundet sind, sie sind unsere Nachbarn, und wir haben gemeinsame Freunde. Du kannst dich doch nicht hier verkriechen.«

Gianna zuckte mit den Schultern. »Warum nicht? Ich lege keinen Wert auf Geselligkeit.«

Die ganze Provinz hatte von ihrer Verlobung mit Angelo gewusst, wirklich jeder. Und so wusste auch jeder, dass er sie wegen einer anderen verlassen hatte. Sie hatte keine Lust auf mitleidige Blicke oder anzügliche Bemerkungen und auch nicht auf irgendwelche Verehrer.

»Verstehe«, sagte ihre Mutter und tauschte einen Blick

mit ihrem Vater. Anscheinend hatten sie über dieses Thema schon gesprochen. »Gianna, mein Kind, dieser Mann ist es nicht wert, dass du ihm auch nur eine Träne nachweinst. Ich weiß, du brauchst Zeit, um über diese Enttäuschung hinwegzukommen, aber du musst auch an deine Zukunft denken. Irgendwann wirst du dich vermählen. Und wenn du nicht willst, dass wir einen Mann für dich aussuchen …« Sie verstummte.

»Aber warum muss ich denn überhaupt heiraten?«, fuhr Gianna auf.

Ihr Vater runzelte die Stirn. »Willst du damit sagen, dass du darüber nachdenkst, ins Kloster zu gehen?«

»Was?« Entsetzt starrte sie ihn an. »Ins Kloster?«

Ihr Vater lächelte. »Dachte ich mir. Das passt nicht zu dir. Aber du wirst doch nicht im Ernst hier als alte Jungfer auf dem Gut bleiben und bei deinem Bruder und seiner Familie leben wollen.«

Eine alte Jungfer. So wie die alte Tante Alfonsina. Sie war unverheiratet und lebte auf dem Anwesen ihres Bruders, eines von Giannas Onkeln. Rosanna und sie hatten immer gekichert, wenn sie in ihren dunklen Kleidern auf Familienfesten aufgetaucht war. *Kein Wunder, sie will keiner haben,* hatte Rosanna gesagt. *Schau sie dir doch an. Sie sieht aus wie eine Krähe.* Aber vielleicht war Alfonsina in ihrer Jugend schön gewesen. Vielleicht hatte sie geliebt und war enttäuscht worden, oder ihr Geliebter war im Krieg gefallen. Es konnte viele Gründe geben, warum sie nicht geheiratet hatte. Und ihre eigene Zukunft? Bis vor einigen Wochen hatte sie klar vor ihr gelegen. Sie hatte Angelo heiraten und mit ihm auf Bandello leben, ihn lieben und Kinder bekommen wollen. Doch diese Zukunft gab es nicht mehr. Und bisher hatte sie sich keine Gedanken darüber gemacht, wie ihr Leben nun weitergehen sollte. Sie blickte ihre Eltern an. Sie hatte geglaubt, sie könne hier auf Alberi d'Argento bleiben, bei ihnen. Doch ihr Vater war fünfzig, ihre Mutter drei Jahre jünger. Sie würden nicht ewig leben. Und sie selbst würde dann eine alte Jungfer sein, die in schwarzen Kleidern auf Bällen am Rand der Tanzfläche saß und die jungen Mädchen beobachtete. Keinen Mann, keine Kinder. Wie lebte Tante Alfonsina, was tat sie im Haus ihres Bruders und dessen Familie?

Etwas von ihren Gedanken musste sich in ihrem Gesicht widergespiegelt haben, denn ihre Mutter lächelte sie an. »Noch bist du jung, mein Kind, und du hast die Wahl. Domenico schien mir sehr angetan von dir. Aber du musst keinen Adeligen heiraten, Hauptsache, dein zukünftiger Mann kann dir den Lebensstil bieten, den du gewohnt bist.« Sie machte eine kurze Pause. »Was hältst du davon, wenn du für einige Zeit zu deiner Tante Emilia nach Genua fährst, um auf andere Gedanken zu kommen? Deine Cousine Antonia freut sich bestimmt über einen Besuch von dir und Emilia und Fabrizzio sowieso.«

Genua. Sie war noch niemals dort gewesen. Emilia und ihr Mann kamen regelmäßig zu Besuch nach Alberi d'Argento. Emilia war die jüngere Schwester ihres Vaters. Sie war hier aufgewachsen, und obwohl sie sich in Genua wohl fühlte, hatte sie doch immer wieder Sehnsucht nach ihrer Heimat. Ihre Tochter Antonia war ein Jahr jünger als sie selbst. Warum *nicht*? Je weiter weg von Angelo, desto besser. Sie nickte.

»Fein«, sagte Silvana und strich ihr übers Haar. »Ich schreibe gleich an Emilia. In Genua kommst du bestimmt auf andere Gedanken. Emilia ist in vielen Salons ein gern gesehener Gast.«

11. KAPITEL

Eine Woche später saß sie mit ihrem Vater und der Nichte der Zofe ihrer Mutter, einem sechzehnjährigen Mädchen namens Luisa, in der Kutsche nach Livorno. Ihr Vater wollte dort mit den Besitzern der Tavernen reden, denen er Wein verkaufte, und Gianna sollte das Schiff nach Genua nehmen. Der Seeweg war angenehmer, als mit der Postkutsche die Küste entlangzufahren. Luisa hatte in Alberi d'Argento als Zofe angefangen, doch im Grunde wurde sie dort nicht gebraucht, Silvana hatte sie ihrer anderen Zofe zuliebe eingestellt. Da es nicht anging, dass Gianna allein reiste, hatte Silvana gefragt, ob Luisa sie begleiten wollte, um in Genua als Giannas Zofe zu arbeiten. Luisa hatte über das ganz Gesicht gestrahlt. *Ich würde die junge Herrin sehr gerne begleiten,* hatte sie auf Silvanas Frage geantwortet. Auch jetzt noch schien sie entzückt von der Aussicht, Montescudaio hinter sich zu lassen. Sichtlich aufgeregt sah sie aus dem Fenster der Kutsche und wirkte, als müsse sie sich beherrschen, um nicht nach jeder Kurve in Entzückensschreie auszubrechen.

Als sie bei Rosignano die Steilküste erreichten, konnte sie nicht mehr an sich halten. »Oh, sehen Sie nur, Signorina, das Meer! Ich habe es noch nie gesehen. Was für eine wundervolle Farbe. Ach, ist das schön.«

Ihre Begeisterung war ansteckend. Gianna beugte sich vor und sah aus dem Fenster. Bisher war sie nur einmal in Livorno gewesen, und das war acht Jahre her. Damals war das Wetter schlecht gewesen, dunkle Wolken hatten über dem Meer gehangen und das Wasser grau gefärbt. Jetzt schien die Sonne, der Himmel strahlte hellblau, während das Meer in der Ferne tief dunkelblau schimmerte. An der felsigen Küste brachen schäumend die Wellen.

Am Hafen blieben die beiden jungen Mädchen in der Kutsche, während Enrico sich nach einer Passage in den Norden erkundigte.

»Wir werden hier übernachten«, erklärte er, als er zurückkehrte. »Morgen früh läuft die Iberia nach Genua aus.« Er wies den Kutscher an, zur Villa di Londra zu fahren, dem Gasthaus, in dem er immer übernachtete, wenn er sich in Livorno aufhielt.

Am nächsten Morgen brachte die Kutsche sie zum Hafen. Enrico sprach mit dem Kapitän des Schiffes, dann kehrte er in Begleitung eines bärtigen Mannes in einem gestreiften Hemd zurück. Während der Seemann und der Kutscher Manfred das Gepäck abluden und zum Schiff trugen, half Enrico Gianna und Luisa aus der Kutsche.

»Die Iberia braucht etwa sieben Stunden bis Genua. Ich habe euch eine Kabine gebucht, dort könnt ihr euch ausruhen. Es gibt eine Mahlzeit am Mittag. In Genua wird euch ein Steward zum Kontor von Fabrizzio Barrati bringen.« Er bot Gianna den Arm und geleitete sie über eine Art Holzbrücke auf das Schiff. Luisa folgte ihnen.

An Bord wartete bereits ein junger Mann auf sie. Er verneigte sich. »Mein Name ist Giovanni Fassio, ich bin für Ihre Sicherheit und Ihr leibliches Wohl verantwortlich.«

Gianna musterte ihn verstohlen. Sie schätzte ihn auf sechzehn oder siebzehn Jahre. Er war mager und kaum größer als sie. Aber wahrscheinlich war die Reise nicht so gefährlich, dass sie einen Beschützer bräuchte.

Ihr Vater holte einige Münzen aus seiner Tasche und drückte sie dem Jungen in die Hand. »Ich verlasse mich darauf, dass Sie sich um die Damen kümmern und sie sicher zum Kontor der Barrati bringen.«

Strahlend nickte der Junge. »Sie können sich auf mich verlassen, Signore. Ich lasse die Damen nicht aus den Augen.«

Anschließend umarmte ihr Vater sie. »Du wirst uns fehlen, Gianna. Ich wünsche dir viel Freude in Genua. Komm zurück, wenn es dir bessergeht.«

Plötzlich war sie sich nicht mehr so sicher, ob sie wirklich fortwollte. Doch jetzt war es zu spät. Und sie konnte jederzeit nach Hause, wenn das Heimweh stärker war als ihr Liebeskummer.

Während das Schiff ablegte, standen Gianna und Luisa an der Reling. Dampfwolken stiegen aus dem Schornstein, die Matrosen warfen die Leinen los, und dann drehte sich die Iberia langsam und fuhr los.

»Da, das ist die alte Festung von Livorno«, sagte ihr junger Steward und deutete auf eine gewaltige Mauer, die sich direkt aus dem Meer erhob. »Die Medici haben sie irgendwann um fünfzehnhundert gebaut.«

Auch andere Passagiere standen an der Reling und warfen einen letzten Blick auf die Stadt. Die Iberia fuhr an der Festung vorbei auf eine weitere Mauer weiter draußen im Meer zu.

»Das ist der Molo Mediceo, er schützt den Hafen vor Stürmen«, erklärte ihr Begleiter.

»Sie kennen sich gut aus«, sagte Gianna.

Er warf sich in die Brust. »Ich fahre die Strecke Neapel–Marseille seit zwei Jahren. Natürlich kenne ich mich aus.«

»Darf ich fragen, wie alt Sie sind, Signor Fassio?«

»Ich bin, ähm, siebzehn. Aber nennen Sie mich bitte Giovanni. Keiner an Bord sagt Signor zu mir.«

Gianna unterdrückte ein Lächeln. Entweder er war noch nicht siebzehn, oder er war es noch nicht lange. Dann musste er mit vierzehn oder fünfzehn Jahren angefangen haben, zur See zu fahren.

Die Iberia fuhr dampfend an der Mauer entlang und bog an ihrem Ende auf die offene See hinaus. Kaum hatte sie den geschützten Hafen verlassen, fing das Schiff heftig an zu schaukeln.

»Die Wellen sind recht hoch«, sagte Gianna und hielt sich an der Reling fest.

»Ach nein, Signorina.« Giovanni lachte. »Das ist gar nichts. Da hätten sie gestern an Bord sein sollen, als wir von Neapel hierhergefahren sind. Das war vielleicht ein Seegang. Die Hälfte der Passagiere war krank.«

»Krank?«

»Ja. Haben Sie noch nie etwas von Seekrankheit gehört? Es wird einem übel und schwindelig. Manche spüren es kaum, und manche trifft es richtig hart, die hängen dann stundenlang über der Reling.«

Er schien das unterhaltsam zu finden, Gianna fand es allerdings weniger lustig. Sie glaubte, den Schwindel bereits zu spüren, und in ihrem Magen breitete sich ein flaues Gefühl aus. Ein Blick auf Luisa zeigte ihr, dass es dem Mädchen ähnlich ging. Luisa war sehr blass um die Nase.

Etwa eine Stunde später wusste sie genau, was Giovanni gemeint hatte. Sie stand über die Reling gebeugt, klammerte sich an das Holz und servierte ihr Frühstück den Fischen. Neben ihr stand Luisa und übergab sich ebenfalls.

Als Giannas Magen endlich leer war, richtete sie sich

keuchend auf, holte ein Taschentuch aus ihrem Ridikül und tupfte sich den Mund ab.

»Signorina?« Giovanni stand neben ihr und hielt ihr einen Becher Wasser entgegen.

»Oh, nein, ich kann nichts trinken.«

»Sie sollen auch nicht trinken. Spülen Sie sich nur den Mund aus.«

Dankbar griff sie nach dem Becher, nahm einen Schluck und spuckte ihn höchst undamenhaft über die Reling. »Hört das wieder auf?«, fragte sie atemlos.

»Früher oder später geht es bei allen vorbei. Außerdem wird das Wetter besser, der Wind lässt nach.«

Er reichte auch Luisa einen Becher, die dankend annahm.

»Setzen Sie sich doch auf die Deckstühle. Dort ist es auch nicht so windig.« Fürsorglich nahm er Giannas Arm und geleitete sie zu einer Reihe Stühle, die an der Wand zur Kajüte standen. Luisa blieb an der Reling stehen, bis Gianna sie rief.

»Komm, setz dich auch.«

»Danke sehr, Signorina.« Sie knickste und stolperte zu dem Stuhl neben Gianna. »Ich wusste nicht, dass man von einer Schiffsreise krank werden kann.«

»Ich ebenfalls nicht. Sonst wäre ich vielleicht doch lieber mit der Kutsche gefahren.«

Die Voraussage des kleinen Stewards traf ein. Zwei Stunden später hatte der Wind nachgelassen, und die See war merklich ruhiger. Die Iberia fuhr in Sichtweite der Küste nach Norden.

Giovanni nahm seine Aufgabe sehr ernst, er wich kaum von ihrer Seite. »Da, sehen Sie die Berge?« Er deutete auf die Küstenlinie.

Gianna erkannte Berge, deren Gipfel in der Sonne weiß schimmerten.

»Ist das Schnee?«, fragte Luisa.

»Nein, Marmor. Das sind die Steinbrüche von Carrara, wo sie den berühmten weißen Marmor abbauen.«

»Sie kennen sich wirklich gut aus.«

Unter Luisas Bewunderung schien er zu wachsen. »Als Nächstes passieren wir La Spezia. Dann haben wir die Hälfte der Strecke nach Genua geschafft.«

Da ihr immer noch etwas flau im Magen war, lehnte Gianna dankend ab, als Giovanni sie und Luisa zum Mittagessen holen wollte. Luisa, die sich schon halb aus ihrem Stuhl erhoben hatte, setzte sich wieder hin. Sie bemühte sich sichtlich, sich ihre Enttäuschung nicht anmerken zu lassen.

»Du kannst gerne zum Essen gehen, Luisa. Nur weil ich keinen Appetit habe, musst du nicht hungrig bleiben.«

»Wirklich? Es würde Sie nicht stören, wenn ich ohne Sie gehe, Signorina?«

Gianna schüttelte den Kopf und wandte sich an Giovanni. »Würden Sie bitte Signorina Perucci in den Speiseraum geleiten?«

Giovanni verneigte sich und bot Luisa den Arm. »Aber gerne.«

Lächelnd sah Gianna den beiden nach. Auf Alberi d'Argento hatte sie Luisa nie besonders beachtet. Doch jetzt stellte sie fest, dass sie das Mädchen mochte. Ihre frische fröhliche Art und ihre Neugier auf die Welt waren sehr sympathisch.

Kurze Zeit später kehrte Giovanni zurück.

»Essen Sie nichts?«, fragte Gianna ihn.

»Doch, aber natürlich nicht im Speisesaal der Passagiere. Wir essen unter Deck.« Er deutete auf eine niedrige Tür. »Wenn Sie mich für einige Zeit entschuldigen würden, Signorina, es ist nämlich jetzt auch für die Mannschaft Essenszeit.«

»Aber natürlich, gehen Sie nur.«

Am Nachmittag wurden Kaffee und ein paar Häppchen angeboten, und dieses Mal ging auch Gianna zum Essen. Der Speiseraum für die Passagiere war nicht besonders groß, er bot Platz für etwa zwanzig Leute, und nicht alle Tische waren besetzt.

Das Schiff fahre die Route Neapel–Livorno–Genua–Marseille und nehme neben Passagieren auch viele Waren mit, erklärte Giovanni ihnen, als er sie nach dem Kaffee zu ihrer Kabine begleitete. Sie würden Genua bald erreichen, dort über Nacht bleiben und am nächsten Tag nach Marseille weiterfahren.

»Sie müssen unbedingt an Deck kommen, wenn wir in Genua ankommen«, sagte er. »Der Anblick ist umwerfend. Genua hat nach Neapel den schönsten Hafen in Europa.«

Gianna lächelte über den unverhohlenen Stolz in seiner Stimme. »Sie kommen aus Genua, Giovanni?«

»Jawohl. Ich bin am Hafen geboren und aufgewachsen. Meine Mutter behauptet, man habe bei mir versehentlich Hafenwasser statt Weihwasser bei der Taufe verwendet.«

Die Sonne stand schon tief, als Giovanni an die Tür der kleinen Kabine klopfte. »Kommen Sie, die Stadt kommt in Sicht.«

Gianna und Luisa folgten ihm. Sie waren nicht die

Einzigen. Alle zwölf Passagiere hatten sich an der Bugreling versammelt und blickten nach Norden.

Giovanni deutete auf die Berge, die inzwischen deutlich zu sehen waren. »Dort liegt sie: La Superba.«

»La Superba?«, fragte Gianna.

»Ja, so nennt man meine Stadt, und das mit Recht. Sehen sie.«

Er hatte nicht übertrieben. Die Bucht von Genua bildete einen Halbkreis. Die Stadt schien unmittelbar aus dem Meer emporzuwachsen und zog sich an den Bergen, die sie umgaben, nach oben. Die Abendsonne verlieh den bunten Häusern, die den Hafen säumten, einen zauberhaften Glanz.

»Oh, ist das schön«, hauchte Luisa, und Gianna gab ihr recht.

Die Iberia näherte sich rasch dem Hafen. Gianna entdeckte zwei gewaltige Hafendämme, die weit ins Meer hineinreichten, und einen hohen Leuchtturm. Im Hafen selbst lagen so viele Schiffe, dass Gianna zunächst glaubte, die Iberia könne gar nicht anlegen, doch das Schiff fuhr zielstrebig an dem Wald aus Masten vorbei, umrundete eine kleine Mole und legte schließlich an einem Pier an, der in den Hafen hineinragte.

Giovanni holte Giannas beide Koffer aus der Kabine, Luisa folgte ihm mit ihrer Reisetasche.

Auf dem Pier wimmelte es von Menschen. Eine zweite Brücke war am hinteren Teil der Iberia angelegt; dort schleppten Männer in dreiviertellangen Hosen Kisten heraus.

Kaum hatte Giovanni Giannas Koffer auf dem Pier abgestellt, näherte sich ein dünner, schwarzhaariger Mann und machte Anstalten, danach zu greifen. Dabei redete er in schlechtem Toskanisch auf Giovanni ein. Gianna verstand ihn kaum. Anscheinend war er ein Lastenträger, der anbot, ihr Gepäck zum nächsten Wirtshaus zu bringen. Giovanni schüttelte energisch den Kopf, deutete auf sich, dann auf die Koffer und antwortete in einer Sprache, die völlig anders klang als alles, was sie bisher gehört hatte. Französisch war es nicht. Der Lastenträger starrte Giovanni verblüfft an, dann antwortete er in der gleichen Sprache und zeigte auf ein großes Gebäude auf der anderen Seite der Straße, die am Hafen entlangführte.

»Diese Gepäckträger sind das reinste Lumpengesindel. Hüten Sie sich ja vor denen, Signorina. Die schleppen Ihnen zwar die Koffer, aber Sie bekommen sie nur zurück, wenn Sie ein Vielfaches des üblichen Preises zahlen.«

»Was war das für eine Sprache? Etwas Ähnliches habe ich noch nie gehört.«

Giovanni lachte. »Das war Zenéize. Ein Dialekt, der nur hier in Genua gesprochen wird. Und nur wir Genueser verstehen ihn. Er wusste, dass er mich nicht übers Ohr hauen kann, als ich ihn auf Zenéize angesprochen habe. Er sagte, das Kontor der Barratis liegt auf der anderen Seite dieser Straße. Das große gelbliche Haus.« Er blickte auf die Koffer und kratzte sich am Kopf. »Dann wollen wir mal.«

»Warten Sie.« Gianna hielt ihn auf, als er nach den Koffern griff. »Die sind sehr schwer. Vielleicht gehe ich einfach erst mal zu meinem Onkel. Er hat bestimmt jemanden, der uns beim Tragen hilft. Sie und Luisa passen so lange auf die Koffer auf.«

»Wie Sie meinen, Signorina.« Er nickte ihr zu und lächelte Luisa an.

Gianna grinste. Sie hatte schon auf der Fahrt das Gefühl gehabt, dass Giovannis Aufmerksamkeit nicht nur den

Münzen ihres Vaters zu verdanken war, sondern auch Luisas Liebreiz.

Sie raffte ihren Rock und ging den Pier entlang bis zur Straße. Dort herrschte reger Verkehr. Pferdefuhrwerke, teilweise mit vier oder sechs Pferden bespannt, fuhren vom Hafen fort, andere kamen an. Sie drängte sich an ein paar Männern in dunkelblauer Uniform vorbei, die in eine lebhafte Diskussion verwickelt waren, überquerte die Straße und erreichte schließlich ein gelbgestrichenes, zweistöckiges Gebäude. *Kontor Barrati* stand über der Tür. Es gab keinen Türklopfer, und so öffnete sie die Tür und trat ein. Eine Glocke klingelte. Der Raum war mittelgroß und durch einen Tresen geteilt.

Hinter dem Tresen stand ein Mann und kritzelte in einem Buch. Beim Klingeln der Glocke blickte er auf. Einen Augenblick starrte er sie verblüfft an. Sein Blick glitt rasch über ihren Hut und ihr Kleid nach unten zu ihren Schuhen. Dann neigte er höflich den Kopf. »Sie wünschen, Signora …?«

»Mein Name ist Gianna di Raimandi, und ich suche meinen Onkel, Signor Barrati.«

Ein Lächeln erhellte sein Gesicht. »Ah, Sie sind das. Signor Barrati hat mir gesagt, dass er Sie heute erwartet. Einen Moment, ich hole ihn.«

Er verschwand durch eine Tür hinter dem Tresen und kam kurze Zeit später in Begleitung ihres Onkels wieder.

Verblüfft blickte sie ihn an. Noch niemals hatte sie einen derartig elegant gekleideten Mann gesehen. Auf Giuseppes Beerdigung hatte er selbstverständlich Schwarz getragen, und sie hatte nicht weiter auf seine Kleidung geachtet. Bei seinen früheren Besuchen auf Alberi d'Argento war er eher einfach gekleidet gewesen. Vielleicht ein Zugeständnis an das Landleben? Jetzt trug er ein blütenweißes, gefältetes Seidenhemd, darüber eine graue Weste aus einem schimmernden Stoff mit weißen Stickereien und eine dunkelblaue Hose.

»Gianna! Wie schön, dich zu sehen!« Er öffnete eine Klappe im Tresen und kam mit ausgestreckten Händen auf sie zu. Als sie seine Hände ergriff, beugte er sich vor und küsste sie rechts und links auf die Wange. Dann blickte er sich um. »Du bist doch aber nicht alleine hierhergekommen?«

»Nein. Meine Zofe und der Steward, der uns auf der Reise behilflich war, stehen mit dem Gepäck draußen am Pier.«

»Gut. Wie viele Koffer sind es denn?«

»Zwei und die Tasche meiner Zofe.«

»Nur?« Er lachte, dann wandte er sich an den Mann hinter dem Tresen. »Rufen Sie bitte Luigi, er soll die Koffer tragen helfen.« Von einem Haken nahm er Zylinder und Gehstock. »Ich mache Schluss für heute, Signor Cozzani«, sagte er zu dem Mann und hielt Gianna die Tür auf.

Zusammen mit Luigi gingen sie hinaus zum Pier. Luisa und Giovanni waren so in ihr Gespräch vertieft, dass sie ihr Kommen zunächst gar nicht bemerkten.

»Nächste Woche habe ich drei Tage frei«, sagte Giovanni und sah Luisa tief in die Augen. »Vielleicht können wir mal ausgehen? Ich kann dir Genua zeigen, ich kenne diese Stadt besser als jeder andere.«

»Vor allem die Viertel, die unschuldige junge Mädchen besser nicht betreten«, sagte Fabrizzio spöttisch.

Beide fuhren herum. Sichtlich empört öffnete Giovanni den Mund und schloss ihn schnell wieder. Seine Wangen färbten sich rot, er verneigte sich. »Signore, niemals würde ich ein Mädchen wie Signorina Luisa in solche Viertel bringen.«

Luisa knickste vor Fabrizzio und betrachtete ihn anschließend mit unverhohlener Bewunderung, was Giovanni sichtlich nicht gefiel. Er runzelte die Stirn und sah zu Boden.

»Giovanni hat sich während der Reise sehr liebenswürdig um uns gekümmert«, sagte Gianna.

Fabrizzio lächelte, ganz ohne Spott. »Das glaube ich. Und ich danke dir herzlich dafür, Giovanni.« Er griff in seine Tasche, doch Giovanni winkte ab. »Der Vater der Signorina hat mich bereits bezahlt«, sagte er, und eine Mischung aus Stolz und Trotz lag in seiner Stimme.

Luigi griff nach Giannas Koffern, Giovanni nach Luisas Tasche. Zusammen überquerten sie die Straße.

Vor dem Kontor verabschiedete sich Giovanni. »Arrivederci.« Er verbeugte sich vor Gianna und ihrem Onkel, warf Luisa noch einen schmachtenden Blick zu und lief dann zurück zum Pier.

Luigi stellte die Koffer ab, lief um das Haus herum und kam mit einem zweirädrigen Karren wieder. Verwundert sah Gianna auf das Gefährt. Keine Kutsche?

Fabrizzio schien ihre Gedanken zu erraten. »Abgesehen von ein paar Prachtstraßen, sind die Straßen hier so schmal, dass man sie eher als Gassen bezeichnen kann. Mit einer Kutsche kommt man nicht gut vorwärts. Zu Fuß geht es schneller, es sei denn, die Damen wünschen in einer Sänfte zu reisen.« Er deutete auf eine, die gerade vorbeigetragen wurde.

»Nein, dann laufe ich lieber«, erklärte Gianna.

»Es ist auch nicht sehr weit, und ihr seht ein bisschen was von der Stadt.«

Luigi lud Giannas Koffer und Luisas Reisetasche auf den Karren, und dann gingen sie los.

Zunächst folgten sie der Straße beim Hafen, dann bog ihr Onkel rechts in eine Gasse ab, die so schmal war, dass eine Kutsche wohl nur hindurchfahren konnte, wenn sich niemand auf der Straße befand. Die Häuser rechts und links waren hoch und zum Teil prächtig verziert. Sie folgten der Gasse zu einer schmalen Straße. Hier drängten sich Sänftenträger, Fußgänger und auch mal eine Kutsche aneinander vorbei. Zwischen den hohen Gebäuden hallten die Rufe der Sänftenträger, den Weg frei zu machen, die Hufschläge der Pferde auf dem Pflaster und das Rattern der Räder. Wie laut diese Stadt war. Wieder bogen sie in eine dunkle Gasse ein. Niemals würde sie sich hier alleine zurechtfinden, dachte Gianna. Diese Stadt war ganz anders als Florenz mit seinen breiten Prachtstraßen, den aus massiven Steinquadern gebauten Palazzi und offenen Plätzen.

»Oh, so was haben wir auch«, sagte ihr Onkel, als sie ihre Gedanken aussprach. »Die Piazza S. Domenico und auch das Viertel um den Palazzo Ducale und das Teatro Carlo Felice sind sehr großzügig und schön. Emilia und Antonia werden dir alles zeigen. Wir sind übrigens gleich da, das ist die Rückseite unseres Hauses.«

Gianna blickte nach oben. Das war kein Haus, sondern ein Palazzo, fünf Stockwerke hoch. Die Fassade war zartgrün gestrichen und prächtig verziert. Die Barratis mussten sehr reich sein.

Ein Diener in Livree empfing sie an der Haustür. Er verneigte sich, nahm Fabrizzio Hut und Stock ab und anschließend Giannas Mantel. Dann führte er sie ins Vestibül.

Mit raschelnden Röcken kam Emilia die Treppe heruntergelaufen, gefolgt von einem Mädchen in Giannas Alter. »Gianna, Liebes, wie schön, dass du hier bist!« Sie zog Gianna in ihre Arme und drückte sie an sich. Dann drehte sie sich zu dem Mädchen um. »Das ist Antonia, deine Cousine. Ich glaube, ihr habt euch vor fast zehn Jahren das letzte Mal gesehen.«

Antonia lächelte sie an. Sie glich ihrem Vater. Wie er hatte sie warme, braune Augen, dunkles, glattes Haar und sehr helle Haut. Gianna erwiderte das Lächeln.

»Caterina, unsere große Tochter, ist schon seit drei Jahren verheiratet und hat zwei Kinder«, erzählte Emilia. »Und Michele, unser Sohn, studiert. Jedenfalls hoffe ich, dass er das tut und sich nicht die Nächte um die Ohren schlägt wie sein Pate damals.«

Fabrizzio lachte. »Für Familiengeschichten haben wir später noch Zeit. Lass das Mädel erst einmal ankommen.«

»Du hast ja recht. Antonia, begleite Gianna bitte in ihre Räume. Ich läute nach Elisa, sie soll ein paar Erfrischungen bringen. Du hast deine eigene Zofe mitgebracht?«, wandte sie sich wieder an Gianna.

Verlegen nickte sie. Vor lauter Aufregung hatte sie Luisa ganz vergessen. »Ja, das ist Luisa, die Nichte von Mamas Zofe. Meine Eltern wollten nicht, dass ich alleine reise, und sie wollte mich begleiten. Ich hoffe, es kommt nicht ungelegen.«

»Aber nein, wir haben reichlich Platz. Luisa kann im Obergeschoss bei unserem Dienstmädchen Elisa schlafen. Bei Celeste wäre auch noch ein Platz frei, aber Elisa ist ungefähr in Luisas Alter, ich glaube, das passt besser.«

Luisa sank in einen Knicks. »Vielen Dank, Signora. Ich freue mich, hier zu sein, und hoffe, hier eine Menge zu lernen. Wie man so schöne Frisuren macht, wie die Signora sie trägt, und so was …«

»Herzlich willkommen im Palazzo Barrati, Luisa«, antwortete Emilia. »Schön, dass du lernen möchtest. Gloria, meine Zofe, kam damals mit mir aus der Toskana hierher. Sie wird dir gerne helfen. Warte bitte hier, Elisa zeigt dir dann dein Zimmer.«

Gianna folgte Antonia über eine Treppe aus Marmor in den zweiten Stock in einen Gang. Zwischen den Türen hingen Gemälde, die Jagdszenen, Landschaften oder Schiffe zeigten. Antonia öffnete eine Tür neben einem Bild, auf dem sie den Hafen von Genua erkannte. »Das sind deine Räume.«

»Räume?«, fragte Gianna.

»Ein kleiner Salon und ein Schlafzimmer.«

Entzückt blickte Gianna sich um. Die Wände waren in hellem Türkis gehalten, es gab ein großes Fenster. In der Ecke neben dem Fenster standen eine Chaiselonge, ein Stuhl und ein kleiner Tisch; auf der gegenüberliegenden Seite stand ein Sekretär, darüber hing ein Spiegel. Eine Tür verband den Salon mit dem Schlafzimmer. An der Stirnwand war ein großer Kleiderschrank, die Türen waren mit Schnitzereien verziert, und gegenüber dem Fenster stand ein Bett. Auch hier befand sich neben dem Fenster ein Tisch mit geschwungenen Beinen, darauf standen Waschkrug und Schüssel, daneben lagen schneeweiße Tücher.

»Das ist nur zum schnellen Frischmachen«, erklärte Antonia. »Zwei Türen weiter ist unser Baderaum. Wenn du baden willst, gib Elisa Bescheid, sie sorgt für heißes Wasser.«

»Danke.«

Vom Fenster aus konnte man auf den Platz vor dem Palazzo blicken, auf dem ein kleiner Springbrunnen stand. Sie würde sich hier wohl fühlen.

»Ah, da kommt Vincenzo mit deinen Koffern«, sagte Antonia und zog die Tür ein Stück weiter auf. Der Diener, der sie an der Haustür empfangen hatte, trug die Koffer in das Schlafzimmer, dann verneigte er sich und ging hinaus. Kurze Zeit später erschien eine junge Frau in dunkelblauem Kleid mit einer hübschen weißen Schürze und einem Häubchen auf dem Haar, die ein Tablett trug. Sie knickste beim Eintreten, dann stellte sie einen Krug, einen Becher und eine Schale mit Früchten auf den Tisch.

»Das ist Elisa«, stellte Antonia sie vor.

Das Mädchen knickste wieder, dieses Mal tiefer. »Guten Abend, Signorina.«

»Guten Abend, Elisa.«

Die Barratis schienen nicht nur sehr reich zu sein, bei ihnen ging es auch wesentlich vornehmer zu als auf Alberi d'Argento. Ilaria war zwar auch immer höflich, doch sie knickste eher flüchtig, wenn sie es denn überhaupt tat. Ihr Diener sprach doch manchmal recht zwanglos mit ihrem Vater, und die Köchin hörte man oft genug so laut schelten, dass es durch das untere Stockwerk hallte.

»Ich lasse dich jetzt allein«, sagte Antonia. »Wenn du etwas brauchst, dann zieh einfach an der rechten Schnur über der Tür, dann läutet es bei Elisa oder Gloria. Soll ich dir deine Zofe schicken, um die Koffer auszupacken?«

»Ach nein, ich glaube, Luisa hat selbst genug zu tun. Das schaffe ich schon.«

»Wie du meinst. Wir sehen uns um acht Uhr zum Abendessen. Ich hole dich ab. Wenn du magst, zeige ich dir morgen das Haus.«

»Danke schön.«

Nachdenklich sah sie Antonia nach. Sie wusste nicht so recht, was sie denken sollte. Ihre Cousine war nett und höflich, aber auch ein bisschen unnahbar. Vielleicht lag es daran, dass sie sich noch fremd waren.

Sie trank einen Becher Wasser und aß einen Apfel, dann ging sie ins Schlafzimmer und machte sich daran, die Koffer auszupacken. Ihre Mutter hatte darauf bestanden, dass sie die Trauerkleidung zu Hause ließ. So hatte sie drei Röcke, einige Blusen, mehrere leichte Nachmittagskleider zum Spazierengehen oder für den Besuch in diversen Salons, drei Kleider für das Dinner und ihr burgund-rosé changierendes Ballkleid eingepackt, obwohl sie nicht glaubte, dass sie hier auf Bälle gehen würde. *Solltest du noch irgendetwas benötigen, dann wird Emilia dir eine passende Schneiderin nennen können,* hatte sie gesagt. Eigentlich, fand Gianna, hatte sie mehr als genug Kleider mit. Allerdings schienen sie ihr ein wenig altmodisch zu sein. Sowohl Emilia als auch Antonia trugen Kleider mit mehrstufigen Röcken, bei denen die jeweiligen Stufen gerafft und mit Bändern eingefasst waren.

Was trug man hier zum Abendessen? Sie entschied sich für ein Kleid aus hellblauer Seide mit dreiviertellangen schmalen Ärmeln, das am Ausschnitt mit champagnerfarbenen Spitzen verziert war. Anschließend machte sie sich ein wenig frisch und läutete. Zum Umkleiden würde sie Hilfe benötigen. Eine Weile später klopfte es an der Tür. Auf ihr »Herein« erschien zu ihrer Überraschung Luisa.

»Elisa hat mir den Weg gezeigt«, erklärte sie auf Giannas verblüfften Blick hin. »Sie sagte, Sie brauchen sicher Hilfe beim Anziehen.«

Anscheinend konnten die Dienstboten hier Gedanken lesen. »Da hat sie recht. Ich will das Blaue anziehen. – Und, wie gefällt es dir hier?«

»Gut. Elisa ist sehr nett und hilfsbereit, sie erklärt mir viel. Das Zimmer, das wir haben, ist auch ganz hübsch.«

Irgendwie schien ihr, trotz ihrer Worte, irgendetwas nicht zu gefallen. »Aber?«, fragte Gianna.

»Sie sind hier alle so schrecklich vornehm. Ganz anders als zu Hause«, platzte es aus ihr heraus, dann errötete sie. »Ich meine natürlich nicht, dass es auf Alberi d'Argento nicht vornehm zuginge, aber …«

»Ich verstehe dich. Ich bin auch überrascht. Vor allem weil Onkel Fabrizzio am Hafen doch recht ungezwungen und leger war. Vielleicht liegt es daran, dass wir auf dem Land wohnen, da ist manches anders.«

Sichtlich erleichtert nickte Luisa. »Die Zofe von Fabrizzios Mutter hat mich eine Landpomeranze genannt, weil ich nicht wusste, dass man jetzt auch die Haare in Locken legt, die an der Seite herabhängen.«

Gianna lachte. »Dann bin ich wohl auch eine Landpomeranze, ich wusste das auch nicht. Komm, hilf mir in das Kleid.«

Eine halbe Stunde später klopfte Antonia an die Tür. Auch sie hatte sich umgezogen und trug nun ein Kleid aus grüner Seide mit einem V-Ausschnitt, der bis zur Taille ging, darunter eine plissierte, cremefarbene Bluse. Ihr Haar fiel in Schillerlocken auf ihre Schultern. Ein grünes Samtband mit dunkelroten Rosen vervollständigte die Frisur. Gianna kam sich mit ihrem schlichten Chignon geradezu provinziell vor. Das also hatte Luisa gemeint.

Luisa starrte entzückt auf Antonias Frisur. »Wie macht

man solche Locken?« Antonia wandte sich zu ihr um, und Luisa schlug hastig die Hand vor den Mund. »Verzeihung, Signorina, ich wollte nicht vorlaut sein.«

Antonia lachte. »Kein Problem. Du bist ja hier, um zu lernen. Die macht man mit einer Brennschere. Wenn Gianna möchte, kann Gloria ihr morgen früh die Haare machen, und du schaust zu.«

Gianna sah Antonia an. »Meinst du, mir steht das?«

»Bestimmt.« Antonia nickte so heftig, dass die Locken um ihr Gesicht tanzten. »Probier es aus. Aber jetzt müssen wir gehen. Großmutter Adele kann Unpünktlichkeit nicht leiden. Überhaupt legt sie großen Wert auf Förmlichkeit. Am liebsten würde sie meinen Vater noch in gepuderter Perücke sehen, so wie unseren seligen König Carlo Alberto. Sag bloß nichts Gutes über Vittorio Emanuele, den Conte di Cavour oder gar Garibaldi.«

Gianna runzelte die Stirn. Ihr Onkel Fabrizzio war der beste Freund ihres Onkels Michele, und beide waren im Widerstand aktiv gewesen, das wusste sie von ihrem Vater. »Aber dein Vater war doch …« Verlegen schwieg sie. Vielleicht wusste Antonia ja gar nichts von den politischen Aktivitäten ihres Vaters. Nicht in allen Familien wurde über diese Dinge so offen gesprochen wie in ihrer.

Antonias Lachen zerstreute ihre Bedenken. »Ja, mein Vater denkt ganz anders, und sie weiß das auch. Aber sie meint wohl, was sie nicht zur Kenntnis nimmt, existiert auch nicht. Im Grunde ist sie eine sonderliche alte Dame, die in der Vergangenheit lebt. Mein Großvater ist 1846 gestorben, und manchmal glaube ich, damals ist für sie die Zeit stehengeblieben. Es war eine arrangierte Ehe, und mein Großvater war nicht immer treu, aber sie hat ihn wohl geliebt.«

Antonias Worte beschworen die letzten Wochen. Ihre Mutter, die ihr erzählt hatte, dass sie vor ihrer Ehe verliebt gewesen war und sich in ihren Vater erst beim Kennenlernen verliebt hatte. Jetzt sprach Antonia davon, dass ihre Großmutter den Mann geliebt hatte, mit dem man sie im Grunde ohne ihr Einverständnis verheiratet hatte. Vielleicht war die erste große Liebe, die erste Leidenschaft wirklich nicht die Grundlage für eine gute Ehe. Vielleicht brauchte es etwas anderes. Ein gemeinsames Ziel. Sie dachte an ihre Eltern. Ihre Mutter liebte Alberi d'Argento ebenso wie ihr Vater. Sie interessierte sich für den Weinanbau und hatte oft beim Abendessen mit ihrem Vater über Reben, Rebschnitt und die Ernten geredet. Donata dagegen hatte das Weingut ihrer Eltern immer nur als lästiges Anhängsel angesehen und nie einen Hehl daraus gemacht, dass sie das Landleben langweilig fand und sich in der Stadt wohler fühlte, während Signor Sergio den Wein und alles drum herum liebte. Wie oft hatte er in den guten Zeiten mit ihrem Vater auf der Terrasse gesessen, die jungen Weine probiert, miteinander verglichen und darüber gesprochen, wie man die Ernten verbessern konnte? Sie waren im Grunde niemals Konkurrenten gewesen, das Ziel war immer, die beiden Weingüter zu verbinden. Durch eine oder mehrere Hochzeiten.

Gab es überhaupt Gemeinsamkeiten zwischen Angelo und ihr? Hatte er sich jemals dafür interessiert, was sie dachte, was sie bewegte? Sie konnte sich nicht erinnern. Aber das hatte sie auch niemals vermisst. Über ihre Jungmädchenträume hatte sie mit Rosanna geredet. Mit ihr hatte sie ihre Vorstellungen von der großen Liebe geteilt. Sie hatten gemeinsam Romane gelesen, sich in die Helden verliebt, mit den Heldinnen geschmachtet. Und mit ihren

Sorgen war sie immer zu Maurizio gegangen, der sich nie zu schade gewesen war, einem kleinen Mädchen die Nase zu putzen, einer Zwölfjährigen zuzuhören, die unglücklich gewesen war, weil sie geglaubt hatte, dass ihre Eltern ihre Brüder vorzogen. Er hatte ihre Briefe aus dem Institut für junge Damen gelesen und beantwortet, und selbst dieses Jahr, als sie Angelo nachgelaufen war, sich unmöglich benommen hatte, war er immer für sie da gewesen, hatte ihr zugehört, ihr geholfen. Sie war niemals allein gewesen. Vielleicht war ihre Liebe zu Angelo ein Luxus gewesen, den sie sich nur hatte leisten können, weil sie Freunde, Eltern und Geschwister hatte, die sie liebten. Ohne sie hätte sie vielleicht viel schneller gemerkt, dass es zwischen Angelo und ihr außer der körperlichen Anziehung nicht viel gegeben hatte.

12. KAPITEL

Das Esszimmer der Barratis war ein wenig kleiner als das auf Alberi d'Argento, jedoch exquisit eingerichtet. Der Boden bestand aus blank poliertem, hellgrauem Marmor mit schwarzen Einlegearbeiten. Die Wände waren in hellem Lila gestrichen, die Decken mit Stuck verziert, und über dem Esstisch hing ein aufwendig mit Kristalltropfen und -sternen verzierter Kronleuchter.

Um den Tisch saßen bereits ihr Onkel und ihre Tante sowie eine alte Dame in einem hochgeschlossenen, schwarzen Kleid.

Fabrizzio erhob sich, kam ihnen entgegen und bot Gianna den Arm. Er führte sie um den Tisch herum zu der

Dame. »Liebe Mutter, das ist Gianna di Raimandi, die Tochter unseres lieben Schwagers Enrico. Sie wird einige Zeit bei uns bleiben.« Er sprach sehr laut.

Die alte Dame runzelte die Stirn. »Du brauchst mich nicht so anzuschreien, Fabrizzio, ich verstehe dich sehr gut.«

Hinter Gianna ertönte ein unterdrücktes Hüsteln, vermutlich von Antonia.

Gianna sank in einen tiefen Knicks. »Ich bin erfreut, Sie kennenzulernen, Signora.«

Die Dame hob ein Lorgnon, das sie an einer Kette um den Hals trug, vor ihre Augen und unterzog Gianna einer eingehenden Musterung. »So, so, eine von den Ridolfis. Bist du mit Cosimo Ridolfi verwandt?«

Verwirrt sah Gianna von der alten Dame zu Fabrizzio. Wie kam sie auf die Ridolfis?

»Nicht Ridolfi, Mamma«, sagte Fabrizzio überdeutlich. »Raimandi. Giannas Vater ist Emilias Bruder.«

»Du bist auch mit den Ridolfis verwandt?«, wandte sich die alte Dame an Emilia. »Das hast du mir nie erzählt.«

Fabrizzio seufzte und brachte Gianna zu ihrem Platz neben Antonia. »Sie ist fast taub, aber sie glaubt, es merke niemand«, flüsterte er Gianna zu, während er ihr den Stuhl zurechtrückte.

»Was gibt es da zu flüstern, Fabrizzio?«

»Nichts Wichtiges, Mutter.«

»Nun, können wir jetzt beten und dann endlich essen?«

Alle falteten die Hände und senkten die Köpfe. Fabrizzio sprach ein kurzes Gebet. Anschließend trug ein Diener die Vorspeise auf, Carne cruda, feingehacktes Kalbfleisch, das mit Olivenöl, Zitrone, Salz und Pfeffer abgeschmeckt war. Dazu gab es frisch gebackene kleine Fladenbrote.

»Wenn das Wetter gut ist, zeigen wir dir morgen Vormittag ein bisschen etwas von Genua und gehen anschließend ins Café del Cairo«, sagte Emilia und lächelte Gianna an.

Der zweite Gang wurde aufgetragen. Trennete, sehr dünne Bandnudeln, mit Basilikumpesto. Als Hauptgang gab es gebratenen Thunfisch mit gegrilltem Gemüse.

Beim Nachtisch winkte Gianna dankend ab. »Ich bekomme kaum noch Luft.«

Fabrizzios Mutter nahm sich gleich zwei Portionen, sie war allerdings auch nicht so eng geschnürt.

»Wollen wir uns noch ein bisschen in den Salon setzen und plaudern?«, fragte Emilia, nachdem alle ihre Mahlzeit beendet hatten. »Oder bist du müde von der Reise?«

Ein wenig müde war sie schon, aber gleichzeitig noch zu überwältigt von den vielen neuen Eindrücken, um jetzt schon zu Bett zu gehen. »Ich würde sehr gerne noch ein bisschen plaudern.«

»Ich ziehe mich zurück!«, verkündete Signora Adele laut und rückte ächzend ihren Stuhl zurück.

»Noch einen kleinen Vin Santo, Mamma?«, fragte Fabrizzio.

»Einen kleinen Vincenzo? Von wem sprichst du nun wieder?«

»Er hat gefragt, ob du noch einen Vin Santo trinken möchtest«, sagte Emilia.

»Nein, hat er nicht. Er hat irgendetwas genuschelt. Kein Wunder, dass ich ihn nicht verstehe, wenn er nicht in ganzen Sätzen spricht. Danke, ein Glas nehme ich gerne.«

Gianna betrachtete angelegentlich die Muster auf ihrer Serviette, um ihr Lächeln zu verbergen. Die alte Dame schien außerordentlich anstrengend zu sein.

Lächelnd stand Fabrizzio auf, ging zu seiner Mutter und reichte ihr den Arm.

Der Salon lag neben dem Speiseraum. Dicke Teppiche lagen auf dem Marmorboden, vor einem riesigen Kamin standen ein niedriger Tisch und fünf Sessel, an der Wand unter einem Fenster befand sich ein großes Sofa. Die Frauen setzten sich an den Tisch, Fabrizzio schenkte eine goldgelbe Flüssigkeit in kleine Gläser und verteilte sie. »Übrigens ist das ein Vin Santo von Alberi d'Argento.«

Sie prosteten einander zu.

»Ich habe mich noch gar nicht dafür bedankt, dass ich hier sein darf. Das ist wirklich sehr nett«, sagte Gianna.

Fabrizzios Mutter beugte sich vor. »Bist du hier, um einen Ehemann zu finden? Dann musst du aber genau hinsehen, die meisten Burschen in der Stadt taugen nichts.« Sie seufzte tief. »Es gibt keine Männer mehr wie meinen Emanuele. Gott hab ihn selig.«

Gianna wusste nicht, ob sie lachen oder empört sein sollte. Ein Blick zu Antonia zeigte ihr, dass die sich schon wieder das Lachen verkniff. Emilia schüttelte kaum merklich den Kopf. »Nein, liebe Mamma, Gianna ist nicht auf der Suche nach einem Ehemann. Sie möchte hier einfach eine schöne Zeit verbringen.«

»Tz.« Die alte Dame nippte an ihrem Glas. »Die jungen Dinger heutzutage. Nur auf ihr Vergnügen aus. Wie alt bist du, junge Dame?«

»Ich bin achtzehn.«

»Nun, dann wird es aber höchste Zeit. Deine Eltern hätten dir schon längst einen Mann suchen sollen. Oder gehörst du auch zu den Mädchen, die meinen, sie müssten aus Liebe heiraten? Lass mich dir eines sagen: Das ist

Blödsinn.« Sie nippte wieder an ihrem Glas, und Emilia nutzte die Gelegenheit, um ihren Redefluss zu unterbrechen.

»Giannas Eltern kümmern sich sehr gut um sie und werden sicherlich auch dafür sorgen, dass sie keine alte Jungfer wird.« Sie zwinkerte Gianna an.

Trotzdem schmerzten die Worte der alten Dame. Ihre Eltern hatten sich gekümmert. Sie war verlobt gewesen und hatte ihren Verlobten innig geliebt. Alles hätte so schön sein können. Und jetzt lag ihr Leben in Scherben.

Als Adele gegangen war, wandte sich Fabrizzio an Gianna. »Entschuldige bitte. Meine Mutter ist ein wenig eigen, aber sie meint es nicht böse. Sie war immer eine großartige Kupplerin, hat nicht nur meine Schwester unter die Haube gebracht, sondern auch einige Ehen in unserer Verwandtschaft arrangiert. Ich glaube, sie hat mir nie verziehen, dass ich mich nicht von ihr habe verkuppeln lassen.«

»Wurde Ihre Ehe nicht arrangiert?«, fragte Gianna.

Grinsend schüttelte Fabrizzio den Kopf. »Nein. Meine Eltern wollten, dass ich Claudia Salieri heirate, die Tochter eines befreundeten Reeders. Eine aufgeblasene Ziege, die ihre Nase hoch trug und sehr großen Wert auf gute Manieren legte. Wenn ich so drüber nachdenke, war sie der guten Donata Frattini sehr ähnlich. Ich fand sie langweilig und ging ihr, wenn irgend möglich, aus dem Weg.«

»Du bist irgendwelchen Frauen aus dem Weg gegangen?«, spottete Emilia. »Das wäre mir ganz neu.«

»Der schon«, sagte Fabrizzio und lachte. »Die wollte so unbedingt heiraten, dass man nicht vorsichtig genug sein konnte, um sie nicht zu kompromittieren. – Genau genommen wollte ich gar nicht heiraten. Mir gefiel mein Leben so,

wie es war. Nette Frauen gab es viele, und so manche waren einem Abenteuer nicht abgeneigt.«

»Und ich will gar nicht wissen, wie viele Herzen du gebrochen hast«, sagte Emilia.

»Gar nicht so viele« antwortete er ganz ernst. »Ich habe nie einen Hehl daraus gemacht, dass ich kein Mann zum Heiraten bin, und ich habe keiner irgendwelche Versprechungen gemacht.«

Emilia schüttelte den Kopf. »Musstest du auch nicht, mein Liebster. Es gab trotzdem genug Mädchen, die meinten, sie könnten dein wankelmütiges Herz gewinnen und dich zähmen.«

»Das war aber dann nicht *mein* Problem, sondern das der Damen.«

»Da hört ihr es«, wandte sich Emilia an die beiden Mädchen. »So hartherzig war er.«

»Sie haben wirklich nie ans Heiraten gedacht?«, fragte Gianna.

Ein Lächeln zog sich über Fabrizzios Gesicht. »Doch. Als Michele seine Antonella hier vorgestellt hat und ich gesehen habe, was für ein patentes Mädchen sie ist und wie glücklich die beiden sind, da wünschte ich mir, ich könnte auch so eine Frau finden. Eine mit Temperament, Mut und Herz.«

»Und wie kamen Sie beide dann zusammen?«

Fabrizzio wechselte einen Blick mit seiner Frau. »Wie dein Onkel Michele, war ich Carbonaro und Mitglied von Giovine Italia. Ich habe nie mitgekämpft, sondern im Hintergrund gearbeitet, Treffen organisiert, Papiere gefälscht und so ... Das Ganze ist eine längere Geschichte. Jedenfalls war ich so leichtgläubig, mich mit einem Offizier der Armee Carlo Albertos zu treffen, der angeblich Giovine Italia beitreten wollte. Das Ganze entpuppte sich als Falle, in der ich nur der Köder war, denn er hatte es auf Michele abgesehen. Er nahm uns beide gefangen, doch wir konnten entkommen. Eine Zeitlang blieb alles ruhig, doch im Herbst darauf wurde ich gewarnt, dass die nächste Verhaftungswelle bevorstehe und es besser sei, unterzutauchen. Ich ritt nach Alberi d'Argento zu Michele. Die Familie nahm mich großzügig auf. Und dort traf ich eine junge Frau mit der Stimme eines Engels. Sie sang ein Liebeslied, als ich das erste Mal das Haus betrat. Es war Micheles Schwester, die ich das letzte Mal gesehen hatte, als sie neun Jahre alt war. Mittlerweile war sie achtzehn Jahre alt und wunderschön. Aber natürlich war es für mich Ehrensache, die Finger von der Schwester meines besten Freundes zu lassen.«

»Es gab ja auch genug hübsche Mädchen in der Umgebung«, sagte Emilia.

Fabrizzio nickte und erntete einen Rippenstoß von seiner Frau. »Ich merkte schnell, dass sie nicht nur schön war und wunderbar singen konnte, sondern auch klug war. Wir ritten aus, natürlich immer in Begleitung, wir trafen uns im Salon, lasen und diskutierten über Bücher. Bald machte es mir keinen Spaß mehr, mit den anderen Mädchen zu schäkern. Und irgendwann wurde mir klar, dass sie die Art Frau war, die ich suchte. Leider wurde mir auch klar, dass ich in der Falle saß. Nicht nur, weil Emilia mich dazu brachte, eine Ehe ernsthaft zu erwägen, sondern weil ich wusste, ich bekomme sie nicht. Denn jemand wie ich war bestimmt nicht die passende Partie für Emilia di Raimandi. Gut, unsere Väter hatten Geschäfte miteinander gemacht, Michele war mein bester Freund, trotzdem ... die Marchesi di Raimandi sind alter Adel, und ich bin bloß der Sohn eines Kaufmanns. Piero di Raimandi war drei Monate zuvor gestorben, für Emilias Verheiratung war nun dein Vater Enrico zuständig, und er wusste um meinen Ruf. Ich war sicher, er würde mir seine Schwester nicht anvertrauen. Also beschloss ich, die Sache zu vergessen und so bald wie möglich nach Genua zurückzukehren. Allerdings hatte ich die Rechnung ohne Emilia gemacht.« Lächelnd nickte er seiner Frau zu.

Gianna nippte an ihrem Wein und sah ihre Tante an. »Inwiefern?«

Emilia lachte. »Als er auf Alberi d'Argento ankam, hatte ich schon viel von ihm gehört, vor allem Michele sprach oft über ihn. Und immer hieß es, er sei ein wunderbarer Freund, aber ein Frauenhelden. Ich bin sehr behütet aufgewachsen, unter einem Frauenheld konnte ich mir nicht wirklich etwas vorstellen. Jedenfalls nichts Schlimmes. Vielleicht weil Held in dem Wort vorkam, und ein Held war für mich eine romantische Gestalt.«

Und Romantik sei für sie in jener Zeit wichtig gewesen, erzählte sie weiter, denn es habe nicht alles zum Besten auf dem Gut gestanden.

Giannas Großvater, Don Piero, hatte Anfang des Jahres einen Schlaganfall erlitten, der ihn zum Invaliden machte. Als Enrico und Michele die Führung des Gutes übernahmen, entdeckten sie, dass ihr Vater Schulden gemacht hatte. Im Grunde gehörte Alberi d'Argento der Bank. Nur dank eines strengen Sparplanes und der unermüdlichen Arbeit der Brüder konnten die Hypotheken bezahlt werden. Jeder musste Opfer bringen. Emilia ging nicht auf die höhere Töchterschule nach Florenz, es gab keine neuen Kleider, keine echte Ballsaison. Der junge Pellegrini machte ihr den Hof, aber er vermochte keine romantischen Gefühle in ihr zu wecken. Ebenso wenig wie einige andere junge Männer aus der Gegend. Und dann kam Fabrizzio. Er war sieben Jahre älter als sie, weltgewandt und umwerfend charmant. Es dauerte keine zwei Wochen, dann hatte sie sich in ihn verliebt. Doch so zuvorkommend er zu ihr war und sooft sie sich trafen, er machte keinerlei Versuche, ihr näherzukommen. Am Anfang fand sie das noch ritterlich, doch als die Wochen vergingen, machte sie sich Gedanken. Wenn sie Klavier spielte oder sang, saß er immer dabei und lauschte ihr sichtlich hingerissen. Und auch sonst merkte sie, wie sehnsüchtig seine Blicke ihr folgten, wenn er sich unbeobachtet glaubte. Ihr Gefühl sagte ihr, dass er ebenso für sie empfand wie sie für ihn, doch er erklärte sich nicht. Dann kam der Abend, an dem er der Familie eröffnete, dass er abreisen werde.

»Ich wollte nicht glauben, dass er gehen werde, ohne sich vorher zu erklären oder mir zumindest einen Hinweis zu geben, dass er wiederkommen würde«, erzählte Emilia. »Aber er tat es nicht, im Gegenteil, er ging mir sogar aus dem Weg. Ich war todunglücklich. Micheles Frau Antonella war wohl die Einzige in der Familie, die mitbekommen hat, wie es um mich stand. Als wir eines Morgens allein im Salon saßen, fragte sie mich nach Fabrizzio. Ich fing an zu weinen und erzählte ihr alles. Antonella tröstete mich. ›Ich habe gesehen, wie er dich anstarrt. Ich bin mir sicher, dass er dich liebt.‹ Ich fragte: ›Aber warum schweigt er dann? Und jetzt meidet er mich auch noch.‹

Sie antwortete: ›Weil er aus irgendeinem Grund glaubt, dass eine Verbindung zwischen euch nicht möglich ist.‹

Dann erzählte sie mir von Michele und sich selbst. Wie sie sich auf der Reise nach Genua ineinander verliebt hatten, er aber geglaubt hatte, diese Liebe sei unmöglich, weil er sich Giovine Italia verpflichtet hatte. ›Stell dir vor, er hat gesagt, dass ich in Genua bestimmt bald einen netten Mann zum Heiraten finden werde. Dabei wollte ich doch nur *ihn*.‹

Also habe ich Antonella gefragt, wie sie doch zusammengekommen seien. Sie hat gelacht und erzählt, dass sie ihm einfach gesagt habe, sie wolle keinen anderen Mann.«

»Ach«, warf Fabrizzio ein. »Diesen Teil der Geschichte von Antonella und Michele kenne ich noch gar nicht. Dieser Idiot hätte sie tatsächlich gehen lassen. Nicht zu fassen.«

Emilia hob die Augenbrauen, ihr Lächeln war spöttisch und liebevoll zugleich. »Ach wirklich … Nun, Antonella riet mir, mit Fabrizzio zu sprechen«, fuhr sie an Gianna gerichtet fort. »Das tat ich. Ich lauerte ihm im Rauchsalon auf und fragte ihn, warum er vor mir davonlaufe. Na ja, er wand sich ein bisschen, aber irgendwann nannte er mir seine Gründe. Und wir küssten uns.« Sie nickte Fabrizzio zu.

»Tja«, fuhr er fort. »Plötzlich stand ein wutschnaubender Michele neben uns, packte mich am Kragen, schüttelte mich durch und schrie mich an, wie ich es wagen könne, mich an seiner Schwester zu vergreifen. Es dauerte ein bisschen, bis er sich so weit beruhigt hatte, dass ich um ihre Hand anhalten konnte.«

Gianna lächelte traurig. »Was für eine schöne Geschichte.«

»Gib dir Zeit«, sagte Emilia sanft. »Du wirst sehen, es gibt hier viele nette junge Männer, und niemand weiß, was in Montescudaio passiert ist. Morgen werden Antonia, du und ich erst einmal ein bisschen bummeln gehen. Genua hat wunderschöne Ecken. Und zum Abschluss gehen wir ins Café del Cairo.«

Gianna schlief tief und traumlos und erwachte am nächsten Morgen mit einem Gefühl freudiger Erwartung. Vielleicht würde es ihr wirklich gelingen, hier in dieser lebensfrohen Stadt Angelo zu vergessen. Der Blick aus dem Fenster hob ihre Laune noch. Es war ein goldener Herbsttag. Nur ein paar Schäfchenwolken schwammen im Blau des Himmels.

Noch im Nachthemd huschte sie in das Badezimmer, wo schon ein Krug mit warmem Wasser, Handtücher und wunderbar nach Lavendel duftende Seife auf sie warteten.

Anschließend läutete sie. Zu ihrer Überraschung kam nicht Luisa, sondern ein Mädchen, das sie noch nicht kannte. Es brachte ihr eine Tasse Kaffee und ein Hörnchen. »Ihre Zofe kommt gleich, Signorina«, sagte es.

Gianna setzte sich in den Sessel in ihrem kleinen Salon, trank den heißen, schwarzen Kaffee und knabberte an ihrem Hörnchen.

Kurze Zeit später erschien Luisa. »Guten Morgen, Signorina. Signora Barrati lässt ausrichten, Sie möchten sich zum Ausgehen ankleiden lassen. Sie werden gleich nach dem Frühstück aufbrechen.«

»Guten Morgen, Luisa. Hast du gut geschlafen?«

Luisa lächelte. »Ja, nachdem Elisa mir den gesamten Tratsch über das Personal hier im Palazzo erzählt hat, habe ich gut geschlafen.«

Wie auf Alberi d'Argento, wurde auch hier das Frühstück nicht im Esszimmer serviert, sondern in einem der Salons. Sie waren zu dritt, Emilia, Antonia und sie. Fabrizzio sei schon sehr früh zur Arbeit gegangen, erklärte Emilia.

Einige Zeit nach dem Frühstück brachen sie auf. Bevor sie den Palazzo verließen, überreichte Emilia Gianna ein großes Tuch aus feiner weißer Baumwolle, in das in Zartblau phantasievolle Bäume gewebt waren. »Das ist ein Mezzaro«, sagte sie. »Man trägt ihn *so*.« Sie legte das Tuch lose über Giannas Haar und drapierte es so, dass Schultern und Oberarme bedeckt waren. »Es schützt vor der Sonne, vor Wind und, falls nötig, vor aufdringlichen Blicken.«

Antonia und Emilia schlangen sich ähnlich gemusterte Tücher um.

Vor der Tür standen zwei Träger mit einer Sänfte. Einen Augenblick wunderte Gianna sich, doch dann erinnerte sie sich an die schmalen Gassen, durch die sie gestern gekommen waren. Emilia nickte den Trägern zu, machte jedoch keine Anstalten, in die Sänfte zu steigen, sondern ging los. Die Männer mit der Sänfte folgten ihnen.

»Das ist auch so eine Besonderheit dieser Stadt«, erklärte Emilia lächelnd. »Da viele Gassen zu eng für eine Kutsche sind, gibt es Sänften. Da auch das den meisten zu umständlich ist, führt man sie nur mit sich, um zu zeigen, dass man reich genug ist, sich eine leisten zu können, geht aber zu Fuß, solange es nicht regnet.«

Die Straße, der sie zunächst folgten, war breit genug für Kutschen, und es fuhren auch immer wieder welche an ihnen vorbei, auch Fuhrwerke. Die Hufe der Pferde klapperten auf dem Pflaster, die Räder der Fuhrwerke ratterten. Beides hallte von den Mauern der Gebäude wider. Kurze Zeit später bog Emilia ab in eine schmalere Straße. Hier standen Palazzi, zum Teil fünf Stockwerke hoch, mit bogenförmigen Toren, hinter denen sich Höfe verbargen, in denen Palmen und Zitronenbäume wuchsen.

»Warte, bis wir in der Via Nuova sind«, sagte Antonia angesichts Giannas Staunen.

Sie erreichten die Via Nuova nach einigen Minuten. Sie

war noch ein wenig schmaler, doch rechts und links standen die prächtigsten Palazzi, die Gianna je gesehen hatte.

»Das ist der Palazzo Rosso«, erklärte Emilia und deutete auf ein Gebäude mit dunkelroten Mauern, die von helleren Steinen durchbrochen waren. Die Fenster des Palazzo waren riesig, bestimmt drei Mann hoch, über ihnen befanden sich aus Stein gemeißelte Löwenköpfe.

»Und hier ist der Palazzo Bianco«, fuhr Emilia fort und wies auf ein noch prunkvolleres Gebäude, dessen Fassade mit Marmor, Stuck und Malereien verziert war. Emilia nannte noch mehr Namen, insgesamt gab es vierzehn Palazzi in der Via Nuova, doch Gianna war so überwältigt, dass sie sie sich nicht merkte. Erneut bogen sie in eine breite Straße ab. Hier fanden sich Arkaden, unter denen Cafés und Läden waren. In manchen Läden wurden Seidenstoffe und Seidenstrümpfe verkauft, in anderen Hüte. Juweliere hatten feinste Goldarbeiten in ihren Auslagen, andere verkauften Tiegel, Schachspiele und Figuren aus Marmor und Alabaster.

Schließlich gingen sie wieder in Richtung Meer. An einer Hafenpromenade standen Tische und Stühle im Freien unter Bäumen. »Das ist das El Cairo«, sagte Emilia.

Sie suchten einen Tisch in der Nähe des Gebäudes, in dem sich das Café befand. Emilia bestellte heiße Schokolade für alle und eine Auswahl an Törtchen.

Die beiden Sänftenträger machten es sich auf einer der Bänke an der Promenade bequem.

Auf dem Heimweg dachte Gianna, dass es vielleicht ganz angenehm wäre, sich tragen zu lassen, denn ihre Füße schmerzten. Doch weder ihre Tante noch Antonia zeigten irgendwelche Ermüdungserscheinungen, und sie wollte sich keine Blöße geben.

Abends, als sie im Bett lag, fiel ihr ein, dass sie heute kein einziges Mal an Angelo gedacht hatte. Zu aufregend war der Tag gewesen. Dankbar dachte sie an ihre Mutter, die sie hierhergeschickt hatte. Genua war eine wunderbare Stadt.

13. KAPITEL

Heute nach dem Abendessen sind wir bei den Scardis eingeladen«, verkündete Emilia nach etwas über einer Woche beim Frühstück. »Es wird bestimmt ein interessanter Abend, sie erwartet ein paar besondere Gäste.«

»Besondere Gäste?«, fragte Gianna. »Welche?«

»Lass dich überraschen.«

Nach dem Abendessen, das dieses Mal etwas leichter ausgefallen war, stiegen Gianna, Antonia, ihre Tante und ihr Onkel in die Kutsche der Barratis, um drei Blocks weiter zu fahren. Ihr Ziel befand sich in der Via Fiasella. Es war ein Haus, das neben den Palazzi in der Via Nuova eher unscheinbar wirkte. Es gab kein Vestibül, sondern einen kleinen Eingangsbereich, von dem eine Treppe in den ersten Stock führte. Hier allerdings befand sich ein großer Salon, der sich wohl über die Hälfte des Stockwerks erstreckte. Der Boden bestand aus polierten Holzdielen.

»Und wer sind jetzt die besonderen Gäste?«, fragte Gianna.

Emilia nickte zur Tür. »Unter anderem diese Frau dort. Das ist die Principessa Cristina Trivulzio di Belgiojoso«, flüsterte sie.

Gianna folgte ihrem Blick. Von der Principessa hatte ihre Lehrerin für Geschichte und Literatur im Institut oft gesprochen. Ihre Familie und die ihres Mannes hatten zu den Widerstandskämpfern gegen die Habsburger gehört, und so hatte auch Cristina sich für die Ideen der Rebellen begeistert. Sie war mit sechzehn Jahren verheiratet worden, jedoch hatte sie ihren Mann vier Jahre später verlassen. Ein Skandal in der Mailänder Gesellschaft, wie Giannas Lehrerin mit deutlicher Bewunderung in der Stimme erzählt hatte. Sie war als Spionin unterwegs gewesen, hatte Papiere für die Widerstandskämpfer gefälscht. Schließlich hatte sie vor Metternich ins Ausland fliehen müssen. 1840 war sie nach Italien zurückgekehrt und hatte sich aktiv an den Kämpfen 1848 beteiligt. Seit Mitte der 50er Jahre lebte sie in Mailand.

Sie musste mittlerweile um die fünfzig sein. Ihr Gesicht wirkte ein wenig verhärmt, aber man sah ihr an, dass sie einmal sehr schön gewesen war.

»Sie hatte jede Menge Liebhaber«, flüsterte Antonia ihr zu. »Man behauptet, das sei immer noch so. Siehst du den Mann neben ihr? Angeblich ist er auch einer ihrer Verehrer, dabei ist er bestimmt fünfundzwanzig Jahre jünger als sie.«

Der Mann neben der Principessa war eine blendende Erscheinung, elegant gekleidet, groß und schlank, doch das Auffälligste war sein Haar. Es war blond und glänzte golden im Schein der Kronleuchter. Galant geleitete er die Principessa zu einem Stuhl, danach ließ er seinen Blick durch den Raum schweifen.

»Sein Name ist Riccardo Parenti, er ist der Marchese da Abairate. Seine Familie gehört zu den ältesten und angesehensten in Mailand«, erklärte Antonia leise. »Seit er hier ist, spielt die vornehme Gesellschaft von Genua verrückt. Er ist nicht verheiratet und einer der begehrtesten Junggesellen im ganzen Norden. Beinahe alle Mütter hoffen, dass er sich hier eine Braut sucht.«

Tatsächlich zupften manche der jungen Damen angelegentlich an ihren Locken oder bedachten ihn über den Rand ihrer Fächer mit schmachtenden Blicken. Er schien sich dessen wohl bewusst zu sein, er lächelte charmant und gleichzeitig unverbindlich in die Runde, so dass jede Frau sich angesprochen fühlen konnte, aber keine bevorzugt wurde.

»Ach, diese goldenen Locken, wie Garibaldi«, schwärmte eine Dame Anfang dreißig neben ihnen. »Fast bereue ich, dass ich schon verheiratet bin.«

»Man merkt, dass Sie Garibaldi noch nicht begegnet sind, liebe Signora Zunino«, erwiderte Emilia trocken. »Sein Haar ist mitnichten golden, sondern dunkelblond, eher rötlich.«

»Aber Sie sind ihm wohl schon begegnet?«, gab die Signora patzig zurück.

»Allerdings, des Öfteren. Mein Bruder hat 1849 an seiner Seite gekämpft.«

»Nun denn, jedenfalls ist dieser Marchese da Abairate ein Bild von einem Mann.« Sie bedachte den Mailänder mit einem Lächeln und einem schmachtenden Augenaufschlag.

Höflich erwiderte er das Lächeln, sein Blick verweilte kurz auf der Signora, dann wanderte er weiter zu Emilia. Grüßend neigte er den Kopf.

Ihre Tante erwiderte den Gruß. Offenbar kannten sie sich. Als er Gianna ansah, zeigte sich Interesse in seinem Gesicht.

Gianna zuckte mit den Schultern und wandte sich ab. Von blendenden Erscheinungen und guten Partien hatte sie genug; sie legte keinen Wert auf solche Bekanntschaften. Emilia quittierte ihre Reaktion mit einem Lächeln.

Gianna hielt Ausschau nach Antonia und entdeckte sie am Fenster. Sie schien ebenfalls nicht sehr beeindruckt von Signor Parenti, denn sie unterhielt sich angeregt mit einem dunkelhaarigen jungen Mann, der recht durchschnittlich aussah, jedoch ein ausgesprochen charmantes Lächeln hatte.

Emilia folgte Giannas Blick. »Das ist Mario Giraudo, er kommt aus dem Piemont, aus Aqui Therme, und studiert hier Rechtskunde. Wir warten eigentlich alle darauf, dass er sich endlich ein Herz fasst und um Antonias Hand anhält. Ich glaube, er hat Angst vor Fabrizzio.«

»Möchte Antonia ihn denn heiraten?«

»Schau, wie sie ihn ansieht.«

Tatsächlich, Antonia lächelte den jungen Mann sichtlich verliebt an und schien für alle anderen Anwesenden weder Augen noch Ohren zu haben, so aufmerksam hörte sie ihm zu.

Fabrizzio kam mit zwei Gläsern Champagner, reichte eines seiner Frau und eines Gianna. »Die Gastgeberin fragte, ob du gleich für die Gesellschaft Piano spielst, Emilia.«

»Sehr gerne. Solange Signora Zunino nicht dazu singt … Oh, ich glaube, wir müssen dich vorstellen, Gianna.«

Gianna wandte sich um und sah den Mailänder auf sich zukommen. Er verneigte sich höflich vor Emilia. »Signora Barrati, es ist mir eine Freude, Sie zu wiederzusehen, und auch Sie, Signor.« Er nickte Fabrizzio zu. »Würden Sie mich bitte der jungen Dame vorstellen?«

Auch von nahem war er eine ausgesprochen einnehmende Erscheinung. Sein Gesicht war schmal, die Lippen unter dem schmalen blonden Schnurrbart waren voll, und als er sie jetzt anlächelte, zeigte er makellos weiße Zähne.

Fabrizzio lächelte. »Gerne. Das ist die Nichte meiner Frau, Gianna di Raimandi. Gianna, das ist Riccardo Parenti, Marchese da Abairate.«

Da es offenbar erwartet wurde, reichte Gianna ihm die Hand, und er deutete einen Kuss auf ihr Handgelenk an.

»Di Raimandi? Aus Montescudaio?«

»Ja.«

»Dann erlauben Sie mir, Ihnen mein aufrichtiges Beileid auszusprechen. Ihre Brüder Giuseppe und Tommaso waren gemeinsam mit mir an den Vorbereitungen für die Erhebung in Livorno beteiligt. Es tut mir sehr leid, dass dieses Unternehmen für Giuseppe ein so schreckliches Ende genommen hat. Er war ein mutiger junger Mann.«

»Etwas weniger Mut, und er würde vielleicht noch leben«, gab Gianna ungehalten zurück. Mit diesem Lackaffen wollte sie nicht über Giuseppe reden. An der Planung war er also beteiligt gewesen. Aber dann hatte er wahrscheinlich sicher in seinem Palazzo in Mailand gesessen, während andere in Livorno gekämpft hatten und gestorben waren.

Irritiert sah der Marchese sie an. »Sollte ich Ihre Gefühle verletzt haben, tut es mir leid.«

Sie presste die Lippen zusammen. »Es tut immer noch weh, darüber zu reden. Er fehlt uns sehr.«

»Das verstehe ich sehr gut.«

Tatsächlich? Das Mitgefühl in seinem Gesicht schien echt, aber vielleicht war er auch nur ein Blender wie Angelo.

Als könne er ihre Gedanken lesen, fuhr er fort. »Mein älterer Bruder hat mit General Garibaldi in Rom gekämpft und ist dort gefallen. Man vergisst so etwas nicht. Und damit es nicht wieder vorkommt, müssen wir Italien befreien.« Er sah so aus, als glaubte er das wirklich.

»Nun, davon scheinen wir im Moment noch sehr weit entfernt zu sein«, gab sie zurück.

»Vielleicht weniger weit, als Sie glauben, Signorina di Raimandi.«

Ernst sah er sie an. Seine Augen waren braun, nicht blau, wie man das bei seinem blonden Haar vermuten würde. Ein warmes Mittelbraun. Sein Blick verunsicherte sie. Er war zu prüfend, zu intensiv.

Erleichtert vernahm sie die ersten Töne des Klaviers aus dem Nachbarraum. »Bitte entschuldigen Sie mich.« Sie nickte ihm zu und eilte ins Nebenzimmer. Auch hier war der Boden aus Holz, die Wände waren mit Seide bespannt und die Decken mit Stuckarbeiten verziert. In der Mitte stand ein Flügel, an dem Emilia saß und eine heitere Melodie spielte. Das Zimmer füllte sich rasch. Antonia kam in Begleitung des jungen Mannes, mit dem sie geplaudert hatte. Sie stellte ihn als Kommilitonen ihres Bruders vor. Er errötete, als er sich vor Gianna verbeugte. Nach dem selbstsicheren Auftreten des Mailänders wirkte seine schüchterne Art sehr sympathisch.

»Na, was hältst du von dem neuen Schwarm der Genueser Gesellschaft?«, fragte Antonia und nickte zur Tür, durch die eben jener Mailänder trat.

»Nichts«, sagte Gianna, »ein eingebildeter, eitler Fant, ein Weiberheld, von der gleichen Sorte wie mein ehemaliger Verlobter. Von solchen Männern habe ich genug.«

Antonia lachte. »Aber er scheint Interesse an dir zu

haben. Schau, da kommt er. Spätestens morgen wirst du sämtliche Matronen in Genua zum Feind haben.«

Tatsächlich, Signor Parenti schritt zielstrebig durch den Raum auf die Ecke zu, in der sie mit Antonia und Mario stand. Sie tat, als hätte sie es nicht bemerkt, ging um den Flügel herum und gesellte sich zu Fabrizzio, der an die Wand gelehnt stand und sichtlich hingerissen seine Frau betrachtete.

Emilia spielte jetzt *La donna è mobile* von Verdi. Das Geplauder und Lachen im Raum wurden leiser. Als das Lied zu Ende war, sah sie auf und wechselte einen Blick mit der Principessa Trivulzio. Danach schlug sie ein Stück an, das Gianna nicht kannte. Anscheinend war sie die Einzige, denn alle Anwesenden verstummten und wandten sich der Frau am Flügel zu. Die Musik war schwungvoll, ein fröhlicher Marsch. Die Principessa und einige andere standen auf und begannen zu singen.

»Fratelli d'Italia, l'Italia s'è desta.«

Immer mehr stimmten mit ein. Gianna lauschte dem Text.

»Brüder Italiens,
Italien hat sich erhoben,
Und mit dem Helm des Scipio
sein Haupt geschmückt.
Wo ist die Siegesgöttin?
Sie möge Italien ihr Haupt zuneigen.«
Beim Refrain sangen dann alle mit, auch Fabrizzio.
»Lasst uns die Reihen schließen,
wir sind bereit zum Tod,
wir sind bereit zum Tod,
Italien hat gerufen!«

Staunend hörte Gianna zu, sah die begeisterten Gesichter der Männer und Frauen im Salon. Das musste der Geist sein, der ihre Brüder nach Livorno getrieben hatte. Der Mailänder sang laut, er hatte eine schöne, kräftige Stimme. Glaubte er, was er da sang? Bereit für den Tod? Und Fabrizzio? Dieser fröhliche, lebenslustige Mann sang mit funkelnden Augen vom Tod?

Das Lied war zu Ende, Emilia nahm die Hände von den Tasten. In die entstandene Stille hinein klang die Stimme der Principessa. »Die Verwirklichung demokratischer Freiheiten ist ohne nationale Unabhängigkeit nicht denkbar«, rief sie. »Durch die italienische Beteiligung am Krimkrieg konnte der sardische Ministerpräsident, Conte Cavour, die italienische Frage auf die politische Agenda Frankreichs setzen. Wir hoffen, dass Napoleon III. sich unserer Sache annimmt. Aber was können wir *hier* tun? Wir können zum Beispiel die Società Nazionale Italiana finanziell unterstützen.« Sie winkte einem der Diener, der mit einen Korb in der Hand an der Tür wartete. »Meine lieben Patrioten, ich bitte um Ihre Spenden.«

Emilia stimmte *Addio, mia bella, addio* an und sang dieses Mal auch mit. Gianna kannte das Lied, es war von den Freiwilligen im ersten Unabhängigkeitskrieg gesungen worden.

Der Diener ging herum, und die Leute spendeten großzügig. Verlegen flüsterte Gianna ihrem Onkel zu, dass sie gar kein Geld mitgenommen hatte. Er lachte. »Keine Sorge. Von euch jungen Mädchen erwartet niemand eine Spende.«

Nach der Spendensammlung wurden kleine Häppchen gereicht, und irgendeine Dame verlas ein schwülstiges Gedicht über Garibaldi, das Gianna zum Lachen reizte. Was er wohl darüber denken würde? Sie erinnerte sich daran, dass er vor neun Jahren mit seinen Truppen bei Alberi d'Argento kampiert hatte. Viel hatte sie nicht mitbekommen, nur dass er nett und eher bescheiden gewesen war.

Emilia hatte sich wieder zu Fabrizzio und Gianna gesellt. »Hast du etwas gespendet?«, fragte sie ihren Mann.

Der lächelte betreten. »Natürlich.«

»Mir gefällt das nicht«, sagte Emilia. »Sie verrennen sich. Wie viele Aufstände hat Mazzini inzwischen angezettelt? Fünf? Und alle sind gescheitert und haben das Leben junger Männer gekostet.«

»Nun, Signora Barrati«, mischte sich ein älterer Mann ein, der in Begleitung des Mailänders hinzugetreten war, »nicht umsonst heißt es: Ideen reifen rasch, wenn sie mit dem Blut von Märtyrern gedüngt wurden.«

Gianna starrte ihn an. Was war das für eine zynische, menschenverachtende Ansicht? »Wer hat das gesagt?«, fragte sie.

»Giuseppe Mazzini.«

»Ach. Das kann er leicht sagen. Es sind ja nicht seine Brüder oder Söhne, die ihr Leben opfern!«, antwortete sie hitzig.

»Eine so große Sache erfordert Opfer, Signorina, und die erbringt man dann gerne. Signor Mazzini ist bereits zweimal zum Tode verurteilt worden.«

Gerne? Giuseppe, der das Leben geliebt hatte, Tommaso, der unter dem Verlust seines Bruders litt, und ihre Eltern, die den Sohn betrauerten. Zwar bemerkte sie den mahnenden Blick, den Emilia ihr zuwarf, doch sie war zu zornig. »Darf ich fragen, Signore, was Sie bereit sind zu opfern? Haben Ihre Söhne, Brüder oder Sie selbst sich an den Kämpfen beteiligt? Zumindest Sie stehen gesund und munter vor mir. Und soweit mir bekannt ist, hat sich Signor Mazzini aus dem Staub gemacht, bevor die Todesurteile vollstreckt werden konnten. Es ist leicht, von Opfern zu reden, wenn man sicher im Ausland sitzt und selbst keine bringen muss.«

Sie war laut geworden, und nun waren alle Gespräche in der Nähe verstummt; die Leute starrten sie an.

Der ältere Herr brauchte einen Moment, um seine Fassung wiederzufinden, dann lächelte er wohlwollend. »Aus Ihnen spricht die Leidenschaft des Weibes. Es mangelt Ihnen an Erfahrung und an Einsicht in die politischen Zusammenhänge.«

Sein gönnerhafter Ton ließ sie endgültig vergessen, was Madame Colleone ihnen immer wieder eingeschärft hatte: Bei Gesprächen über Politik hatte man als Frau beifällig zu nicken und niemals eine eigene Meinung zu äußern. »An Erfahrung mangelt es mir gewiss nicht. Einer meiner Brüder wurde in Livorno erschossen, der andere verletzt. Mein Onkel wurde 1833 ebenfalls zum Tode verurteilt, nur ist er nicht geflohen, sondern hat 1849 an Garibaldis Seite in Rom gekämpft. Danach wurde er ausgewiesen. Meine Familie hat politisch Verfolgte versteckt und ihnen zur Flucht verholfen und dabei viel riskiert. Das ist etwas anderes, als hier kluge Gespräche zu führen und ab und zu ein paar Hundert Lire zu spenden.«

Es brauchte nicht die entsetzten Blicke und das Getuschel der Anwesenden, um ihr klarzumachen, dass sie ins Fettnäpfchen getreten war. Ihr Temperament war mal wieder mit ihr durchgegangen, wie auf dem Ball, als sie Angelo geohrfeigt hatte. Dieses Mal war es eine Ohrfeige aus Worten gewesen, und im Gegensatz zu damals hatte es jeder mitbekommen.

Sie wartete nicht auf Antwort, sondern drängte sich zwischen den Menschen hindurch und lief ins Nebenzimmer. Dort öffnete sie einen der Fensterflügel und atmete so tief ein, wie es ihr mit dem Korsett möglich war.

Sie hörte Schritte hinter sich, doch sie drehte sich nicht um. Wahrscheinlich war es ihr Onkel oder ihre Tante.

»Sie sind eine außergewöhnliche junge Dame, Signorina di Raimandi.«

Immer noch atemlos fuhr sie herum und starrte in das Gesicht des Lackaffen, des Marchese aus Mailand. »Sie! Sie haben doch mit Mazzini und meinen Brüdern diesen Aufstand in Livorno geplant. Und wo waren Sie da? In Sicherheit in Ihrem Palazzo in Mailand und haben über Märtyrer nachgedacht.«

»Bilden Sie sich Ihr Urteil immer so schnell? Sie kennen mich doch gar nicht.«

»Und ich lege auch keinen Wert darauf, Sie kennenzulernen.«

»Das ist aber schade. Ich würde Sie nämlich sehr gerne näher kennenlernen. Eigentlich wollte ich Sie fragen, ob ich Sie in den nächsten Tagen zu einer Fahrt nach Nervi abholen dürfte.«

Er lächelte. Wahrscheinlich hielt er sich für unwiderstehlich, was ja auch kein Wunder war, so, wie die anwesenden Damen jeden Alters ihn anschmachteten. »Nein danke. Aber es gibt ja genug junge Damen hier, die wahrscheinlich vor Dankbarkeit niederknien würden, wenn Sie sie fragen. Und jetzt entschuldigen Sie mich bitte, dort drüben winkt meine Tante.« Sie ließ ihn stehen und eilte zu Emilia.

In der Kutsche entschuldigte sich Gianna für ihren Ausbruch. »Es tut mir wirklich leid, wahrscheinlich habe ich euch bis auf die Knochen blamiert, aber dieses salbungsvolle Gerede von Blut und Märtyrern war nicht zu ertragen.«

»Du hast uns nicht blamiert«, erklärte Emilia. »Die Principessa war sehr beeindruckt von dir.«

»Tatsächlich?«

»Ja, sie teilt deine Meinung, was Mazzini angeht. Sie unterstützt den Widerstand, aber mit Mazzini geht sie ganz und gar nicht konform. Als du im Nebenzimmer warst, hat sie gesagt, es sollte mehr junge Leute wie dich geben, die den Mut haben, ihre Ansichten zu äußern, statt anderen nach dem Mund zu reden. Aber zu dem jungen Parenti hättest du ruhig ein wenig netter sein können. Er hat dir doch nichts getan.«

Gianna zuckte mit den Schultern. »Ich habe kein Interesse an einem Schönling. Diese Sorte kenne ich inzwischen. Reich, verwöhnt, gutaussehend. Ein Weiberheld. Soll er doch mit seinen zahllosen Verehrerinnen schäkern und Kutsche fahren. Ich bin ein Mal auf so einen Kerl reingefallen, ein zweites Mal passiert mir das nicht.«

Fabrizzio grinste, und ihr wurde plötzlich klar, dass alles, was sie eben über den Mailänder gesagt hatte, auch zu ihm gepasst hatte, als er ein junger Mann gewesen war. Verlegen senkte sie den Kopf.

»Ich glaube nicht, dass er so ist«, sagte Emilia. »Dafür, dass er gut aussieht und die Frauen ihn anhimmeln, kann er nichts.«

»Genau«, sagte Fabrizzio und grinste noch breiter. »Es gibt nämlich auch Ausnahmen.«

Der November ging in den Dezember über. Das Wetter wurde schlechter, der Himmel war meist wolkenverhangen, und es regnete viel. Ihr Cousin Michele kam nach Hause. Alle zusammen besuchten sie die Oper und Anfang Dezember einen Ball.

Die Sehnsucht nach Angelo war schwächer geworden, aber noch nicht vergangen. Sie verfluchte sich selbst dafür. Warum war er ihr noch nicht gleichgültig? Sie kannte doch alle seine Schwächen, seine Fehler. Inzwischen hatte er wohl das in rosa Rüschen gehüllte Mädchen geheiratet. Und hoffentlich langweilte er sich gründlich mit ihr und bereute es.

Überraschenderweise hatte ihr niemand ihren Auftritt im Salon der Scardis übelgenommen. Eher im Gegenteil, die jungen Männer umschwärmten sie, begeisterten sich für ihr Temperament und fanden, sie sei eine *interessante Persönlichkeit*. Die Mütter der Herren schienen weniger begeistert. Es schmeichelte ihr, streichelte ihre verwundete Seele, doch mehr auch nicht. Keiner der jungen Männer vermochte irgendwelche Gefühle in ihr zu wecken. Bei einem Besuch im Teatro Carlo Felice traf sie Riccardo Parenti. Sie war mit Tante und Onkel, Antonia und Michele dort, um sich *Rigoletto* anzusehen. In der Pause entdeckte sie Parenti, der mit zwei Damen, einer jungen und einer, die wohl die Mutter war, plauderte. Beide Damen wirkten sichtlich hingerissen. Er dagegen schien eher gelangweilt und ließ seinen Blick durch das Foyer streifen, während die ältere Dame auf ihn einredete. Sein Blick fiel auf ihre Gruppe, und Gianna drehte sich hastig um. Egal, was Emilia gesagt hatte, ihr Ausbruch im Salon Scardi war ihr immer noch peinlich, und deshalb war er der letzte Mann in Genua, mit dem sie reden wollte. Doch er hatte sie natürlich schon gesehen, und außerdem kannte er ja auch ihre Tante und ihren Onkel. So überraschte es sie nicht, einige Augenblicke später seine Stimme hinter sich zu hören.

»La Famiglia Frattini. Wie schön, Sie hier zu treffen.«

Ihr blieb nichts anderes übrig, als sich wieder umzudrehen. Fabrizzio begrüßte ihn herzlich, und Emilia lächelte ihn an.

»Ich wusste gar nicht, dass Sie noch in Genua sind, Signor Parenti.«

»Ich bleibe bis kurz vor Weihnachten, ich möchte noch einen Freund treffen.« Galant verneigte er sich vor Gianna. »Signorina di Raimandi. Wie geht es Ihnen?«

»Gut«, gab Gianna zurück und setzte ein unverbindliches Lächeln auf. Täuschte sie sich oder funkelte Spott in seinen Augen? Sein Lächeln unter dem blonden Schnurrbart wirkte ebenfalls ein wenig spöttisch. Sie wandte den Blick ab und betrachtete die Muster der Fliesen auf dem Boden. Sollte sich doch jemand anderes mit ihm unterhalten. Verehrerinnen hatte er wohl genug, wenn sie die Blicke der Dame im Foyer richtig deutete.

»Wie gefällt Ihnen die Oper, Signorina di Raimandi?«

Natürlich, so einfach ließ sich ein erfolgsverwöhnter, gutaussehender Mann nicht abwimmeln. Sie hob das Kinn. »Oh, ganz gut. Sie ist sehr … lebensnah, nicht wahr? Dieser Mann, der jeder Frau vormacht, er liebe sie, dabei doch nur sein Vergnügen haben will und sich dann der nächsten zuwendet.« Mit einem Ruck klappte sie ihren Fächer auf. »Es ist sehr warm hier, Michele«, wandte sie sich an Antonias Bruder. »Würdest du mich bitte zur Tür begleiten? Einen schönen Abend noch, Signor Parenti. Ich glaube, Ihre Begleiterinnen warten auf Sie.« Mit dem Fächer deutete sie auf die beiden Damen, die missmutig zu ihnen herübersahen.

Michele bot ihr den Arm und führte sie zum Ausgang. Sie unterdrückte den Drang, sich umzudrehen, um Parentis Reaktion zu sehen. Sollte er sie doch für unhöflich halten. Hauptsache, er verschonte sie mit seinen Annäherungsversuchen.

Nach der Vorstellung wartete Gianna im Foyer auf die Barratis, die von einem wichtig aussehenden Herr aufgehalten worden waren. Signor Parenti trat auf sie zu. Höflich zog er den Hut. »Nun, hat es Ihnen weiterhin gefallen?«

Da sie nicht einfach davongehen konnte, blieb ihr nichts anderes übrig, als zu antworten. »Nicht besonders. Es war eine sehr traurige und irgendwie seltsame Geschichte. Ich habe in Florenz Nabucco gesehen, das hat mir sehr viel besser gefallen.«

»Ich teile Ihre Ansicht. Auch mir hat Nabucco besser gefallen.« Er machte eine Pause, lächelte sie an. »Vielleicht kann ich Sie doch noch zu einer Kutschfahrt nach Nervi überreden? Es ist wirklich sehr schön dort, selbst im Winter. Und vielleicht könnte ich das Bild, das Sie anscheinend von mir haben, ein wenig geraderücken.«

Kaum reichte man ihm den kleinen Finger, griff er nach der ganzen Hand. Sie klappte ihren Fächer auf und hob die Augenbrauen. »Ich denke nicht, dass es irgendetwas geradezurücken gibt, Marchese«, erwiderte sie kühl. »Und ich werde bestimmt nicht mit Ihnen ausfahren.«

»Wie Sie meinen.« Er setzte den Zylinder wieder auf und begann leise, wie zufällig, zu singen.

Das Blut stieg ihr in den Kopf, als sie die Melodie erkannte. Er sang die zweite Strophe aus *La donna è mobile*.

»Unglücklich wird der,
der sich auf sie verlässt,
der ihr leichtgläubig
sein Herz anvertraut.«

Ihre Empörung raubte ihr die Worte, das spöttische Lächeln, mit dem er sie betrachtete, die Fassung. Wortlos wandte sie sich ab, raffte ihren Rock und schritt so gemessen, wie sie vermochte, nach draußen.

Als das Weihnachtsfest näherrückte, überkam sie zum ersten Mal Heimweh. Sosehr sie Genua mochte und so nett ihre Verwandten zu ihr waren, Weihnachten wollte sie zu Hause verbringen. Doch vorher sollte es eine Verlobung geben. Mario Giraudo hatte tatsächlich den Mut gefunden und um Antonias Hand angehalten, und sie hatte angenommen. Gianna freute sich für ihre Cousine. Sie mochte Antonia, auch wenn ihre trockene, etwas distanzierte Art nie wirkliche Herzlichkeit zwischen ihnen aufkommen ließ. Die Verlobungsfeier war für den dritten Advent geplant. Auch Tommaso würde dabei sein. Er hatte sich aus Pinerolo gemeldet und geschrieben, dass er plante, Weihnachten auf Alberi d'Argento zu verbringen. Vorher wollte er noch ein paar Tage bei den Barratis bleiben und dann zusammen mit Gianna mit dem Schiff nach Livorno fahren.

Als Gianna Luisa von ihren Plänen unterrichtete, reagierte die junge Zofe mit einem gezwungenen Lächeln.

»Freust du dich denn nicht, nach Hause zu kommen und deine Familie wiederzusehen?«, fragte Gianna.

»Doch, schon. Aber hier ist es viel aufregender. Und wer weiß, ob Tante Ilaria mich als Zofe arbeiten lässt oder ob ich wieder Zimmermädchen werde?«

»Das auf keinen Fall«, widersprach Gianna. »Du bist jetzt meine Zofe, und Ilaria hat genug mit Mamma und Stella zu tun.«

Das Mädchen nickte, wirkte aber immer noch niedergeschlagen. Schließlich stellte sich heraus, dass sie in den jungen Seemann Giovanni Fassio verliebt war. Sie hatte sich an ihren freien Nachmittagen mit ihm getroffen, wenn er in Genua gewesen war. Livorno war zu weit weg von Alberi d'Argento, um sich einfach so zu treffen.

Gianna verkniff sich die Bemerkung, dass der junge Mann wahrscheinlich in jedem Hafen ein Mädchen hatte. Vielleicht tat sie ihm unrecht, aber das war nun mal der Ruf, der den Seeleuten anhaftete.

»Willst du deine Eltern fragen, ob du hier in Genua eine Stelle suchen darfst?«, fragte sie vorsichtig. »Die Barratis wären dir bestimmt behilflich.«

»Ach, das erlauben sie niemals.« Luisa schniefte. »Und außerdem glaube ich nicht, dass Giovanni mich heiraten will. Er ist ja auch noch zu jung, um eine Familie zu gründen. Aber ich habe ihn schon sehr lieb.«

Erleichtert atmete Gianna auf. Das Mädel war vernünftiger, als sie erwartet hatte. Sie verzichtete auf Bemerkungen wie *Andere Mütter haben auch schöne Söhne* oder *Du wirst schon einen anderen finden*. Dergleichen hatte sie bei Angelo nicht trösten können, und es würde auch Luisa nicht helfen. »Du kannst dir wahrscheinlich vorstellen, dass ich nachfühlen kann, wie es dir geht«, sagte sie stattdessen. Die gesamte Dienerschaft von Alberi d'Argento hatte von ihrer Verlobung mit Angelo gewusst, und natürlich hatten sie auch alle die Auflösung mitbekommen. Sie wollte gar nicht wissen, wie in den Dienstbotenräumen darüber getratscht worden war.

Luisa nickte, und ein Lächeln stahl sich in ihre Mundwinkel. »Und ich weiß, wie viele Verehrer die Signorina hier hat.«

14. KAPITEL

An einem regnerischen Abend, zehn Tage vor Weihnachten, traf Tommaso im Palazzo Barrati ein. Gianna fiel ihm um den Hals, kaum dass er das Haus betreten hatte.

Er umarmte sie. »Geht es dir gut, kleine Schwester?«

»Ja.« Sie küsste ihn auf die Wangen, dann trat sie einen Schritt zurück. »Und dir?«

»Mir auch.«

Sie blickte ihm ins Gesicht und wusste, dass er log. Er wirkte verhärmt. Seine Wangen waren schmal geworden, ein bitterer Zug hatte sich um seinen Mund gegraben, Schwermut lag auf seinem Gesicht. Er ähnelte dem Gemälde von Mazzini, das sie gesehen hatte. In seinem Gesicht zeigte sich der gleiche asketische Ausdruck, und in seinen Augen brannte ein fanatisches Feuer.

An diesem Abend sprach er nicht viel, sondern ging früh zu Bett. Am nächsten Morgen entschuldigte er sich, er habe dringende Verabredungen. Er war den ganzen Tag fort.

Gianna war enttäuscht. Sie hatte sich gefreut, ihn wiederzusehen, doch er sprach kaum mit ihr und fragte auch nicht nach der Familie. Er schien in einer anderen Welt zu leben.

Zwei Tage später meldete der Diener einen Besucher für Signor di Raimandi. Tommaso hatte darum gebeten, sich hier mit einem Freund treffen zu dürfen. Gianna saß mit ihm im Salon und hatte sich eben erhoben, um sich zu verabschieden, als der Besucher eintrat. Bei seinem Anblick sank sie jedoch in ihren Sessel zurück und beobachtete fassungslos, wie ihr Bruder dem Mann entgegeneilte und ihn herzlich umarmte. Dann drehte er sich um. »Gianna, ich möchte dir meinen Freund Riccardo, Marchese da Abairate vorstellen. Er ist derjenige, der mir in Livorno das Leben gerettet hat.«

Entgeistert starrte sie ihren Bruder an.

Jetzt wäre der passende Moment, um in Ohnmacht zu fallen, schoss es ihr durch den Kopf.

Vielleicht sollte sie eine Ohmacht vortäuschen. Doch sie würde auch wieder aufwachen müssen, und dann wäre er immer noch hier. Sie unternahm einen halbherzigen Versuch, aufzustehen, doch ihre Muskeln schienen sich in Pudding verwandelt zu haben, sie gehorchten ihr nicht.

Tommaso sah sie verwundert an. »Ist dir nicht wohl? Du bist ganz blass.«

»Mir ist ein wenig schwindelig.«

Parenti trat auf sie zu und verneigte sich. »Liebe Signorina di Raimandi, ich bin erfreut, Sie wiederzusehen.«

»Ganz meinerseits«, brachte sie leise heraus.

»Ihr kennt euch bereits?« Tommasos Blick wanderte von ihr zu Parenti.

»Ich hatte das Vergnügen, deine Schwester im Salon der Familie Scardi und in der Oper zu treffen«, sagte Parenti lächelnd. »Leider waren es nur kurze Begegnungen.«

Endlich schaffte Gianna es, sich aus dem Sessel zu erheben. Sie musste hier fort, bevor der Marchese ihrem Bruder erzählte, was sie ihm an den Kopf geworfen hatte. »Entschuldigt mich bitte. Ich lasse euch allein, ihr habt sicher viel zu besprechen.«

Ihr Weg zur Tür glich einer Flucht, doch der Marchese musste sich ebenso schnell bewegt haben, denn er hielt ihr galant die Tür auf.

»Ich würde Sie wirklich gerne wiedersehen, Signorina«, sagte er leise. »Vielleicht auf einen Kaffee im del Cairo?«

»Ich … ich denke darüber nach.«

Zunächst dachte sie nur darüber nach, was sie ihm alles an den Kopf geworfen hatte. Sie saß in ihrem Zimmer und fragte sich, wie sie ihm je wieder unter die Augen treten sollte. Madonna, einen Feigling hatte sie ihn genannt, der vom sicheren Mailand aus agierte. Und sie hatte ihm unterstellt, ein Frauenheld zu sein. Nun, das mochte stimmen. Aber es half nicht. Sie hatte ihm unrecht getan und ihm keine Gelegenheit gegeben, sich zu rechtfertigen und ihre Unterstellung richtigzustellen. Warum er sich überhaupt solche Mühe gab, nachdem sie ihn derartig beleidigt hatte, war ihr ein Rätsel.

Sie stand auf und lief im Zimmer auf und ab. Es gab nur *eine* angemessene Reaktion: Sie musste sich entschuldigen. Und wenn sie das schon tun musste, brachte sie es besser gleich hinter sich. Sie warf einen Blick in den Spiegel, der neben dem Kleiderschrank hing. Madonna, warum war sie so blass? Sie kniff sich in die Wangen, bis diese sich röteten, dann griff sie zur Puderdose und puderte Stirn, Nase und Kinn. Schon besser. Luisa hatte ihr Haar am Morgen zu einem schlichten Chignon aufgesteckt, mittlerweile hatten sich einige Strähnen daraus gelöst. Sie strich sie zurück, doch sie lockten sich sofort wieder um ihr Gesicht. Vielleicht sollte sie nach Luisa läuten, damit sie ihr das Haar noch einmal frisierte. Sie wollte schon zur Klingelschnur greifen, da hielt sie inne. Warum eigentlich benahm sie sich wie ein Mädchen vor dem ersten Rendezvous? Sie hatte ihn beleidigt, sie musste sich entschuldigen, aber es war doch völlig gleichgültig, wie sie dabei aussah. Verwundert über sich selbst, schüttelte sie den Kopf und verließ das Zimmer. Sollte sie einfach an die Salontür klopfen und ihn um ein Gespräch unter vier Augen bitten oder sich in Tommasos Gegenwart entschuldigen? Hatte er ihrem Bruder inzwischen erzählt, wie sie ihn behandelt hatte? Tief in Gedanken versunken, ging sie die Treppe hinunter zum Salon und erschrak, als Tommaso und der Marchese aus der Tür traten. Die beiden bemerkten sie nicht.

»Wir sehen uns heute Abend in Matteos Taverne«, sagte Tommaso. »Stefano und Vittorio werden auch da sein.«

Parenti nickte. »Bis dann. Und richte deiner Schwester Grüße von mir aus. Sie ist eine bemerkenswert temperamentvolle und auch mutige junge Frau.«

Es war wohl besser, sich bemerkbar zu machen, bevor noch mehr über sie gesprochen wurde. Verstecken konnte sie sich hier nirgends, sonst hätte sie das vorgezogen. Sie nahm die Schultern zurück und räusperte sich. Beide Männer fuhren herum. »Darf ich Sie kurz sprechen, Signor Parenti?« Sie warf ihrem Bruder einen schnellen Blick zu, so wie früher, wenn sie beide heimlich in der Küche von der Cioccolatina genascht hatten, dann deutete sie auf die Salontür.

Tommasos Lächeln war beinahe so verschwörerisch wie in ihrer Kindheit. Er verabschiedete sich, der Marchese hielt ihr die Tür auf.

Giannas Hände waren feucht vor Nervosität. Parenti trat hinter ihr in den Salon und lehnte die Tür an. Offenbar hatte er nicht die Absicht, es ihr leichtzumachen, denn er schwieg und blickte sie forschend an.

»Ich möchte mich entschuldigen«, begann sie. »Ich weiß jetzt, dass ich Ihnen unrecht getan habe. Tommaso erwähnte nur einen Freund, er nannte nie Ihren Namen. Es tut mir leid, dass ich Sie für feige gehalten habe.«

»Ich wollte es Ihnen erklären, aber Sie haben mir keine Möglichkeit gegeben.«

Schon brodelte der Zorn wieder in ihr. Reichte es nicht, dass sie sich entschuldigte, musste er nun auch noch darauf herumreiten? Was wollte er hören? Sie biss sich auf die Unterlippe. Nicht schon wieder die Beherrschung verlieren.

Er beugte sich vor. »Ich nehme Ihre Entschuldigung an. Ich weiß, der Augenschein sprach gegen mich.«

»Ich danke Ihnen. Mein Urteil war ohne Zweifel vorschnell.«

»In mehr als einer Hinsicht, denke ich. Sie bezeichneten mich auch als Weiberhelden, ohne mich zu kennen.«

Perbacco! Woher wusste er das, zum Donnerwetter? Sie hatte es ihm nicht ins Gesicht gesagt, sondern zu Antonia im Salon der Scardis.

Lächelnd beantwortete er ihre unausgesprochene Frage. »Klatsch und Tratsch verbreiten sich schnell in den Genueser Salons, und Sie, Signorina, haben keinen Hehl aus Ihrer Meinung gemacht.«

Ihr wurde sehr heiß. »Nun, zumindest benahmen Sie sich an jenem Abend wie einer.«

»Tat ich das? Ich kann mich nicht erinnern, einer Dame Avancen gemacht zu haben. Außer Ihnen.«

Er lächelte immer noch. Unwillkürlich erwiderte sie das

Lächeln. »Ja, da haben Sie wohl recht. Vielleicht war auch dieser Eindruck ein falscher.«

»Lassen Sie mich beweisen, dass es so ist. Haben Sie über meine Einladung nachgedacht?«

Nun, aus dieser Sache kam sie wohl nicht mehr heraus, ohne ihn erneut zu beleidigen. Aber im Grunde war er wirklich nett und hatte ihr ihren Affront nicht übelgenommen, wie es vielleicht manch anderer getan hätte. Es könnte durchaus unterhaltsam werden, mit ihm auszugehen. Sie nickte. »Auf einen Kaffee ins del Cairo.«

»Dann werde ich Ihren Onkel um die Erlaubnis bitten, Sie hier abzuholen. Sagen wir, übermorgen um drei?«

Wieder nickte sie.

Er neigte den Kopf und hielt ihr die Tür auf.

»Der Marchese da Abairate war heute zu Besuch und hat mich um die Erlaubnis gebeten, dich ins del Cairo einzuladen«, sagte Fabrizzio beim Abendessen. »Ich denke, er hat vorher mit dir gesprochen, und habe es erlaubt. Oder hätte ich es ihm verweigern sollen?«

Zu ihrer eigenen Verwirrung spürte sie, wie sie errötete. Antonia blickte sie neugierig an, Emilia lächelte.

»Er hat mich vorher gefragt«, sagte sie leise.

Adele hörte auf zu essen, hob ihr Lorgnon und blickte in die Runde. »Ihr redet wieder so undeutlich. Wer hat wen eingeladen?«

Gianna hob die Stimme. »Signor Parenti hat mich eingeladen.«

»Nie von ihm gehört. Wer ist das?«

»Das ist der Marchese da Abairate aus Mailand«, erklärte Fabrizzio, als Gianna keine Anstalten machte, zu antworten.

»Ah«, sagte Adele. »Von dem habe ich schon gehört. Sehr reiche Familie. Er ist der einzige Sohn, der Vater lebt nicht mehr. Warum sagt ihr das nicht gleich?« Sie verengte die Augen und musterte Gianna durch ihr Lorgnon. »Macht er dir den Hof?«

Gianna rang um Atem. »Nein, bestimmt nicht.«

»Nein? Aber warum soll er sonst mit dir ausgehen, wenn er dir nicht den Hof macht? So eine gute Partie solltest du dir nicht entgehen lassen.«

Hilfesuchend blickte Gianna ihren Onkel an. Sie mochte die alte Dame, doch manchmal war sie sehr anstrengend. Und dann diese Fragerei, während der Diener an der Tür stand. Nachher würde die Gerüchteküche beim Personal brodeln. Nicht auszudenken, wenn Parenti davon hörte und am Ende glaubte, sie habe das Gerücht in die Welt gesetzt.

»Sie gehen nur ins Café, Mamma«, erklärte Fabrizzio. »Der Marchese ist mit Giannas Bruder Tommaso befreundet, daher kennen sie sich.«

»Ach so.« Sichtbar enttäuscht legte Adele das Lorgnon weg und widmete sich wieder ihrem Essen.

Es blieb nicht bei einem Besuch im Café del Cairo. Riccardo Parenti war wirklich ganz anders, als sie ihn zunächst eingeschätzt hatte. Kein leichtlebiger, sondern ein sehr ernsthafter junger Mann, der schon früh die Verantwortung für den Besitz der Familie übernommen hatte, als sein Vater vor vier Jahren überraschend gestorben war. Die Familie besaß ausgedehnte Ländereien in Brianza. Bis zu Beginn des 19. Jahrhunderts hatten sie Wein angebaut, der aber wegen der schlechten Bodenbeschaffenheit von minderer Qualität gewesen war. Riccardos Vater hatte die

Weinstöcke gerodet und Maulbeerbäume gepflanzt. Inzwischen waren es Tausende. Die Seidenindustrie bildete die Grundlage für das Vermögen der Parentis.

Riccardo erzählte ihr von dem Zorn der Mailänder auf die Habsburger, die den Handel kontrollierten und die Gewinne besteuerten. »Die Bauern sind gar nicht so unzufrieden«, erklärte er. »Sie meinen, sie würden ohnehin ausgebeutet, und da sei es egal, ob von den Lombarden oder den Habsburgern. Wir müssen sie aufrütteln.«

»Sie haben mehrere Kriege mitgemacht«, sagte Gianna, als sie unter dem blauen Winterhimmel im Café saßen. »Erst Napoleon, der dort seine Schlachten geschlagen hat, dann Carlo Alberto 1848. Ist es nicht verständlich, dass sie einfach nur Frieden wollen?« Dann presste sie die Lippen zusammen. Mal wieder hatte sie Madame Colleone vergessen. Man sprach als Frau nicht über Politik, und schon gar nicht widersprach man.

Riccardo schien es allerdings nicht zu stören, er antwortete ernsthaft. »Natürlich ist es verständlich. Wir müssen ihnen erklären, dass es ihnen unter Vittorio Emanuele bessergeht, dass er dauerhaft Frieden schaffen kann und Wohlstand. Wenn es keine Zollschranken mehr gibt, weil ganz Norditalien ein Königreich ist, können sie ihre Waren überall verkaufen. Zurzeit brauchen sie für alles eine Genehmigung der örtlichen Kommandantur, und wenn der zuständige Mann gerade eine schlechte Verdauung hat oder seine Frau ihm Hörner aufsetzt, dann verweigert er die Genehmigung, und die Bauern bleiben auf ihrem Obst und Gemüse sitzen, bis es verfault.«

Gianna unterdrückte ein Kichern bei seinen letzten Worten. Er besaß einen feinen Sinn für Humor und scheute sich nicht, die Dinge beim Namen zu nennen. Angelo hatte sich nie derartige Gedanken gemacht. Er hatte überhaupt nie an etwas anderes gedacht als an sein Vergnügen und den nächsten Tag. Wie hatte ihr Vater gesagt? *Angelo wählt immer den Weg des geringsten Widerstands.* Warum dachte sie jetzt an Angelo? Und was schlimmer war: Warum schmerzte der Gedanke an ihn immer noch, obwohl sie doch inzwischen wusste, dass er nichts taugte? Ihr Kopf wusste es. Aber da war etwas jenseits des Verstandes. Sie hatte ihn nicht vergessen. Nicht sein Lächeln, nicht die Leichtigkeit, mit der er das Leben nahm, und auch nicht seine Küsse, seine Berührungen in der Scheune.

Dumme Gans, schalt sie sich. *Er denkt bestimmt nicht mehr an dich.*

Sie griff nach ihrer Tasse und trank den letzten Schluck heiße Schokolade.

Später begleitete Riccardo sie nach Hause, und sie bedankte sich bei ihm für den schönen Nachmittag. Es war ihr ernst, sie mochte seinen Sinn für Humor, seine Beobachtungsgabe und auch sein Interesse an Politik. Als er sie fragte, ob er sie denn jetzt zu einer Kutschfahrt nach Nervi abholen dürfe, sagte sie ja.

Zwei Tage später fuhren sie in einer Mietkutsche zu dem kleinen Ort an der Küste. Riccardo hatte recht, Nervi war entzückend. Sie schlenderten die lange Küstenpromenade entlang, von der man einen herrlichen Blick auf das türkis schimmernde Meer hatte, und durch Parks, in denen nicht nur Palmen, Mandelbäume und Mimosen wuchsen, sondern auch seltsam geformte Bäume, die Gianna noch nie gesehen hatte.

»Das sind Araukarien«, sagte Riccardo, als sie sich darüber wunderte. »Soweit ich weiß, wurden sie aus Australien eingeführt. Und das dort«, er deutete auf ein Gewächs mit einem kurzen Stamm und langen, spitz zulaufenden Blättern, »ist eine Palmlilie. Sie kommt aus Mittelamerika.«

Gianna lächelte in sich hinein. Gutaussehend, reich, klug und auch noch gebildet. Dieser Mann war eigentlich zu gut, um wahr zu sein. Es wunderte sie nicht mehr, dass die feine Gesellschaft von Genua entzückt von ihm war. Umso erstaunlicher, dass er noch nicht verheiratet war. Ob es daran lag, dass er wirklich der Liebhaber der Principessa Trivulzio war?

»Wo sind Sie mit Ihren Gedanken?«, fragte er.

Sie antwortete, ohne nachzudenken. »Ich habe mich gerade gefragt, wieso Sie noch nicht verheiratet sind. Sie sind der perfekte Schwiegersohn. Ich glaube, außer meiner Tante gibt es kaum jemanden hier in Genua, der Ihnen nicht seine Tochter als Braut anbieten würde.« Kaum hatte sie es ausgesprochen, biss sie sich auf die Lippe. Hoffentlich deutete er ihre Worte nicht falsch und glaubte nun, sie gehöre zu den Damen, die auf einen Heiratsantrag von ihm hofften.

Er lachte. »Ich bin nicht auf Brautschau hier, sondern wegen der Politik. Aber es ist tatsächlich so, dass meine Mutter mich schon länger zur Heirat drängt und mir auch schon einige passende Bräute ausgesucht hat. Leider sind unsere Ansichten, wer zu mir passt, recht verschieden.«

Die Frage, welche Art Frau seiner Meinung nach zu ihm passte, drängte sich ihr auf, doch sie hütete sich, sie auszusprechen. Das war gefährliches Terrain.

Er betrachtete sie von der Seite, ein amüsiertes Lächeln umspielte seine Lippen. »Um ehrlich zu sein, ich versuche, eine Heirat noch möglichst lange hinauszuzögern. Ein kluger Mann hat einmal gesagt, die Ehe sei wie eine Mausefalle: Diejenigen, die drinnen sind, möchten wieder raus, die anderen umkreisen sie, um hineinzukommen.«

Gianna brach in Gelächter aus, und er stimmte mit ein.

»Sie, Signorina, scheinen ebenfalls keinen großen Wert darauf zu legen, sich einen Ehemann zu angeln. Jedenfalls tuschelt man in den Salons darüber, dass Sie ein Herz aus Eis haben.«

»Tut man das? Nun, vielleicht geht es mir ja ähnlich wie Ihnen. Wer möchte schon in einer Mausefalle sitzen?«

»Sehen Sie? Da haben wir etwas gemeinsam.« Er hatte ihr seinen Arm geboten, jetzt legte er seine Hand auf ihre. »Wir sollten zurückfahren. Es ist schon spät.«

Vor der Eingangstür des Palazzo bat er darum, mit hineinkommen zu dürfen, weil er noch mit Tommaso reden wollte. Emilia begrüßte ihn erfreut, und als er erzählte, dass er die Tage abreisen werde, lud sie ihn kurz entschlossen zum Abendessen ein.

Riccardo zog sich mit Tommaso in einen der Salons zurück, und Gianna ging auf ihr Zimmer und läutete nach Luisa, damit sie ihr beim Umkleiden für den Abend behilflich war.

»Wie war Ihr Ausflug?«, fragte Luisa, als sie ihr half, das Kleid auszuziehen.

»Sehr schön. Nervi ist wirklich sehenswert. Schade, dass wir nicht im Frühling dorthin können. Es muss dann wunderbar sein.«

Luisa öffnete die Tür des Kleiderschranks. »Welches Kleid möchten Sie denn anziehen? Ich habe gehört, die Signora hat Signor Parenti zum Abendessen eingeladen.«

Nach kurzem Nachdenken wählte sie ein Kleid aus königsblauer Seide, das sie sich hier in Genua hatte schneidern lassen. Es passte gut zu ihren Augen und betonte den rötlichen Schimmer in ihrem Haar.

Beim Abendessen war der Marchese ungewöhnlich ruhig und nachdenklich, obwohl er bereitwillig alle Fragen beantwortete.

Adele hatte anscheinend vergessen, dass Fabrizzio den Gast vorgestellt hatte, oder sie hatte seinen Namen nicht verstanden. Während die Vorspeise gereicht wurde, musterte sie ihn immer wieder durch ihr Lorgnon. »Junger Mann«, wandte sie sich schließlich an ihn. »Man hat Sie mir nicht vorgestellt, und ich habe Sie hier noch nie gesehen. Woher kommen Sie?«

Fabrizzio seufzte und sagte dann sehr laut: »Liebe Mamma, das ist der Marchese da Abairate aus Mailand.«

»Schreien musst du nicht, Fabrizzio, ich verstehe dich sehr gut. Aus Mailand also. Und was führt Sie hierher?«

Riccardo neigte kurz den Kopf. »Geschäfte, Signora Barrati. Meine Familie handelt mit Seide.«

»Ah.« Sie nickte und aß weiter.

Das Gespräch wandte sich wieder anderen Dingen zu. Man sprach über Giannas und Tommasos Abreise und über den nächsten Besuch von Fabrizzio und Emilia auf Alberi d'Argento, bis Adele etwas einfiel. »Aber Sie sind nicht der junge Mann, der um die Hand von Antonia angehalten hat?«

»Nein, der bin ich nicht«, antwortete Riccardo lächelnd.

»Nicht? Dann sind Sie also hier, weil Sie um Signorina Giannas Hand anhalten möchten.«

Gianna verschluckte sich, zerrte ihre Serviette vom Schoß und versteckte hustend ihr Gesicht darin. Neben sich hörte sie Antonia tief einatmen.

Riccardo räusperte sich. »Also, ich ...« Er verstummte.

»Sie sollten es tun, junger Mann, bevor Ihnen ein anderer zuvorkommt. Sie kommt aus einer der besten und ältesten Familien in Montescudaio«, erklärte Adele nachdrücklich.

Fassungslos ließ Gianna die Serviette sinken und starrte die alte Dame an. Was dachte sie sich bloß dabei? Wahrscheinlich gar nichts.

»Glauben Sie bitte nicht, dass ich bei meiner Einladung irgendwelche Hintergedanken dieser Art hatte«, sagte Emilia mit hochroten Wangen und warf ihrer Schwiegermutter einen mörderischen Blick zu. »Meine Nichte ist nicht hier, um einen Mann zu finden.«

»Das habe ich auch nicht angenommen.«

Sein Blick ruhte auf Gianna, er betrachtete sie nachdenklich, als sähe er sie zum ersten Mal.

Sie wandte den Kopf ab. Von Anfang an war ihre Bekanntschaft mit dem Marchese von Missverständnissen geprägt gewesen, aber dieses setzte allem die Krone auf. Wie sollte sie jemals wieder unbefangen mit ihm reden?

Zu ihrer Erleichterung begann ein Gespräch über den Handel mit Seide in Genua. Trotzdem brachte sie keinen Bissen mehr herunter und war ausgesprochen erleichtert, als sich die Herren nach dem Abendessen zum Rauchen in den grünen Salon zurückzogen.

Emilia wartete, bis die Männer den Raum verlassen hatten, dann trat sie zu Adele. »Mamma, Sie haben Gianna und mich heute in große Verlegenheit gebracht. Was soll denn der Marchese von uns denken? Dass wir ihn eingeladen haben, um ihn mit meiner Nichte zu verkuppeln?«

»Was er denkt, ist doch egal. Was er *tut*, ist wichtig. Ihm gefällt das Mädel. Er konnte kaum seine Augen von ihr lassen. Also soll er auch Nägel mit Köpfen machen und um ihre Hand anhalten. Sonst dauert das wieder so lange wie bei diesem jungen Mann, der schon seit über einem Jahr um Antonia herumscharwenzelt. Und ich finde, die beiden passen gut zusammen.« Nach dieser Feststellung erhob sie sich. »Entschuldigt mich bitte. Ich möchte heute früh zu Bett gehen.«

Emilia wartete, bis sie den Raum verlassen hatte, dann wandte sie sich zu Gianna um. »Liebes, es tut mir wirklich leid. Aber ich bin überzeugt, Signor Parenti weiß, wie er ihre Bemerkung einzuordnen hat. – Was gibt es da zu kichern, Antonia?«

»Ist sie nicht unglaublich?«, gluckste Antonia. »Spielt die Kupplerin, wo sie nur kann. Wahrscheinlich leidet sie immer noch darunter, dass mein Vater sich seine Frau selbst ausgesucht hat.«

Emilia presste die Lippen zusammen, doch Gianna hatte das Gefühl, dass sie damit nur ihr Lächeln überspielte. »Mit einem hat sie recht: Ihr wärt ein schönes Paar. Und er ist ein sehr netter junger Mann.«

Ungläubig schüttelte Gianna den Kopf. »Bitte fangen Sie nicht auch noch damit an, Tante.«

Sie vermochte kaum ihn anzusehen, als er einige Zeit später kam, um sich zu verabschieden.

»Es besteht kein Grund zur Verlegenheit«, sagte er. »Meine Großmutter ist der alten Dame recht ähnlich und nimmt auch kein Blatt vor den Mund.« Wieder sah er sie mit diesem seltsamen Blick an. »Ich habe unsere Gespräche sehr genossen. Wenn Ihr Weg Sie jemals nach Mailand führt, dann müssen Sie mich besuchen.«

Dass sie jemals nach Mailand kam, war mehr als unwahrscheinlich. Plötzlich bedauerte sie es, dass ihre Wege sich nun trennten. Er war ein angenehmer und unterhaltsamer Begleiter gewesen. Tatsächlich hatte sie sich in seiner

Gesellschaft keine Minute gelangweilt, wie ihr das öfter mit anderen jungen Männern ergangen war. Das lag wohl zum Teil an seiner Klugheit, aber auch daran, dass er kein Mann war, der sich selbst gern reden hörte, sondern Gespräche führte und aufrichtig an ihren Gedanken interessiert war. Sie mochte ihn sehr. Diese Einsicht machte sie so verlegen, dass sie sich übertrieben förmlich von ihm verabschiedete.

15. KAPITEL

Vier Tage vor Weihnachten stand sie mit Tommaso und Luisa an Bord des Schiffes, das sie nach Livorno bringen sollte. Zu Luisas Bedauern, war es nicht die Iberia, sondern ein anderes Schiff.

Es wurde ein stilles Weihnachten auf Alberi d'Argento. Schwermut lag wie feiner Nebel über dem Gut. Ihre Eltern freuten sich, dass Gianna und Tommaso zu Hause waren und auch darüber, dass Piero mit seiner Frau und seinem Sohn drei Tage nach dem Weihnachtstag auf dem Gut eintraf. Doch sie trauerten um Giuseppe und bemerkten schnell, wie verändert Tommaso war. Vor allem Silvanas Blick folgte ihm oft, und Sorgenfalten zeigten sich auf ihrer Stirn. Ein Lichtblick für die Eltern waren die beiden Enkelkinder, Pieros Sohn Antonio, der jetzt fünf Monate alt war, und die vier Monate alte Alisa, Stellas und Lorenzos Tochter. Wenn sie ihre Enkel auf dem Schoss hatte, wirkte Silvana beinahe so fröhlich wie früher, und auch auf Enricos Gesicht zeigte sich das alte, verschmitzte Lächeln.

Piero bemühte sich um Normalität, neckte Gianna wie früher und fragte sie nach Verehrern. Um ihm zu helfen, erzählte sie, wie sie Riccardo Parenti kennengelernt hatte und auch von den Missverständnissen zu Anfang, auch wenn sie nicht alles erwähnte.

Ihre Mutter blickte sie während ihrer Schilderung aufmerksam an. »Er scheint ein netter junger Mann zu sein.«

»Nett trifft es nicht so ganz«, sagte Gianna lächelnd. »Er hat durchaus eine scharfe Zunge. Aber er ist der unterhaltsamste Mann, den ich in Genua getroffen habe.«

»Er ist ein wahrer Patriot«, warf Tommaso ein und wieder flackerte dieses fanatische Feuer in seinen Augen. »Er spendet ein Vermögen und ist auch bereit, für die Freiheit Italiens zu kämpfen und zu sterben. Wie wir alle.«

Enrico warf ihm einen scharfen Blick zu. »Ich bin durchaus der Meinung, dass es reicht, dass dein Bruder dafür gestorben ist. Mehr muss nicht sein.«

»Doch, es muss mehr sein, und es wird mehr sein. Wartet es ab.« Nach dieser rätselhaften Äußerung versank er wieder in seine Schweigsamkeit.

Zu Giannas Freude waren während ihrer Abwesenheit gleich zwei Briefe eingetroffen. Einer von Rosanna aus Florenz und einer von Maurizio aus Verona.

Rosannas Brief las sich fröhlicher als erwartet. Sie lebte mit ihrem Mann in einer Villa außerhalb der Stadt und fühlte sich zu ihrer eigenen Überraschung wohl dort. Ihr Mann behandelte sie äußerst zuvorkommend und ließ ihr viele Freiheiten. Sie leitete einen Salon, in dem sich regelmäßig Frauen der Florentiner Gesellschaft zum Lesen trafen, und hatte angefangen, selbst Geschichten zu schreiben. Anscheinend erwartete sie noch kein Kind, sonst hätte sie das sicher auch erwähnt, glaubte Gianna. Ob sie ihren Gemahl wohl inzwischen liebte? Darüber äußerte sie sich nicht.

Maurizios Brief war älter. Er berichtete von seiner Ankunft in Verona. Launig erzählte er von dem schlechten Essen, vom Exzerzieren und von seinen Stubenkameraden. Sie fragte sich, ob er vielleicht in Verona ein Mädchen gefunden hatte. Sie wünschte es ihm. Er wäre bestimmt ein guter Ehemann, so aufmerksam und nett, wie er war.

Mitte Januar erschütterte die Nachricht Italien, dass Felice Orsini, ein adliger Italiener und Mazzinianer, in Paris ein Bombenattentat auf Kaiser Napoleon und seine Gemahlin verübt hatte. Orsini und seine Mittäter hatten vier Bomben auf die Wagenkolonne des Kaisers geschleudert, als diese am Abend vor der Pariser Oper vorgefahren war. Wie durch ein Wunder war das Kaiserpaar unverletzt geblieben, doch durch die Wucht der Explosion waren mehr als hundert Menschen verletzt worden, acht waren gestorben.

Alle Zeitungen in Italien berichteten darüber und Gianna fragte sich, ob Tommaso davon gesprochen hatte, als er an Weihnachten gesagt hatte: *Wartet es ab.* Zumindest war er nicht am Attentat beteiligt gewesen. Die beteiligten Attentäter waren schnell gefasst, und ihre Namen waren bekanntgegeben worden. Felice Orsini und ein Mann namens Giuseppe Andrea Pieri waren zum Tode durch die Guillotine verurteilt worden, zwei weitere zu lebenslanger Haft.

Ende Januar saß Gianna mit Stella im Salon, die kleine Alisa lag in ihrer Wiege und schlief, als der Diener ihr einen

Brief überreichte. Er kam aus Mailand. Der Absender war der Marchese da Abairate, und der Brief war recht dick. Ihr Herz schlug ein wenig schneller, als sie ihn öffnete.

Liebe Signorina di Raimandi,
ich war vor einigen Tagen wieder in Genua. Ich hatte mich auf den Besuch gefreut, auch darauf, die liebenswürdige Familie Barrati wiederzutreffen, doch ich musste feststellen, dass Genua ohne Sie jeglichen Reiz für mich verloren hat. Seitdem denke ich immer wieder an die Bemerkung der alten Dame, Adele Barrati, ich solle um Ihre Hand anhalten, bevor mir jemand zuvorkomme. Ich glaube, sie ist klüger, als wir glauben, und ich denke, sie hat damals schon gewusst, was mir erst bei meinem jetzigen Besuch in Genua klargeworden ist: Ich möchte Sie heiraten. Ich habe noch nie ein Mädchen wie Sie getroffen. Klug, wortgewandt, mit Humor und dazu noch schön. Diesem Brief liegt ein Schreiben an Ihren Vater bei, in dem ich um Ihre Hand bitte. Ich wollte es nicht ohne Ihr Einverständnis tun. Wenn Sie sich vorstellen können, meine Frau zu werden, dann überreichen Sie meinen Brief Ihrem Vater. Wenn nicht, verbrennen Sie beide Briefe, und ich werde Sie niemals wieder belästigen. Aber ich hoffe sehr, Sie sind einverstanden, liebste Gianna.
Hochachtungsvoll
Riccardo Parenti, Marchese da Abairate

Gianna ließ den Brief sinken und starrte ins Kaminfeuer. In Gedanken ging sie zurück nach Genua, erinnerte sich an ihre erste Begegnung, wie liebenswürdig er im Grunde trotz ihrer Unhöflichkeit gewesen war. Sie dachte an seinen Stolz. Sie hatte ihm nicht zuhören wollen, und er hatte ihr nicht gesagt, dass er Tommasos Leben gerettet hatte, dabei wäre es ihm schon im Salon der Scardis ein Leichtes gewesen, ihre Verdächtigungen zu widerlegen. Aber er hatte gewollt, dass sie sich selbst ein Urteil bildete. Sie mochte ihn. War sie auch in ihn verliebt? Sie hatte seine Gesellschaft und ihre Unterhaltungen vermisst. Unwillkürlich lächelte sie, als sie an die Begegnung in der Oper dachte. »La donna è mobile«. Oh ja, er hatte Humor, und er war wortgewandt. Ans Heiraten hatte sie, seit sie nach Genua gegangen war, nicht mehr gedacht. Jetzt erinnerte sie sich an das Gespräch, das sie vor ihrer Abreise mit ihren Eltern geführt hatte. Was wollte sie? Sie liebte Angelo nicht mehr. Wollte sie allein bleiben für den Rest ihres Lebens? Nein. Hatte jemals ein anderer Mann außer Angelo ihr Herz so zum Schlagen gebracht wie Riccardo? Ebenfalls nein. Und sie hatte seine Gesellschaft vermisst. Würde sie nach Angelo wirklich noch einmal einen Mann finden, den sie so mochte, mit dem sie so gerne redete und der ihr so viel bieten konnte wie Riccardo? In Gedanken ging sie die möglichen Heiratskandidaten hier in der Provinz durch. Es gab niemanden, der sich mit ihm vergleichen ließ, niemanden, mit dem sie ihr Leben teilen wollte. Bei ihm konnte sie es sich dagegen vorstellen. Sie würde seinen Brief ihrem Vater geben.

Gianna heiratete Riccardo im Mai und wusste kurze Zeit später, dass sie einen Fehler gemacht hatte. Sie liebte ihn nicht. Was sie für ihn empfand, waren Achtung und Freundschaft, doch keine Liebe und schon gar keine Leidenschaft. Sie hatte sich getäuscht; vielleicht hatte ihre Einsamkeit sie anfällig für diese Täuschung gemacht.

Nach ihrer Rückkehr aus Genua hatte sie wohl irgendwie erwartet, dass ihr Leben so weitergehen werde wie die Jahre zuvor. Nun gut, ohne Angelo, aber dennoch.

Allerdings war es nicht nur Angelo, der fehlte. Rosanna fehlte ihr noch mehr. Jahrelang waren sie unzertrennlich gewesen, hatten die zwei Jahre in Madames Institut miteinander verbracht. Sie vermisste die Gespräche, die langen Nachmittage, die sie im Sommer auf der Veranda und im Winter im Salon gesessen hatten, tuschelnd und kichernd. Ihre gemeinsamen Ausritte. Es gab keine gleichaltrige unverheiratete junge Frau in der Nähe. Lorenzos Frau war nett, aber es war nicht dasselbe, und außerdem hatte sie ihr Kind. Und auch Maurizio fehlte ihr sehr. Auch er hatte immer zu ihrer Welt gehört, und jetzt erst merkte sie, wie viel Zeit sie mit ihm verbracht hatte. Oft hatte sie nach ihren Besuchen oder Ausritten noch bei ihm in der Sattelkammer gesessen und geredet. Sie war einsam gewesen, und in ihrer Einsamkeit hatte sie sich in eine Sehnsucht nach Riccardo hineingesteigert, die sie für Liebe gehalten hatte. Sein kurzer Besuch im Februar, als er gekommen war, um sich ihren Eltern vorzustellen und bei ihrem Vater noch einmal persönlich um ihre Hand anzuhalten, hatte sie noch darin bestärkt. Sie hatten nur wenig Zeit allein miteinander verbracht, sich ein- oder zweimal geküsst. Und auch wenn seine Küsse kein Herzklopfen bei ihr ausgelöst hatten, so hatten sie ihr auch nicht missfallen.

Anfang Mai war er dann mit seiner Mutter und seiner Schwester gekommen, und eine Woche später hatte Don Antonio sie in der Kapelle getraut, die zum Gut gehörte. Die Hochzeitsfeier war wunderschön gewesen, die Hochzeitsnacht eine Enttäuschung. Es war nicht seine Schuld gewesen. Er hatte sich zärtlich und rücksichtsvoll gezeigt. *Es heißt, das erste Mal tut immer weh,* hatte er gesagt. *Später wird es besser.* Er hatte sie geküsst, gestreichelt, doch sie hatte nichts bei seinen Berührungen empfunden. Und das war auch nach dem ersten Mal so geblieben. Wenn sie nicht das Erlebnis mit Angelo in der Scheune gehabt hätte, hätte sie wohl geglaubt, das wäre normal. Doch sie erinnerte sich zu gut an ihr Zittern, an die süße Schwere in ihrem Schoß, an das Kribbeln auf ihrer Haut, als Angelo sie gestreichelt hatte. Und sie sehnte sich so sehr nach diesen Gefühlen. Vielleicht kam das ja noch. Vielleicht konnte man lernen, zu lieben.

Doch die Wochen vergingen, und an ihren Gefühlen änderte sich nichts. Sie ging mit ihm nach Mailand und fand die Stadt und das Leben dort bedrückend. Die Stadt unterschied sich sehr vom fröhlichen Genua. Die Menschen waren ernster, die Gebäude wirkten düsterer als die farbenfrohen Häuser und Palazzi in Genua. Doch es lag nicht nur an der Stadt, sondern auch daran, dass weder seine Mutter noch seine Schwester besonders herzlich zu ihr waren. Seine Mutter, Claudia, machte keinen Hehl daraus, dass sie Riccardos Wahl missbilligte. Margherita, seine Schwester, war ein Jahr jünger als Gianna. Gianna hatte gehofft, in ihr vielleicht eine Freundin zu finden, doch Margherita besaß weder Rosannas Herzenswärme oder den trockenen Humor von Antonia noch Luisas Fröhlichkeit. Ihr einziges Ziel schien es zu sein, einen Ehemann zu finden. Unglücklicherweise schien sich das gute Aussehen in der Familie Parenti auf die Männer zu beschränken. Zwar hatte auch Margherita helles Haar, doch es war nicht von dem leuchtenden Weizenblond wie bei Riccardo. Es schien farblos, als hätte sich die Farbe ausgewaschen. Auch ihr Teint war fahl, und zu allem Unglück war sie beinahe so groß wie ihr Bruder und sehr dünn. Im Treppenaufgang hingen Gemälde der Familie. Auch Riccardos Mutter war in ihrer Jugend keine Schönheit gewesen, jetzt im Alter glich sie die fehlende Anmut mit Würde und Stolz aus. Sein Vater und sein verstorbener Bruder waren gutaussehende Männer gewesen. Es gab noch eine weitere Schwester, Rosalia. Sie war zwei Jahre älter als Riccardo, verheiratet und nicht mit zur Hochzeit gekommen, weil sie mit ihrem fünften Kind schwanger war. Gianna traf sie erst in Mailand. Ihr schien es ziemlich gleichgültig zu sein, wen ihr Bruder zur Frau genommen hatte, ihr Leben kreiste ausschließlich um ihre Kinder, zwei Jungen und zwei Mädchen, die sie voller Stolz vorstellte. Es waren nette Kinder, und Gianna bewunderte sie gebührend und ließ Rosalias Lobreden über die Mutterschaft und das Glück, viele Kinder zu bekommen, über sich ergehen, ohne viel zu sagen.

Riccardo selbst war viel unterwegs und besuchte die ausgedehnten Anwesen im Norden. Wenn er zu Hause war, war er freundlich, zuvorkommend. Sie führten viele Gespräche, doch die Vertrautheit, die sie sich erhofft hatte, wollte sich nicht einstellen. Und irgendwann spürte er wohl auch, dass sie ihn nicht liebte.

Er kam Anfang August von einer zweiwöchigen Reise zurück. Beim Abendessen war er einerseits sehr schweigsam, andererseits freudig erregt. Irgendetwas beschäftigte ihn außerordentlich, denn er aß nur wenig, hörte nicht richtig zu. Als seine Schwester erzählte, dass ihr der junge Conte da Loredano den Hof machte und sie bereits in der Familienloge in der Scala besucht hatte, nippte er an seinem Wein und nickte abwesend.

»Riccardo!«, rief seine Mutter empört. »Das ist doch wichtig. Du weißt, der Conte wäre eine sehr gute Partie für Margherita.«

»Wie bitte?« Er stellte das Glas ab. »Tut mir leid, Mamma, ich war in Gedanken.«

»Seit du wieder hier bist, bist du in Gedanken. Stimmt etwas nicht? Haben wir geschäftliche Probleme?«

»Nein, nein, da ist alles in Ordnung.« Er winkte ab.

»Aber irgendetwas ist doch«, insistierte seine Mutter.

»Nein, es ist absolut nichts. Machen Sie sich keine Sorgen.«

Neugierig sah Gianna ihn an. So hatte auch sie ihn noch nie erlebt. Normalerweise war er seiner Mutter gegenüber sehr aufmerksam und zuvorkommend.

Er erwiderte ihren Blick, ein kurzes Lächeln zuckte um seinen Mund. »Es wäre schön für Margherita«, sagte er. »Aber meinen Sie nicht, dass es noch ein wenig verfrüht ist, Pläne zu schmieden, nur weil der Conte sie in der Loge besucht hat?«

Margherita verzog schmollend den Mund, seine Mutter warf ihm einen zornigen Blick zu.

Er sagte nichts weiter. Es kostete ihn sichtlich Geduld, zu warten, bis er sich zurückziehen konnte, ohne unhöflich zu sein. Er bat Gianna, ihn in den Salon zu begleiten. Dort schloss er sorgfältig die Tür.

»Was ist los?« Unwillkürlich flüsterte sie.

»Der Conte Cavour und Napoleon haben sich heimlich in Plombières-les-Bains getroffen.«

»Cavour und Napoleon?« Camillo Benso Conte di Cavour, Präsident des Ministerrates von Sardinien, und der französische Kaiser?

Riccardo nickte. »Stell dir vor, sie haben ein geheimes Abkommen geschlossen.«

»Worüber?«

Er nahm ihre Hand und führte sie zu einem der Sessel vor dem Kamin. »Setz dich.«

Sie gehorchte und sah zu, wie er zum Schrank ging und

zwei Gläser mit Sherry füllte. Er reichte ihr eines und setzte sich in den Sessel ihr gegenüber.

»Napoleon hat Cavour militärische Unterstützung im Falle eines Krieges gegen Österreich zugesagt.«

Ungläubig sah sie ihn an. »Einfach so?«

»Nein, es ist die Folge von geheimen Treffen mit … mit Leuten, deren Namen du nicht kennst. Und es gilt nur unter der Bedingung, dass der Krieg nicht für eine revolutionäre Sache steht und diplomatisch vor der Öffentlichkeit in Frankreich und in Europa gerechtfertigt werden kann.«

»Das heißt?«

»Wir brauchen einen Grund. Wir können nicht einfach Österreich den Krieg erklären.«

»Aber zurzeit haben wir keinen Grund.«

Er lächelte. »Wir werden einen finden. Ich hätte niemals geglaubt, dass Orsinis Attentat solche Folgen haben könnte. Es heißt, er habe Napoleon im Gerichtssaal durch sein Auftreten dermaßen beeindruckt, dass der Kaiser versucht hat, das Todesurteil abzuwenden. Als ihm das nicht gelungen ist, hat er sich entschlossen, die italienische Sache zu der seinen zu machen. Sie waren beide Carbonari, wusstest du das?«

»Nein. Aber woher weißt du das alles?«

»Das darf ich dir nicht sagen. Noch nicht.« Er hob sein Glas. »Viva l'Italia!«

So glücklich hatte sie ihn lange nicht mehr gesehen. Sie stieß mit ihm an. »Viva l'Italia! Glaubst du, es wird zum Krieg kommen?«

»Früher oder später.«

Sie dachte an Maurizio. Er war in Verona, und wenn es zum Krieg zwischen dem Königreich Sardinien-Piemont, den Franzosen auf der einen Seite und den Österreichern auf der anderen Seite käme, würde er auf der Seite des Feindes kämpfen.

»Gianna? Woran denkst du?«

»Daran, was ein Krieg bedeutet. Leid, Verlust. Dein Bruder ist vor zehn Jahren gestorben, Giuseppe letztes Jahr, und wenn es Krieg gibt, werden noch viel mehr sterben.«

»Für die Freiheit.«

Sie sah das Feuer in seinen Augen und schwieg.

Später, als sie zu Bett gingen, nahm er sie in die Arme, küsste sie, dann zog er ihr das Nachtgewand aus. Sie erwiderte seine Küsse und wünschte sich so sehr, auch seine Leidenschaft erwidern zu können, bei seinen Berührungen etwas zu empfinden. Aber sie fühlte nichts und wartete darauf, dass es vorbei war. Danach drehte sie ihm den Rücken zu. Ihr war zum Weinen zumute.

Er stemmte sich auf einen Ellbogen und beugte sich über sie. »Gianna, sieh mich an.«

Gehorsam wandte sie sich ihm zu.

Sein Gesicht war ernst. »Ich wüsste gern, ob es an mir liegt.«

»Wovon sprichst du?«

»Davon, dass du nicht gerne das Bett mit mir teilst.«

Das Blut schoss ihr ins Gesicht, gleichzeitig überlief sie ein Kälteschauer. »Wie kommst du darauf, dass ich …?«

Er hob die Hand. »Nicht lügen, Gianna. Du bist nicht die erste Frau, mit der ich schlafe. Ich dachte erst, es läge daran, dass du unerfahren bist. Aber wir sind inzwischen drei Monate verheiratet, und du magst es immer noch nicht.«

»Ich …« Sie wusste nicht, was sie sagen sollte. »Ich weiß nicht, woran es liegt.«

»Vielleicht daran, dass du mich nicht wirklich liebst?«

»Riccardo …« Wieder wusste sie nicht weiter.

»Du bist unglücklich«, stellte er fest. »Denkst du noch an deinen früheren Verlobten, an diesen Angelo?«

»Nein!« Endlich konnte sie antworten, ohne zu lügen. »Nein, er ist mir gleichgültig.«

»Warum bist du dann unglücklich?«

»Ich mag diese Stadt nicht, ich bin ein Landkind. Ich habe Heimweh. Mir fehlten die Weite, der offene Himmel, mir fehlen die Sterne über der Toskana.« Es war die Wahrheit, wenn auch nicht die ganze. Doch nun sprudelten ihre Worte wie eine Quelle. Alles, was sie die letzten drei Monate beschäftigt hatte, brach jetzt aus ihr heraus. Wie einsam sie sich fühlte, weil seine Mutter und seine Schwester sie kühl behandelten, dass sie keine Freude daran hatte, in der Stadt zu flanieren, weil überall österreichische Offiziere waren, denen man als gute Mailänderin gefälligst mit eisiger Verachtung zu begegnen hatte. Sie erinnerte sich an einen ihrer ersten Besuche mit Margherita in einem Café. Sie hatte den Gruß eines Offiziers erwidert, und Margherita hatte sie sehr nachdrücklich darauf hingewiesen, dass ein solches Verhalten absolut nicht erwünscht war. Dabei hatte der Mann wahrscheinlich nur freundlich sein wollen. Die Männer waren hier stationiert, fern ihrer Heimat, ohne Familie, umgeben von Menschen, die sie hassten und verachteten. Also blieb sie im Haus und langweilte sich. Als sie aufhörte zu sprechen, liefen ihr die Tränen über die Wangen.

Riccardo sah sie lange an. »Warum erzählst du mir das erst jetzt?«

»Du hast so viel zu tun, bist so oft unterwegs. Ich wollte nicht jammern, wenn du hier bist. Ich dachte, ich gewöhne mich vielleicht an das Leben hier.«

Er strich ihr über die Wange. »Wir haben ein kleines Landhaus in Abbiategrasso. Es liegt sehr schön am Ortsrand. Wenn du hier so unglücklich bist, gefällt es dir vielleicht dort besser.«

»Du meinst, wir könnten dort leben?«

»*Du* könntest dort leben. Ich werde die nächste Zeit kaum hier sein.«

Fragend sah sie ihn an.

»Ich habe tatsächlich viel zu tun. Große Dinge geschehen, ich werde sehr viel unterwegs sein. Aber es ist nicht nur das. Ich bin kein Mann, der sich einer Frau aufdrängt, die ihn nicht will, und du willst mich nicht.«

Sie öffnete den Mund, um ihm zu widersprechen, und schloss ihn wieder. Er würde wissen, dass sie log, und das würde seinen Stolz verletzen. Diesen Stolz, der ihn schon in Genua daran gehindert hatte, ihre falsche Anschuldigung richtigzustellen. »Du verlässt mich?«

»Nein, meine Liebe. Ich werde von Zeit zu Zeit nach Abbiategrasso kommen, wenn ich in Mailand bin.«

»Aber …«, setzte sie an, um gleich wieder zu schweigen. Was sie hatte sagen wollen, ziemte sich eher nicht für eine Ehefrau.

»Was, aber?«

Sie schüttelte den Kopf und sprach dann doch. »Du brauchst einen Erben, und ich möchte Kinder haben.« Es war die Wahrheit. Sie wünschte sich Kinder, umso mehr, weil sie jemanden haben wollte, den sie lieben konnte. Und weil es etwas war, das sie ihm schenken konnte, wenn sie ihn schon nicht liebte. Dafür würde sie auch weiterhin mit ihm das Bett teilen.

Jetzt lächelte er. »Vielleicht erwartest du ja schon ein Kind. Wenn nicht, nun, wir werden sehen.« Er küsste sie auf die Stirn. »Versuch zu schlafen, und mach dir keine Gedanken mehr.«

Sie schlief nicht, sie lag wach und dachte nach. Was für ein ungewöhnlicher Mann er war. Die meisten anderen Männer würden einfach weiterhin ihre ehelichen Rechte einfordern, ob es der Frau gefiel oder nicht. Doch dazu war er viel zu stolz. Sie hörte ihn neben sich atmen und wusste, dass er ebenfalls nicht schlief.

16. KAPITEL

Eine Woche später begleitete er sie und Luisa nach Abbiategrasso. Das Städtchen war reizend. Die Altstadt bestand aus zwei- bis dreistöckigen Häusern, fast alle mit Arkaden. Unter den meisten befanden sich Cafés und kleine Läden. Das Landhaus war einfach nur entzückend, etwas außerhalb gelegen, zwei Stockwerke hoch, aus Naturstein erbaut. Die Zimmer waren eher klein, die Einrichtung war in hellen, freundlichen Farben gehalten und sparsam. Ganz anders als die nach Giannas Meinung viel zu überladenen Räume des Mailänder Palazzo. Hinter dem Haus erstreckte sich ein Obst- und Gemüsegarten.

»Wie lange bleibst du?«, fragte sie, nachdem er ihr Haus und Garten gezeigt und sie der Familie vorgestellt hatte, die Haus und Grund versorgten. Es waren eine Frau mittleren Alters, Anna, die als Köchin und Zimmermädchen fungierte, und ihr Mann, Giulio, der für den Garten und die beiden Pferde zuständig war. Bei ihnen lebte ihr jüngster Sohn, Luca.

»Ich fahre nachher zurück. Im Stall steht ein Landauer, damit kannst du ausfahren, wenn du möchtest. Giulio wird dich kutschieren. Wenn du ausreiten willst, tu es bitte nicht allein. Luca soll dich begleiten.«

Gianna schluckte. Dass er es so eilig hatte, fortzukommen, hatte sie nicht erwartet. Vielleicht ging es ihm ja ähnlich wie ihr, und er liebte sie nicht. Er hatte es ihr nie gesagt. Sie hatte es immer auf seinen Stolz geschoben. Aber warum sollte es ihm anders gehen als ihr?

Als er sich verabschiedete, verbot sie sich die Frage, wann sie ihn wiedersehen würde.

Sie lebte sich schnell ein. Die Landschaft hier unterschied sich grundlegend von den lieblichen Hügeln um Montescudaio. Das Land war flach. Sumpfige Reisfelder wechselten mit Gebieten, in denen Mais angebaut wurde oder Wein an Pergolen rankte. Riccardo hatte ihr geraten, ein wenig Deutsch zu lernen. *Es schadet nie, wenn man die Sprache des Feindes versteht,* hatte er gesagt. Da sie nicht viel zu tun hatte, folgte sie seinem Rat. Ein ehemaliger Soldat, der 1848 unter Carlo Alberto gekämpft hatte, sprach Deutsch und gab ihr Unterricht. Es war eine seltsame, schwierige Sprache, aber sie übte jeden Tag eine Stunde und machte gute Fortschritte.

Sie verbrachte viel Zeit im Garten, las oder kümmerte sich um die Rosen, die Riccardos Großmutter gepflanzt hatte. Hier auf dem Land verzichtete sie auf die Krinoline und trug einfache Röcke aus Baumwolle, in denen sie sich leichter bewegen konnte. Luisa war zunächst nicht begeistert gewesen, aufs Land zu ziehen, doch sie freundete sich schnell mit der Tochter eines Bauern an, der ein Stück außerhalb Äpfel und Mais anbaute. Außerdem verbrachte sie viel Zeit mit Anna in der Küche und ließ sich das Kochen beibringen. Anna kümmerte sich auch um einen Garten mit Kräutern und Heilpflanzen. Als Gianna sie eines Tages dort beobachtete, wie sie Kräuter pflückte, ging sie hinüber und sah ihr zu. Irgendwann siegte ihre Neugier, und sie fragte Anna, welche Pflanzen sie wofür verwendete. Anna reagierte zunächst etwas befangen, doch bald legte sie ihre Scheu ab und erklärte Gianna, wie man Malvenwasser herstellte, das zur Reinigung von Wunden verwendet wurde, welche Kräuter heilend wirkten, wenn man sie zu Salben verarbeitete, welche gegen den Husten halfen, der sich in der feuchtkalten Jahreszeit auf die Brust legte, und welche als Tee gegen Unruhe und Schlaflosigkeit wirkten.

Auch wenn Gianna sich immer noch nach ihrer Heimat sehnte, war sie in Abbiategrasso glücklicher als in den letzten Monate in Mailand. Zu ihrer Überraschung fehlte Riccardo ihr. Ähnlich wie nach ihrem Abschied in Genua Anfang des Jahres. War es so, dass sie ihn nur lieben konnte, wenn er nicht da war?

Sie schrieb an ihre Eltern, berichtete davon, dass sie jetzt in Abbiategrasso wohnte, berichtete aber nicht von dem Zerwürfnis mit Riccardo. Das war zu heikel, um es in einem Brief zu erzählen. Vier Wochen später kam die Antwort ihrer Mutter, mit der vorsichtigen Frage, ob es ihr wirklich gutging. Gianna lächelte. Vor ihrer Mamma etwas zu verheimlichen, war schon immer schwer gewesen. Als sie ein Kind gewesen war, hatte sie in ihrem Gesicht lesen können, und jetzt hatte sie offensichtlich zwischen ihren Zeilen gelesen. Sie antwortete und schrieb dieses Mal ehrlich, wie es um ihre Ehe stand.

Die Wochen vergingen. Es war Mitte Oktober, in den frühen Morgenstunden zog Nebel von den Reisfeldern am Ticino über das Land. Noch nie hatte sie derartig dichte Nebelfelder gesehen, sie konnte keine zehn Fuß weit sehen.

An einem Morgen betrachtete sie vor der Haustür den Tanz der Nebelschwaden. Es war noch sehr früh. Sie hatte schlecht geschlafen und war aufgestanden, um frische Luft zu schnappen. Anna rumorte in der Küche, und Giulio war wohl auch schon auf, aber Luisa schlief sicher noch. Nur mit Nachtgewand und Morgenmantel bekleidet, stand Gianna an den Türrahmen gelehnt, als sie Hufschläge hörte und sich kurz danach die Silhouette eines Reiters aus dem Nebel schälte. Erschrocken wollte sie sich zurückziehen, doch dann blieb sie stehen. Vielleicht war es ein Bote mit einer wichtigen Nachricht. Wer sonst würde so früh hierherkommen? Und dann war er so nah, dass sie das blonde Haar erkannte. Riccardo.

Er stieg vom Pferd und sah sich um. Der Stall war im Nebel nur schemenhaft zu erkennen, und Giulio hatte Riccardos Ankunft bestimmt nicht bemerkt.

Sollte sie sich zurückziehen und so tun, als hätte sie ihn nicht gesehen? Sie könnte Luisa wecken und sich angemessen kleiden, bevor sie ihn begrüßte.

Das Pferd schnaubte, und er blickte in Richtung Haus. »Hallo? Ist da wer?«

Es war dumm, sich vor ihm verstecken zu wollen. Sie trat einen Schritt vor. »Ich bin es, Gianna. Giulio ist im Stall.«

Er führte das Pferd zu einem Pfosten und band es an. »Madonna, ist das eine Suppe heute Morgen. Ich bin froh, dass ich hierhergefunden habe.« Dann kam er zur Haustür. In seinem Haar glänzten Wassertröpfchen, seine Kleidung war nass. »Was machst du so früh und bei diesem Wetter hier draußen?«

»Ich konnte nicht mehr schlafen und wollte ein wenig frische Luft schnappen. Und dann fand ich diesen Anblick so zauberhaft. Man könnte glauben, man sei im Feenreich.«

Er lächelte, sein Blick wanderte von ihrem noch offenen Haar über ihren Körper bis zu ihren Füßen. Auch auf ihr Nachthemd und ihren Morgenmantel hatte sich die Feuchtigkeit gesetzt, der Stoff klebte an ihr. Kurz glaubte sie, einen goldenen Schimmer in seinen hellbraunen Augen zu sehen, und ihr Herz schlug schneller. Dann veränderte sich sein Gesichtsausdruck, sein Lächeln wurde spöttisch. »Du jedenfalls siehst wie eine recht nasse Fee aus. Besser, du ziehst dich um, bevor du dich erkältest. Ich bringe mein Pferd in den Stall. Sag du bitte Anna Bescheid, sie möge mir das zweite Schlafzimmer fertigmachen. Ich möchte mich waschen und umziehen.« Er verbeugte sich knapp und verschwand im Nebel.

Gianna ging ins Haus. Da war er also, nach zwei Monaten. Kein Kuss zur Begrüßung, und er würde nicht bei ihr schlafen, sondern in einem anderen Zimmer. Darüber sollte sie eigentlich froh sein, aber sie war es nicht, sie war verwirrt. Ja, er hatte gesagt, er wolle sich nicht aufdrängen, doch sie war seine Ehefrau. Dass er so bereitwillig auf seine Rechte verzichtete, konnte nur bedeuten, dass er sie nicht oder nicht mehr liebte. Hatte er eine Mätresse? Das war sehr wahrscheinlich, er war ein junger Mann, warum sollte er enthaltsam leben?

Sie ging in die Küche, wo Anna gerade Wasser aufsetzte. »Don Riccardo ist eben angekommen. Würdest du ihm bitte das kleine Schlafzimmer zurechtmachen? Er möchte sich waschen und umziehen.«

Anna wandte sich um und riss die Augen auf. »Das

kleine Zimmer?« Dann schluckte sie, und ihr Gesicht wurde ausdruckslos. »Selbstverständlich.«

Was mochte sie denken? Aber wahrscheinlich tuschelten die Dienstboten sowohl hier als auch im Mailänder Palazzo darüber, dass der Marchese und seine Frau nicht zusammenlebten. Sie erinnerte sich an den Klatsch in den Salons von Genua, zum Beispiel über den Conte di Manfred. Er hbee seine Frau aufs Land geschickt und halte sich eine Geliebte. Aufs Land geschickt. So hatte sie es bisher nicht gesehen. Aber war es nicht genau das, was Riccardo getan hatte? Er hatte es ihr schmackhaft gemacht, und sie war auch gerne gegangen. Doch vielleicht war es nur ein geschickter Schachzug von ihm gewesen, die langweilige Gemahlin loszuwerden und sich eine willigere und vergnüglichere Bettgenossin zuzulegen. Sie straffte die Schultern. Und wenn es so war. Sie würde ihn deswegen nicht zur Rede stellen. Nicht nur er, auch sie hatte ihren Stolz.

Auf dem Weg zu ihren Räumen klopfte sie an Luisas Tür. »Don Riccardo ist da. Komm und hilf mir beim Anziehen.«

Eigentlich hätte Luisa schon längst auf den Beinen sein sollen, um ihrer Herrin behilflich zu sein, doch in den Wochen hier war das Mädchen fast zu einer Freundin geworden, und außerdem hatte Gianna noch nie viel Wert auf Förmlichkeit gelegt.

Sie zog die feuchten Kleider aus, wusch sich und schlüpfte schon mal in ihr Hemd.

Luisa klopfte an und trat ein. »Guten Morgen, Signora. Entschuldigung, dass ich noch nicht auf war. Ich wusste nicht, dass der Herr kommt.«

»Ich wusste es auch nicht.«

Luisa half ihr, das Korsett anzuziehen, und schnürte sie, dann holte sie die große Krinoline aus dem Schrank.

Gianna betrachtete das Ungetüm, dann schüttelte sie den Kopf. Seit sie hier war, trug sie nur noch zu hochoffiziellen Anlässen die Krinoline, sonst nur einen schmaleren Reifrock. Das würde sie jetzt auch nicht ändern, es war einfach zu unbequem. »Nimm den Reifrock und dieses Kleid.« Es war eines ihrer Lieblingskleider und aus leichter Baumwolle. In den cremefarbenen Stoff waren fliederfarbene Blüten und farngrüne Blätter eingewebt. Der Rock war für die jetzige Mode eigentlich zu schmal, aber dafür sehr bequem.

Luisa steckte ihr das Haar hoch, dann ging sie ins Esszimmer. Der Frühstückstisch war gedeckt, es duftete nach Kaffee und frischen Hörnchen. Riccardo saß in einem Sessel am Fenster und blätterte in einer Zeitung. Auch er hatte sich umgezogen und trug jetzt eine dunkelblaue Hose, ein weißes Hemd mit grauer Halsbinde und eine hellblaue gemusterte Weste aus schimmerndem Stoff. Es mussten Sachen sein, die er hier im Haus gehabt hatte, denn sie kannte sie nicht, und er war nur mit einer Satteltasche angekommen.

Er legte die Zeitung weg und stand auf. »Noch einmal guten Morgen, meine Liebe. Gut siehst du aus. Das Landleben scheint dir zu bekommen.«

Vollendet höflich und distanziert. Ebenso hätte er seine Tante begrüßen können. »Und *dir* scheint das Herumreisen zu bekommen«, gab sie etwas spitz zurück. »Du siehst ebenfalls gut aus.« Sein Gesicht war leicht gebräunt, anscheinend war er viel zu Pferd unterwegs gewesen.

Er quittierte ihren Tonfall mit einem Lächeln und geleitete sie zum Tisch. Erst als Anna den Raum verlassen hatte, sprach er. »Ich war in Turin und in Genua. Es tut sich etwas. Politisch, meine ich.«

»Und was?«

»Vittorio Emanuele rüstet auf. Er versammelt die Truppen. Noch im Geheimen.«

Er war unterhaltsam und scharfsinnig wie immer, sprach über Politik, fragte sie nach ihren Deutschkenntnissen, amüsierte sich mit ihr über die Eigenarten dieser Sprache, erzählte von der seltsamen Stimmung in Mailand, teils erwartungsvoll, teils düster. Er schilderte die zunehmende Ablehnung der Österreicher, die man dadurch zeigte, ihnen auf der Straße aus dem Weg zu gehen und die Cafés unter den Arkaden postwendend zu verlassen, sobald jemand in habsburgischer Uniform es wagte, sich dort niederzulassen. Auch die deutschen Zeitungen, die in den Cafés auslagen, wurden demonstrativ auf nicht besetzte Tische gelegt.

»So sind wir Lombarden, zeigen unsere Verachtung sogar den Zeitungen«, sagte er lachend. »Dabei ist es nützlich, die Meinung des Feindes zu kennen und seine Zeitungen zu lesen.«

»Wie lange bleibst du?«, fragte sie ihn schließlich.

»Ich möchte Sonntagabend wieder in Mailand sein. Ich bin nur hier, um nach dem Rechten zu sehen und mit Giulio die Abrechnungen durchzugehen. Die Ernten waren gut, sagte er mir vorhin.«

Zwei Tage. »Und dann?« Wie lange würde er herumreisen und sie hier alleine lassen?

»Dann muss ich zu unseren nördlichen Anwesen und auch noch mal nach Turin.«

»Du musst nach Turin?«

Sein Lächeln war verlegen und stolz zugleich. »Ich bin seit dem ersten Oktober Mitglied des Parlaments.«

»Das ist ja großartig. Herzlichen Glückwunsch.« Sie meinte es ehrlich, freute sich mit ihm. Schließlich kannte sie seine politischen Ambitionen.

»Es wäre mir lieb, wenn du spätestens im November nach Mailand kommen würdest«, fuhr er fort. »Der Winter hier ist unangenehm feucht und kalt und dieses Haus lässt sich nicht gut heizen. Außerdem gäbe es Gerede, wenn wir Weihnachten getrennt verbrächten.«

Ihre Freude verflog. Also Gerede musste vermieden werden? Natürlich, als Mitglied des Parlaments musste er sich standesgemäß verhalten. Stumm nickte sie. Die Vorstellung, Weihnachten alleine hier zu verbringen, war auch ihr unangenehm. Sie hatte sogar schon darüber nachgedacht, über Weihnachten ihre Eltern zu besuchen, doch die Reise wäre im Winter zu beschwerlich.

»Gut, dann gehe ich und rede mit Giulio. Wir sehen uns zum Abendessen«, sagte Riccardo und verließ den Raum. Er verbrachte den Vormittag mit Giulio, den Nachmittag in seinem Arbeitszimmer über den Büchern. Beim Abendessen war er ebenso zuvorkommend wie beim Frühstück, plauderte mit ihr, ohne ein persönliches Wort mit ihr zu wechseln. Das blieb so bis zu seiner Abreise am Sonntag nach dem Gottesdienst.

»In zwei Wochen schicke ich dir unsere Kutsche«, sagte er beim Abschied.

Gianna versuchte die letzten freien Tag in Abbiategrasso zu genießen, doch so recht wollte es ihr nicht gelingen. War das nun ihr Leben? An der Seite eines gleichgültigen, wenn auch höflichen Ehemanns? Ohne Kinder? Ohne Liebe?

Mitte November kehrte sie nach Mailand zurück. Ihre Schwiegermutter empfing sie kühl, Riccardo war unterwegs. Gianna lernte weiterhin Deutsch, besuchte Lesezirkel und Salons.

Eines Abends machte seine Mutter einige Bemerkungen darüber, dass Gianna immer noch kein Kind erwartete. Riccardo ging nicht darauf ein, Gianna presste die Lippen zusammen. Claudia hatte mit ihrer Bemerkung einen wunden Punkt getroffen. Auch hier in Mailand hatte Riccardo nie wieder einen Versuch unternommen, mit ihr zu schlafen. Sie konnte sich es nur damit erklären, dass er eine oder mehrere Geliebte hatte.

Als die Mahlzeit beendet war, sagte Riccardo, er habe noch zu arbeiten, und zog sich zurück.

Seine Mutter wartete, bis er gegangen war, dann schickte sie Margherita ebenfalls hinaus. Sie schloss die Tür und drehte sich zu Gianna um. »Ich muss mit dir reden.«

Gianna unterdrückte ein Seufzen. »Bitte.«

»So kann das nicht weitergehen. Die Leute zerreißen sich schon den Mund darüber, dass ihr nicht mehr zusammenlebt.«

»Woher wollen die Leute das wissen?«, fuhr Gianna auf.

»Woher wohl? Du lebst monatelang alleine auf dem Land, statt deinem Mann zur Seite zu stehen. Doch Riccardo braucht einen Erben, und nichts passiert.«

»Und das ist *meine* Schuld?«

»Solche Dinge sind immer die Schuld der Frau. Wenn du eine hingebungsvollere Gattin wärst, müsste er sein Vergnügen nicht woanders suchen. Er ist ein junger Mann und hat … Bedürfnisse.«

»Wie bitte?« Gianna blickte in Claudias selbstgerechte Miene und wünschte, sie könnte ihr kurzerhand ihr Weinglas ins Gesicht werfen.

»Mutter!«, erklang Riccardos scharfe Stimme. »Was soll das?« Er stand in der Tür, sein Gesicht war unbewegt, doch seine Augen funkelten.

Claudia hob die Hände. »Irgendjemand muss sie doch zur Vernunft bringen. Du tust es ja nicht.«

»*Ich* muss zur Vernunft gebracht werden?«, fauchte Gianna. »Bin ich untreu oder er?«

Riccardo trat vor. »Lassen Sie uns bitte allein.« Er wartete, bis seine Mutter den Raum verlassen hatte. »Es tut mir leid. Mutter ist manchmal …«

Zitternd vor Wut starrte Gianna ihn an. »Nicht manchmal. Immer. Sie konnte mich von Anfang an nicht leiden, doch das geht zu weit. Aber immerhin weiß ich jetzt, warum du mich meidest.«

Sein Mund wurde schmal. »So, weißt du das.«

»Deine Mutter hat es eben gesagt. Du hast eine Mätresse oder mehrere. Deshalb hast du mich fortgeschickt, und du hast mich nur zurückgeholt, um Gerede zu vermeiden. Das waren deine Worte.«

»Ich habe keine Mätresse.« Er sprach leise, doch der Zorn in seiner Stimme war nicht zu überhören. »Und ich habe dich nicht fortgeschickt. Du *wolltest* gehen. Aber in einem hat sie recht: Ich bin verdammt noch mal ein Mann und habe Bedürfnisse. Ich will eine Frau, die Freude daran hat, mit mir das Bett zu teilen, und nicht nur darauf wartet, dass es möglichst schnell vorbei ist.«

Einen Augenblick lang starrte sie ihn an, dann riss sie die Tür auf und rannte durch den Flur, die Treppe hinauf in ihr Schlafzimmer. Dort verriegelte sie die Tür, fiel aufs Bett und schluchzte vor Zorn und Verzweiflung. Als sie sich beruhigt hatte, dachte sie nach. Sie wollte weg hier, doch nach Abbiategrasso konnte sie nicht, das würde dem Ruf der Familie schaden, und weder er noch dieser Drache, der seine Mutter war, würden das dulden. Einen Besuch bei Verwandten hingegen konnte man ihr nicht verweigern. Doch wohin sollte sie gehen? Am liebsten würde sie zu ihren Eltern flüchten, aber die Reise nach Alberi d'Argento dauerte fünf Tage. Wer sonst könnte ihr helfen? Emilia. Emilia hatte Erfahrung, sie war glücklich verheiratet. Vielleicht könnte sie ihr einen Rat geben.

Sie trocknete ihre Tränen und läutete nach Luisa. Sie kam, ihr Gesicht war besorgt, wahrscheinlich wusste inzwischen die gesamte Dienerschaft von ihrem Streit.

»Wir fahren nach Genua«, eröffnete Gianna ihr. »Gleich morgen.«

Riccardo war schon fort, als sie am nächsten Morgen zum Frühstück ging. Vielleicht war er auch schon über Nacht fort gewesen. Umso besser. Sie schrieb eine kurze Notiz, dass sie ihre Tante besuchen werde, und legte sie auf seinen Schreibtisch. Ihrer Schwiegermutter teilte sie ihren Entschluss erst mit, bevor sie mit Luisa das Haus verließ und in Begleitung eines Dieners zur Poststation ging.

Zwei Tage dauerte die Reise nach Genua. Sie übernachteten in einer Osteria auf halbem Weg und fuhren am nächsten Morgen weiter.

Als sie endlich ankamen, fiel Gianna der völlig überraschten Emilia um den Hals und brach in Tränen aus. »Du musst mir helfen.«

Emilia, pragmatisch wie immer, ließ ihr zunächst ein heißes Bad ein und sorgte dafür, dass sie ein bequemes Hauskleid und etwas zu essen bekam und auch Luisa versorgt wurde. Anschließend erwartete sie Gianna in ihrem Salon. Im Kamin brannte ein Feuer. In eine Decke gewickelt, kuschelte Gianna sich auf Emilias Ottomane und nippte an einem Glas Rotwein.

Ihre Tante saß ihr gegenüber im Sessel. »Also, was ist passiert? Betrügt er dich?«

»Ich glaube schon, aber das ist nicht das Schlimmste.«

Erst zögernd, dann immer schneller erzählte Gianna die Geschichte ihrer Ehe.

»Ich weiß, es ist meine Schuld, ich hätte ihn nicht heiraten dürfen. Und jetzt weiß ich nicht weiter.«

»Du sagst, du liebst ihn nicht?«

»Nicht so, wie ich Angelo geliebt habe.«

Emilia zog die Brauen hoch. »Immer noch Angelo?«

»Nein.« Gianna schüttelte den Kopf. »Aber da war etwas, was ich nicht vergessen kann.« Stockend schilderte sie das Erlebnis mit Angelo in der Scheune. »Meine Eltern wissen nichts davon.«

Ihre Tante trank einen Schluck Wein und sah sie nachdenklich an. »Die meisten Ehen werden arrangiert, und die Frauen fügen sich den Wünschen ihrer Ehemänner ohne besondere Freude. Eigentlich sollte es dir recht sein, wenn Riccardo nicht mehr mit dir schläft. Dann hast du deine Ruhe.«

»Aber so habe ich mir mein Leben nicht vorgestellt. Und ich möchte Kinder haben.« Sie zuckte mit den Schultern. »Irgendwie fühlt sich das alles so verkehrt an.«

»Wenn du wirklich etwas ändern willst: Man kann lernen, Freude an der körperlichen Liebe zu haben.«

»Wirklich?«

»Aber ja. Ich glaube, du hast am Anfang zu viel erwartet und wurdest enttäuscht. Jetzt bist du dir sicher, dass es dir nicht gefällt, und wenn du dann nur daliegst und wartest, bis es vorbei ist, dann kann es dir auch nicht gefallen. Dazu kommt, dass dir jeder Pfarrer erzählen wird, es sei richtig so, weil Lust Sünde sei.«

Verlegen dachte Gianna an ihre Beichte kurz nach ihrer Hochzeit auf Alberi d'Argento. Don Alberto, der Pfarrer der di Raimandis, hatte genau das gesagt. Es sei schon alles gottgewollt und richtig so, sie solle die Augen schließen und an die Mutter Gottes denken.

Emilia beobachtete sie scharf. »Habe ich recht?«

»Ja. Aber was kann ich tun?«

»Dich nicht nur hinlegen und warten, dass etwas Wunderbares geschieht. Tu selbst etwas. Küss ihn, berühre ihn. Er ist doch ein schöner Mann. Wie fühlt sich seine Haut an? Man sagt, der Appetit kommt beim Essen. Das ist in der Liebe nicht anders.« Sie lächelte. »Es gibt übrigens Speisen, die eine aphrodisierende Wirkung haben. Ich gebe dir ein paar Rezepte. Und trink ruhig etwas mehr Wein oder, noch besser, Champagner vorher, damit du nicht so viel denkst. Sei zärtlich zu ihm, du wirst merken, es ist ein schönes Gefühl. Auch wenn du nicht so verliebt in ihn bist wie damals in Angelo, du magst ihn sehr, das merkt man.«

Staunend lauschte Gianna ihren Ratschlägen. »Woher weißt du über solche Sachen so gut Bescheid?«

»Ich bin seit dreiundzwanzig Jahren verheiratet. Glaubst du, diese Jahre waren immer nur eitel Wonne? Ich war verliebt, aber die Verliebtheit vergeht mit den Jahren, wird im besten Fall zu Liebe. Trotzdem gab es auch schwierige Zeiten. Auch ich hatte nicht immer Lust, vor allem nicht, als unsere Kinder noch sehr klein waren.« Sie lächelte. »Ich habe ein Buch für dich.«

»Ein Buch?«

Emilia stand auf, holte ein Buch aus dem Regal gegenüber dem Fenster und reichte es Gianna.

»Das Decamerone?«

»Erzähle es nicht deinem Beichtvater.«

Gianna blieb eine Woche, dann fuhr sie zurück nach Mailand. Zu ihrer Enttäuschung war Riccardo schon wieder unterwegs. Seine Mutter und seine Schwester wussten nur, dass er in Turin war, aber nicht, wann er wiederkommen wollte.

Die Stimmung in der Stadt war eigenartig in diesem Januar 1859. Oberflächlich schien alles wie immer. Die Österreicher fühlten sich als Herren der Stadt, die Mailänder ignorierten sie. Doch in den Caféhäusern wanderten Gerüchte von Tisch zu Tisch, dass wohl bald etwas passieren werde.

Riccardo kam ein paar Tage nach ihr aus Turin zurück, er war sichtlich aufgebracht.

»Ich fürchte, Cavours Plan geht nicht auf«, sagte er, als sie nach dem Abendessen beisammensaßen. Vorher hatte er sich höflich nach dem Verlauf ihrer Reise und nach dem Befinden der Barratis erkundigt, jedoch nicht nach dem Grund. Seine Blicke waren allerdings prüfend gewesen, als wüsste er schon gern, was sie dachte.

»Warum glaubst, dass er nicht aufgeht?«

»Vittorio Emanuele hat in Turin vor dem Parlament von einem Schmerzensschrei gesprochen, den er aus ganz Italien gehört habe, dem Schrei nach Freiheit«, erzählte er und fügte spöttisch hinzu: »Man munkelt, er habe diesen melodramatischen Ausdruck auf Wunsch Napoleons benutzt, um unsere europäischen Verbündeten zu beeindrucken und sie für die Befreiung Italiens zu gewinnen. Aber«, er deutete auf die Zeitungen, die auf einem Beistelltisch lagen, »es sieht nicht so aus, als seien sie beeindruckt. Die führenden Politiker in England finden es zwar empörend, dass die Österreicher eine Willkürherrschaft ausüben, aber sie glauben nicht, dass dies einen Krieg rechtfertigt. Jetzt hat Napoleon vorgeschlagen, den Feldzug um ein Jahr zu verschieben. Cavour hat getobt. Er hat im Audienzzimmer von Vittorio Emanuele die Möbel mit Fußtritten traktiert und eine Uhr zerschlagen.«

»Woher weißt du das alles so genau? Warst du dabei?«

Er nickte »Ich war dabei.«

Also gehörte er wohl inzwischen zum engsten Kreis um Cavour. »Und nun?«

»Vittorio Emanuele provoziert die Österreicher. Er führt Truppenübungen an der Grenze zur Lombardei durch. Das lässt sich Franz Josef nicht lange bieten. Früher oder später wird es zum Krieg kommen.« Er holte tief Luft, als bräuchte er Mut, um weiterzusprechen. »Wenn es zum Krieg kommt, schließe ich mich der sardinischen Armee an. Ich wollte es dir schon früher sagen, doch dann kam dieser dumme Streit mit Mutter und …«

»Und ich bin davongelaufen«, beendete sie seinen Satz.

»Was nur verständlich ist, nach dem, was ich gesagt habe.« Er stand auf und verbeugte sich. »Ich wünsche dir einen angenehmen Abend.«

Gianna sprang auf und verstellte ihm den Weg zur Tür. »Warum willst du zur Armee? Du bist kein Soldat!«

In seinem Lächeln lag eine Mischung aus Zärtlichkeit und Spott. »Das kann man lernen. Vittorio Emanuele hat Napoleon einhunderttausend Freiwillige zugesagt. Die müssen wir erst einmal zusammenbekommen.«

Sie stand sehr nah bei ihm, so nah wie schon lange nicht mehr. Er roch nach dem Holzfeuer im Kamin und nach der Zedernholzseife, mit der er sich wusch. *Tu selbst etwas,* hatte Emilia gesagt. *Küss ihn. Denk nicht nach.* Sie holte tief Luft, schloss die Augen, schlang die Arme um seinen Nacken und drückte ihre Lippen auf seine. Er stand so regungslos wie eine Marmorfigur. Angst erfasste sie. Was, wenn er sie jetzt zurückwies, sie auslachte?

Nicht denken!

Plötzlich lief ein Zittern über seinen Körper. Er öffnete den Mund, und sie strich mit der Zunge zart über seine Lippen. Einen Herzschlag später hatte er seine Arme um sie geschlungen und erwiderte den Kuss. Es fühlte sich wirklich anders an als sonst. Sie hatte nicht das Gefühl, etwas über sich ergehen zu lassen, das sie eigentlich nicht wollte. Und da sie begonnen hatte, konnte sie auch jederzeit aufhören. Und das tat sie dann auch, denn er schien nicht die Absicht zu haben, diesen Kuss zu beenden.

Er nahm sie an den Schultern und blickte sie an. »Das ist das erste Mal, dass du mich küsst, ohne dass ich dich darum bitte.«

Ein Lächeln stahl sich in ihre Mundwinkel. Seine Überraschung und seine offensichtliche Freude ließen ihr Herz schneller schlagen. Sie zog seinen Kopf wieder zu sich und küsste ihn erneut. Sie dachte nicht, sie fühlte nur. Seine Lippen auf ihren, die Wärme seines Körpers. Er küsste ihren Mund, ihren Hals, umfasste ihre Brust, wie er es auch sonst getan hatte. Doch anders als sonst machte der Gedanke an das, was folgen würde, ihr nichts aus. Sie wagte es, es ihm gleichzutun, öffnete seine Halsbinde, küsste ihn dort, knöpfte seine Weste auf und legte die Hand auf seine Brust, spürte sein Herz durch den Seidenstoff seines Hemds schlagen. Es schlug sehr schnell.

Er nahm ihre Hände in seine und küsste die Handrücken. Dann sah er sie an. »Gianna …«

Sie legte zwei Finger auf seine Lippen und schüttelte den Kopf. Reden würde ihr den Mut nehmen, vielleicht zerstören, was gerade zwischen ihnen wuchs. Er küsste ihre

Finger und zog sie dann wieder an sich. Stumm öffnete er die Verschnürung ihres Kleids, sie knöpfte sein Hemd auf. *Wie fühlt sich seine Haut an?*, hatte Emilia gefragt. Sie war überraschend weich, auf der Brust hatte er einen goldenen Flaum. Es war ihr nie aufgefallen, wohl weil sie ihn nie wirklich angesehen hatte, wenn er unbekleidet gewesen war.

Er zog ihr das Kleid über den Kopf, sie öffnete die Krinoline, schlüpfte heraus und schob sie mit dem Fuß weg. Endlich hatte er auch das Korsett aufgeschnürt, so dass sie es ausziehen konnte und nur noch ihr Hemd trug. Als er die Hand auf ihre Brust legte und mit dem Daumen ihre Brustwarze streichelte, tat sie das Gleiche bei ihm und hörte ihn scharf die Luft einziehen. Er ließ sie los, hastete zur Tür und verriegelte sie. Dann drehte er sich um und sah sie an. Ein ungläubiges Lächeln lag auf seinen Lippen, Staunen in seinen Augen. »Gianna.«

Sie ging zu ihm.

Der weiche Teppich vor der Couch wurde zu ihrem Bett. Sie streichelte seine Arme, strich über seinen flachen Bauch, fühlte die Muskeln unter seiner Haut. Zum ersten Mal wagte sie es, seinen Penis anzufassen, und war überrascht von der seidigen Glätte, die ihrer Hand schmeichelte. Er streichelte ihre Brüste, die zarte Haut über ihrer Scham, die Innenseite ihrer Oberschenkel. Dann tastete er sich vorsichtig, fast zögernd, zwischen ihre Beine vor. Die Berührung fühlte sich völlig anders an als sonst.

Als er sich auf sie legte und in sie eindrang, spürte sie keinerlei Widerstand, im Gegenteil. Die Reibung, die sonst unangenehm gewesen war, löste ganz neue Gefühle in ihr aus. Ihr Atem beschleunigte sich, und als er sich schneller bewegte, kam sie ihm entgegen.

Er hielt inne. Sie öffnete die Augen und begegnete seinem Blick. »Riccardo …« Warum machte er nicht weiter?

Seine Augen funkelten. »So soll es zwischen uns sein, Liebste. So hätte es von Anfang an sein sollen.«

Später lagen sie engumschlungen auf dem Teppich.

»Wo hast du gelernt, so zu küssen?«, fragte er.

»Nicht bei einem anderen Mann, falls du das denkst.«

»Das denke ich nicht, und das meinte ich nicht.«

Gianna dachte an Emilia. In einem der vielen Gespräche in dieser Woche in Genua hatte sie ihr gesagt, Männer, auch der eigene, müssten nicht alles wissen. Sie lächelte und schwieg.

Riccardo richtete sich auf. »Entweder du ziehst dich wieder an«, er deutete auf die im Raum verstreuten Kleidungsstücke, »oder wir sammeln das ein und versuchen in unser Schlafzimmer zu kommen, ohne dass es jemand merkt.«

Sie entschieden sich für die zweite Möglichkeit, zogen nur die Unterwäsche an. Riccardo sammelte die Kleider ein, und Gianna griff nach der Krinoline. Dann hasteten sie die Gänge entlang und die Treppe nach oben und kamen ungesehen ins Schlafzimmer. Sie schlossen die Tür und brachen beide in Gelächter aus.

»Willst du wirklich in den Krieg, wenn es dazu kommt?«, fragte sie, als sie im Bett lagen.

»Ja.«

Sie biss sich auf die Unterlippe. »Aber warum? Jetzt, wo wir uns gefunden haben? Oder gibt es doch eine andere?«

»Egal, was getratscht wird, Gianna, ich hatte nie eine Mätresse. Deine einzige Rivalin ist Italien. Das Land braucht mich.«

Und ich?, wollte sie fragen, doch sie tat es nicht.

Immerhin blieb er eine Woche, und in dieser Zeit teilten sie jede Nacht das Bett. Und sie merkte, dass Emilia recht gehabt hatte. Es war nicht der Liebesrausch, den sie sich in ihren romantischen Mädchenträumen ausgemalt hatte, es war kein »Verschmelzen« zweier Körper oder Seelen, keine Ekstase, doch sie lernte ihren und seinen Körper besser kennen, und sie konnte ihre Vereinigung genießen, wie sie gutes Essen oder guten Wein genoss.

17. KAPITEL

Ende Januar reisten sie gemeinsam nach Turin, um der Hochzeit von Vittorio Emanueles jüngster Tochter Marie Clothilde mit Napoléon Joseph Charles Paul Bonaparte beizuwohnen. Gianna war entsetzt, als sie das Paar sah. Marie Clothilde war sechzehn Jahre alt, ihr zukünftiger Ehemann war einundzwanzig Jahre älter als sie. Die junge Prinzessin war keine große Schönheit, was beim Anblick ihres Vaters nicht weiter verwunderte. Vittorio Emanuele war alles andere als eine beeindruckende Erscheinung. Er war untersetzt, hatte ein rotes Gesicht, eine dicke Nase und hervorquellende Augen, und zu allem Überfluss trug er einen so gewaltigen Schnurrbart, dass es schon lächerlich wirkte. Gianna hatte Porträts seines Vater Carlo Alberto gesehen und war überrascht, wie wenig Vittorio Emanuele ihm glich.

Aber Marie Clothilde war doch jung und von zierlicher Gestalt und ihr Bräutigam nicht nur wesentlich älter, sondern auch groß und dick.

»Eine Hochzeit zwischen einer Gazelle und einem Elefanten«, raunte Riccardo ihr zu, als das Paar vor dem Altar stand.

»Die Ärmste.«

»Sei froh, dass du keine Prinzessin bist. Diese Ehe dient nur dem Bündnis zwischen Vittorio Emanuele und Napoleon.«

Auf der Heimfahrt dachte Gianna oft an die kleine Prinzessin. Wie würde es ihr in der Hochzeitsnacht ergehen? Und würde sie jemals gerne das Bett mit ihrem massigen, so viel älteren Ehemann teilen?

In den nächsten Wochen reiste Riccardo regelmäßig nach Turin. Da die Fahrt dorthin gut drei Tage dauerte, blieb er jedes Mal mindestens eine Woche dort.

Im März erzählte er ihr, dass Cavour zur Konferenz der Großmächte nach Paris gefahren war, um dort eine wütende Rede zu halten, die darin gegipfelt war, dass er gedroht hatte, er werde sich mit England verbünden, und scheue auch nicht davor zurück, einen Flächenbrand in Europa zu entfachen.

»Du meine Güte«, sagte Gianna. »Und so jemand gilt als kluger Staatsmann?«

»Oh, das ist er«, antwortete Riccardo. »Russland im Krimkrieg beizustehen war ein hervorragender Schachzug, damit hat er die italienische Sache ins Blickfeld der europäischen Nationen gerückt. Ohne dies wäre das Geheimabkommen von Plombières nie zustande gekommen. Aber er ist auch ein Choleriker.«

Anfang April las Gianna in der Zeitung, dass der Kaiser von Frankreich Vittorio Emanuele aufgefordert hatte, mit der Abrüstung seiner Armee zu beginnen. Riccardo war zu dieser Zeit wieder in Turin. In den Cafés in Mailand schlugen die Wellen der Empörung hoch. Man schimpfte allerorts über den Verräter Napoleon.

Einige Tage später kam Riccardo nach Hause, sichtlich erregt und in Eile.

»Stellt euch vor«, sagte er beim Abendessen, »Österreich hat Sardinien-Piemont ein Ultimatum gestellt. Vittorio Emanuele soll seine Truppen verkleinern und die Freiwilligen nach Hause schicken. Sie verlangen, dass der König binnen drei Tagen antwortet. Cavour war so begeistert über diese Nachricht, dass er eine Arie aus dem Troubadour aus dem Fenster seines Büros geschmettert hat.«

»Aber warum?«, fragte Margherita. »Was ist so gut daran?«

»Das Ultimatum ist die Provokation, auf die wir gewartet haben. Nun sind wir ein Staat in Bedrängnis. Napoleon wird uns zu Hilfe eilen, und die anderen europäischen Staaten werden sich zurückhalten.«

»Was ist mit Preußen?«, warf Gianna ein. »In den deutschen Zeitungen steht, sie seien mit den Österreichern verbündet.«

»Wenn Preußen eingreift, wird es schwierig. Aber ob sie eingreifen?«

Während der Mahlzeit beobachtete Gianna ihn. Er nahm sich kaum Zeit zum Essen, erklärte weiter die Situation.

»Ich habe mich den Freiwilligen der Armee von Sardinien-Piemont angeschlossen«, sagte er schließlich.

Seine Mutter ließ das Besteck sinken und starrte ihn entsetzt an. »Wie bitte?«

»Mamma, das müssen Sie verstehen. Seit Jahren arbeite

ich für die Freiheit Italiens. Jetzt sind wir so nah dran wie seit 1848 nicht mehr. Vittorio Emanuele braucht jeden Mann.«

Gianna senkte den Blick. Nun war es also so weit.

»Also ich finde das großartig«, verkündete Margherita mit jenem Pathos in der Stimme, mit dem die Leute in den Genueser Salons über die Freiheit Italiens gesprochen hatten. »Du wirst ein Held.«

Diese dumme Gans. Dachte sie gar nicht daran, dass er auch fallen könnte? Gianna hob den Kopf und suchte Riccardos Augen. Als ihre Blicke sich trafen, lächelte er kaum merklich.

»Hast du nichts zu sagen?«, fuhr ihre Schwiegermutter sie an. »Oder ist es dir gleichgültig, ob dein Mann in den Krieg zieht?«

Und fällt.

Sie sprach es nicht aus, doch man konnte diesen Gedanken deutlich in ihrem Gesicht lesen. »Riccardo hat mir schon vor einiger Zeit von diesem Entschluss erzählt«, sagte Gianna leise. »Und es ist mir nicht gleichgültig.« Sie wandte sich an ihn. »Wann gehst du?«

»Morgen. Die Zeit drängt.«

Morgen schon.

Sie zogen sich früh zurück.

»Warum morgen schon?«, fragte sie ihn, als sie in ihrem Schlafzimmer waren. Sie trug nur ein dünnes Nachtgewand. Luisa hatte ihr beim Auskleiden geholfen und sich eben zurückgezogen.

Riccardo hatte ihr den Rücken zugekehrt und zog Weste und Hemd aus. Er drehte sich um. »Die Truppen marschieren schon. Eigentlich hätte ich gar keine Zeit gehabt, um hierherzukommen. Es war nur möglich, weil wir ohnehin in Richtung Osten marschieren. Das französische Heer kommt über die Alpen, und in Genua landen Schiffe mit Napoleons Truppen aus Afrika. Wir müssen uns mit ihnen vereinigen, bevor das Ultimatum abgelaufen ist.« Er machte eine Pause, und das vertraute selbstironische Lächeln umspielte seine Lippen. »Und außerdem wollte ich nicht ohne Abschied gehen, auch wenn ich Abschiede hasse.« Mit ein paar raschen Schritten war er bei ihr, zog sie in seine Arme und küsste sie.

Später lag sie neben ihm, mit ihrem Kopf an seiner Schulter.

Er spielte mit einer ihrer Haarsträhnen. »Ich habe mein Testament geändert, schon vor einiger Zeit.«

Sie zuckte zusammen. »Ich will davon nichts hören.«

»Das musst du aber. Meine Ländereien hinterlasse ich meiner Mutter, ich denke, du hast kein Interesse an der Seidenraupenzucht. Sie wird dir und Margherita jährlich je ein Drittel des Gewinns auszahlen. Da du Mailand nicht magst und das Verhältnis zu meiner Mutter, nun ja, nicht das beste ist, hinterlasse ich dir das Haus in Abbiategrasso. Bist du einverstanden?«

Vergeblich versuchte sie, den Kloß in ihrer Kehle zu schlucken. Er sprach, als wäre er sicher, dass er nicht zurückkommen würde.

»Gianna?«

»Was würdest du tun, wenn ich dich darum bitten würde, nicht zu gehen?«

Er drehte sich zu ihr und schlang den Arm um sie. »Tu es nicht.«

Einige Herzschläge lang sahen sie einander an, dann schüttelte sie seinen Arm ab und kehrte ihm den Rücken zu. Sie hörte ihn hinter sich atmen, es klang, als würde er mehrmals ansetzen, etwas zu sagen. Doch er sprach nicht. Gianna war sich selbst ein Rätsel. Warum war sie so gekränkt? Sie hatte doch immer gewusst, dass er sein Leben der italienischen Sache verschrieben hatte.

Als er zaghaft über ihren Arm strich, drehte sie sich wieder um und umarmte ihn. Sie würden nicht im Streit auseinandergehen.

18. KAPITEL

Am Morgen des 20. April 1859 verlas Feldmarschallleutnant von Stadion die Nachricht, dass dem König von Sardinien ein Ultimatum gestellt worden war, innerhalb von drei Tagen alle Freiwilligen aus der sardischen Armee zu entlassen, Garibaldi das Kommando zu entziehen und seine Freischaren aufzulösen.

»Sollte Vittorio Emanuele unser Ultimatum ablehnen, werden wir in drei Tagen losmarschieren. Lang lebe der Kaiser.«

»Also gibt es Krieg«, sagte Maurizio zu Bernardo, als sie zu ihrem Quartier zurückgingen.

»Glaubst du?«

»Ja. Das war ziemlich dämlich von Seiner Majestät.«

»Maurizio!« Bernardo blickte sich hastig um. »Wenn dich jemand hört.«

»Ach, ist doch wahr.« In ihm brodelte es. Er würde in den Krieg gegen seine eigenen Landsleute ziehen müssen.

Dabei hatte er so sehr darauf gehofft, seine Militärzeit in Friedenszeiten ableisten zu können. »Denkst du wirklich, Vittorio Emanuele rüstet ab? Er wartet doch nur auf eine Gelegenheit zum Kampf, ohne dass er ihn anfängt. Dieses Ultimatum gleicht einer Kriegserklärung. Darauf haben die Sardinier nur gewartet.«

»Tja, wenn du recht hast, geht es in drei Tagen los, und ab morgen sind Übungen angesagt. Aber heute Abend haben wir Ausgang. Ich kenne da ein Haus in Verona mit sehr hübschen Mädchen, die eine Vorliebe für Uniformen haben. Und du siehst sehr fesch aus, Herr Oberjäger.«

Vor drei Monaten war Maurizio vom Jäger zum Oberjäger befördert worden. Ihm unterstand eine Gruppe von neun Mann, zu der auch Bernardo gehörte. Obwohl der schon länger in der Armee war als er, war er nicht befördert worden. Er machte sich nichts draus, er besaß keinerlei Ehrgeiz. Er war nicht freiwillig in der Armee, sondern im Zuge der Mobilmachung ausgelost worden, und sein Ziel war es, die aktive Zeit möglichst bequem und gesund hinter sich zu bringen.

Maurizio klopfte ihm auf die Schulter. »Na dann, viel Spaß.«

»Vielleicht solltest du dir auch mal ein bisschen Spaß gönnen. Komm doch mit.«

Er schüttelte den Kopf. »Nein danke.«

Bernardo blieb stehen und sah ihn scharf an. »Du bist jetzt seit anderthalb Jahren hier. Ich habe dich nie mit einem Mädchen schäkern sehen, du bist nie mitgegangen, wenn wir mal Signora Vianella und ihre Mädchen besucht haben. Sag, interessierst du dich am Ende nicht für Frauen?«

»Nein, das ist es nicht. Ich interessiere mich durchaus für Frauen, aber eben nicht für solche.«

»Also gibt es ein Mädchen? Du hast aber nie von ihr gesprochen.«

»Nicht jeder prahlt so mit seinen Eroberungen wie du«, versuchte er abzuwiegeln.

Bernardo und die anderen hatten ihn schon öfter wegen seines zurückhaltenden Lebenswandels aufgezogen, aber dieses Mal war sein Freund sehr ernst. »Wer ist sie? Los, erzähl.«

Da Bernardo offensichtlich nicht bereit war, sich abwimmeln zu lassen, erzählte er ihm schließlich von Gianna.

»Sag mal, kann es sein, dass du noch nie mit einer Frau geschlafen hast?«, fragte Bernardo, als er zu Ende gesprochen hatte.

Maurizio spürte das Blut in seinen Schläfen pochen. »Ich wüsste nicht, was dich das angeht.«

»Also habe ich recht. So, und jetzt erzähl ich dir mal was. Wenn es stimmt, was du sagst, geht es in drei Tagen in den Krieg, und keiner von uns weiß, ob er lebend zurückkommt. Deine Liebe und Treue zu dem Mädel in allen Ehren, aber du solltest nicht unberührt in den Kampf und vielleicht in den Tod ziehen. Deshalb kommst du heute Abend mit und amüsierst dich.«

Und so kam es, dass er am Abend mit Bernardo und einigen Kameraden durch die Straßen von Verona zu Signora Vianellas Bordell ging. Bernardo hatte die Wahrheit gesagt, die Mädchen waren hübsch, sauber und sehr charmant. Er vermutete, dass sein Freund der Signora gesteckt hatte, dass er keinerlei Erfahrung besaß, denn sie führte ihn nicht zu einem jungen Mädchen, sondern zu einer Frau Ende zwanzig. »Das ist Viola«, stellte sie sie vor. »Sie wird sich um dich kümmern.«

Viola war keine Schönheit auf den ersten Blick. Ihr Gesicht wirkte exotisch, sie hatte ausgeprägte, hohe Wangenknochen, schwarze Mandelaugen und einen schmalen, aber schön geformten Mund. Ihr Haar war lang, glatt und schwarz wie Ruß. Sie war überraschend zärtlich zu ihm, vielleicht spürte sie seine Unerfahrenheit. Am Ende der Nacht hatte er das Gefühl, jetzt sehr viel über Frauen zu wissen.

Drei Tage später kam die Nachricht, dass Vittorio Emanuele das Ultimatum ignoriert hatte. Seine Truppen marschierten auf Mailand zu. Und schlimmer noch: Spione berichteten, die ersten französischen Truppen seien in Eilmärschen über die Alpen marschiert und würden sich in den nächsten Tagen mit der sardinischen Armee vereinigen.

Am 23. April befahl Feldzeugmeister Gyulay, Oberbefehlshaber der österreichischen Armee, den Abmarsch. Der Krieg hatte begonnen.

Frühmorgens saßen Maurizio und seine Kameraden zusammen, tranken heißen, starken Kaffee und aßen frisches Brot.

»Esst euch richtig satt, ab morgen gibt es kein frisches Brot mehr, und schon gar nicht so guten Kaffee«, sagte Leutnant Meissner, der die letzten Anweisungen für den Marsch gab. »Beschwert eure Tornister nicht mit Essen, ihr habt auch so genug zu schleppen.«

Bernardo wartete, bis Meissner gegangen war, dann griff er in den Brotkorb, holte zwei kleine Laibe heraus und gab einen davon Maurizio. »Steck ihn ein. Ist egal, was der Leutnant sagt. Wer weiß, wann es das nächste Mal etwas gibt? Und füll deine Wasserflasche.«

Kurz danach verließen sie Verona. Drei Tage und drei Nächte marschierten sie in Eilmärschen nach Westen in Richtung des Ticino. Es war ein mühsamer Marsch über schlechte Wege und durch sumpfige Felder, die von der riesigen Armee so aufgewühlt waren, dass die Soldaten manchmal bis über die Knöchel im Schlamm versanken. Die Verpflegung war miserabel, denn auch die Wagen mit dem Nachschub kamen auf den schlammigen Wegen kaum voran.

Leutnant Meissner stieg vom Pferd und marschierte mit seinen Jägern.

Am zweiten Abend ritt Oberleutnant Castiglioni vorbei, als sie kurz rasteten. »Morgen, spätestens übermorgen, erreichen wir den Ticino. Wenn wir ihn überquert haben, machen wir Rast, und dann geht es nach Turin!«

Die Jäger jubelten ihm zu.

»Jawohl, wir zeigen es dem Piemontesen!«, rief Franz, einer der Oberjäger.

»Hoffentlich«, murmelte Maurizio. Er hatte ein ungutes Gefühl. »Wir hätten viel früher marschieren sollen, dann wären wir jetzt schon in Turin. Wer weiß, wie schnell die Franzosen vorwärtskommen?«

Bernardo versetzte ihm einen Rippenstoß. »Unk doch nicht rum. Wir sind über einhunderttausend Mann und haben fast vierhundert Geschütze. Ich habe gestern Feldmarschallleutnant von Stadion mit Leutnant Meissner reden hören. Die Sardinier haben nur sechszigtausend Mann und neunzig Geschütze. Die schlagen wir in ein paar Tagen.«

Doch nachdem sie endlich den Ticino überquert und ihr Lager errichtet hatten, ging es nicht weiter. Zunächst waren alle dankbar für die längere Rast, aber dann kam von

Gyulay der Befehl, zurückzugehen. Statt weiter auf Turin vorzurücken, ließ er die Truppen zwischen Biella und Pavia aufmarschieren und blieb dort. Unter den Soldaten machte sich Unruhe breit. Spione brachten Meldungen von den Truppenbewegungen der Franzosen, die mittlerweile ebenfalls auf Mailand marschierten.

Schließlich erhielt Graf von Stadion von Gyulay den Befehl, mit seinen Männern bei Vaccarizza den Po zu überqueren, um herauszufinden, ob die Franco-Sarden planten, den linken Flügel der österreichischen Armee anzugreifen.

Maurizio war dankbar, dass die Untätigkeit und das Warten ein Ende hatten, auch wenn dieser Befehl Kampf bedeuten könnte. Sie überquerten den Po und marschierten bis Montebello. Dort trafen sie auf die französische Armee.

19. KAPITEL

Am späten Nachmittag des 20. Mai kam eines der Dienstmädchen vom Einkauf zurück und erzählte Gianna von Geschäften, die geschlossen hatten, und von verstärkten österreichischen Patrouillen in der Stadt. Irgendetwas schien im Gange zu sein. In Luisas Begleitung machte Gianna sich auf den Weg, um Genaueres zu erfahren.

Die Straßen waren ungewöhnlich leer, viele Geschäfte hatten ihre Türen verriegelt und die Rollläden heruntergelassen. In den Cafés saßen Gruppen von Männern und steckten die Köpfe zusammen, die Stimmung war düster und verschwörerisch zugleich. Schließlich schnappte Gianna Gerüchte von einer Schlacht auf, die ganz in der Nähe stattfinden sollte, doch niemand konnte ihr etwas Genaues sagen.

Die Abendmahlzeit mit Riccardos Mutter und seiner Schwester verlief schweigend. Jede der Frauen hing ihren Gedanken nach.

Am nächsten Morgen schickte Claudia einen der Diener los, um in Erfahrung zu bringen, was geschehen war. Es dauerte über eine Stunde, bis er zurückkehrte. Er berichtete, dass die Österreicher die Wachen auf dem Kastell über Nacht noch einmal verstärkt hatten. Gerüchten zufolge war Garibaldi auf dem Weg nach Mailand. Am Comer See sei es zu Gefechten gekommen, und Garibaldis *Cacciatori delle Alpi* hätten die Österreicher in die Flucht geschlagen. Des Weiteren sei es zu einer Schlacht zwischen den Österreichern und Franco-Sarden in Montebello, einem Ort südlich von Pavia, gekommen. Es hieß, die Franco-Sarden hätten gesiegt, aber der Mann hatte niemanden gefunden, der ihm das hatte bestätigen können.

Erst zwei Tage später berichteten die Zeitungen über die Schlacht. *Ein großer Sieg für Vittorio Emanuele* jubilierte die Schlagzeile. Etwa siebentausend Mann hatten auf Seiten der Franco-Sarden gegen eine Übermacht von fünfundzwanzigtausend Österreichern gekämpft. Danach hätte Gyulay sein Hauptquartier nach Garlasco zurückverlegt, die habsburgische Armee sei auf der Flucht.

Die deutschen Zeitungen, die Gianna sich aus einem der Cafés bringen ließ, berichteten ein wenig anders. Der Sieg war wohl in erster Linie den Franzosen zu verdanken gewesen, denn das sardinische Heer sei erst erschienen, als der Kampf schon fast vorbei gewesen war.

Die drei Frauen im Palazzo Abairate konnten sich nicht über den Sieg freuen. Mehr als siebenhundert Tote und Verletzte habe es auf Seiten der Alliierten gegeben, hieß es. Noch gab es keine Listen.

Zwei Tage später überbrachte ein Bote einen Brief. Er war an Gianna adressiert. Sie nahm den Umschlag entgegen, sah die Schrift und wusste im selben Augenblick, was darin stand. Es war nicht Riccardos Schrift. Irgendwie schaffte sie es vom Vestibül in den Salon, wo sie sich hinsetzte und minutenlang auf den Umschlag starrte. Solange sie ihn nicht öffnete, stand noch nichts fest. Sie könnte sich der Illusion hingeben, dass er noch lebte, dass er zurückkehren werde. Sie könnte träumen. Erst wenn sie den Brief öffnete und las, würde sie sich dem Unausweichlichen stellen müssen. Der Umschlag in ihrer Hand zitterte.

Die Tür öffnete sich und Riccardos Mutter trat ein. »War da nicht jemand an der Tür? Gibt es Nachrichten von Riccardo?«

Gianna hob den Kopf.

Ihre Schwiegermutter sah ihr ins Gesicht und wurde bleich. »Schlechte Nachrichten?«

Stumm und mit zitternden Fingern riss Gianna den Brief auf. Er war von einem Oberleutnant Ferrari, der ihr mit tiefstem Bedauern mitteilte, dass Sergente Riccardo Parenti am 20. Mai bei der Schlacht von Montebello gefallen war. Er war auf dem Schlachtfeld beerdigt worden, doch es bestände die Möglichkeit, den Leichnam später nach Mailand zu überführen, wenn die Kämpfe vorbei waren.

»Er ist tot«, sagte sie, und ihre Stimme bebte. »In Montebello gefallen.«

Seine Mutter öffnete den Mund wie zu einem Schrei, doch es kam kein Laut über ihre Lippen. Sie schwankte.

Hastig sprang Gianna auf und führte sie zu einem Sessel. Kaum saß sie, streckte sie die Hand aus. Gianna gab ihr das Schreiben.

Tränen flossen über Claudias Gesicht, während sie den Brief wieder und wieder las.

Gianna weinte nicht. Sie starrte zum Fenster, ohne wirklich etwas zu sehen. In Gedanken war sie bei ihrer letzten gemeinsamen Nacht. Wäre er geblieben, wenn sie geweint, gedroht, gebettelt hätte? Stumm schüttelte sie den Kopf. Nein, niemals. Sie hätte ihm nur den Abschied erschwert. Sie sah sein Gesicht vor sich, sein leichtes, immer etwas spöttisches Lächeln.

Ach, Riccardo, dachte sie. *Wie dumm und überflüssig dieses Opfer ist.*

Jetzt hatte sie das Gefühl, sie habe schon beim Abschied gewusst, dass er nicht zurückkommen würde.

Wie von fern hörte sie die vorwurfsvolle Stimme ihrer Schwiegermutter. »Wie kannst du nur so gefasst sein?«

Sie war nicht gefasst. Sie wollte schreien, um sich schlagen, doch in ihrer Kehle saß ein dicker Kloß, ihr Mieder schien plötzlich so eng, dass sie kaum noch Luft bekam. Vor ihren Augen flimmerte es. Dann kam ihr der Boden entgegen, und alles wurde schwarz.

Als sie wieder zu sich kam, lag sie auf dem Teppich. Jemand hatte ihr Kleid aufgeschnürt und das Mieder gelockert. Unter ihrem Kopf lag ein Kissen. Verwirrt blickte sie sich um. Margherita kniete neben ihr, daneben stand ihre Schwiegermutter und blickte sie sichtlich betreten an. Was war passiert? Dann brach die Erinnerung mit der Wucht eines Gewittersturms über sie herein. Der Brief, die Nachricht von Riccardos Tod. »Bin ich ohnmächtig geworden?«

»Ja«, sagte Margherita. »Geht es wieder?« Ihre Augen waren gerötet, doch sie weinte nicht.

Mit ihrer Hilfe stand Gianna auf, ging zum Sofa und setzte sich.

Claudia rang die Hände. »Es tut mir leid«, stieß sie schließlich hervor.

Giannas Augen brannten, doch immer noch weinte sie nicht. »Lasst mich bitte allein«, sagte sie.

Die beiden Frauen starrten sie einen Moment an, dann gingen sie.

Gianna starrte auf die Marmorfliesen. Doch sie sah sein Gesicht. Die forschenden braunen Augen, den vollen Mund unter dem Schnurrbart, sein spöttisches Lächeln, das immer so gewirkt hatte, als würde er sich auch über sich selbst lustig machen. Riccardo, Riccardo. Er hätte nicht sterben müssen, er hätte hierbleiben können, bei ihr. Sie hatten doch gerade erst angefangen, einander wirklich kennenzulernen. Wenn sie wenigstens ein Kind erwarten würde.

Irgendwie überstand sie diesen Tag, tat, was nötig war. Riccardos Mutter war nicht dazu in der Lage, irgendetwas zu machen, sie hatte sich zurückgezogen. Gianna erinnerte sich, dass Riccardo ihr in Genua erzählt hatte, sein älterer Bruder sei 1848 gefallen. Obwohl sie nie gut mit ihrer Schwiegermutter ausgekommen war, tat sie ihr doch unendlich leid. Zwei Söhne im Krieg verloren und den Mann vor ein paar Jahren wegen einer Herzschwäche. Wie viel konnte man aushalten als Ehefrau und Mutter? Sie dachte an das totenbleiche Gesicht ihrer Mutter, an ihre Tränen, als Giuseppe gestorben war. In ihrem letzten Brief hatte Silvana geschrieben, dass Lorenzo sich Garibaldis Freischaren angeschlossen hatte und Tommaso in der sardinischen Armee kämpfte. »Herr im Himmel, bitte verschone meine Brüder.«

Ihre Tränen kamen erst, als sie zu Bett ging und daran dachte, dass er nie wieder neben ihr liegen würde. Sie drückte ihr Gesicht ins Kissen und dachte über den unglücklichen Beginn ihrer Ehe nach. Es tröstete sie auch nicht, dass er nach ihrer Rückkehr aus Genua nicht mehr hatte glauben müssen, er sei ihr zuwider gewesen oder habe irgendetwas falsch gemacht. Hätte sie Emilia doch nur viel früher um Rat gefragt. Auch wenn sie nicht in ihn verliebt gewesen war, so hatte ihre Ehe sich doch zum Guten entwickelt, und vielleicht hätte sie gelernt, ihn zu lieben. Hatte *er* sie geliebt? Gesagt hatte er es nie, vielleicht war er auch nur zu stolz gewesen. Aber eines war sicher: Italien hatte er mehr geliebt als sie.

Stunde um Stunde schluchzte sie in das Kissen, bis es schließlich durchnässt war. Irgendwann in den frühen Morgenstunden fiel sie in einen unruhigen Schlummer.

Die nächste Woche schwankte sie zwischen tiefer Trauer und Betäubung. Bei der Verlesung des Testaments sah sie Riccardos Gesicht vor sich, als er ihr erzählt hatte, was darin stand, und die Tränen liefen ihr über die Wangen.

Sie schrieb ihren Eltern, was passiert war und dass sie so bald wie möglich nach Hause kommen werde. In Mailand halte sie nichts. Auch in ihrer Trauer gab Riccardos Mutter ihre Zurückhaltung nicht auf, eher im Gegenteil, Gianna hatte sich noch niemals in ihrem Leben so unwillkommen gefühlt wie in der Woche nach Riccardos Tod. Doch nach Hause konnte sie noch nicht, denn die Armee der Franzosen und der Sardinier, der Franco-Sarden, wie sie der Einfachheit halber genannt wurden, rückte auf

Mailand vor. Auch der Weg nach Genua zu Emilia war ihr versperrt. So beschloss sie, nach Abbiategrasso zu gehen. Das Haus gehörte ihr, und dort würde sie sich nicht wie ein unerwünschter Gast fühlen.

Der Abschied von Margherita und Claudia fiel kühl aus, aber etwas anderes hatte sie auch nicht erwartet. Ohne Bedauern stieg sie in die Timonella, eine kleine, schnelle Mietskutsche, die sie nach Abbiategrasso bringen sollte.

Je weiter sie sich von Mailand entfernte, desto freier fühlte sie sich. Sie würde Riccardos Tod weiterhin betrauern, doch gleichzeitig schloss sie mit diesem Teil ihres Lebens ab. Sie würde in Abbiategrasso warten, bis es sicher genug war, um nach Alberi d'Argento zu reisen. Sie wollte zu ihrer Mutter, zu ihrer Familie, einem Ort, wo sie willkommen war und geliebt wurde. Und es war ihr völlig gleichgültig, ob sie zu einer alten, wunderlichen Tante werden würde wie Alfonsina. Noch einmal würde sie sich nicht in eine Ehe stürzen.

In Abbiategrasso wimmelte es von habsburgischen Soldaten. Ein Teil der Armee hatte dort Quartier bezogen und kampierte auf den Feldern, während die Offiziere in den Häusern der Einwohner untergebracht worden waren.

Anna und Giulio begrüßten Gianna herzlich und bekundeten ihr Beileid.

Zu Giannas Entsetzen hatte sie ihr Haus nicht für sich, denn auch hier hatte man zwei Offiziere der Habsburger untergebracht. Einen Ungarn namens Horváth und einen Mann aus Linz, Ludwig Aigner. Die beiden Männer teilten sich das Zimmer, in dem Riccardo geschlafen hatte, erzählte Anna sichtlich mitgenommen. Ein gewisser

Feldmarschallleutnant Sternberg habe das angeordnet, trotz ihrer Proteste. »Immerhin sind sie sehr höflich und bezahlen alles, was sie essen und trinken.« Anna zwinkerte ihr zu. »Natürlich verlange ich den doppelten Preis. Wenn ich die Kerle schon im Haus habe, dann sollen sie auch zahlen. Außerdem haben die Habsburger Ihre Pferde und die Kutsche requiriert.«

Das war ärgerlich, aber zu erwarten gewesen. In Mailand hatte man von den Requirierungen schon gehört.

So kam es, dass Gianna an ihrem ersten Abend mit den beiden Offizieren am Esstisch saß. Die beiden Männer hatten sichtlich betreten auf ihre Trauerkleidung reagiert und bemühten sich jetzt, in schlechtem Italienisch Konversation zu führen. Als Gianna erzählte, dass ein Jugendfreund bei den Habsburgern diene, waren sie geradezu erleichtert, dass Gianna sie nicht hasste, und rührend hilfsbereit.

»Wie heißen Ihr Freund, Signora?«, fragte der Ungar. Er war ein mittelgroßer, schlanker Mann mit dunklen Augen, lockigem, schwarzem Haar und einem schwarzen Schnurrbart.

»Maurizio Manari.« Sie dachte nach. Was hatte Maurizio in seinem einzigen Brief vor einem Jahr geschrieben? »Er dient als Jäger in der Brigade unter einem Mann namens Stadion.«

»Ah, Feldmarschallleutnant von Stadion«, sagte der Österreicher. »Ein sehr guter Mann, schon lange hier in Italien. Er hat Erfahrung.«

Worin Erfahrung?, fragte sich Gianna.

Im Kampf gegen ihr Volk? Hatte von Stadion in Montebello gekämpft? Und wenn ja, wollte sie wirklich wissen, ob es eine Kugel aus Maurizios Gewehr gewesen war, die Riccardo getötet hatte? Sie verdrängte den Gedanken.

Die beiden Offiziere reisten bereits am nächsten Tag ab. Zwei Tage später kam Luisa völlig aufgelöst vom Markt zurück. »Signora! Signora!«, rief sie schon an der Haustür.

Gianna war mit Anna im Garten gewesen und starrte verblüfft ihre Zofe an. »Was ist denn?«

»Eine Schlacht. Ganz in der Nähe. Es muss schrecklich sein.«

»Wo?«, fragte Anna, ihr Gesicht wurde kreidebleich.

»Bei Magenta. Es heißt, es gebe jetzt schon Tausende Tote. Es heißt, die Erde sei rot vom Blut der Gefallenen.«

»Luca«, murmelte Anna. »Mein Gott, Luca!«

Jetzt erst fiel Gianna auf, dass sie Annas Sohn seit ihrer Rückkehr nicht gesehen hatte. »Wo ist euer Sohn?«

»Er hat sich dem sardinischen Heer angeschlossen.« Anna bekreuzigte sich, ihre Lippen bewegten sich in einem stummen Gebet.

Gianna tat es ihr gleich. Ihr Gebet war denkbar einfach. »Lieber Gott, beschütze meine Brüder und Annas Sohn.« Dann lief ihr ein eisiger Schauer über den Rücken. Maurizio. Wahrscheinlich kämpfte Maurizio ebenfalls dort. »Bitte, bitte«, betete sie. »Lass Maurizio in Sicherheit sein, lass ihn irgendwo anders sein, wo er nicht gegen sein eigenes Volk kämpfen muss.«

Quälend langsam schleppten sich die Stunden dahin. Um etwas zu tun, begleitete Gianna Anna in den Garten, um Heilkräuter zu ernten. »Wir werden sie brauchen«, erklärte Anna.

Am Nachmittag hörte Gianna in der Ferne ein Grollen

und Donnern. Sie sah zum Himmel, der war zwar bewölkt, doch es gab keine Gewitterwolken.

»Kanonen«, sagte Anna. »Das sind Kanonen.«

Gianna presste die Lippen zusammen. Würde die Schlacht bis nach Abbiategrasso kommen?

Die Schlacht kam nicht, aber Verwundete kamen. Die ersten Transporte trafen am späten Abend ein. Wagen und Ochsenkarren, auf denen stöhnende, wimmernde Männer lagen. Mit ihnen kamen Nachrichten von der Schlacht. In Magenta werde um jede Straße, um jedes Haus gekämpft, erzählten die Kutscher. Vier- oder fünfmal sei die Stadt gestürmt und wieder verloren worden. Der Kampf wüte in den Weingärten vor Magenta, entlang der Eisenbahnlinie, in der Stadt selbst.

Die Verletzten wurden zunächst in dem einzigen Hospital von Abbiategrasso untergebracht, doch das war schnell überfüllt. Danach brachte man sie in die Kirchen.

Am späten Nachmittag begann es zu regnen. Die Schlacht sei zu Ende, sagte Anna, aber man wisse nicht, wer gewonnen hatte.

Die ganze Nacht rollten die Transporte mit den Verwundeten an Giannas Haus vorbei, galoppierten Kuriere die Straße entlang.

In den frühen Morgenstunden stand sie auf und ging in die Küche. Sie konnte nicht mehr schlafen. Sie würde sich einen Kaffee kochen. Zu ihrer Überraschung fand sie Anna in der Küche vor. Sie hatte bereits Wasser aufgesetzt und schnitt Streifen aus einem alten Bettbezug. »Zum Verbinden«, sagte sie auf Giannas fragenden Blick hin. »Don Adriano war hier und hat gefragt, wer zum Pflegen in seine Kirche kommt. Es sind so viele Verwundete, sie brauchen jede Hand.«

»Ich komme auch.« Gianna lief in ihr Zimmer und holte einen gestreiften Baumwollrock und eine schlichte Bluse aus dem Schrank. Zum Pflegen musste sie keine Trauer tragen; Zweckmäßigkeit war wichtiger. Sie nahm das Korsett, das sie zum Reiten trug. Es war leicht und wurde vorne geschnürt, so dass sie es ohne Hilfe anziehen konnte. Als sie zurück in die Küche kam, hatte Anna Kaffee gekocht und ihr ein Frühstück zubereitet.

»Ich habe keinen Hunger.«

»Sie müssen etwas essen, Signora. Niemand weiß, wann Sie wieder etwas bekommen.«

Da hatte sie wohl recht. Gianna setzte sich und zwang sich zum Essen. Währenddessen packte Anna einen Korb mit Kräutern, ihren selbstgemachten Salben und Verbandszeug. Mittlerweile war auch Luisa in die Küche gekommen. Auch sie wollte helfen. Zu dritt machten sich die Frauen auf den Weg zur Kirche.

Auf dem Vorplatz stauten sich die Wagen. Helfer, Männer aus Abbiategrasso, luden die Verwundeten ab und trugen sie in die Kirche.

Gianna und ihre Begleiterinnen drängten sich zwischen den Wagen und den Männern hindurch zum Eingang. Don Adriano und eine Frau standen davor und verteilten Scharpie, Verbände und Krüge mit Wasser an die Helfer.

Als Gianna zu ihnen trat, sah der Pfarrer sie erstaunt an. »Sie, Marchesa?«

»Ich kann helfen«, sagte Gianna.

»Gott segne Sie. Wir können jede Hand brauchen. Am besten, Sie versorgen die armen Teufel, die gerade ankommen, mit Wasser.«

Gianna nahm einen Krug und mehrere Becher, ging von

Karren zu Karren und reichte die gefüllten Becher den Männern, die darauf lagen. Immer mehr Karren kamen an, immer mehr Verwundete wurden in die Kirche getragen. Schließlich war drinnen kein Platz mehr, und so legten die Helfer die Soldaten auf den Platz davor.

Es waren nicht nur Italiener und Franzosen. Auf ihrem Rückzug hatten die habsburgischen Truppen nicht alle Verletzten mitnehmen können. Die Frauen versorgten jeden, egal ob Italiener, Franzose oder Österreicher. Einige holten Bettlaken und banden sie an die Büsche als Schutz vor der sengenden Sonne.

Als die Männer vor der Kirche mit dem Nötigsten versorgt waren, band Gianna sich eine Schürze um, holte einen großen Krug Wasser und einen Becher und betrat die Kirche. Nach drei Schritten blieb sie stehen. Der Gestank, der ihr entgegenschlug, war unerträglich. Seit dem frühen Morgen waren unzählige Verwundete dazugekommen. Jeder freie Fleck war belegt von Männern, die stöhnten, sich vor Schmerzen krümmten oder apathisch vor sich hin starrten. Ganz vorne am Altar arbeitete der Arzt von Abbiategrasso, Dr. Cattaneo, mit zwei Helfern. Die beiden Männer drückten einen Mann an den Schultern auf den langen Tisch, der als Operationstisch diente. Der Soldat hatte ein Beißholz zwischen den Zähnen und der Arzt die Knochensäge in der Hand. Schaudernd wandte sie den Blick ab. Als sie mit dem Wasserkrug und dem Becher durch die Reihen ging, rief jemand ihren Namen. »Gianna!«

Sie blieb stehen und musterte die Gesichter der Männer in den blauen Uniformen. Doch sie entdeckte keine vertrauten Züge. Vielleicht war auch gar nicht sie gemeint. Wer riefe sie auch schon bei ihrem Vornamen? Sicher hatte es einer anderen Gianna gegolten. Sie ging zum nächsten Mann. Sein Bein war oberhalb des Knies abgerissen, der Stumpf notdürftig abgebunden. Aus der Wunde suppten Eiter und Blut, Scharen von Fliegen saßen darauf und sie stank erbärmlich. Auf der Haut über dem Stumpf liefen rote Streifen in Richtung seiner Leiste. Gianna presste die Lippen zusammen. Wundbrand. Hier kam jede Hilfe zu spät, der Mann würde sterben. Sie half ihm, sich aufzurichten, und hielt ihm den Becher an den Mund. Er trank gierig, dann ließ er sich zurücksinken. »Grazie, Signora«, murmelte er.

Sachte streichelte sie seine Wange. Wie jung er war, bestimmt noch keine zwanzig. Sie befeuchtete ein Tuch mit Wasser und legte es ihm auf die fieberheiße Stirn.

Er griff an seinen Hals und zog ein Kreuz an einer dünnen Kette unter seiner Jacke hervor. »Können Sie das nach Hause schicken? Zu meiner Mutter? Maria Giordana, Via Parma, in Alexandria.«

Tränen standen in ihren Augen, als sie ihm die Kette abnahm. »Kann Ihre Mutter lesen?«

»Ein wenig.«

»Dann werde ich ihr schreiben.«

Ein Lächeln glitt über seine schmerzverzerrten Gesichtszüge. »Danke. Schreiben Sie ihr, ich sei in der Schlacht von Magenta gefallen. Bitte schreiben Sie ihr nichts *hiervon.*« Er deutete auf sein Bein.

Unfähig, etwas zu sagen, nickte sie.

Er blickte sie an. »Glauben Sie, es dauert noch lange?«

Jetzt liefen ihr die Tränen über die Wangen. War es das wert, diese sogenannte Freiheit? Den Tod so vieler Männer? »Ich glaube nicht«, antwortete sie. »Soll ich einen Priester holen lassen?«

»Ja, bitte.« Er schloss die Augen. Seine Gesichtszüge entspannten sich ein wenig und ließen ahnen, dass er ein hübscher Junge gewesen sein musste.

Sie richtete sich auf und sah sich suchend um. Wo war der Priester?

»Gianna! Gianna di Raimandi!«

Sie wandte sich in die Richtung, aus der der Ruf gekommen war, und ihr Herz krampfte sich zusammen. Der Mann in der grauen Uniformjacke der Habsburger, der ihr zuwinkte, war Maurizio. Sie winkte zurück und wandte sich an eine der Frauen neben ihr. »Dieser Mann stirbt«, flüsterte sie ihr zu. »Kannst du den Pfarrer holen? Sag ihm, er möge die Adresse seiner Mutter aufschreiben und mir geben.« Mehr konnte sie nicht tun. Es gab zu wenig Schmerzmittel, um sie den Sterbenden zu geben. Die Frau nickte und lief zum Ausgang.

Gianna nahm Krug und Becher, hastete hinüber zu Maurizio und fiel neben ihm auf die Knie. Zwei Jahre hatte sie ihn nicht gesehen. Er war blass und mager, Schweißperlen standen auf seiner Stirn, doch soweit sie erkennen konnte, hatte er noch alle seine Gliedmaßen.

Seine Augen leuchteten. »Gianna! Was machst du hier?«

»Ich lebe in Abbiategrasso. Du bist verletzt? Wo?«

»Nichts Schlimmes. Nur ein Streifschuss.« Er deutete auf seine linke Seite. »Er ist schon verbunden.«

Sie griff nach seiner Hand. »Geht es dir gut? Ich habe so oft an dich gedacht, seit dieser verfluchte Krieg ausgebrochen ist.«

Ein Schatten zog über sein Gesicht. »Du kannst dir sicher denken, wie ich mich fühle. Ich habe gehofft, dass es nicht zum Krieg kommt. Weißt du etwas über die Schlacht? Wir haben verloren, aber wie schlimm ist es?«

»Schlimm. Es gibt Tausende Tote auf beiden Seiten. Gyulay hat sich zurückgezogen. Man sagt, er marschiere nach Piacenza.«

Die beiden Männer neben ihm richteten sich auf und hörten zu. Einer trug ebenfalls eine graue Uniform, der andere den weißen Waffenrock der kaiserlichen Infanterie.

»Gyulay«, sagte der Mann in Grau und spuckte aus. Sein rechtes Bein war geschient, sein rechter Arm hing in einer Schlinge. »Dieser Zauderer, der unfähigste Führer, den die Armee je hatte. Wir hätten siegen können, wenn er nicht so lange gewartet hätte. Und jetzt hockt er in seiner Villa und lässt es sich gutgehen, während seine Leute da draußen verrecken.«

»Sei still, Andreas«, sagte Maurizio. »Du weißt nicht, wer zuhört.«

Gianna drückte Maurizios Hand. »Ich muss weitermachen. Kann ich irgendetwas für dich tun?«

»Komm noch mal her, wenn du Zeit hast. Ich weiß nicht, wie lange wir bleiben können. Ich möchte nicht riskieren, in Gefangenschaft zu geraten.«

Nachdenklich sah sie ihn an. »Kannst du gehen?«

»Natürlich. Mir tun die Rippen weh, aber laufen kann ich. Warum?«

»Du kommst mit in mein Haus.«

»Nein, das ist keine gute Idee.«

»Warum nicht?«

»Weil ich der Feind bin. Dein Mann kämpft in der sardinischen Armee. Du kannst keinen Soldaten der Habsburger in dein Haus bringen.«

»Du bist mein Freund. Ich sehe dich nicht als Feind.«

»Aber dein Mann wird es so sehen.«

»Riccardo ist in der Schlacht von Montebello gefallen«, antwortete sie knapp.

Prüfend sah er sie an. »Das tut mir leid …«, sagte er langsam.

Sie erwiderte seinen Blick und schwieg. Irgendwann würde sie ihm von Riccardo und ihrer Ehe erzählen, aber nicht jetzt.

»Trotzdem kann ich nicht mit dir kommen. Ich würde dich kompromittieren.«

Sie unterdrückte ein Seufzen. Damit hatte er wohl recht. »Ich muss weiter, aber ich komme später wieder zu dir.«

Jetzt lächelte er. »Ich würde mich sehr freuen.«

20. KAPITEL

Mit einem Korb, in den sie eine Flasche Wein, Käse, Brot und die ersten Pfirsiche gepackt hatte, kehrte sie am Abend zur Kirche zurück. Die Abendmahlzeit hatte sie ausfallen lassen, sie wollte mit Maurizio irgendwo draußen hinter der Kirche essen. Luisa war eingeweiht, sonst ging es niemanden etwas an, dass sie mit einem »Kaiserlichen« befreundet war und ihn besuchte.

Sie kam dazu, als gerade eine der Frauen seinen Verband abnahm. So harmlos, wie er behauptet hatte, war seine Verletzung nicht. Obwohl die Kugel ihn nur gestreift hatte, hatte sie eine große Wunde unterhalb seiner Rippen hinterlassen, die nässte.

Er zuckte zusammen, als die Frau mit einem Stück Scharpie ruppig die Wunde abtupfte.

»Lassen Sie *mich* das tun«, sagte Gianna und kniete sich neben ihn. »Sie können sich um den Jungen dort kümmern.« Sie deutete auf einen jungen Mann in französischer Uniform.

Die Frau warf ihr einen kurzen Blick zu, dann nickte sie, packte ihr Verbandszeug zusammen und ging weiter.

»Das muss ein ziemliches Kaliber gewesen sein, das dich gestreift hat«, sagte Gianna.

»Ein Minié-Geschoss. Die Kugeln haben eine Form, die besonders üble Wunden reißt.«

Gianna ging zum Eingang der Kirche, wo das Verbandszeug lagerte, und holte Scharpie, Malvenwasser und einen sauberen Verband.

Sie tränkte ein Stück Scharpie mit Malvenwasser und tupfte sacht die Wundränder sauber. Auf die Wunde legte sie ein mit Malvenwasser getränktes Tuch, dann wickelte sie die Binde um seinen Leib. Er war furchtbar dünn, die Rippen zeichneten sich deutlich ab. »Ich wusste nicht, dass die Verpflegung bei den Österreichern so schlecht ist«, sagte sie.

»Der Nachschub funktioniert nicht so, wie er soll. Wir hatten tagelang nur hartes Brot und alle paar Tage ein bisschen verkochtes Rindfleisch.« Er seufzte. »Eigentlich funktioniert alles nicht so, wie es soll.«

»Wirst du wohl das Maul halten?«, fuhr der Mann, der neben ihm lag, ihn an. »Du erzählst unseren Feinden militärische Geheimnisse.«

Gianna warf ihm einen kühlen Blick zu. Es war nicht der Mann, der vorher neben Maurizio gelegen hatte, sondern ein anderer. »Es ist kein Geheimnis, dass die habsburgische Armee diese Schlacht und auch die Schlachten von Montebello und Palestro verloren hat, weil euer Gyulay euch keine Verstärkung geschickt hat, sondern unentschlossen hin und her marschiert ist. Warum sollte es beim Nachschub besser sein? Er erzählt mir nichts, das ich nicht schon weiß.«

»Ich weiß, wer Sie sind«, zischte er. »Das hat mir der Pfarrer erzählt. Sie sind die Marchesa da Abairate, Ihr Mann ist Hauptmann im sardinischen Heer. Wahrscheinlich helfen Sie uns nur, um zu erfahren, was unser Kaiser als Nächstes plant.«

»Als ob ihr Soldaten wüsstet, was euer Oberbefehlshaber plant«, fuhr sie auf. »Außerdem, viele der Frauen, die sich hier um die Verwundeten kümmern, haben Männer, die kämpfen. Sie helfen euch trotzdem.«

Maurizio legte ihr die Hand auf den Arm. »Keiner zweifelt daran, dass die Damen hier nur helfen wollen. Nicht wahr, Milan?« Seine Stimme war beim letzten Satz deutlich lauter und schärfer geworden. Der Mann senkte den Kopf und murmelte etwas, das vage wie *Natürlich nicht* klang.

Immer noch wütend, starrte Gianna den Mann an. Für die Menschen hier waren die Habsburger der Feind, und eigentlich sollte er dankbar sein, dass man seine Wunden verband und ihn mit Nahrung und Wasser versorgte, statt sie der Spionage zu verdächtigen.

Maurizios Hand lag immer noch auf ihrem Arm. Jetzt drückte er ihn leicht, und sie blickte ihn an. Ein verschmitztes Lächeln hatte sich in seinen Mundwinkeln eingenistet, seine Augen funkelten. »Warum habe ich das Gefühl, dass zwei Jahre Erziehung zu Sanftmut in Madames Institut bei dir in Vergessenheit geraten sind?«

»Weil ich festgestellt habe, dass mir Sanftmut im Leben nicht hilft«, antwortete sie knapp.

Ihre Worte wischten das Lächeln aus seinem Gesicht. »Gibt es draußen einen Ort, an dem wir reden können?«, fragte er leise.

»Hinter der Kirche ist ein kleiner Park. Ich werde dort auf dich warten.«

Sie stand auf und ging zu dem Mann, der sie als Feind bezeichnet hatte. »Brauchen Sie noch etwas? Wasser?«

Sein Blick war unverändert feindselig. »Ich brauche nichts.«

»Aber *ich* hätte gerne noch etwas Wasser«, sagte der Mann neben ihm. Es war der, den Maurizio am Morgen *Andreas* genannt hatte. Er sprach mit starkem Akzent, wahrscheinlich kam er aus Welsch-Tirol.

Sie füllte den Becher und reichte ihn ihm.

Lächelnd gab er ihr den leeren Becher zurück. »Danke, Signora.«

Gianna stellte Krug und Becher auf den Tisch, der neben der Kirchentür stand, und ging nach draußen. Ein schmaler Pfad führte um die Kirche herum in den Park. Dort stellte sie ihren Korb ab, lehnte sich an den Stamm eines Baumes und wartete. Es dauerte nicht lange, dann kam Maurizio den Pfad entlang. Er ging langsam und ein wenig gekrümmt. Es war deutlich zu sehen, dass seine Wunde ihm Schmerzen verursachte, doch er lächelte.

»Gianna, ich habe nicht zu hoffen gewagt, dass wir uns noch einmal begegnen.«

»Ich auch nicht.« Sie erwiderte sein Lächeln. »Und ich kann gar nicht sagen, wie froh ich bin.« Sie deutete auf eine Bank aus Stein. »Setz dich.« Sie holte den Wein aus dem Korb und reichte ihm die Flasche. »Er kann sich natürlich nicht mit unserem Wein oder dem der Tenuta messen«, sagte sie lachend, »aber er ist durchaus trinkbar.«

Während Maurizio die Flasche öffnete, breitete sie ein Tuch auf der Bank aus und legte Brot und Käse darauf. Sie konnte förmlich sehen, wie ihm das Wasser im Mund zusammenlief. Als sie die Pfirsiche aus dem Korb holte, lachte er. »Weißt du, dass ich immer an dich denken muss, wenn ich Pfirsiche esse oder rieche?«

»Warum?«

»Weil das meine erste Erinnerung an dich ist. Du hast im Hof gestanden und mit dem Fuß aufgestampft, geweint und geschimpft, weil dein Bruder dir deinen Pfirsich weggenommen hat.«

Als er das erzählte, erinnerte sie sich. Es waren die ersten reifen Pfirsiche in diesem Jahr gewesen, und ihre Mutter hatte jedem der Kinder einen gegeben. Giuseppe hatte seinen mit drei Bissen verschlungen und dann ihren Pfirsich, von dem sie gerade zweimal abgebissen hatte, weggenommen. »Du hast mich getröstet und mir später einen anderen Pfirsich gegeben. Woher hattest du den eigentlich?«

Er lächelte. »Ich habe ihn aus eurer Frutetta gestohlen.«

Auch sie lächelte bei der Erinnerung. Doch dann wurde sie wieder ernst und dachte an die Worte des Soldaten Milan. Eigentlich saß sie hier mit einem Feind. Doch sie konnte ihn nicht als Feind ansehen, auch wenn er auf der falschen Seite stand. Er war immer noch der beste Freund, denn sie je gehabt hatte, und außerdem ein Mann, der sie besser verstand als jeder andere. »Lass uns auf die Zeit trinken, in der wir keine Feinde waren.«

»Wir sind Feinde? Du und ich?«

Hilflos zuckte sie mit den Schultern. »Im Grunde, ja. Du kämpfst für die Leute, die meinen Bruder Giuseppe getötet haben. Lorenzo kämpft im Norden mit Garibaldis

Freischaren, Tommaso im sardinischen Heer. Wenn du ihnen jemals in einer Schlacht gegenüberstehen solltest, ist es deine Aufgabe, sie zu töten. Und ihre, dich zu töten.«

»Lorenzo ist im Krieg? Und seine Frau?«

»Ist sehr unglücklich deswegen, wie du dir denken kannst. Ich frage mich immer, ob es das wert ist, so viel Leid, so viele Tote. Nur damit ein anderer uns sagt, was wir zu tun und zu lassen haben.«

»Du glaubst nicht, dass es eine Republik geben wird, wenn die Sardinier und Franzosen siegen?«

»Nein. Vittorio Emanuele und Cavour wollen ein Königreich Sardinien, keine Republik. Der Einzige, der wirklich für eine Republik kämpft, ist Garibaldi, und den haben sie nach Como geschickt und ihm ein Himmelfahrtskommando gegeben.« Sie schüttelte den Kopf.

»Woher weißt du so viel darüber? Ich erinnere mich, dass du dich früher nicht für Politik interessiert hast.«

»Ich habe damit angefangen, als die Politik meine Lebenspläne zunichtegemacht hat. Außerdem haben Riccardo und ich viel über Politik gesprochen. Er war sehr scharfsinnig und hat die Machenschaften der Politiker durchschaut.«

Maurizio füllte die Becher, die sie mitgebracht hatte, und reichte ihr einen. »Salute. Auf dass der Krieg bald vorbei ist.«

»Das ist ein guter Wunsch!«, stimmte sie ihm von ganzem Herzen zu und trank einen großen Schluck. »Und jetzt will ich nicht mehr über den Krieg reden. Sag mir, was du tun willst, wenn er vorbei ist.«

Er nippte an seinem Wein. »Ich muss aufpassen, ich habe lange nichts mehr getrunken. Er steigt mir zu Kopf.«

»Dann iss etwas.«

Sichtlich hungrig machte er sich über Brot und Käse her. Die Verpflegung der Verwundeten war nicht üppig und natürlich wurden zunächst die Franzosen und Italiener versorgt, bevor man den Deutschen etwas gab. Morgen würde sie noch mehr mitbringen, auch für seine Kameraden.

»Wenn dieser Krieg vorbei ist, werde ich wohl in Verona bleiben, falls die Habsburger gewinnen, oder nach Österreich gehen, falls sie verlieren. Und irgendwann werde ich in einem anderen Krieg kämpfen«, sagte er.

»Aber warum?«

»Ich bin Soldat. Es ist meine Arbeit. Damit verdiene ich meinen Lebensunterhalt.«

»Aber du kannst doch nicht bis an dein Lebensende kämpfen.« Kaum hatte sie zu Ende gesprochen, wurde ihr klar, dass es genau das war, was Soldaten taten. Sie kämpften, bis sie irgendwann fielen.

Er lächelte, doch es wirkte nicht echt.

»Du könntest deinen Abschied nehmen und nach Montescudaio zurückkehren. Mein Vater hat dir eine Stelle angeboten, weißt du noch?«

»Ich erinnere mich.«

»Hast du kein Heimweh?«

»Manchmal schon.«

»Mir fehlt es ganz schrecklich. Die grünen Hügel, die Zypressen, die Pinien, die Weingärten, die Olivenhaine. Hier gibt es nur Pappeln und Reisfelder und ein bisschen Wein. Alles ist flach und langweilig. Sobald hier in der Gegend nicht mehr gekämpft wird, fahre ich nach Hause. Ich will die Sterne über der Toskana wiedersehen.«

»Hier hält dich nichts?«, fragte er behutsam. »Keine Erinnerungen?«

»Wenn du wissen willst, ob meine Ehe glücklich war:

Nein, wirklich glücklich war ich nicht. Es war schwierig zu Anfang, doch es wurde besser. Aber er war ein zurückhaltender Mann, keiner, der sein Herz vorbehaltlos öffnete. Seine wahre Liebe galt Italien. Für diese Liebe ist er gestorben.« Überrascht stellte sie fest, dass die Wunde nicht mehr schmerzte, dass sie keine Bitterkeit mehr empfand, weil er sie verlassen hatte, um in den Krieg zu ziehen. Sie hatte Riccardo verziehen, jetzt musste sie noch sich selbst verzeihen, den falschen Mann geheiratet zu haben.

»Habt ihr keine Kinder?«

»Nein. Ich habe mir Kinder gewünscht, doch jetzt muss ich ehrlich sagen, dass ich froh bin, dass wir keine bekommen haben.« Sie nippte an ihrem Wein. Er war wirklich nicht gut; die Leute hier verstanden sich nicht aufs Weinmachen. »Erzähl mir von dir«, forderte sie ihn auf. »Du hast in den letzten zwei Jahren doch sicher einiges erlebt, vor dem Krieg.«

»Nichts Besonderes. Ich habe gelernt, wie man exerziert, marschiert, schießt. Ich habe ein paar Freundschaften geschlossen. Mein Oberleutnant, Raimondo Castiglioni, ist ein bisschen wie ein Vater für mich.«

»Er ist ein Verwandter von den Castiglionis der Tenuta, nicht wahr?«

»Signor Sergios Bruder. Aber er ist ganz anders.«

»Aber das kann nicht alles sein. Gibt es kein Mädchen, das du liebst, das auf dich wartet?«

»Doch, es gibt ein Mädchen, das ich liebe.«

Seine Worte versetzten ihr einen winzigen Stich. Wer mochte die Unbekannte sein?

»Aber sie wartet nicht auf mich«, fuhr er fort.

»Wie bitte? Aber warum denn nicht? Eine Frau kann froh sein, einen Mann wie dich zu bekommen.«

»Meinst du?«

»Aber natürlich. Ich kenne dich doch. Du bist der liebste, verständnisvollste, großzügigste Mann, den ich kenne.« Und außerdem war er zu einem sehr gutaussehenden Mann geworden. Seine Gesichtszüge hatten die jugendliche Weichheit verloren, waren markant geworden, und in seinen Augen stand immer noch diese unbestimmte Traurigkeit, die sie schon früher anziehend gefunden hatte. »Wenn sie das nicht begreift, ist sie es auch nicht wert, dass du sie liebst.«

Sein Blick wurde plötzlich sehr nachdenklich. »Vielleicht hast du ja recht«, sagte er leise. »Vielleicht hat sie es nur noch nicht begriffen.«

Aus Gründen, über die sie sich nicht im Klaren war, gefiel ihr die Richtung nicht, die das Gespräch genommen hatte. Ihm schien es ähnlich zu gehen, er wechselte das Thema, fragte sie nach ihrem Vater, ihren Geschwistern, nach dem Gut. Und schon waren sie bei der Vergangenheit, erinnerten sich an glückliche Tage, begannen jeden zweiten Satz mit *Weißt du noch*.

Sie redeten, bis die untergehende Sonne den Himmel rotgolden färbte und Gianna einfiel, dass es besser wäre, nicht im Dunkeln nach Hause zu gehen, selbst wenn sie hier in der Gegend kaum auf marodierende Soldaten stoßen würde.

»Ich muss los«, sagte sie und packte die leere Flasche und die Becher in den Korb.

»Ja, das musst du wohl. Soll ich dich begleiten?«

»Noch ist es hell. Und du bist verletzt, du musst dich schonen.«

»Ich möchte aber gerne.«

Im Grunde wollte sie es auch. Es hatte so gutgetan, mit

ihm zu reden. Und so weit war es nicht, er würde es schon schaffen. »Aber *ich* trage den Korb«, sagte sie.

»Zu Befehl, Signora Generale«, antwortete er lächelnd.

Langsam gingen sie an der Kirche vorbei und schlugen den Weg zu ihrem Haus ein. Ein leichter Wind wehte, die Luft war noch warm, von den Reisfeldern her hörte man die Frösche quaken.

An einem Busch blieb er stehen. »Hörst du das?«

Sie lauschte. Aus dem Busch erklang ein zartes Zirpen. Es waren die kleinen Grillen, die auch in Montescudaio ihr Nachtlied sangen. »Es gibt hier auch Glühwürmchen, nachher wenn es dunkel ist.«

»Ich weiß, ich habe sie auch gesehen.«

»Dort vorn ist das Haus«, sagte sie.

Luisa hatte die Lampen auf dem Weg und am Hauseingang angezündet. Bei der Mauer, die das Haus umgab, blieben sie stehen. In der Nähe sang eine Nachtigall. Die Kletterrose, die am Haus emporrankte, duftete süß.

»Ich kehre dann um«, sagte er.

»Es war sehr schön, mit dir zu reden, Maurizio. Ich komme morgen wieder zur Kirche.«

»Gianna«, sagte er leise.

»Ja?«

Er nahm ihr den Korb aus der Hand und stellte ihn ab. Plötzlich stand er so dicht bei ihr, dass sie die bernsteinfarbenen Punkte in seinen Augen leuchten sah. Wärme ging von ihm aus wie von einem Kamin. Unwillkürlich wollte sie einen Schritt zurücktreten, doch hinter ihr war die Mauer. Er wich nicht zurück, machte keine Anstalten, ihr Platz zu machen. Stattdessen legte er die Hände an ihre Wangen, beugte sich vor und küsste sie. Seine Lippen waren überraschend weich. Sie schloss die Augen und erwiderte den

Kuss, kostete davon wie von einem guten Wein. Und wie Wein wärmte er sie von innen. Es fühlte sich so … richtig an. Er küsste gut. Wo er das wohl gelernt hatte?

Madonna! Was zur Hölle tat sie da? Sie riss die Augen auf, packte ihn an den Schultern und schob ihn weg. »Was machst du?«

Er blinzelte wie jemand, der aus einem Traum erwachte. »Dich küssen.«

»Aber … aber das geht nicht.« Empört starrte sie ihn an. »Freunde küssen sich nicht. Nicht so. Was denkst du dir denn dabei?«

Seine Wangen wurden rot, doch er lächelte ein wenig. »Ich musste das jetzt tun, sonst hätte ich es nie gewagt. Ich weiß, du siehst mich nur als Freund, aber ich liebe dich, Gianna. Ich glaube, ich liebe dich seit Jahren, aber ich durfte es dir nie zeigen. Erst warst du mit diesem Schönling Angelo verlobt. Und dann hast du Riccardo geheiratet. Ich fürchte mich vor dem Moment, in dem du wieder heiratest, und das wirst du tun, so jung und schön, wie du bist. Ich bin zum Militär gegangen, weil ich hoffte, dich vergessen zu können, aber ich kann es nicht. Ich werde wieder nach Verona gehen, weil ich dort jemand bin. Oberjäger Manari und nicht nur der Stallknecht der Castiglionis. Aber ich bin es leid, dir etwas vorzuspielen.« Etwas atemlos hielt er inne.

»Wie kannst du nur?«, entfuhr es ihr. Sie war heillos verwirrt. Von seinem Kuss, von dem Geständnis. Nie wieder würde sie unbefangen mit ihm reden können. »Wir sind doch Freunde. Jetzt können wir es nicht mehr sein.«

»Ich kann immer noch dein Freund sein. Ich wollte nur, dass du es weißt, weil …« Plötzlich wirkte er unsicher.

»Ich wollte das nicht wissen«, platzte sie heraus und

schämte sich im gleichen Augenblick dafür. Er hatte ihr sein Herz zu Füßen gelegt, und sie benahm sich wie ein trotziges Kind und trampelte darauf herum. »Entschuldige. Ich bin ganz durcheinander. Was wolltest du eben noch sagen?«

»Nichts.«

Fahrig strich sie eine Haarsträhne aus dem Gesicht. »Ich muss ... ich muss nachdenken.« Sie wandte sich ab und lief den Weg entlang, als wäre die gesamte österreichische Armee hinter ihr her.

Atemlos betrat sie das Haus durch den Hintereingang. Sie wollte nicht gesehen werden, nicht in diesem Zustand. Auf ihren Lippen kribbelte immer noch sein Kuss. Maurizio, ihr bester Freund. Was hatte er sich nur dabei gedacht?

Sie ging in den Salon und schenkte sich ein Glas Wein ein. Mit dem Glas in der Hand setzte sie sich auf einen der Sessel. Er liebte sie. Hätte sie es wissen müssen, spüren müssen? In Montescudaio hatte er es niemals gezeigt, und auch in seinen Briefen hatte er niemals eine Andeutung gemacht, dass sie mehr für ihn war als eine Freundin. Doch er war immer für sie da gewesen. Mit all ihren kleinen Kümmernissen und Sorgen war sie entweder zu Rosanna oder zu ihm gegangen. Und er hatte sich immer Zeit für sie genommen, egal wie viel Arbeit auf ihn gewartet hatte. Was er wohl gefühlt hatte, als er hatte mit ansehen müssen, wie sie Angelo nachgelaufen war, als sie ihn um Hilfe gebeten hatte? Aber er hatte getan, was sie gewollt hatte: ein Treffen mit Angelo arrangiert, wider besseres Wissen. Beschämt dachte sie daran, wie er sie im Heuschober erwischt hatte. Er musste gewusst haben, dass es ihn seine Stellung kosten würde, wenn er sich einmischte. Trotzdem hatte er es getan und sie anschließend auch noch nach Hause begleitet. Welcher Mann tat so etwas, wenn nicht für die Frau, die er liebte? Madonna, wie blind war sie gewesen? Blind vor Verliebtheit in Angelo. Sie dachte an das Gespräch heute Abend. Es gebe ein Mädchen, das aber nicht auf ihn warte. Sie dachte an seinen Blick, als er gesagt hatte, vielleicht habe sie recht, vielleicht habe diese Frau es nur noch nicht begriffen. Er hatte von *ihr* gesprochen. Hatte er recht? Liebte sie ihn und hatte es nur noch nicht gemerkt?

Die Tür öffnete sich, und Luisa stürmte in den Salon. Als sie Gianna sah, blieb sie jäh stehen. »Dem Himmel sei Dank, Signora. Ich wollte gerade jemanden schicken, der Sie suchen geht. Niemand hat Sie heimkommen sehen. Ich habe mir Sorgen gemacht.«

»Ich bin auch noch nicht lange da.«

»Geht es Ihnen nicht gut? Sie wirken … verstört. Ist etwas mit Ihrem Freund, Signor Manari?«

»Nein, es geht ihm gut.«

Schlaflos lag sie in ihrem Bett und ließ die letzten sieben Jahre ihres Lebens Revue passieren. Warum hatte sie sich in Angelo verliebt, was hatte sie überhaupt an ihm geliebt? Abgesehen von seinem guten Aussehen fiel ihr kein Grund mehr ein. Sie dachte an das Urteil ihres Vaters über ihn. Schwach sei er, jemand, der den Weg des geringsten Widerstands ging. Und Piero hatte ihn als eitlen, selbstverliebten Gecken bezeichnet. Was hatte sie nur in ihm gesehen? Und dann war Riccardo gekommen. Wahrscheinlich hatte er ihr gefallen, weil er das Gegenteil von Angelo gewesen war. Die Ernsthaftigkeit, mit der er seine Ziele verfolgt hatte, seine Klugheit und sein Sinn für Humor hatten sie beeindruckt. Und jetzt war da Maurizio. War es wirklich nur Freundschaft, die sie für ihn empfand? Sie dachte an ihre Freundinnen, an Rosanna, Antonia und auch Luisa, mit der sie inzwischen mehr verband als nur die Beziehung zwischen Herrin und Dienerin. Das Gefühl für Maurizio war eindeutig ein anderes. Doch es war nicht zu vergleichen mit der nervösen Aufregung, diesem inneren Zittern, das sie bei Angelo empfunden hatte. Dafür war es beständiger, sie fühlte sich sicher in seiner Gegenwart. Sein Kuss hatte ihr gefallen, sehr sogar. Wie es wohl wäre, mit ihm das Bett zu teilen? Sie schloss die Augen und malte sich aus, wie es wäre, wenn er sie anfasste, streichelte. Wie sich seine Haut unter ihren Händen anfühlen würde. Oh ja, sie konnte es sich sehr gut vorstellen. Mehr noch, die Vorstellung ließ ihre Haut kribbeln, ihr wurde warm. Vielleicht war das, was sie empfand, tatsächlich Liebe. Vielleicht war es so neu, weil sie vorher noch nie wirklich geliebt hatte. Sie musste ihn sehen, mit ihm reden, ihn eventuell noch einmal küssen, um sich über ihre Gefühle klar zu werden. Gleich nach dem Frühstück würde sie zur Kirche gehen und ihn um ein Gespräch bitten. Sie lächelte. Dieser Gedanke fühlte sich ebenso richtig an wie sein Kuss. Müdigkeit überkam sie, sie kuschelte sich in ihre Decke, die Augen fielen ihr zu.

Als sie erwachte, war es noch dämmrig, die Sonne ging gerade auf. Sie stand auf und öffnete das Fenster. Die Frösche hatten ihr nächtliches Konzert beendet, die Vögel begrüßten mit Gesang den neuen Tag. Es konnte nicht später als sechs Uhr sein, wahrscheinlich schlief Luisa noch.

Gianna ging in den Raum, der ihr als Waschraum diente. Anna hatte gestern Abend den Wasserkrug frisch gefüllt. Das Wasser war kühl, aber das machte nichts. Nachdem sie sich gewaschen hatte, beschloss sie, Luisa noch schlafen zu lassen, und schlüpfte in die Kleider, die sie bereits gestern zur Pflege getragen hatte. Nur ein Unterhemd und eine Hose, darüber eine einfache Bluse und einen gestreiften Rock. Ihr Haar flocht sie zu einem schlichten Zopf. Sie war zu ungeduldig, um sich jetzt noch frisieren zu lassen.

Leise stieg sie die Stufen der Treppe hinab ins Parterre. In der Küche klapperte bereits das Geschirr. Sie klopfte an und öffnete die Tür. Anna starrte sie an. »Signora? – Verzeihung, Marchesa, ich habe Sie nicht erkannt. Wünschen Sie etwas?«

»Können Sie mir Kaffee und Hörnchen in den Salon bringen? Ich möchte heute sehr früh aus dem Haus. Und packen Sie bitte einige Pfirsiche, Brot und Schinken zum Mitnehmen ein. Danke.«

Sie schloss die Tür und ging in den Salon. Kurze Zeit später kam Anna mit einem Tablett und einem Korb.

Gianna trank den Kaffee und aß ein halbes Hörnchen, sie hatte keinen Appetit. Dann nahm sie den Korb, schlüpfte vor der Haustür in die derben Schuhe, die sie hier trug, und lief den Weg entlang zur Kirche. Was er wohl dächte, wenn sie so früh kam? Wahrscheinlich würde er bei ihrem Anblick schon ahnen, was sie ihm sagen wollte, so gut, wie er sie kannte.

Es waren nur wenige Frauen in der Kirche, die meisten würden später kommen. Zielstrebig ging Gianna den Gang entlang in Richtung Altar. Dann blieb sie stehen. Maurizio war nicht da. Dort, wo er gestern gelegen hatte, lag nun ein Mann in französischer Uniform. Auch der Mann namens Milan war fort. Suchend sah sie sich um, ein dumpfer Druck legte sich auf ihre Brust. Vielleicht war er nur ausgetreten und würde gleich wiederkommen, versuchte sie sich zu beruhigen. Doch im Grunde glaubte sie das nicht. Etwas weiter vorn entdeckte sie den Mann mit dem gebrochenen Bein, den Maurizio Andreas genannt hatte. Sie lief zu ihm.

Er lächelte ihr entgegen. »Guten Morgen, Signora.«

»Guten Morgen, Signore. Können Sie mir sagen, wo Maurizio, ich meine, Oberjäger Manari ist?«

Andreas warf ihr einen prüfenden Blick zu. »Fort.«

»Fort?« Entsetzt sah sie ihn an. »Aber wohin?«

»Fort«, wiederholte er nur. »Er und Milan.«

Natürlich. Er war geflohen. Wenn er hierbliebe, wäre er ein Gefangener der Franzosen. Aber warum hatte er nicht gesagt, dass er heute schon gehen werde? Sie schluckte. Er hatte es ihr sagen wollen. *Ich wollte, dass du es weißt, weil …*, waren seine Worte gewesen. Doch sie hatte ihn nicht ausreden lassen. Und jetzt zog er in den nächsten Kampf, vielleicht würde er fallen und niemals erfahren, dass sie seine Gefühle erwiderte. Sie sank neben Andreas auf die Knie. »Er ist zurückgegangen zu seiner Einheit?«

»Jawohl, Signora.«

Flehend sah sie ihn an. »Wissen Sie, wo sich seine Leute aufhalten? Ich muss ihn sprechen. Es ist sehr wichtig. Ich schwöre, ich werde ihn nicht verraten.«

Bedauernd sah er sie an. »Ich weiß es nicht genau. Aber, selbst wenn, dürfte ich es Ihnen nicht sagen.«

»Ich verstehe.« Selbstverständlich durfte er die Standorte der Kaiserlichen nicht verraten. Angestrengt dachte sie nach. Am Vortag hatten Offiziere der sardinischen Armee darüber gesprochen, wohin sich die habsburgischen Truppen zurückziehen wollten. Richtung Mantua, besagten die Gerüchte, zurück ins Festungsviereck. Doch welchen Weg schlugen sie ein? Über Pavia? »Wann ist er gegangen?«

»Vor zwei Stunden.«

»Dann kann er noch nicht weit sein«, dachte sie laut. »Mit einem Pferd oder einem Wagen müsste ich ihn einholen können.«

»Signora, warum wollen Sie ihn unbedingt sprechen?«

Sie sah ihn an. »Sind Sie sein Freund?«

»Ja, er ist mein Vorgesetzter, aber er ist auch ein Freund.«

»Er ist auch *mein* Freund. Ich kenne ihn schon seit meiner Kindheit, er ist auf dem Nachbargut aufgewachsen. Und gestern Abend, da sagte er mir ...« Sie brachte es nicht fertig, weiterzusprechen. Doch Andreas verstand sie auch so.

»Also *Sie* sind das«, sagte er nachdenklich. »Wir haben uns alle gewundert, warum er nie ein Mädchen hatte.« Er senkte den Kopf. »Es war geplant, Quartier in Binasco zu nehmen«, murmelte er wie in einem Selbstgespräch. »Wenn Sie ihn nicht einholen, fragen Sie dort nach dem Quartiermeister. Er kann Ihnen sagen, wo die Kaiserjäger untergebracht sind.«

»Danke.« Sie griff in ihren Korb und holte das Brot und die Pfirsiche heraus. »Die sind für Sie.« Ohne auf eine Antwort zu warten, stand sie auf, raffte ihren Rock und hastete aus der Kirche.

In ihrem Haus rief sie nach Luisa und erzählte ihr, was sie vorhatte. Hastig packte sie ihren Pass und Geld ein. Dann setzte sie sich an den Schreibtisch. Falls sie ihn nicht traf, könnte sie ihm vielleicht über den Quartiermeister eine Nachricht zukommen lassen. Sie tauchte die Feder in die Tinte, dann stockte sie. Wahrscheinlich würde man ihren Brief öffnen und lesen. Unter Umständen machte sie ihn lächerlich, wenn sie ihm einen Liebesbrief schrieb. Sie musste ihre Nachricht irgendwie verschlüsseln.

Schließlich schrieb sie: *Erinnerst du dich an unser Gespräch über Pfirsiche? Inzwischen weiß ich, dass ich Pfirsiche liebe. Ich hoffe, es ist nicht zu spät.*

Das würde er verstehen. Zum Umziehen blieb keine Zeit, sie nahm nur ein Tuch aus dem Schrank und legte es um Kopf und Schultern. Niemand hier besaß mehr Pferde, sie würde sich eine Kutsche mieten müssen. Aber wahrscheinlich war es auch sicherer, mit einem Kutscher zu fahren. Es gab einen Fuhrunternehmer im Ort, der noch zwei oder drei Timonellen, leichte, zweirädrige Wagen, besaß. Sie waren weder für die Franco-Sarden noch für die Österreicher von Nutzen, denn man konnte mit ihnen weder Verwundete noch Vorräte transportieren.

Sie verabschiedete sich von Luisa. »Die Fahrt nach Binasco dauert etwas mehr als zwei Stunden. Ich sollte am späten Nachmittag zurück sein.«

»Viel Glück, Signora. Und passen Sie auf sich auf.«

21. KAPITEL

Der Fuhrunternehmer im Ort wiegte zweifelnd den Kopf, als Gianna ihm sagte, wo sie hinwollte. »Nach Osten? Ich glaube nicht, dass ich jemanden finde, der Sie dorthin bringt.«

»Ich zahle das Doppelte. Ich muss nur etwas abgeben und dann gleich wieder zurückfahren. Ich habe es sehr eilig.«

Der Mann kratzte sich am Kopf. »Wenn das so ist …« Er stand auf und ging auf den Hof, wo drei Männer saßen und rauchten. »Enzo, ich habe einen Auftrag für dich. Es ist nur eine Tagesfahrt, du bist heute Abend wieder zurück.«

Der jüngste der Männer stand auf. »Natürlich, Signor Brambilla. Wohin geht es denn?«

»Die Marchesa da Abairate möchte nach Binasco und das so schnell wie möglich.«

Der Mann wich zurück und schüttelte den Kopf. »Ins Kriegsgebiet? Nein.«

»Sei nicht dumm«, sagte Brambilla. »Die Schlacht ist vorbei, die Kaiserlichen sind besiegt und ziehen sich zurück. Die Marchesa möchte nur eine Nachricht überbringen.«

»Ich zahle den doppelten Lohn«, rief Gianna, was ihr einen ärgerlichen Blick von Brambilla einbrachte, der wohl gehofft hatte, das zusätzliche Geld für sich behalten zu können.

»Mach es, Enzo«, sagte einer der älteren Männer. »Wer weiß, wann du wieder einen Auftrag bekommst.«

Enzo nickte langsam. »Na gut.«

»Ich möchte Ihr schnellstes Pferd«, wandte sich Gianna an Brambilla.

»Bekommen Sie. Eh, Enzo, spann Jupiter an.«

Kurze Zeit später saß sie in der Timonella, vor die ein junger Brauner gespannt war. Enzo saß auf dem Kutschbock und schwang die Peitsche. Im Galopp ging es vom Hof und die Straße entlang. Nach einiger Zeit ließ Enzo das Pferd traben. Gianna spähte auf die Straße vor ihnen. Wie weit waren Maurizio und sein Kamerad gekommen?

Am Anfang begegneten sie noch ab und zu Menschen oder Pferdefuhrwerken, doch nach etwa zwei Stunden war weit und breit keine Menschenseele mehr zu sehen.

Plötzlich wurde ihr klar, wie unsinnig ihre Idee, ihn auf der Straße einholen zu wollen, war. Wahrscheinlich würden die beiden sich verstecken, sobald sich jemand näherte, denn es könnten ja auch Franco-Sarden sein, die sie gefangen nehmen würden. Und er hielt bestimmt nicht nach ihr Ausschau. Also musste sie wohl doch bis nach Binasco und dort den Quartiermeister finden. Ihre Hoffnung schwand, ihn noch einmal wiederzusehen.

»Wie lange brauchen wir noch?«, rief sie Enzo zu.

»Eine Stunde, wenn wir weiter so vorankommen.«

Als sie um die nächste Biegung fuhren, marschierte vor ihnen ein Trupp Soldaten in verschmutzten, ehemals weißen Waffenröcken, begleitet von zwei Reitern in Husarenuniform.

Enzo riss die Zügel so heftig zurück, dass der Braune sich wiehernd aufbäumte. »Kaiserliche!« Er versuchte die Timonella zu wenden, doch der Weg war zu schmal, sie gerieten auf die Wiese daneben. Die Kutsche schwankte. Gianna klammerte sich an der Tür fest.

»Warten Sie«, rief sie Enzo zu. »Wir sind kein Militär, sie werden uns nichts tun.«

Angst stand in seinem Gesicht. »Das sagen *Sie*.« Mit der Peitsche hieb er auf das Pferd ein und versuchte, die Kutsche wieder auf den Weg zu lenken. Doch der Boden war vom Regen aufgeweicht, die Räder sanken ein.

Hufschläge kamen näher. Zwei Reiter hatten gewendet und ritten auf sie zu. »Halt. Wer sind Sie?«

Beim Klang der Stimme sprang Enzo vom Kutschbock und rannte auf den Weingarten zu, der in einiger Entfernung vom Weg angelegt war.

»Stehen bleiben, oder wir schießen«, rief eine andere Stimme.

Fassungslos beobachtete Gianna, wie zwei Soldaten ihre Gewehre luden und anlegten. Enzo blieb nicht stehen, sondern flüchtete weiter. Zwei Schüsse krachten. Im gleichen Augenblick erreichte Enzo die Weinstöcke und verschwand in dem dichten Laub. Die beiden Männer rannten ihm nach.

Die beiden Reiter hatten die Timonella erreicht. Einer packte den Braunen am Zügel, der andere sprang vom Pferd und riss die Tür auf. »Raus mit dir.« Erst als sie ausstieg, schien er zu merken, dass sie eine Frau war. »Ja, schau an, wen haben wir denn da?«

Mittlerweise waren auch einige der Fußsoldaten hinzugekommen.

»Eine Signorina«, sagte einer. »Und ganz allein. Was machst du denn hier, Vögelchen?«

Gianna richtete sich auf und nahm die Schultern zurück. »Ich bin die Marchesa da Abairate und unterwegs nach Binasco«, sagte sie mit so viel Würde, wie sie angesichts der Situation aufbringen konnte. Enzo hatte sie mit seiner Flucht in eine üble Situation gebracht. Frauen, die ohne männliche Begleitung unterwegs waren, waren Freiwild für Soldaten.

»Klar, und ich bin der Fürst zu Schwarzenberg«, antwortete der Soldat prompt, und seine Kameraden stimmten in sein Gelächter ein. »Dann komm mal mit, Marchesa. Dann kannst du unserem Patrouillenführer erzählen, was du hier tust und wer der Kerl ist, der sich aus dem Staub gemacht hat.« Der Soldat packte sie am Arm.

Gianna sträubte sich. »Ich kann mich ausweisen.«

»Ja, ja.« Er ging nicht weiter darauf ein, sondern zerrte sie den Weg entlang. Einer der Männer hatte inzwischen die Timonella gewendet und auf den Weg zurückgebracht.

Es war nur ein kleiner Trupp, vielleicht zehn oder zwölf Mann, plus die beiden Husaren. Versprengte, die auf der Suche nach ihren Regimentern waren. Vielleicht war Maurizio bei ihnen. Doch sie entdeckte nur weiße Waffenröcke.

Einer der Männer trat vor. »Nun?«

»Eine Frau und ein Flüchtiger, Herr Feldwebel.«

Der Feldwebel trat auf sie zu, griff ihr unters Kinn und starrte ihr ins Gesicht. »Wer ist der Kerl, und warum ist er abgehauen?«

Gianna riss den Kopf zurück und befreite sich. »Der Mann ist mein Kutscher. Und fortgelaufen ist er wohl, weil er Angst vor Ihnen hatte. Warum haben Sie auf ihn geschossen? Er hat nichts getan.«

»Schau her, das Kätzchen zeigt die Krallen. Wenn der Kerl nichts getan hat, hat er auch keinen Grund, abzuhauen. Also, was wollt ihr hier? Spionieren?«

Gänsehaut kroch ihren Rücken hinunter. Seine Vermutung war nicht so abwegig. Auch hier gab es ein gutorganisiertes Spionagenetz, ähnlich wie sie es in Mailand erlebt hatte. Wenn er sie für eine Spionin hielt, war sie in Gefahr. Sie zwang sich zur Ruhe. »Ich wollte nach Binasco, um eine Nachricht zu überbringen. Als Spionin würde ich wohl kaum Nachrichten dorthin tragen.«

»Wer weiß? Vielleicht ist die Nachricht nur ein Vorwand, um Informationen über unsere Truppenbewegungen zu sammeln.«

»Es ist kein Geheimnis, dass die Habsburger auf dem Rückzug sind«, entfuhr es ihr.

Der Feldwebel presste die Lippen zusammen. »Wenn ihr keine Spione seid, dann zeig mir deine Papiere.«

Gianna griff in die Tasche ihres Rocks, holte ihren Pass heraus und reichte ihn dem Mann.

Der kniff die Augen zusammen, drehte und wendete das Dokument und musterte sie dann demonstrativ. »So, tatsächlich eine Marchesa. In einem solchen Aufzug? Man reist wohl inkognito«, spottete er. »Dann zeigen Sie mir mal Ihren Passierschein, Gnädigste.«

Jetzt war sie wirklich in Bedrängnis. An einen Passierschein hatte sie nicht gedacht. Bevor sie antworten konnte, kamen die beiden Männer, die Enzo verfolgt hatten, zurück.

»Der Kerl ist entkommen, Herr Feldwebel.«

»Nicht so schlimm, wir haben ja noch diese Dame hier.« Er wandte sich wieder an Gianna. »Also, wo ist jetzt der Passierschein?«

»Den hat mein Kutscher.« Sie wies auf die Weingärten, in die Enzo geflohen war. »Ich bin davon ausgegangen, dass er ihn vorweist, wenn wir kontrolliert werden.«

Der Feldwebel runzelte die Stirn. »Sehr schlau. Das können wir natürlich jetzt nicht überprüfen. Weißt du was? Ich denke, du bist eine Spionin, und deine Papiere sind gefälscht.« Er winkte einen Soldaten herbei. »Halt sie fest.«

Grinsend packte der Mann ihre Arme und drehte sie auf den Rücken. Der Feldwebel griff in die Taschen ihres Rocks und holte ihre Geldbörse und den Brief an Maurizio heraus.

»M. Manari? Wer ist das? Dein Verbindungsmann? Wo steckt er?«

»Er ist nicht mein ›Verbindungsmann‹, sondern ein Freund. Er gehört zu den Kaiserjägern.«

»Aber natürlich. Glaube ich dir sofort. Jeder weiß, dass Mailänder Adlige viele Freunde in der habsburgischen Armee haben.«

Die umstehenden Soldaten lachten schallend.

Der Feldwebel grinste und öffnete ihre Geldbörse. »Da ist ziemlich viel drin. Bestechungsgeld?«

»Vielleicht ist sie ja wirklich eine Marchesa, Herr Feldwebel«, warf einer der umstehenden Soldaten ein. »Die Börse sieht recht kostbar aus.«

»Die hat sie geklaut, genauso wie den Pass.« Er drehte den Brief in den Händen. »Mal sehen, was in dieser Botschaft an den ›Freund‹ steht.«

Hilflos sah Gianna zu, wie er den Brief öffnete.

Er las, runzelte die Stirn und las noch einmal. Dann starrte er sie an. »Pfirsiche? Du fährst nach Binasco, um eine Nachricht über Pfirsiche zu überbringen?«

Gianna schluckte. Wie sollte sie das erklären?

Doch er wartete gar nicht auf eine Erklärung. »Das ist ein Code, eine versteckte Botschaft an einen Spion. Gib es zu.«

Sie schwieg. Der Mann hatte sein Urteil gefällt, egal was sie sagte oder welchen Beweis sie anbieten würde, er wollte glauben, dass sie eine Spionin war.

Er leckte sich über die Lippen. »Na gut, dann durchsuchen wir sie mal. Vielleicht finden wir ja noch mehr.«

Während der Soldat hinter ihr sie festhielt, begann er sie abzutasten. Ihre Schultern, ihre Brüste, ihre Taille. »Bisher nichts. Womöglich müssen wir genauer nachsehen.« Unter den gierigen Blicken der Soldaten knöpfte er ihre Bluse auf und schob die Hand unter ihr Unterhemd. »Da habe ich doch zwei hübsche Äpfelchen gefunden. Wollt ihr mal sehen?«

»Jawohl, Herr Feldwebel«, brüllte einer der Soldaten, und die anderen lachten.

Er nickte dem Mann hinter ihr zu. Der legte ihr die Hand über den Mund. Mit einem Ruck zog der Feldwebel ihr Unterhemd nach unten, so dass es den Blick auf ihre Brüste freigab.

»Hübsche Äpfel«, schrie einer. »Reif zur Ernte.«

Gianna keuchte und versuchte, den Kopf freizubekommen, doch der Griff des Soldaten hinter ihr war eisern.

Der Feldwebel zog ihr Hemd wieder hoch. »Das reicht fürs Erste. Wir schauen mal, ob sie etwas unter ihren Röcken verbirgt.«

»Bestimmt, Herr Feldwebel«, rief einer. »Ich weiß auch, was.«

Die Soldaten grölten. Gianna zitterte so sehr, dass sie sich kaum auf den Beinen halten konnte.

Treten, dachte sie, als der Feldwebel sich vorbeugte, ihr den Rock hochzog, seine Hand über ihr linkes Bein nach oben gleiten ließ und dabei ihr Hosenbein bis zum Oberschenkel hochschob.

Jetzt sollte sie zutreten, mitten in sein hämisch grinsendes Gesicht. Doch sie war wie gelähmt.

Seine Finger strichen weiter nach oben, gleich würde er ihre Scham berühren. Er sah ihr ins Gesicht. »Pass auf, Kätzchen, wir werden Spaß haben. Erst ich, dann meine Männer. Das haben wir uns verdient, nach dem, was ihr uns in Montebello, Palestro und Magenta angetan habt.«

Plötzlich schien die Zeit stillzustehen. Ihr Kopf war völlig leer, sie handelte, ohne nachzudenken. Ihr linkes Bein schnellte nach vorne. Mit voller Wucht traf sie ihn in den Bauch, gleichzeitig riss sie den Kopf so heftig zur Seite, dass der Soldat ihren Mund freigab. Sie schrie aus vollem Halse und trat um sich, doch der Mann hinter ihr ließ ihre Arme nicht los.

Langsam richtete sich der Feldwebel auf, eine Hand auf

den Magen gepresst. Sein Gesicht war von Wut verzerrt. »Dafür wirst du bezahlen!«

»Was geht hier vor?«

Die Augen des Feldwebels weiteten sich. Der Mann, der sie festgehalten hatte, ließ sie so plötzlich los, dass sie das Gleichgewicht verlor und auf die Knie fiel. Die Soldaten, die eben noch gegrölt hatten, standen stramm.

Sie richtete sich auf und wandte sich um. Auf dem Weg näherten sich mehrere Soldaten in weißen und grauen Waffenröcken sowie einige Männer zu Pferd. Direkt vor ihnen saß ein Mann auf einem Fuchs und fixierte den Feldwebel. Sein dunkelblauer Waffenrock war mit goldenen Tressen und Schnüren verziert, am Kragen trug er drei goldene Sterne.

Der Feldwebel salutierte. »Feldwebel Josef Kübl, Herr Rittmeister. Wir sind auf dem Weg nach Binasco, um unsere Abteilungen wiederzufinden.«

»Das sind wir auch.« Der Rittmeister deutete auf Gianna und wechselte vom Italienischen ins Deutsche. »Ich will wissen, was Sie mit der Frau vorhatten.«

Der Feldwebel antwortete ebenfalls auf Deutsch. »Jawohl, Herr Rittmeister. Sie ist eine Spionin, Herr Rittmeister. Wir haben sie und ihren Komplizen hier aufgegriffen. Ihr Komplize hat sich aus dem Staub gemacht.«

Gianna wollte aufstehen, doch ihre Beine gehorchten ihr nicht. So zog sie nur die Bluse über dem Unterhemd zusammen und blickte den Mann auf dem Pferd an. Was würde er tun?

»Das ist keine Erklärung für das, was ich eben gesehen habe«, sagte er scharf. »Sie wissen, dass Seine Majestät Übergriffe auf die Zivilbevölkerung strengstens verboten hat.«

»Aber sie ist eine Spionin, Herr Rittmeister. Wir haben Beweise.«

Endlich fand Gianna ihre Sprache wieder. »Das bin ich nicht, Herr Rittmeister.« Endlich fand sie auch die Kraft, aufzustehen.

»Sie sprechen Deutsch?«

»Ein wenig. Mein Name ist Gianna Parenti, Marchesa da Abairate. Ich komme aus Abbiategrasso.«

Der Rittmeister neigte den Kopf. »Rittmeister Farkas vom zehnten Husarenregiment.« Er gab einem der Soldaten aus seinem Gefolge einen Wink und deutete auf Giannas Tuch, das auf dem Boden lag. »Geben Sie der Dame ihr Tuch wieder.«

Der Soldat, er trug einen grauen Uniformrock wie Maurizio, gehorchte. Dankbar nahm sie das Tuch entgegen, legte es um und knotete es vor der Brust zusammen.

»Glauben Sie ihr nicht, Herr Rittmeister«, sagte der Feldwebel. »Sieht die vielleicht aus wie eine Marchesa? Ihr Komplize ist bei unserem Anblick geflohen, obwohl wir ihn angerufen haben.«

»Das war nicht mein Komplize, sondern der Kutscher, und Sie haben ohne Grund auf ihn schießen lassen«, fuhr Gianna auf.

Zweifelnd blickte Rittmeister Farkas von Kübl zu ihr. »Können Sie erklären, was Sie in diesem Aufzug hier auf der Straße tun, Marchesa?«

Bevor Sie antworten konnte, ergriff Kübl das Wort. »Sie behauptet, sie habe eine Nachricht für einen unserer Kaiserjäger. Der Mann heißt angeblich«, er zog den Brief aus der Tasche, »Manari.«

»Maurizio Manari?«, fragte der Soldat, der ihr das Tuch gegeben hatte, überrascht.

Gianna atmete auf. Wenn dieser Mann ihn kannte, konnte er vielleicht den Rittmeister von ihrer Unschuld überzeugen. Und vielleicht wusste er sogar, wo sie Maurizio finden konnte.

»Sie kennen den Mann, Righetti?«, fragte der Offizier.

»Jawohl, Herr Rittmeister. Er gehört zum fünften Korps und steht unter dem Befehl von Oberleutnant Castiglioni. Seit der Schlacht von Magenta gilt er als vermisst. Er ist wohl gefangen oder tot.«

»Er ist nicht tot«, sagte Gianna. »Er war mit anderen Verwundeten in der Kirche von Abbiategrasso. Ich selbst habe ihn gepflegt.«

»Er lebt?« Strahlend wandte sich der Righetti genannte Soldat an sie.

»Ja, er war nicht schwer verwundet.«

»Er *war* in der Kirche?«, schaltete sich Rittmeister ein.

Gianna schluckte. Es war am besten, wenn sie jetzt bei der Wahrheit blieb. Der Feldwebel lauerte nur darauf, sie bei einer Lüge zu ertappen. »Er und ein weiterer kaiserlicher Soldat haben Abbiategrasso heute Morgen verlassen. Ich hatte … ich hatte gehofft, ihn vielleicht auf dem Weg nach Binasco einzuholen.«

»Und warum? Was steht in dieser Nachricht?«

Ihre Wangen wurden heiß. »Das ist privat, Herr Rittmeister.«

Righetti neben ihr musterte sie so eingehend, dass ihr die Hitze bis zu den Haarwurzeln kroch.

Der Rittmeister schmunzelte. »So so, privat. Ich denke nicht, dass einer der Kaiserjäger jetzt Zeit für ein Techtelmechtel hat.«

»So ist es nicht«, widersprach sie energisch. »Ich kenne Signor Manari schon seit meiner Kindheit. Er kommt aus Montescudaio wie ich auch. Er ist auf dem Nachbargut aufgewachsen.«

Rittmeister Farkas schüttelte den Kopf. »Eine schöne Geschichte, leider völlig unglaubwürdig.«

»Sag ich doch, Herr Rittmeister.« Triumph klang in der Stimme des Feldwebels. Er überreichte dem Rittmeister den Brief. »Ich bin sicher, es ist eine verschlüsselte Botschaft. Das Weib lügt, wenn es den Mund aufmacht. Wir sollten sie verhaften.«

Farkas las ihre Nachricht, dann blickte er sie scharf an. »Wir nehmen Sie mit nach Binasco. Wenn dieser Manari dort ist, kann er Sie identifizieren.« Er wies auf die Timonella. »Steigen Sie bitte ein. Righetti, Sie kutschieren.«

Giannas Gefühle waren in Aufruhr. Farkas' Anweisung ermöglichte ihr, sicher nach Binasco zu kommen. Aber wenn Maurizio nun einen anderen Weg eingeschlagen hatte, würde sie unter Umständen wegen Spionage vor Gericht gestellt werden. Und wenn sie bis heute Abend nicht zurück war, würde Luisa sich Sorgen machen.

»Ich weiß, dass Sie die Wahrheit sagen«, raunte Righetti ihr zu, als er ihr in die Kutsche half. »Er hat mir von Ihnen erzählt.«

Dankbar nickte sie ihm zu und nahm in der Timonella Platz. Zumindest einer, der ihr glaubte. Doch konnte er ihr helfen? Righetti kletterte auf den Kutschbock. Als die Kutsche anfuhr, blickte sie zurück. Wo mochte Enzo stecken? Hockte er noch irgendwo zwischen den Weinstöcken oder war er auf dem Weg zurück nach Abbiategrasso? Wenn er zurückging, würde er wohl seinem Herrn erzählen, was passiert war. Und wenn sie nicht nach Hause kam, würde Luisa hoffentlich zuerst bei der Vermietung nachfragen. In diesem Fall wäre sie zumindest nicht »verschollen«, sondern Luisa würde wissen, wo sie war.

Etwa eine Stunde später näherten sie sich Binasco. Die Straße war nicht länger menschenleer. Auf der Straße marschierten Soldaten in den unterschiedlichsten Waffenröcken, wenn man es so nennen konnte. Die meisten marschierten nicht, sondern schleppten sich unter der sengenden Sonne vorwärts. Gianna hatte schon längst ihr Tuch um Kopf und Schultern geschlungen, um sich vor den brennenden Strahlen zu schützen.

Die Pferde trotteten mit gesenkten Köpfen dahin, ebenso erschöpft wie ihre Reiter, die zusammengesunken auf ihnen saßen. Sie passierten Ochsenkarren mit Verwundeten, die nur notdürftig verbunden waren. Die Verwundeten wurden nach Binasco gebracht, die Truppen kampierten vor der Stadt. Gianna sank das Herz. Wie sollte sie Maurizio hier finden?

Man gab ihr gar keine Gelegenheit dazu. Rittmeister Farkas dirigierte die Kutsche per Handzeichen zu einem großen Gebäude, wo Righetti ihr beim Aussteigen behilflich war.

»Begleiten Sie die Dame hinein, und lassen Sie ihr ein Zimmer zuweisen. Dann melden Sie sich bei mir«, befahl Farkas.

Das Gebäude entpuppte sich als ein Privathaus, in dem die Offiziere der habsburgischen Armee Quartier genommen hatten.

Eine ältere Dame mit mürrischem Gesichtsausdruck öffnete die Tür.

»Guten Tag, Signora Zanatta«, begrüßte Righetti sie. »Diese Dame benötigt ein Zimmer.«

Der Blick der Frau wanderte von Giannas Haar, das

nach der Begegnung mit dem Feldwebel zerzaust war, über ihre einfache Bluse, den gestreiften Baumwollrock hinunter zu den derben Schuhen. »Hier ist das Quartier der Offiziere. Die Marketenderinnen sind an der Straße nach Lodi untergebracht.«

»Die Signora ist keine käufliche Frau«, erklärte Righetti.

Ein spöttisches Lächeln zuckte in den Mundwinkeln der Frau. »Nicht? Na, meinetwegen. Kommen Sie mit.«

Sie folgten ihr durch ein großzügiges Vestibül in einen schmalen Gang, der in den Dienstbotentrakt des Palazzo führte. Dort öffnete die Frau eine Tür. »Was anderes ist nicht frei.«

Es war eine bessere Abstellkammer mit einem winzigen Fenster. Darin standen eine Pritsche, ein kleiner Tisch und ein Stuhl. Wahrscheinlich hatte vor dem Krieg eine der Mägde darin geschlafen.

»Ich muss los«, sagte Righetti. »Ich versuche ihn zu finden.«

»Danke.«

Nachdem er gegangen war, wandte sie sich an die Frau. »Kann ich bitte etwas Wasser haben, Signora Zanatta?« Zu gerne hätte sie auch um etwas zu essen gebeten, doch sie wagte es nicht, denn die Signora wirkte äußerst ungehalten.

»Ich schicke die Magd«, sagte sie und wandte sich ab. Die Tür blieb offen.

Gianna setzte sich auf den Stuhl und dachte nach. Man hatte sie nicht in ein Gefängnis gebracht, man sperrte sie nicht ein. Konnte sie daraus schließen, dass Rittmeister Farkas ihr glaubte? Nur, wie würde es jetzt weitergehen? Sollte sie hier warten, bis Maurizio gefunden war und ihre Geschichte bestätigte? Und wenn man ihn nicht fand, wenn er doch nicht nach Binasco gegangen war, was geschah dann? Würden die Österreicher sie auf ihrem Rückzug weiterhin mitnehmen? Wozu? Spione, die erwischt wurden, wurden aufgehängt. Auch Frauen?

Ein junges Mädchen kam herein, stellte einen Krug und einen Becher auf den Tisch und ging wortlos wieder hinaus.

Gianna trank zwei Becher Wasser. Dann legte sie sich auf die Pritsche. Ihre Tür war offen, das Gebäude nicht bewacht. Wer sollte sie eigentlich daran hindern, einfach zu gehen? Und dann? Sie hatte weder Pferd noch Kutsche. Sollte sie zu Fuß nach Abbiategrasso zurückgehen? Möglich wäre es, auch wenn es lange dauern würde. Doch es befanden sich immer noch versprengte Soldaten auf dem Weg hierher, und wenn sie diesen in die Hände fiel … Auf eine weitere Begegnung mit ihnen legte sie keinen Wert. Sie schauderte, als sie an die Hände des Feldwebels auf ihren Brüsten, zwischen ihren Beinen dachte. Außerdem hatte der Rittmeister ihren Pass. Nein, das kam nicht in Frage. Vielleicht ließ die Truppe sie zurück, wenn sie abzog. Dann könnte sie versuchen, nach Hause zu kommen.

Sie musste trotz ihrer Sorgen eingedöst sein, denn sie erwachte, als die Tür geöffnet wurde. Es war das Mädchen, das ihr das Wasser gebracht hatte. »Rittmeister Farkas möchte Sie sprechen.«

Rasch erhob sich Gianna, ihr Herz schlug wild. Sollte Righetti Maurizio gefunden haben? Sie versuchte, den zerknitterten Rock glatt zu streichen, und fuhr sich übers Haar, dann folgte sie dem Mädchen.

Der Raum, in den sie geführt wurde, war wohl das Arbeitszimmer des Hausherrn gewesen, jetzt nutzten es die

Habsburger als Büro. Hinter einem wuchtigen Schreibtisch aus dunklem Holz, auf dem sich jede Menge Papiere türmten, saß der Rittmeister und blickte ihr entgegen. Sie nickte ihm zu. Hinter ihm stand der Feldwebel. Sein Gesichtsausdruck wirkte äußerst angespannt. Keiner der beiden sprach.

»Sie wollen mich sprechen?«, begann sie.

Der Rittmeister nickte. »Sie behaupten also weiterhin, die Marchesa da Abairate zu sein.«

»Ich behaupte es nicht, ich *bin* es. Sie haben schließlich meinen Pass.«

Der Feldwebel sah an ihr vorbei. Sie wandte den Kopf. Jemand trat aus der Ecke hinter der Tür. Maurizio. Er war frisch rasiert und trug einen sauberen Waffenrock. Vor Erleichterung begannen ihre Knie zu zittern.

»Sie ist es«, sagte er. »Ihr Mädchenname ist Gianna di Raimandi, sie ist auf dem Nachbargut aufgewachsen. Im Herbst 57 ist sie nach Genua gegangen und hat dort den Marchese da Abairate getroffen, ihn geheiratet und ist mit ihm nach Mailand gezogen. Nach der Schlacht von Magenta hat man mich und andere Verwundete der kaiserlichen Armee in die Kirche von Abbiategrasso gebracht, wo sie zu den Pflegerinnen gehört hat.«

Beim Sprechen hatte er den Rittmeister angesehen, jetzt wanderte sein Blick zu ihr. *Was machst du denn für Sachen?*, schien er zu fragen. Sie lächelte ein wenig hilflos. Diese Frage konnte sie ihm nur unter vier Augen beantworten.

»Nun denn«, sagte der Rittmeister. »Damit ist die Sache wohl geklärt.«

Der Feldwebel trat einen Schritt vor. »Bei allem Respekt, Herr Rittmeister, dass ihre Identität nun bewiesen ist, ist keine Erklärung dafür, warum sie geheime Nachrichten an Oberjäger Manari überbringt. Der Marchese da Abairate war bekennender Mazzinianer, er hat in der Schlacht bei Montebello gegen uns gekämpft und ist dort gefallen. Wie wir alle wissen, wimmelt es in der Gegend von Mailand von Spionen. Vielleicht ist der da ihr Verbindungsmann.«

Maurizio trat einen Schritt vor. »Ich kenne Sie nicht, Herr Feldwebel, und Sie kennen mich nicht. Wie kommen Sie dazu, mir zu unterstellen, ich sei ein Spion?« Seine Stimme klang kalt, aber sehr sachlich. »Und von welcher Nachricht sprechen Sie?«

Farkas griff nach einem Umschlag auf dem Schreibtisch und hielt ihn hoch. »Das hatte die Marchesa bei sich. Für Sie.«

Mit einem verwunderten Blick auf sie trat Maurizio vor und nahm den Umschlag in Empfang.

Gianna schluckte und wünschte sich, im Boden versinken zu können.

Maurizio sah von ihr zu Farkas. »Ich nehme an, ich soll ihn jetzt lesen?«

»Ich bitte darum. Damit der Herr Feldwebel beruhigt ist.« Der Spott in Farkas' Stimme war nicht zu überhören.

Maurizio zog das Blatt aus dem Umschlag und las. Ein Hauch von Rosa überzog seine Wangen, er hob den Kopf und lächelte Gianna an. »Besser spät als nie.«

»Herr Rittmeister, glauben Sie wirklich, dass diese Nachricht keine Bedeutung hat?«, fragte Kübl ungehalten.

Auch Rittmeister Farkas lächelte. »Ich glaube, sie hat sehr wohl eine Bedeutung, Herr Feldwebel.« Farkas nickte Maurizio zu. »Aber ich kann Ihnen versichern, dass sie rein privater Natur ist. Sie können wegtreten.«

Das Gesicht des Feldwebels verriet deutlich, dass er mit dieser Erklärung nicht zufrieden war. Er salutierte, warf Gianna noch einen zornigen Blick zu und verließ den Raum.

Der Rittmeister wandte sich wieder an Gianna. »Nun, da das geklärt ist, können Sie jederzeit gehen. In Anbetracht der Tageszeit würde ich Ihnen raten, erst morgen früh abzureisen.«

»Und mit was?«, erwiderte Gianna leicht gereizt. »Ich denke nicht, dass ich hier jemanden finde, der mir einen Wagen oder eine Timonella überlässt.« Wahrscheinlich besaß hier niemand mehr so etwas. Alles, was Räder hatte, war von den Habsburgern requiriert, um Proviant und Verwundete zu transportieren.

»Sie bekommen selbstverständlich Ihre Kutsche und das Pferd zurück. Zu meinem Bedauern kann ich keinen Mann stellen, um Sie zu begleiten.«

Was hieß, dass sie eine Unterkunft für die Nacht finden musste, wenn sie nicht in der Abstellkammer schlafen wollte. Und morgen musste sie sich dann allein nach Abbiategrasso durchschlagen. Sie presste die Lippen zusammen und zwang sich zum Schweigen.

»Ich bitte um die Erlaubnis, die Marchesa nach Hause begleiten zu dürfen«, sagte Maurizio.

Überrascht sah Farkas ihn an, dann schüttelte er den Kopf. »Unmöglich. Zum einen kann Ihnen diese Erlaubnis nur von Ihrem vorgesetzten Offizier erteilt werden, zum anderen haben wir den Marschbefehl bekommen. Wir brechen morgen früh auf.«

»Aber die Straßen sind nicht sicher.«

»Ich stelle ihr einen Passierschein aus.« Er griff zu Papier und Feder.

Einen Augenblick blieb Maurizio stehen, dann salutierte er und verließ den Raum.

Gianna wartete, bis der Rittmeister fertig geschrieben hatte, und nahm den Passierschein und ihren Pass entgegen.

»Ihr Pferd und Ihre Kutsche stehen im Stall beim Stadttor. Sie bekommen beides, wenn Sie diesen Schein vorlegen. Ich wünsche Ihnen eine gute Reise.«

»Danke«, erwiderte sie ironisch und ging.

Maurizio wartete im Gang auf sie. »Komm mit nach draußen.«

An den Palazzo grenzte ein Garten, der von einer Jasminhecke umgeben war. Die Blüten verströmten einen betörenden Duft. Maurizio öffnete ein Tor, das in der Hecke kaum zu sehen war, nahm ihre Hand und zog sie hinein. Drinnen drehte er sich zu ihr um. »Was hast du dir bloß dabei gedacht?«

»Gar nichts«, sagte sie. »Ich habe die halbe Nacht wach gelegen und darüber nachgedacht, was du mir gesagt hast. Und wie ich darauf reagiert habe. Wie ein trotziges kleines Kind. Und dann wurde mir klar, dass ich unbedingt mit dir reden muss. Um mir über so einiges klar zu werden. Ich stand früh auf und lief zur Kirche, und du warst fort. Ab da konnte ich an nichts anderes mehr denken, als dass du in die nächste Schlacht ziehst und ich dir vorher unbedingt noch sagen muss, dass ich dich liebe.«

Stumm strich er ihr über die Wange, dann zog er sie an sich und küsste sie. Es fühlte sich genauso gut an wie das erste Mal. »Ich bringe dich nach Hause.«

»Aber du hast doch gehört, was dieser Farkas gesagt hat. Ihr rückt morgen ab.«

»Ich meine, jetzt. Es ist noch vier bis fünf Stunden hell.

Wir nehmen die Timonella, und ich nehme ein Pferd mit. Wenn ich direkt zurückreite, bin ich kurz nach Einbruch der Dunkelheit wieder hier.«

»Glaubst du, dein Vorgesetzter erlaubt das?«

»Hauptmann Häusel? Nein, bestimmt nicht. Du hast es gehört, wir brechen morgen auf. Es gibt Gerüchte, dass der Kaiser selbst auf dem Weg hierher ist und das Kommando übernehmen will. Gestern kam Generalstabschef Hess hier an und hatte ein langes Gespräch mit Gyulay.« Er kratzte sich am Kopf. »Wenn Oberleutnant Castiglioni hier wäre, der würde es zulassen. Aber er ist vorausgeritten nach Melegnano.«

»Aber du kannst doch nicht einfach fort.«

Er zuckte mit den Schultern. »Schau dir doch das Durcheinander hier an. Kein Mensch wird merken, dass ich ein paar Stunden fort bin.«

»Trotzdem ...« Ihr war nicht wohl dabei.

»Ich sage Bernardo, was ich vorhabe. Sollte irgendetwas schiefgehen, ich nicht rechtzeitig zurückkommen, wird er mich decken.«

»Bernardo?«

»Righetti. Mein Freund. Er hat mich gesucht, nachdem sie dich hierhergebracht haben. Hast du noch Gepäck?«

»Nein. Ich wollte ja nicht lange fort sein. Ich dachte, ich könnte dich auf dem Weg hierher einholen.«

»Kannst du kutschieren?«

»Einigermaßen.«

»Gut. Warte hier, ich rede mit Bernardo und bin gleich wieder da.«

22. KAPITEL

Er ging nicht direkt zum Lager der Jäger, sondern suchte sich vor dem Stadttor einen Platz, wo er ein paar Minuten allein sein und nachdenken konnte. Viel Zeit hatte er nicht. Eigentlich hatte er damit gerechnet, dass Rittmeister Farkas ihm erlauben würde, Gianna nach Abbiategrasso oder zumindest bis nach Rosate zu begleiten. Ab Rosate sollte der Weg sicher sein, aber es befanden sich immer noch versprengte Soldaten auf den Straßen, ganz zu schweigen von Deserteuren. Man munkelte, dass es drei- bis viertausend Mann waren, die vermisst wurden. Verletzt, gefangen oder desertiert. Eigentlich achtete die Heerführung auf strengste Disziplin, denn jeder Übergriff auf die italienische Bevölkerung wurde von den Zeitungen der Gegner genüsslich ausgeschlachtet. Aber, wie man am Beispiel des Feldwebels gesehen hatte, schützte das nicht, wenn jemand der Spionage verdächtigt wurde. Gut, Gianna besaß jetzt einen Passierschein, aber der half nicht, wenn sie marodierenden Deserteuren oder Franco-Sarden in die Hände fiel, im Gegenteil, die würden sie für eine Kollaborateurin halten. Es war zu gefährlich für sie, allein unterwegs zu sein. Wenn nur Oberleutnant Castiglioni hier wäre. Der würde ihm sofort die Erlaubnis geben. Kurz spielte er mit dem Gedanken, doch Hauptmann Häusel zu fragen, doch er verwarf ihn wieder. Wenn Häusel es ihm verbot, würde er wegen Befehlsverweigerung bestraft werden, wenn er trotzdem die Truppe verließ. Er konnte nur hoffen, dass sein Plan aufging und er zurück war, bevor jemand sein Fehlen bemerkte.

Entschlossen machte er sich auf den Weg in sein Lager.

Glücklicherweise wartete Bernardo auf ihn. »Und, was ist jetzt?«

»Sie kann gehen. Rittmeister Farkas ist überzeugt, dass sie keine Spionin ist, aber Feldwebel Kübl hat sich darin verrannt, dass sie geheime Nachrichten überbringt und ich ihr Kontaktmann bin.«

»Non è un'aquila. Er ist nicht besonders schlau. Das habe ich gleich gemerkt, als ich ihm begegnet bin. Nur ein Kerl, der sich wichtigtut.«

»Hör zu«, Maurizio senkte die Stimme und erklärte Bernardo die Situation.

Der wiegte zweifelnd den Kopf. »Wenn das rauskommt ...«

»Dann bekomme ich vielleicht ein paar Tage Arrest wegen unerlaubten Entfernens von der Truppe. Falls es überhaupt jemanden interessiert. Die haben doch alle noch genug mit der Aufarbeitung der Schlacht zu tun. Hess hat Gyulay wohl ordentlich den Kopf zurechtgesetzt. Übernimmt er denn nun das Oberkommando?«

»Leider nicht«, sagte Bernardo. »Noch hat Gyulay es. Der Befehl lautet: Rückzug über Lodi und Mantua nach Verona ins Festungsviereck. Wir geben alles preis, die ganze Lombardei. Dabei könnten wir immer noch gewinnen. Radetzky hätte es geschafft, aber Gyulay, dieser Salonlöwe, zieht sich zurück, damit er seine Mahlzeiten pünktlich einnehmen kann.«

Maurizio nickte. Diese Sache gärte immer noch in der Truppe. Während der Schlacht von Magenta hatte Clam Callas einen Kurier zu Gyulay geschickt und dringend um Verstärkung gebeten. Gyulay hatte die Depesche in die Tasche gesteckt und erst einmal ausgiebig gefrühstückt, bevor er geruht hatte, die Nachricht zu lesen. Und auch dann hatte er keine Verstärkung geschickt, obwohl die Corps Zobel, Stadion und Schwarzenberg bereitgestanden hatten und Magenta innerhalb von drei Stunden hätten erreichen können. Gyulay selbst war erst am frühen Nachmittag auf dem Schlachtfeld erschienen …

»Ich habe gehört, der Kaiser selbst übernimmt das Oberkommando.«

»Ja, das habe ich auch gehört«, sagte Bernardo. »Für die Moral der Leute wäre es wohl das Beste.«

»Ich brauche ein Pferd«, kam Maurizio wieder auf sein Anliegen zurück. »Gianna bekommt die Timonella und das Pferd, mit dem sie hierhergekommen ist.«

Bernardo schüttelte den Kopf. »Das ist zu gefährlich. Dann kriegen sie dich auch noch wegen Diebstahl dran. Nimm das Pferd, das ihr habt, und reite damit zurück. Der Vermieter kann froh sein, wenn er seine Kutsche wiederbekommt, nachdem sein Mann sich einfach aus dem Staub gemacht hat.«

Wahrscheinlich hatte er recht. Wenn er sich ein Pferd aus dem Stall nahm, würde er auffallen. »Gut, dann mache ich mich jetzt auf den Weg.« Er holte seine Uhr aus der Tasche. »Wir haben siebzehn Uhr. In spätestens vier Stunden sollte ich zurück sein. Heb mir was vom Essen auf, wenn du kannst. Und wenn jemand nach mir fragt …«

»Dann sage ich, du bist im Lager der ›Damen‹, um zu probieren, ob noch alles funktioniert nach deiner Verletzung«, unterbrach ihn Bernardo lachend.

»He, der Schuss hat mich unter den Rippen getroffen, nicht zwischen die Beine!«

»Aber es ist ein guter Grund für deine Abwesenheit. Und jetzt verschwinde. Grüß das Mädel von mir, scheint eine Nette zu sein.«

Im Laufschritt kehrte Maurizio zum Palazzo der Zanatte zurück. Kurz hatte er mit dem Gedanken gespielt, sein Gewehr mitzunehmen, sich aber dagegen entschlossen. Gegen eine Überzahl konnte er mit einem Gewehr nichts ausrichten und mit einem Mann wurde er auch ohne fertig.

Gianna wartete auf ihn neben der Tür des Palazzo. Zusammen gingen sie zum Stall. Dort hielt er sich im Hintergrund, während sie dem Stallmeister den Passierschein zeigte. Der las ihn sehr genau durch, dann winkte er einen der Pferdeburschen herbei. »Spann den Braunen da vor die Timonella, die im Hof steht.« Er reichte das Papier zurück und verbeugte sich knapp. »Sie sollten Abbiategrasso in etwa drei Stunden erreichen, wenn Sie es langsam angehen, Signora. Gute Reise.«

»Danke.«

Kurze Zeit später war das Pferd angeschirrt. Maurizio half ihr auf den Kutschbock und gab ihr die Zügel und die Peitsche in die Hand. »Du fährst einfach auf der Straße durch das Stadttor und immer geradeaus. Fahr langsam, ich treffe dich hinter dem Lager.«

Sie lächelte ihm zu. »Willst du das wirklich tun? Ich könnte es auch allein schaffen.«

»Könntest du. Aber ich weiß nicht, wer auf diesen Straßen unterwegs ist, und in Begleitung bist du sicherer.«

Ohne zu warten, bis sie anfuhr, ging er zielstrebig aus dem Tor. Vor der Stadt hielt er sich links, bog von der Straße ab und auf einen kleinen, mit Pappeln gesäumten Feldweg ein. Hinter einem Wacholderbusch blieb er stehen und blickte zurück. Niemand folgte ihm. Er sah Giannas Kutsche aus dem Stadttor fahren und begann zu laufen. Der Feldweg verlief einige Zeit parallel zur Straße, dann bog er von ihr ab. Dazwischen lag ein Feld, es war wohl mal ein

Weizenfeld gewesen, doch die Halme waren von Pferdehufen niedergetrampelt worden. Er überquerte es und traf Gianna an einer Biegung der Straße. Sie zügelte den Braunen. Ihr Lächeln brachte sein Herz zum Rasen. Er dachte daran, was sie ihm geschrieben hatte. Als er sie gestern geküsst hatte, war das mit dem Mut der Verzweiflung gewesen. Es hatte Gerüchte in der Kirche gegeben, dass die Franzosen demnächst abziehen und die verletzten Österreicher, die laufen oder reiten konnten, mitnehmen würden. Milan und er waren die Einzigen, auf die das zutraf, also hatten sie beschlossen, am nächsten Morgen kurz vor Sonnenaufgang zu fliehen. Er hatte es ihr nicht sagen können, nicht sagen dürfen. Und dann hatte sie ihn nach einem Mädchen gefragt. Ihr seltsamer Gesichtsausdruck, als er gesagt hatte, es gebe da jemanden. Es hatte ihr sichtlich nicht gefallen. Beim Abschied war ihm klargeworden, dass es vielleicht die letzte Möglichkeit war, ihr zu sagen, wie sehr er sie liebte. Er hatte das unsägliche Gemetzel von Magenta überlebt, doch die nächste Schlacht würde kommen. Und er wollte nicht sterben, ohne dass sie wusste, wie es um ihn stand.

Er stieg zu ihr in die Kutsche und zog den Waffenrock aus. »Es muss nicht jeder gleich sehen, dass ich zu den Österreichern gehöre. Ist es dir recht, wenn ich kutschiere?«

Stumm reichte sie ihm die Zügel und die Peitsche. Er trieb den Braunen zu einem flotten Trab. Gianna saß neben ihm und schwieg. Er warf ihr einen Blick zu. Sie knetete ihren Rock zwischen den Fingern und wirkte sichtlich verlegen. Ihre Befangenheit war ansteckend. Er wollte irgendetwas sagen, doch ihm fiel nichts ein; seine Gedanken kreisten immer wieder um das Gespräch gestern Abend und um ihren Brief. Es half nichts, sie mussten über sich reden. Er räusperte sich. »Gianna, ich hätte …«

Im gleichen Augenblick sagte sie: »Du musst mich für …«

Ihre Blicke begegneten sich, und sie brach in Gelächter aus.

»Du zuerst«, sagte er.

»Du musst mich für eine komplette Idiotin halten, einfach eine Kutsche zu mieten und loszufahren. Aber als du heute Morgen nicht mehr in der Kirche warst, hatte ich einfach nur Angst, dass du …« Sie schluckte. »Dass ich dich vielleicht nie wiedersehe und dir nicht sagen kann, dass du recht hattest. Ich war so blind, ich habe nichts begriffen … Und als du mich geküsst hast, hatte ich einfach nur Angst vor … Ich weiß eigentlich gar nicht, wovor.« Sie schwieg und sah ihn an.

Ihre Augen waren dunkelblau wie der Abendhimmel über Montescudaio. Sie lächelte verlegen, und er hätte sie am liebsten gleich wieder geküsst. Doch jetzt war es an ihm, zu sprechen. »Es tut mir leid. Nicht, dass ich dich geküsst habe, aber dass ich dich damit so erschreckt habe. Nachdem Milan und ich uns entschlossen hatten, zu fliehen, ging es mir so wie dir heute Morgen. Ich hatte Angst, ich sehe dich nie wieder, und ich wollte, dass du weißt, was du mir bedeutest.«

Falls ich sterbe, verkniff er sich.

Es war auch nicht nötig, Giannas Blick zeigte ihm deutlich, dass sie genau daran dachte. Er bemühte sich um ein Lächeln. »Mach dir keine Gedanken. Ich bin sehr glücklich, dass wir uns wiedergesehen haben. Jetzt bringe ich dich nach Hause.«

»Mein Zuhause ist Montescudaio. Sobald ich kann, werde ich dorthin zurückkehren und dort auf dich warten. Irgendwann wird dieser Krieg vorbei sein.«

Er nahm die Zügel in die linke Hand und legte den Arm um sie. »Ich bin Soldat, das ist mein Beruf.«

»Nein«, sie schüttelte den Kopf. »Du bist kein Soldat. Ich glaube, du kannst kämpfen, wenn du musst, aber es ist nicht dein Leben.«

Natürlich hatte er nicht davon geträumt, Soldat zu werden und sein Leben auf Schlachtfeldern und in Kasernen zu verbringen. Es war eine Notlösung gewesen und eine Flucht. Nun schien es so, als könnte Gianna seine Gefühle erwidern. Doch was änderte sich dadurch? Er war immer noch ein Bastard und Gianna die Marchesa da Abairate, geborene di Raimandi. Er hatte weder Namen noch Besitz. Vielleicht konnte er ihr Liebhaber sein, für eine gewisse Zeit, aber niemals ihr Mann. Und wer wusste, wie ihre Gefühle aussehen würden, wenn sie erst wieder auf Alberi d'Argento war, in ihrer Heimat, wo sie sich sicher fühlte? Er wusste inzwischen sehr gut, was Krieg, Gefahr und Todesangst mit den Gefühlen der Menschen machten. Da wurde schnell etwas für Liebe gehalten, was im Grunde nur der unbedingte Wille zum Leben war oder auch Mitleid.

»Du sagst nichts?«

Er schnalzte und trieb den Braunen an. »Es ist nicht die richtige Zeit, um Pläne zu machen und Entscheidungen zu treffen. Nicht jetzt, nicht hier.«

»Wann dann?«

»Wenn dieser Krieg vorbei ist. Wenn du zu Hause bist und Zeit hattest, nachzudenken.«

»Glaubst du, der Krieg dauert noch lange?«

»Ich weiß es nicht.«

Sie schwiegen, bis nach der nächsten Biegung die Häuser von Rosate in Sicht kamen. Unwillkürlich atmete er auf. Der gefährlichste Teil des Weges lag hinter ihnen.

Doch als sie näher kamen, wusste er, dass er sich getäuscht hatte. Auf der Straße kamen ihnen Soldaten in weißen Waffenröcken entgegen. Und bei ihnen befand ausgerechnet Ivo Vuković. Ivo war mittlerweile zum Feldwebel der Infanterie aufgestiegen. Ihre Wege hatten sich nur noch selten gekreuzt, doch Maurizio erinnerte sich gut daran, dass sein ehemaliger Stubenkamerad selbst gerne zu den Jägern gegangen wäre. Es hatte Ivos Hass auf ihn noch verstärkt. Ihm jetzt zu begegnen, wo er sich von seiner Einheit entfernt hatte, war nicht gut. Die beiden fremden Soldaten wären kein Problem, sie kannten ihn nicht, aber Ivo … Hastig sah er sich um. Es war zu spät, um abzusteigen, um den Ort zu Fuß zu umgehen, während Gianna allein weiterfuhr. Es war ebenfalls zu spät, seinen Waffenrock wieder anzuziehen, denn Ivo schien ihn bereits erkannt zu haben; er kam zielstrebig auf die Timonella zu und packte das Pferd am Zügel.

»Sieh an, der Herr Oberjäger. In Zivil und nicht bei seiner Einheit.«

Die beiden anderen Soldaten kamen näher und starrten ihn an.

»Wenn das mal nicht nach Desertion riecht«, fuhr Ivo fort. »Oder bist du auf einem Botengang? Allerdings frage ich mich, wohin. Die kaiserliche Armee und das Hauptquartier befinden sich hinter dir.«

»Ich bringe die Marchesa da Abairate nach Abbiategrasso. Anschließend gehe ich zurück nach Binasco.«

»Hast du einen Auftrag dafür?«

»Ich habe einen Passierschein«, sagte Gianna und zog den Brief aus der Tasche.

Ivo nahm ihn in Empfang und überflog ihn. Dann steckte er ihn ein. »Der ist nur für Sie, Signora. Eine

Begleitperson wird nicht erwähnt.« Mit verengten Augen musterte er Maurizio. »Ich denke, die Situation ist eindeutig. Du wolltest dich aus dem Staub machen. Magenta war wohl zu blutig für dich. Oder du hast dir überlegt, dass du jetzt doch lieber für die Sardinier kämpfst. Die finden es bestimmt sehr nützlich, wenn du ihnen erzählst, wohin wir uns zurückziehen und wo wir unseren nächsten Angriff planen.«

»Mit dem Denken hattest du es noch nie«, antwortete Maurizio. »Ich habe den Auftrag, die Marchesa sicher nach Hause zu bringen und dann zurückzukehren. Du kannst ja einen Boten nach Binasco schicken, der meine Geschichte bestätigt, und hier warten. Ich bin in etwas über einer Stunde aus Abbiategrasso zurück. Allerdings solltest du mich nicht aufhalten. Wenn ich mich verspäte, werde ich Meldung machen, wer mich aufgehalten hat und warum.« Er ließ seinen Blick über alle drei Soldaten schweifen. Es bestand eine winzige Chance, dass sie sich täuschen ließen. Die beiden Infanteristen wirkten etwas verunsichert, doch Ivos Gesicht verfinsterte sich.

»Für dich immer noch Herr Feldwebel und *Sie*, Manari. Aber ja, ich werde einen Boten nach Binasco schicken, um zu melden, dass wir hier einen Deserteur gefangen haben. Und so dumm, dich gehen zu lassen, bin ich nicht. Runter von der Kutsche. Wir finden in Rosate schon einen Ort, an dem wir dich einsperren können, bis wir dich aufhängen.«

Gianna fuhr neben ihm zusammen. »Er wollte mich wirklich nur begleiten. Es war nie seine Absicht, zu desertieren.«

Maurizio schüttelte den Kopf, ihr Einwand brachte nichts. Zu lange hatte Ivo auf die Gelegenheit gewartet, ihm zu schaden, er würde sie sich nicht entgehen lassen. Er griff nach seinem Waffenrock und stieg aus der Kutsche. Dann zog er die Jacke an. »Ich bin nicht in Zivil, ich wollte nur nicht, dass mich die Franco-Sarden schon von weitem als Soldaten der Habsburger erkennen.«

»Ja klar.« Ivo winkte ab. »Dir fallen bestimmt noch mehr Ausreden ein. Dreh dich um und Hände auf den Rücken.«

Ihm blieb nichts anderes übrig, als zu gehorchen. Ivo fesselte ihm die Hände mit einem Strick. Maurizio versuchte es mit Höflichkeit. »Lassen Sie die Dame weiterfahren, Herr Feldwebel, sie hat einen Passierschein.«

Ivo drehte sich zur Kutsche und musterte Gianna abfällig. »Wie eine Marchesa sieht sie nicht gerade aus. Vielleicht ist dieser Wisch gefälscht.« Er klopfte auf seine Brusttasche, in die er den Passierschein gesteckt hatte. »Die Italiener sind gut im Papierefälschen, das haben wir schon öfter festgestellt. Wir werden das prüfen.«

Eine Mischung aus Angst und Wut brodelte in Maurizios Magen. »Lass sie fahren!«, wiederholte er scharf. »Du hast kein Recht, sie festzuhalten.«

»Einem Deserteur zu helfen ist strafbar, falls dir das nicht bewusst ist.« Ivo griff wieder nach den Zügeln des Braunen und ruckte daran. »Los«, sagte er zu den beiden anderen. »Wir gehen zurück und sperren die beiden ein. Dann nimmst du«, er deutete auf einen der Männer, »den Gaul, reitest nach Binasco, suchst dort bei den Jägern einen Hauptmann Häusel und meldest, dass wir Oberjäger Manari in Zivil und in Begleitung eines zweifelhaften Weibes auf dem Weg zu den Franco-Sarden aufgegriffen haben. Desertion oder Spionage, wahrscheinlich beides.«

23. KAPITEL

Giannas Gefühle schwankten zwischen ohnmächtiger Wut und Verzweiflung. Inzwischen verfluchte sie ihren impulsiven Entschluss von heute Morgen. Nicht nur, dass sie jetzt schon zum zweiten Mal in Schwierigkeiten war, sie hatte auch Maurizio in Gefahr gebracht. Sie kannte sich mit dem Militär nicht gut genug aus, um einzuschätzen, wie ernst die Situation für ihn war. Auf Desertion stand die Todesstrafe, das wusste sie. Doch die Vorwürfe dieses Kerls waren völlig haltlos. Oder vielleicht nicht? Der Augenschein sprach gegen Maurizio, das musste sogar sie zugeben. Ohne Uniform auf dem Weg in das von den Franco-Sarden eroberte Gebiet. Was sollten die Soldaten denken? Aber die beiden kannten sich ganz offensichtlich. Sie hatte den Hass in den Augen des Mannes gesehen. Er war kein Italiener, das hatte sein Akzent verraten. Auch kein Ungar, die trugen andere Uniformen. Vielleicht ein Kroate? Die waren wegen ihrer Brutalität gefürchtet. Die Kroaten gaben niemals auf, sie kämpften mit den Händen und den Zähnen weiter, erzählte man sich. Und sie machten keine Gefangenen, schonten keine Verwundeten, sie brachten jeden um, der sich ihnen in den Weg stellte.

Maurizio ging neben der Kutsche, die beiden anderen Soldaten hinter ihm. Weder seine Körperhaltung noch sein Gesichtsausdruck verrieten etwas über seine Gefühle. Er ging gleichmäßig, sah geradeaus. Wenn er sich fürchtete, dann verbarg er es gut.

Als wollte sich das Wetter diesem missglückten Tag anpassen, begann es zu regnen. Gianna legte sich ihr Tuch um den Kopf, doch viel hielt es nicht ab. Zum Glück befanden sie sich inzwischen in Rosate und würden hoffentlich bald in eine Unterkunft gebracht.

Vor einem Gebäude, das aussah wie das Rathaus, hielt der Mann das Pferd an. Einer der Soldaten öffnete die Tür, trat ein, kam kurze Zeit später wieder heraus und schubste Maurizio vorwärts. Schnell stieg Gianna aus der Kutsche. Selbst wenn man ihr erlaubt hätte, weiterzufahren, würde sie es nicht tun. Niemals würde sie ihn jetzt allein lassen. Sie raffte ihren Rock und stieg hinter dem Kroaten die Treppe zur Eingangstür empor.

Im Vestibül war niemand außer ihre Gruppe. Anscheinend zogen die Beamten im Ort es vor, neutral zu bleiben.

»Halte die mal«, sagte der Mann zu dem einen Soldaten und reichte ihm seine Muskete. Dann trat er grinsend auf Maurizio zu, holte aus und schlug ihm mit der Faust mehrfach in den Magen. Maurizio keuchte und krümmte sich. »Schließt ihn da ein.« Er deutete auf eine Tür. »Da kann er bleiben, bis Hauptmann Häusel Zeit hat, sich um diesen Verräter zu kümmern.«

Die beiden Soldaten schleiften Maurizio zur Tür und stießen ihn in den Raum dahinter.

»Was machen wir mit der da?«, fragte einer.

Ivo musterte sie, sein Blick blieb an ihrem Busen hängen. »Ich hätte da schon ein paar Ideen«, erklärte er. »Aber wir warten besser auf die Befehle aus Binasco. Sperrt sie einfach zu ihm.« Spöttisch lächelnd verbeugte er sich vor ihr. »Leider haben wir nur diesen einen Raum. Aber ihr werdet euch schon irgendwie arrangieren.« Er nickte den beiden Soldaten zu. Die packten sie an den Armen und schubsten sie durch die Tür.

Gianna taumelte. Hinter ihr krachte die Tür ins Schloss, der Schlüssel wurde umgedreht. Dunkelheit umgab sie.

Der Raum hatte kein Fenster, wahrscheinlich wurde er deshalb als ›Gefängnis‹ genutzt. Irgendwo hörte sie Maurizio stöhnen. Suchend wandte sie den Kopf. Unter der Tür schimmerte ein schwacher Lichtschein hindurch. Langsam gewöhnten sich ihre Augen an die Dunkelheit. Sie sah sich um. Der Raum war klein, es gab keinerlei Möbel, nur an einer Wand einen Haufen, der aussah wie ein Strohlager, und in einer Ecke stand ein Eimer. Vor dem Lager lag Maurizios gekrümmter Körper, seine Hände waren immer noch hinter dem Rücken gefesselt. Sie fiel neben ihm auf die Knie, tastete nach seinen Handgelenken. Es dauerte, bis sie es schaffte, den Knoten zu lösen. Stöhnend drehte er sich auf den Rücken. Sie legte die Hände an seine Wangen. »Maurizio! Es tut mir so leid.«

Sein Atem ging immer noch schwer. »Es ist nicht deine Schuld. Ivo hat es schon lange auf mich abgesehen. Er nutzt jede Gelegenheit.« Er stemmte sich zum Sitzen hoch und blickte sich um. »Verdammt, hier kommen wir nicht raus. Wir können nur warten, bis Hauptmann Häusel kommt oder Befehle schickt.«

»Und dann stellen sie dich vors Kriegsgericht. Das hat dieser Kerl gesagt.« Tränen traten ihr in die Augen. Egal was er sagte, es war ihre Schuld. Wäre sie nicht auf die Idee gekommen, unbedingt mit ihm reden zu wollen, wäre das alles nicht passiert.

Er legte den Arm um sie und zog sie an sich. »Das wäre nicht so schlimm.«

»Nicht?«

»Nein. Ich befürchte eher, dass Ivo versucht, mich auf andere Weise aus dem Weg zu räumen. Mich ›auf der Flucht‹ zu erschießen oder die anderen zur Selbstjustiz anzustacheln. Vor dem Profos kann ich mich wenigstens verteidigen.« Er stand auf, ging zu dem Strohhaufen an der Wand und ließ sich darauf nieder. »Komm hier rüber, Gianna. Das ist besser, als auf dem Boden zu sitzen. Wir werden wohl die Nacht zusammen verbringen müssen.«

Dagegen hatte sie nichts. Besser bei ihm als irgendwo anders. Sie setzte sich zu ihm. »Hast du noch Schmerzen?«

»Ein bisschen. Er weiß, wo er hinschlagen muss.«

»Warum hasst er dich so?«

»Er konnte mich von Anfang an nicht leiden. Er behauptete, ich sei ein Spion. Irgendwie hat sich das in seinem Kopf festgesetzt. Sein Bruder ist im ersten Unabhängigkeitskrieg bei der Schlacht um Rom von einem italienischen Spion erschossen worden. Daraufhin ist seine Mutter vor Kummer gestorben. So hat mir das Bernardo erzählt. Aber wieso er glaubt, ich sei ein Spion, weiß ich nicht.«

Fröstelnd zog sie die Schultern hoch.

Er legte wieder den Arm um ihre Schultern, seine Hand lag auf ihrem Oberarm. »Deine Bluse ist noch feucht. Du wirst krank, wenn du sie nicht ausziehst.« Rasch stand er auf, ging zur Tür und schlug mit der Faust dagegen. Niemand antwortete. Er schlug noch einmal auf das Holz, dann kam er zurück zu ihr. Als er sich setzte, öffnete sich die Tür einen Spalt. Ein schmaler Streifen Licht fiel in den Raum, doch ihr Lager blieb im Dunkeln.

»Was gibt es?«, fragte eine Stimme, die sie als Ivos erkannte.

»Können wir eine Decke bekommen? Die Kleider der Marchesa sind feucht, sie wird sich erkälten.«

Ein dreckiges Lachen war die Antwort. »Dann soll sie ihre Kleider ausziehen. Und wenn sie eine halbe Stunde zu mir kommt, kriegt sie auch eine Decke.«

Sie hörte, wie er neben ihr Luft holte, spürte, wie seine Muskeln sich spannten. Der Arm, gegen den sie sich lehnte, wurde hart wie Marmor. Maurizio machte Anstalten aufzuspringen. »Stronzo! Du ver-« Weiter kam er nicht. Sie presste ihm die Hand auf den Mund und drückte ihn auf das Lager. »Nicht«, wisperte sie. »Still.«

Genau das wollte dieser Dreckskerl: Maurizio reizen, damit er ihn beschimpfte oder gar angriff. Dann hatte er einen Grund, ihn zu bestrafen.

Maurizio schnaufte so heftig, dass sie glaubte, es müssten Dampfwolken über ihrer Hand zu sehen sein, doch er schwieg.

»Was wolltest du sagen?«, kam Ivos Stimme schmeichelnd von der Tür her.

Sie nahm ihre Hand weg. »Nichts«, keuchte Maurizio.

»Dann ist es ja gut. Was ist jetzt, Täubchen? Kannst dich ein bisschen bei mir aufwärmen und bekommst eine Decke für die Nacht.«

»Nein danke«, erwiderte sie so kühl, wie es ihr möglich war. »Ich ziehe es vor, mich zu erkälten.«

Er lachte und schloss die Tür.

Neben sich hörte sie Maurizio stöhnen. »Hast du Schmerzen?«

»Dieser Mistkerl hat mir vorhin auf die Wunde geschlagen.«

Und sie hatte ihn an der gleichen Stelle erwischt, als sie ihn eben zurückgeschoben hatte. »Lass sehen.«

»Als ob man bei diesem Licht was sehen könnte. Und machen kannst du auch nichts. Es wird schon wieder.«

»Es tut mir leid. Ich habe nicht mehr an deine Verletzung gedacht. Jetzt habe ich dir auch noch weh getan. Es tut mir wirklich leid.«

»Gianna, ohne dein Eingreifen hätte ich einen ranghöheren Offizier beleidigt und ihm einen Grund geliefert, mich zu bestrafen, also hör auf, dich zu entschuldigen.« Er knöpfte seinen Waffenrock auf. »Du bekommst meine Jacke.«

»Aber dann frierst du doch.«

»Ich kann das besser aushalten als du.« Er zog die Jacke aus.

»Aber …«, setzte sie noch mal zum Protest an. Weiter kam sie nicht, weil seine Lippen auf ihren lagen. Er ließ sich auf das Lager sinken, zog sie mit sich, so dass sie neben ihm zum Liegen kam, ohne seinen Mund von ihrem zu lösen.

»Du hast dich verändert«, sagte sie, als er schließlich den Kopf hob.

»Der Krieg verändert jeden«, gab er zurück, zog sie näher an sich und küsste sie erneut. Durch den Stoff seines Hemds spürte sie die Wärme seiner Haut.

Er deckte sie mit der Jacke zu und schlang seine Arme um sie. Sie schliefen nicht, und sie sprachen nicht. Eng aneinandergeschmiegt, lagen sie auf dem Stroh. Gianna lauschte seinem Atem und dem Schlagen seines Herzens. Sie hatte Angst um ihn. Egal, wie es morgen für ihn ausging, die nächste Schlacht stand bevor. Unwillkürlich drückte sie sich noch enger an ihn.

Er hob den Kopf. »Was hast du?«

»Angst«, sagte sie. »Jetzt, wo ich dich gefunden habe, habe ich Angst, dich zu verlieren. Der Krieg ist noch nicht vorbei. Was, wenn das unsere einzige Nacht ist?«

Statt zu antworten, küsste er sie. Ihren Mund, ihren Hals, die Grube über dem Schlüsselbein. Er öffnete die Knöpfe ihrer Bluse und streichelte ihre Brüste.

Plötzlich war ihr so warm, als hätte jemand ein Feuer entzündet. In ihrem Schoß spürte sie eine süße Schwere, das gleiche Gefühl wie damals im Stall mit Angelo. Beinahe ungeduldig grub sie ihre Hände in sein Haar, streichelte seinen Nacken, seine Schultern, drängte sich an ihn. Sie wollte ihn fühlen, seinen Körper auf ihrem spüren und ihn in sich. Ihr Atem ging heftig, das Verlangen nach ihm war beinahe schmerzhaft. Maurizios Hände entzündeten kleine Feuer auf ihrer Haut und brachten ihr Blut zum Kochen. Und wenn es nun wirklich die einzige Nacht war, die sie zusammen verbrachten, wenn er wieder in die Schlacht ziehen musste, dann wollte sie ihn jetzt haben.

Er schien zu spüren, was sie dachte. Stumm schob er ihren Rock hoch, strich über ihren Bauch, über die zarte Haut ihrer Schenkel, tastete sich zu ihrer Scham vor. Sie hörte ein Stöhnen. War *sie* das oder er? Das Stroh raschelte, als er sich zur Seite drehte.

Sie spürte, dass er seine Hose öffnete. Ein Anflug von Angst mischte sich in ihre Erregung. Wie würde es mit ihm sein? Er war Soldat. Würde er grob sein?

Grob war er nicht, doch es war viel zu schnell vorbei. Zitternd lag er in ihren Armen. »Gianna, Gianna. Ich weiß, es ging zu schnell, aber ich habe so lange auf dich gewartet, jetzt konnte ich nicht mehr warten.«

Ein Glucksen stieg in ihre Kehle. Maurizio schien wieder einmal ihre Gedanken gelesen zu haben. Er kannte sie durch und durch. Viel besser, als sie *ihn* kannte. Bisher war er Maurizio gewesen, ihr bester Freund, ihr Seelentröster. Der selbstsichere junge Soldat, der zärtlich-leidenschaftliche Liebhaber, der war neu für sie. Plötzlich überkam sie wieder die Angst. Würde sie Zeit haben, diesen neuen Maurizio kennenzulernen, oder würde das Schicksal ihn ihr nehmen, wie es ihr Riccardo genommen hatte? Wenn sie nur schon auf Alberi d'Argento gemerkt hätte, dass sie ihn liebte, dann hätte er sich nicht für die Armee gemeldet. Sie dachte an ihren Vater, der ihm eine Stelle angeboten hatte. Sie dachte an den Abschied an jenem Tag. Wie blind musste sie gewesen sein, dass sie nicht gemerkt hatte, warum er wirklich gegangen war. Blind vor Liebe zu Angelo, diesem Windhund.

Sie griff in sein Haar, zog seinen Kopf zu sich und küsste ihn. Er brauchte nicht lange, um ein zweites Mal bereit zu sein. Und dieses Mal dauerte es.

Irgendwann musste sie eingeschlummert sein. Schwere Schritte auf dem Gang und das Klirren von Sporen weckten sie.

»Ist er da drin? Aufschließen!« Eine befehlsgewohnte Stimme; der Mann sprach Italienisch ohne jeden Akzent.

Maurizio hob den Kopf. »Das ist ...« Er sprang auf und stand stramm. Als sich die Tür öffnete und ein Mann eintrat, salutierte er. »Oberleutnant Castiglioni.«

Ruckartig setzte Gianna sich auf und blinzelte durch das Licht der Lampe, die der Begleiter des Mannes in der Hand hielt. Oberleutnant Castiglioni? Der Mann, der vor ihr stand, war etwa in Signor Sergios Alter, doch er sah ihm nicht besonders ähnlich.

Er kniff die Augen zusammen. »Oberjäger Manari, warum sind Sie nicht korrekt gekleidet? Wo ist Ihr Waffenrock?«

Maurizio drehte den Kopf zu ihr, der Blick des Hauptmanns folgte der Bewegung.

»Eine Frau?« Er wandte sich zu seinem Begleiter. Es war Feldwebel Vuković. »Sie haben nichts davon gesagt, dass eine Frau dabei ist.«

Gianna stand auf und wollte Maurizio seinen Waffenrock geben, doch er schüttelte den Kopf.

»Herr Hauptmann, diese Dame ist die Marchesa da Abairate, geborene di Raimandi.«

Ein Ausdruck des Erstaunens huschte über das Gesicht des Hauptmanns. »Verstehe. Vuković, holen Sie einen Mantel oder eine Decke für die Dame. Und Sie, Manari, ziehen gefälligst Ihren Rock an.«

Gianna reichte die Jacke Maurizio, der sie hastig anzog und zuknöpfte.

Vuković salutierte, verließ den Raum und kehrte kurze Zeit später mit einem dunkelblauen Mantel wieder. Als er zu ihr trat und ihn ihr um die Schultern legen wollte, wich sie einen Schritt zurück und streckte die Hand aus. »Bleiben Sie mir vom Leib.«

Er warf ihr einen mörderischen Blick zu und überreichte ihr den Mantel. Sie bedankte sich nicht bei ihm, sondern bei dem Oberleutnant. Der betrachtete sie aufmerksam.

»Hat man Sie die ganz Nacht hier eingesperrt, Marchesa?« Er blickte sich im Raum um, betrachtete das Strohlager, die kahlen Wände, musterte den Eimer in der Ecke. »Ohne Nahrung, ohne Decken?«

»Allerdings.« Sie legte eine gehörige Portion moralische Entrüstung in ihre Stimme, wie sie es bei Madame Colleone gelernt hatte. Es fiel ihr nicht schwer. »Deshalb war Signor Manari so freundlich, mir seine Jacke zu leihen.«

»Das ist eine verdammte Schweinerei«, fuhr der Oberleutnant auf. »Oh, Entschuldigung, Marchesa.« Er drehte sich zu Vuković. »Haben *Sie* das zu verantworten?«

»Ich konnte doch nicht wissen, dass sie eine echte Marchesa ist. Sie ist angezogen wie eine Frau vom Land. Ich hielt sie für eine Spionin. Und der da«, er deutete auf

Maurizio, »hat sich unerlaubt von der Truppe entfernt. Wenn Sie meine Meinung hören wollen, Herr Oberleutnant, der Kerl wollte desertieren.«

»Ihre Meinung interessiert nicht«, donnerte der Oberleutnant. »Die Marchesi da Abairate gehören zum ältesten Adelsgeschlecht in der Lombardei. Es gibt einen Skandal unter den Italienern, wenn bekannt wird, dass Sie die Marchesa die ganze Nacht zusammen mit einem Soldaten in eine Zelle gesperrt haben, und ein Skandal ist das Letzte, was wir jetzt brauchen. Die Zeitungen in Europa berichten schon genug über die angeblichen Gräueltaten der österreichischen Armee. Jetzt liefern wir auch noch selbst Stoff dazu. Das wird beim Oberkommando nicht gut ankommen, das garantiere ich Ihnen.«

Gianna räusperte sich.

Der Hauptmann fuhr zu ihr herum, sein Gesicht war vor Zorn gerötet. »Ja?«

»Ich möchte ausdrücklich darauf hinweisen, dass Oberjäger Manari sich tadellos benommen und mich in keinster Weise kompromittiert hat.«

»Das will ich auch hoffen.«

Trotz seines geröteten Gesichts und seines Polterns hatte Gianna das Gefühl, dass Castiglionis Zorn nicht ganz echt war. Er spielte ihnen etwas vor. Nun, das konnte sie ebenfalls. Sie seufzte theatralisch und fuhr sich über die Stirn. »Könnte ich ein Glas Wasser bekommen? Und vielleicht auch ein Stück Brot? Ich habe seit gestern Nachmittag nichts mehr gegessen.«

»Aber natürlich. Wie gedankenlos von mir.« Eilig verbeugte der Oberleutnant sich und bot ihr den Arm. »Kommen Sie, Marchesa, und Sie auch, Manari.« Er führte sie den Gang entlang zu einem anderen Raum. Hier standen ein Tisch und vier Stühle. Castiglioni trat zur Tür. »Gruber!«

Sofort erschien ein Mann in Uniform. »Jawohl, Herr Oberleutnant.«

»Besorgen Sie Wasser und Kaffee. Und Brot.« Er wandte sich an sie. »Viel kann ich Ihnen nicht bieten Marchesa. Wir haben Rosate schon vorgestern geräumt.« Er wartete, bis der Gruber genannte Soldat die Sachen gebracht hatte, und wies ihn an, die Tür zu schließen. »Bedienen Sie sich, Marchesa, und Sie ebenfalls, Manari. Und schenken Sie uns allen Kaffee ein.«

Er griff nach dem Becher, den Maurizio ihm reichte, und wartete, während Gianna und Maurizio aßen. Der Kaffee war heiß und bitter, das Brot überraschend frisch.

Schließlich wandte der Oberleutnant sich an Maurizio. »Also, was war da los, Manari? Unerlaubtes Entfernen von der Truppe! Das ist keine Kleinigkeit. Junge, was hast du dir bloß dabei gedacht?«

Verblüfft über die Veränderung in Ton und Wortwahl starrte Gianna den Hauptmann an.

Maurizio erzählte ihm, dass er Gianna schon aus Montescudaio kannte und wie sie nach Binasco geraten war. »Ich habe ihnen klarmachen können, dass sie keine Spionin ist, und sie haben mir geglaubt, dass ich sie kenne. Rittmeister Farkas hat gesagt, sie könne nach Abbiategrasso zurückkehren, aber, mit Verlaub, Herr Oberleutnant, hier gibt es doch überall versprengte Soldaten oder Deserteure. Und ihr Kutscher hat sich aus dem Staub gemacht. Ich habe die Marchesa nur sicher nach Hause bringen wollen. Wir sind um kurz nach siebzehn Uhr aufgebrochen. Wenn alles geklappt hätte, wäre ich kurz nach Einbruch der Dunkelheit wieder im Lager gewesen.«

»Aber es hat nicht geklappt. Was ist passiert?«

»Kurz vor Rosate sind wir auf Feldwebel Vuković und zwei weitere Soldaten getroffen. Er hat behauptet, ich wolle desertieren.«

»Ein gefundenes Fressen für Vuković.«

»Darf ich etwas fragen, Herr Oberleutnant?«

»Natürlich.«

»Wieso sind Sie hier? Vuković hat einen Soldaten zu Hauptmann Häusel geschickt.«

»Das verdankst du Bernardo Righetti. Er hat mitbekommen, wie dieser Soldat, den Vuković geschickt hat, Hauptmann Häusel Meldung gemacht hat, und ist wie der Teufel nach Melegnano geritten, um mir zu sagen, dass du in Schwierigkeit bist. Zu deinem Glück hatte Hauptmann Häusel keine Lust, gestern Abend noch nach Rosate zu reiten. Also habe ich ihm gesagt, dass ich mich dieser Angelegenheit annehmen werde.« Castiglioni trank einen Schluck Kaffee. »Ich kann das nicht auf sich beruhen lassen, Junge, zu viele wissen davon.«

Maurizio senkte den Kopf. »Jawohl, Herr Oberleutnant, ich verstehe.«

Beunruhigt sah Gianna von einem zum anderen. »Er wollte mir nur helfen.«

»Trotzdem hätte er nicht gehen dürfen, ohne um Erlaubnis zu fragen.«

»Was werden Sie mit ihm tun?« Ihre Stimme zitterte, sie dachte an Vuković' Worte, dass er dafür sorgen werde, dass Maurizio wegen Desertion gehängt würde.

Der Oberleutnant musterte sie, und sein Blick verriet ihr, dass er wusste, wie es um sie und Maurizio stand. »Da er aber nicht heimlich abgehauen ist, sondern, im Gegenteil, den Jäger Righetti zu mir geschickt hat, um mich über sein Vorhaben zu informieren, wird es mit ein paar Tagen Arrest erledigt sein.«

Maurizio hob den Kopf, und auch Gianna starrte Castiglioni an. Der hob ganz leicht den rechten Mundwinkel. »Righettis Pferd hat ein Eisen verloren, deshalb hat er länger für den Weg gebraucht und ist erst gekommen, als Vuković schon auf eigene Faust gehandelt hat. Aber ich habe Hauptmann Häusel davon überzeugen können, dass ich informiert bin und diese Sache genehmigt habe.«

»Danke, Herr Oberleutnant!«, sagte Maurizio, seine Stimme zitterte.

»Was gibt es da zu danken?«, gab der trocken zurück. »Alles ganz korrekt. Übrigens hat Righetti es sich nicht nehmen lassen, mich zu begleiten. Er wartet draußen.« Er schob seinen Stuhl zurück und stand auf. Maurizio erhob sich ebenfalls. »Ihr habt eine Viertelstunde, um euch zu verabschieden«, sagte der Oberleutnant. »Righetti wird die Marchesa nach Abbiategrasso begleiten. Ich würde Ihnen dringend empfehlen, dort zu bleiben«, wandte er sich an sie. »Wir haben Krieg.« Er verneigte sich vor ihr und nickte Maurizio zu. »Ich erwarte Sie draußen, Oberjäger Manari.«

Maurizio salutierte. »Jawohl, Herr Oberleutnant.«

Gianna beherrschte sich, bis er die Tür hinter sich geschlossen hatte, dann sprang sie auf und fiel Maurizio um den Hals. Sie weinte, doch es waren Tränen der Erleichterung.

Er zog sie an sich. »Dem Himmel sei Dank für Menschen wie Bernardo und Oberleutnant Castiglioni«, sagte er leise.

»Er scheint ganz anders zu sein als sein Bruder.«

»Das ist er. Gott segne ihn.«

Sie lehnte sich an ihn. »Was passiert nun?«

»Wir, also die habsburgische Armee, ziehen uns zurück. Ziel dürfte das Festungsviereck bei Verona sein. Da werden wir uns sammeln und für die nächste Schlacht bereitmachen.« Er schob sie ein Stück weg, um ihr in die Augen zu sehen. »Der Oberleutnant hat recht. Reisen ist gefährlich. Warte, bis sicher ist, dass hier in der Gegend nicht mehr gekämpft wird. Dann kannst du nach Hause fahren.«

»Und du?«

»Ich werde kämpfen.«

Zitternd sog sie die Luft ein. Noch eine Schlacht. Wieder eine, in der er fallen könnte. Wie sollte sie die Angst um ihn aushalten? »Aber wenn der Krieg vorbei ist, dann kommst du nach Hause.«

»Gianna, in Montescudaio bin ich nichts als ein Knecht.«

»Dann bleibe ich hier. Oder ich gehe nach Verona. Ich liebe dich, ich will dich nicht verlieren.«

»Du wirst mich niemals verlieren. Weil ich immer nur dich geliebt habe.«

»Aber das reicht mir nicht. Ich will mit dir zusammen sein, mein Leben mit dir teilen.«

»Als Soldatenfrau? Nein, Gianna.«

»Dann mit dir auf Alberi d'Argento. Mein Vater hat dir eine Stelle angeboten, nicht als Knecht, sondern als Cantiniere. Ich weiß, dass er dich mag.«

Maurizio lächelte. »Ja, er mag mich bestimmt, aber sicher nicht als Schwiegersohn.«

»Ich bin großjährig. Ich war bereits verheiratet. Ich denke, ich kann selbst entscheiden.«

Langsam nickte er. »Wie ich gestern sagte: Im Moment ist nicht die Zeit für Entscheidungen. Geh nach Hause, finde in dein normales Leben zurück. Und wenn der Krieg vorbei ist, wirst du wissen, ob du wirklich einen Bastard heiraten willst.«

Sie riss die Augen auf. »Wie bitte?«

»Enzo Manari war nicht mein Vater. Er hat meine Mutter geheiratet, weil sie schwanger war, von dem Herrn der Tenuta Bandello, Sergio Castiglioni.«

Gianna zwinkerte. »Du bist … du bist Sergios Sohn?«

Und Angelos Halbbruder. Deshalb hatte Don Sergio ihn nach dem Erdbeben auf der Tenuta aufgenommen und ihn sogar mit Angelo gemeinsam unterrichten lassen. Damals hatte sie sich nichts dabei gedacht. Aber plötzlich erinnerte sie sich an die Verwunderung ihrer Eltern, an Getuschel und Gerüchte in der Dienerschaft. Angelos Mutter hatte nie einen Hehl aus ihrer Abneigung gemacht. Kein Wunder. Wie es wohl sein musste, den Sohn des eigenen Mannes von einer anderen Frau ständig vor Augen zu haben? Wenn sie sich vorstellte, Riccardo hätte ihr ein Bastardkind ins Haus gebracht … sie hätte es wohl auch nicht geliebt.

»Ich habe es erst erfahren, als ich fünfzehn Jahre alt war. Angelo hat es mir gesteckt.«

»Angelo wusste Bescheid?«

Er hatte ihn sogar zweimal in ihrer Gegenwart als Bastard bezeichnet, erinnerte sie sich. Doch sie hatte damals gedacht, es sei nur eine Beschimpfung gewesen.

»Ja, er wusste es. Und er hätte es wohl gerne verbreitet, wenn sein Vater es ihm nicht verboten hätte. Offiziell bin ich Enzo Manaris Sohn, Don Sergio hat ihn damals bezahlt, damit er meine Mutter heiratet und mir seinen Namen gibt. Du verstehst, es ist unmöglich, dass ich zurückkomme und um deine Hand anhalte. Dein Vater würde mich wohl davonjagen.« Er schluckte. »Vor zwei Tagen, da wollte ich dich doch nur einmal küssen und dir sagen, dass ich dich liebe, mehr nicht. Ich habe niemals damit gerechnet, dass du meine Gefühle erwiderst, und wenn ich geahnt hätte, dass du jede Vorsicht vergisst, um mir zu folgen, hätte ich meinen Mund gehalten.«

»Aber ich bin froh, dass du es gesagt hast. Versprich mir, dass du auf dich aufpasst, dass du diesen verdammten Krieg überlebst. Und dann komm nach Hause. Ich werde auf dich warten.« Sie griff sich ins Genick und öffnete den Verschluss der Goldkette, die sie schon seit ihrer Kindheit trug. Daran hing ein kleines Medaillon mit dem in Gold geprägten Bild der Mutter Gottes. Ihre Mutter hatte es ihr geschenkt. Sie trat zu ihm und legte es ihm um.

Abwehrend hob er die Hände. »Das trägst du, seit ich dich kenne. Ich kann es nicht annehmen.«

Sie lächelte. »Es ist kein Geschenk, nur eine Leihgabe. Es soll dich im Krieg beschützen. Und dann musst du es mir zurückgeben.«

»Ich werde es zurückgeben.« Sein Lächeln war so traurig, dass ihr das Herz weh tat. »Wenn der Krieg vorbei ist. Ich komme nach Montescudaio. Und wenn du mich dann wirklich willst …«

Es klopfte an der Tür, und Oberleutnant Castiglioni trat ein. »Die Timonella ist bereit, Marchesa.«

»Ich danke Ihnen für Ihre Hilfe, Oberleutnant Castiglioni. Und auch dafür, was Sie für Maurizio getan haben.«

Der Oberleutnant lächelte, und plötzlich fiel ihr die Ähnlichkeit mit Maurizio auf. Beide waren mittelgroß, hatten hellbraunes Haar und Augen, deren Farbe zwischen Blau und Grau changierte. Vielleicht, wenn sie nahe genug heranträte, würde sie sehen, ob auch er diese goldenen Sprenkel darin hatte. Aber es war das Lächeln, die Art, wie sie den Mund verzogen, das bei beiden gleich war. Und beide hatten die gleiche forschende Art, jemanden anzusehen.

Sie erwiderte seinen Blick. »Ich verspreche Ihnen, dass von mir niemand von diesem Vorfall erfahren wird. Es wird keine Berichte in den Zeitungen geben. Ich habe dummerweise einen Ausflug gemacht und bin von Ihren Soldaten sicher nach Hause geleitet worden.«

»Danke, Marchesa.« Er verbeugte sich.

Sie seufzte leise, als sie sich umdrehte und den Raum verließ. Hoffentlich würde sie beide wiedersehen.

Bernardo Righetti wartete neben der Timonella. Der Braune war angespannt, ein gesatteltes Pferd stand daneben. »Sie können es sich aussuchen, ob Sie kutschieren oder reiten möchten«, sagte Righetti und verneigte sich kurz vor ihr.

Da sie keine Reitkleidung trug, zog sie es vor, zu kutschieren. Righetti half ihr auf die Timonella und übergab ihr die Zügel, dann saß er auf. Gianna wandte den Kopf und blickte zum Rathaus. Hinter einem der Fenster glaubte sie Maurizio zu sehen, aber vielleicht spielte ihre Einbildungskraft ihr auch nur einen Streich. Sie schnalzte mit den Zügeln, und der Braune trabte an.

24. KAPITEL

Wir warten, bis Righetti zurück ist, dann brechen wir auf«, sagte Castiglioni. »Ich habe ein Pferd für dich dabei.«

»Danke, Herr Oberleutnant.«

Castiglioni warf ihm einen ungeduldigen Blick zu. »Reiner Eigennutz. Ich habe keine Lust, dich aus den nächsten Schwierigkeiten herauszuhauen. Und in die gerätst du, wenn ich dich mit Vuković marschieren lasse.«

Da mochte er recht haben. Es juckte ihn in den Fingern, Ivo zu verprügeln. »Feldwebel Vuković kommt nicht mit uns nach Binasco?«

»Feldwebel Vuković und die Soldaten, die im Laufe der letzten Nacht hier eingetroffen sind, sind bereits auf dem Weg nach Melegnano. Die Franzosen dürften mittlerweile in Abbiategrasso Quartier bezogen haben. Righetti wird die Marchesa bis kurz vor die Stadt begleiten und dann umkehren, alles andere wäre ein zu großes Risiko.«

»Ich hätte sie auch begleiten können.«

Der Oberleutnant schüttelte den Kopf. »Manchmal ist ein schneller Abschied besser, und außerdem muss ich die Form wahren und wenigstens so tun, als würde ich dich für deine Eigenmächtigkeit bestrafen.« Der Oberleutnant deutete auf die Kaffeekanne. »Schenk uns noch mal Kaffee ein, und setz dich.«

Maurizio gehorchte, reichte dem Oberleutnant den Becher und setzte sich.

»Wir reiten direkt nach Melegnano und von dort aus weiter nach Lodi. Der Befehl heißt Rückzug hinter den Mincio.« Seine Stimme klang bitter. »Er überlässt die Lommelina den Franco-Sarden.«

Maurizio musste nicht fragen, wer *er* war. Castiglioni sprach von Feldzeugmeister Gyulay. »Mein Gewehr und mein Gepäck sind noch in Binasco.«

»Das liegt auf dem Weg, wir holen dein Zeug. In Melegnano oder spätestens in Lodi wirst du dich wieder deiner Kompanie anschließen. Und ich will keine Querelen mehr mit Vuković. Geh ihm aus dem Weg. Er mag ein Idiot sein, aber er ist ein guter Soldat. Wir werden jeden Mann brauchen.« Er hob die Augen zur Decke. »Ich bete, dass die Gerüchte wahr sind und Seine Majestät selbst den Oberbefehl übernimmt, damit wir diesen Salonlöwen Gyulay los sind. Er kann sich von jetzt an seine Mahlzeiten bestellen, wann es ihm passt, um elf Uhr frühstücken, niemanden wird es mehr stören, denn es wird keine eiligen Depeschen an ihn mehr geben. Weißt du, dass Napoleon nach Magenta erst eine Depesche nach Paris geschickt hat, in der von einem heißen, unentschiedenen Kampf die Rede war? Erst als Gyulay den Befehl gegeben hat, sich nach Binasco zurückzuziehen, hat Napoleon eine zweite Depesche geschickt, in der von einem großen Sieg die Rede war.«

Maurizio blieb stumm. Wie verzweifelt musste der sonst so loyale Castiglioni sein, um so über den Oberkommandierenden zu reden? Nicht zum ersten Mal kam ihm der Gedanke, dass Gyulay Ungar war, Angehöriger eines Volkes, das von den Österreichern unterdrückt wurde. Vielleicht wollte der Feldzeugmeister den Österreichern schaden, sie sabotieren. Aber, nein, der Gedanke war zu unwahrscheinlich. Gyulay gehörte zu denen, die von der Herrschaft der Habsburger profitierten, er war reich, obwohl in Mailand inzwischen Gerüchte umgingen, Gyulay sei von Napoleon mit zwei Millionen Franc bestochen worden, damit er die Lombardei den Franzosen überließ. Es war absurd. Gyulay war Millionär, warum sollte er so etwas tun?

Rückzug. Sie nahmen den gleichen Weg, den sie wenige Wochen zuvor vorwärtsmarschiert waren, dem Feind entgegen. Damals in Erwartung einer großen Schlacht und mit der Hoffnung auf einen Sieg. Zähneknirschend gaben die Oberleutnants das Kommando zum Rückzug, während Kuriere Nachrichten überbrachten, dass der Gegner triumphierend in Mailand einzog. Fünfzehntausend Soldaten hatte die österreichische Armee bei Magenta verloren. Tote und Vermisste. Die Überlebenden waren erschöpft, ausgehungert, ausgelaugt. Und jetzt mussten sie Gewaltmärsche zurück ins Festungsviertel durchstehen.

Maurizio ging mechanisch. Schritt für Schritt. Der monotone Marsch durch die Po-Ebene gab ihm zu viel Zeit zum Denken. Neben und hinter ihm gingen »seine« Jäger, oder vielmehr diejenigen, die Magenta überlebt hatten. Bernardo, der Italiener, Johannes, Fritz und Hans, die Österreicher, Milan, der Kroate. Fünf Leute. Vier waren gefallen oder vermisst. Karl, ein Bursche aus einem kleinen Tiroler Bergdorf. Er war erst achtzehn Jahre alt gewesen, der Sohn eines Jägers, der sich freiwillig gemeldet hatte. Ein Minié-Geschoss hatte ihm den halben Kopf weggerissen.

Zurück, Schritt für Schritt. In seinem Kopf waren Bilder, die er nicht sehen wollte.

Francesco Minuto aus dem Treviso, Anfang zwanzig, verheiratet. Seine Frau hatte ihr erstes Kind bekommen, als man ihn eingezogen hatte. Er hatte nicht kämpfen wollen. Eine Kartätschenkugel hatte ihm ein Bein zerschmettert, er war auf dem Schlachtfeld verblutet. Josef Hochwimmer, er war angeschossen worden. Vielleicht hatte er überlebt, er galt als vermisst. Ebenso wie Anton Gabler, der erst vor vier Wochen zu ihnen gestoßen war, auch ein Freiwilliger. Maurizio hatte ihn zuletzt in einem Kampf Mann gegen Mann gegen einen Zuaven gesehen.

Ab und zu ritt ihr Zugführer, Leutnant Meissner, vorbei

und wechselte einige Worte mit ihnen, versuchte aufmunternd zu klingen, doch der bittere Zug um seinen Mund und der resignierte Ton in seiner Stimme verrieten, dass er genauso bedrückt war wie sie. Alles umsonst, die Entbehrungen bei den Märschen, die Kämpfe, die Toten. Zu retten war nichts mehr. Gyulay hatte die Lomellina aufgegeben.

Sie marschierten durch Pavia, räumten die Stadt, die Vorräte und Geschütze blieben zurück, eine Beute der nachrückenden Franzosen.

Piacenza war bereits geräumt, als sie die Stadt erreichten. Weiter ging es nach Cremona, nach Mantua, bis sie endlich Verona erreichten.

Erst war es nur ein Gerücht, dann Tatsache. Der Kaiser war in Verona. Er hatte Gyulay in den Ruhestand versetzt. Als Leutnant Meissner seinen Zug davon unterrichtete, schien seine Stimme vor unterdrückter Freude zu vibrieren. »Gewehre und Uniformen reinigen«, befahl er. »Morgen wird es eine Parade geben.«

Fritz und Johannes warteten, bis er die Stube verlassen hatte, dann brachen sie in Jubel aus. »Endlich sind wir ihn los«, sagte Fritz und schlug Johannes auf die Schulter. »Vielleicht übernimmt sogar der Kaiser selbst das Kommando. Passt auf, dann schlagen wir die Franzmänner und auch die Piemontesen.«

Milan ging zu seinem Spind und holte eine Flasche mit einer klaren Flüssigkeit heraus. »Her mit euern Bechern. Darauf müssen wir anstoßen.«

Maurizio war nicht überzeugt, dass ein Wechsel in der Heerführung das Blatt wirklich wenden würde, doch er mochte seinen Kameraden die Stimmung nicht verderben.

So stieß er mit ihnen an. Der Schnaps war scharf und schmeckte leicht nach Pflaume.

Hans nahm einen großen Schluck und hustete. »Was ist das?«

Milan grinste. »Sliwowitz. Mein Vater brennt ihn selbst.«

Am nächsten Morgen wurden sie sehr früh von Leutnant Meissner geweckt. »Truppenparade. Ich will blanke Stiefel, blitzsaubere Gewehre und kein Stäubchen auf den Uniformen.«

Nach dem Frühstück stellten sie sich in Ehrenformation auf dem Paradeplatz auf. Vor den Jägern der V. Kompanie stand Leutnant Meissner neben den Hauptleuten. In einiger Entfernung entdeckte Maurizio Oberleutnant Castiglioni. Er saß auf Dario. Das schwarze Fell des Hengstes glänzte in der Morgensonne. Castiglioni ließ den Blick über seine Leute schweifen. Als er Maurizio ansah, nickte er ihm kurz zu.

Ein Mann in Generalsuniform verlas die Proklamation, dass der Kaiser den Oberbefehl über die k. und k. Armee übernehmen werde. Jubel brandete auf. Und dann kam er selbst: Franz Josef I. Er ritt durch das Tor. Vor den Truppen stieg er vom Pferd und ging die Reihen zu Fuß ab. Er sprach den einen oder anderen an, schüttelte hier ein paar Hände und nickte dort den Soldaten zu. Begleitet wurde er von einem Offizier, der ihm wohl einiges erklärte.

Schließlich war auch das zu Ende, der Kaiser saß auf und ritt vom Platz. Danach durften sie sich endlich rühren und wegtreten.

Ein paar Tage später gab der Kaiser Befehl zum Ausrücken. Angeblich rüsteten die Preußen auf, um die Franzosen von Norden her anzugreifen.

»Eine solche Gelegenheit gibt es vielleicht so schnell nicht wieder«, verkündete Oberleutnant Castiglioni, als er sein Bataillon antreten ließ. »Auch Napoleon wird über die preußische Mobilisierung informiert sein, und einen Krieg an zwei Fronten kann er nicht gewinnen.«

Sie brachen am nächsten Morgen in der Dämmerung auf und marschierten mal wieder in Richtung Mincio. Am Abend zuvor war Maurizio zu Oberleutnant Castiglioni beordert worden.

»Du hast dich gut geschlagen bisher«, sagte Castiglioni nach der förmlichen Begrüßung und bot ihm einen Platz an. »Wenn diese Schlacht vorbei ist, werde ich dafür sorgen, dass du zum Leutnant befördert wirst.«

»Danke, Herr Oberleutnant.«

»Kein Grund, zu danken«, wiegelte er ab, wie so oft. »Du hast es verdient, auch wenn es manchmal ein paar Probleme mit der Disziplin gab.« Er lächelte kurz. »Hast du noch mal was von der kleinen Marchesa gehört?«

»Nein, Herr Oberleutnant. Ich weiß, dass sie nach Hause in die Toskana wollte, aber ich weiß nicht, ob sie schon aufgebrochen ist.«

»Du solltest Urlaub einreichen und sie besuchen.«

Maurizio versuchte zu lächeln, obwohl ihm nicht danach zumute war. »Wenn der Krieg vorbei ist.«

Castiglioni presste die Lippen zusammen. »Ich glaube, dass die nächste Schlacht die letzte in diesem verfluchten Krieg sein wird. Entweder wir schlagen sie, dann werden sich die Franzosen zurückziehen, oder wir werden geschlagen und …« Er hob die Schultern. »Hoffen wir, dass es nicht passiert.«

»Was ist mit den Preußen?«, fragte Maurizio.

»Ich glaube nicht, dass sie eingreifen. *Noch* nicht.«

Er machte eine kurze Pause, dann sprach er leise weiter. »Auch wenn der Befehl lautet, keine Nahrungsmittel mitzunehmen, damit mehr Platz für Kugeln und Pulver im Marschgepäck ist, pack dir was zu essen und auch Wasser ein. Sieh zu, dass auch deine Leute es tun. Der Nachschub ist immer noch miserabel organisiert, und ihr könnt nicht kämpfen, wenn ihr tagelang nicht richtig gegessen habt. Aber das weißt du natürlich nicht von mir.«

Maurizio nickte und verabschiedete sich.

Beim Frühstück nahm er sich mehrere kleine Brote aus dem Brotkorb und packte zwei davon in seinen Tornister, und zwar so, dass seine Jäger es sahen. Auf ihre fragenden Blicke hin nickte er. Also griffen auch sie zu, und sie waren nicht die Einzigen. Selten zuvor war der große Korb mit Brot so schnell leer gewesen.

Dann marschierten sie los. Zweihunderttausend Mann stark sei die Armee mittlerweile, hatte Feldzeugmeister Franz von Wimpffen vor dem Abmarsch verkündet. Die Division von Feldmarschallleutnant von Stadion, zu der Maurizio gehörte, stand unter seinem Oberkommando. Trotz der Hitze waren die meisten Soldaten guter Laune. Viele sangen, andere machten Witze über die schlechte Verpflegung. Die allerdings wurden still, als bekanntgegeben wurde, dass das Mittagessen ausfallen werde, weil die Offiziere keine Zeit damit verlieren wollten, Fleisch und Brot zu requirieren. Wie Castiglioni es prophezeit hatte, funktionierte der Nachschub mal wieder nicht. Immerhin wurde Kaffee ausgeschenkt, und es wurde eine kurze Rast gehalten.

»Warum besorgen wir uns nicht selbst was zu essen?«, murrte Michael, einer der neuen Jäger in Maurizios Gruppe. Er war mit einem Trupp Soldaten erst am 17. Juni aus

Innsbruck eingetroffen. »Dort hinten habe ich Hühner gackern hören. Wir holen uns zwei oder drei, dann haben wir wenigstens heute Abend was.«

»Weil es verboten ist«, antwortete Maurizio. »Die Führung geht mit äußerster Härte gegen Diebe und Plünderer vor. Wenn sie dich erwischen, erschießen sie dich.«

»Wegen ein paar Hühnern, die wir unseren Feinden wegnehmen?«

»Die Zivilbevölkerung ist nicht der Feind. Und es sind schon Soldaten für weniger erschossen worden.«

Zweifelnd sah Michael ihn an. Maurizio konnte in seinem Gesicht lesen, dass er glaubte, er sage das nur, weil er Italiener war. Die Neuen aus Innsbruck begegneten den italienischen Soldaten mit Misstrauen.

Bernardo beugte sich vor. »Hör zu, Junge. Kurz vor Magenta sind zwei Ungarn dabei erwischt worden, wie sie zwei kleine Votivherzen aus Silberblech von einem Kruzifix an einer Landstraße entfernt haben. Sie wollten sie wahrscheinlich als Glücksbringer haben. Beide wurden von Feldmarschallleutnant Benedek zum Tode verurteilt und sofort hingerichtet.«

Michael wurde blass. »Aber warum?«

»Weil die sardinische und die französische Presse ständig böswillige Lügengeschichten über die angeblichen Gräueltaten der Österreicher drucken und deshalb jeglicher Übergriff oder Diebstahl strengstens bestraft wird. Das war Benedeks Begründung. Also lass die Bauern hier in Ruhe.«

Michael nickte stumm.

Sie marschierten weiter, überquerten den Mincio und wandten sich nach Süden. Als die Sonne sank, entdeckte Maurizio in der Ferne auf einem Hügel einen Turm. Hauptmann Häusel zügelte sein Pferd neben ihnen und deutete auf den Turm. »Das ist unser Ziel, Männer: Solferino.«

Sie erreichten die Stadt wenig später. Hauptmann Häusel wies seinen Jägern ihre Positionen zu. Sie sollten sich in kleinen Gruppen auf dem Abhang vor dem Turm verschanzen und gezielt auf die anrückenden Truppen schießen, um deren Vormarsch frühzeitig zu stören.

Maurizio lagerte mit seiner Gruppe hinter einem Erdwall, auf dem niedrige Büsche wuchsen. Von hier hatte man einen guten Blick über die Ebene. Spione berichteten, dass weit und breit keine feindlichen Truppen zu sehen waren, trotzdem überprüfte Maurizio seinen Stutzen und die Munition und wies seine Jäger an, das Gleiche zu tun. Leutnant Meissner kam in Begleitung einiger Soldaten, die Kaffee ausschenkten.

»Kein Essen?«, fragte Maurizio.

Der Leutnant presste die Lippen zusammen. »Oberleutnant Castiglioni versucht herauszufinden, wo der Nachschub festhängt.«

Dankbar dachte Maurizio an den Rat seines Onkels, etwas zu essen einzupacken. Er holte die beiden kleinen Brote aus seinem Tornister, und auch die anderen packten ihren verbotenen Proviant aus.

Trommeln und Kanonendonner weckten ihn auf. Erschrocken fuhr er hoch. Er hatte von Gianna geträumt und von zu Hause. Wo war er, in einer Schlacht? Im Osten zeigte sich ein heller Schein, sonst war es noch dunkel. Es konnte nicht später als vier Uhr morgens sein. Um ihn herum setzten sich die Männer auf, blickten sich um. Der Lärm kam aus der Ebene vor ihnen. Es musste der Feind sein. Sein Magen zog sich zusammen. Der Feind? Seine Landsleute?

Er verdrängte den Gedanken. Keiner hatte recht in diesem Krieg.

Hufschläge rissen ihn aus seinen Überlegungen. Ein Soldat, den er nicht kannte, kam angeritten und zügelte sein Pferd neben ihnen. »Hauptmann Häusel! Die französische Armee marschiert in diesem Moment auf uns zu. Bringen sie Ihre Männer in Stellung!«

25. KAPITEL

Ein Knall. Der Gestank von Pulver, Schreie um ihn herum. Er legte an, schoss und duckte sich, um sein Gewehr nachzuladen. Neben ihm schoss Bernardo, duckte sich, lud nach. Sie wechselten sich ab, hielten die anrückenden Franzosen unter Feuer. Das Zischen einer Kanonenkugel ließ ihn zusammenfahren, sie schlug einige Meter vor ihnen ein.

»Zurückziehen!«, brüllte Leutnant Meissner hinter ihnen.

Geduckt gingen sie rückwärts. Die nächste Kanonenkugel schlug ein, dieses Mal schon näher. Und dann fielen Schüsse von der Seite. Maurizio spürte einen Schlag über der Hüfte, er sackte zusammen, ein sengender Schmerz breitete sich in seiner rechten Seite aus. Neben ihm krümmte sich Bernardo. Vorsichtig richtete Maurizio sich auf. Seine Seite schmerzte, doch er konnte sich bewegen. Vermutlich war es ein Schrapnell gewesen, das ihn erwischt hatte. Wenn es eines der neuartigen Minié-Geschosse der Franzosen gewesen wäre, wäre er jetzt tot. Er kroch zu Bernardo. In dessen Oberschenkel klaffte eine tiefe Wunde, das Blut strömte pulsierend daraus hervor.

»Verdammt.« Er brauchte irgendetwas, mit dem er das Bein abbinden konnte. Er griff nach dem Gurt, der Bernardos Tornister hielt, doch Bernardo schlug ihm die Hand weg. »Was soll das?«, fuhr Maurizio ihn an. »Ich muss dein Bein abbinden.«

»Verschwinden musst du«, zischte Bernardo. »Da kommen die Franzosen. Du kannst mir nicht mehr helfen.«

Maurizio sah in die Richtung, in die er deutete. Im flirrenden Sonnenlicht erkannte er die rotblauen Uniformen der Franzosen. Sie stürmten den Hügel. »Merda!« Trotz des stechenden Schmerzes in seiner Seite richtete er sich auf, packte Bernardo unter den Achseln und zerrte ihn mit sich. Nach einigen Metern erschlaffte der Körper in seinen Armen. »Nein!« Maurizios Schrei wurde vom Donnern der Kanonen und dem Krach der Musketen übertönt. Bernardo war tot. Er ließ den Körper zu Boden gleiten, sank neben ihm zusammen. Seine Hände zitterten, als er seinem Freund die Augen schloss. Hastig sprach er ein Gebet, dann nahm er ihm die Kette mit dem Kreuz, die er um den Hals trug, ab und schob sie in seine Jackentasche. Er würde sie an seine Familie schicken. Vorausgesetzt, er überlebte die Schlacht. Vielleicht wäre es besser gewesen, sie ihm zu lassen.

Zu spät. Wieder krachten Schüsse. Maurizio robbte hinter den nächsten Erdwall und versuchte sein Gewehr zu laden.

»Haltet die Stellung«, hörte er Castiglioni rufen. »Für den Kaiser!«

Nicht mein *Kaiser,* dachte er.

Aber der andere, gegen dessen Soldaten er kämpfte, war ebenso wenig sein Kaiser.

Jemand nahm ihm die Flinte aus der Hand und gab ihm eine andere. »Geladen.«

Er nickte und legte auf einen Franzosen an, der mit aufgepflanztem Bajonett auf den Wall zustürmte. Der Schuss warf den Mann zu Boden. Wieder wurde ihm das Gewehr weggenommen und ein anderes in die Hand gedrückt. Er wandte kurz den Kopf. Neben ihm lag einer der neuen Rekruten, ein Junge von allerhöchstens neunzehn. Er verzog den Mund, als wollte er ihn anlächeln, doch es wirkte eher wie eine angstvolle Grimasse. Maurizio blickte wieder nach vorne auf die anrückenden Franzosen. Er zielte, drückte ab, und einer in blauer Uniform fiel. Er gab das Gewehr dem Jungen und nahm ein geladenes in Empfang. Das Zielen fiel ihm zunehmend schwer, seine Hände zitterten. Er tastete nach seiner Hüfte. Der Stoff des Waffenrocks war nass, und als er die Hand zurückzog, waren seine Finger rot von Blut.

Eine Kanonenkugel schlug unmittelbar vor dem Erdwall ein, eine zweite wenige Meter rechts von ihm. Er bekam keine Luft mehr, seine Ohren dröhnten. Die Luft war erfüllt von Staub und Rauch. Als er wieder sehen konnte, lag der Junge, der seine Gewehre geladen hatte, merkwürdig verrenkt neben ihm, seine Augen waren gebrochen. Auf dem nächsten Erdwall entdeckte er Castiglioni, der seine Hände auf den Bauch drückte. Maurizio versuchte, auf die Beine zu kommen, als Männer in blauroter Uniform den Hügel stürmten. Ihnen folgten andere, die rote Pluderhosen, kurze blaue Jacken und rote Kappen trugen. Napoleons Zuaven. Mit ihren Krummsäbeln hackten sie auf die Verletzten ein, fällten Flüchtende.

Maurizio griff nach seinem Stutzen, pflanzte mit fliegenden Fingern das Bajonett auf.

Einer der Zuaven entdeckte Castiglioni, der versuchte, hinter den Erdwall zu robben. Mit gehobenem Säbel stürmte er auf ihn zu.

»Nein!« Nicht auch noch Castiglioni! Maurizio sprang auf und warf sich dem Zuaven entgegen. Drei Schritte, dann rammte er dem Mann das Bajonett in den Bauch. Danach ließ er den Stutzen los und brach über dem Oberleutnant zusammen. Der Säbel des Zuaven verfehlte Castiglioni, strich Maurizio über die Wange. Der Zuave fiel auf die Knie, seine Augen waren geweitet, die Hände umklammerten das Bajonett. Maurizio achtete nicht auf ihn. Er musste den Oberleutnant und sich in Deckung bringen. Sein Herz hämmerte, das Blut rauschte so laut in seinen Ohren, dass die Schüsse und Schreie wie von fern schienen. Irgendwie schaffte er es, aufzustehen und Castiglioni nach hinten zwischen die Weinstöcke zu zerren, die rechts von dem Erdwall wuchsen. Dort legte er ihn hin, ließ sich neben ihn fallen und schloss die Augen. Nichts mehr hören, nichts mehr sehen. Er wollte weinen, schreien. Bernardo war tot. Der Junge, der sein Gewehr geladen hatte, dessen Namen er nicht kannte, war tot. Die meisten seiner Kameraden, mit denen er exerziert, gefeiert, gelacht und gestritten hatte, waren wohl inzwischen nicht mehr am Leben. Doch seine Ohren konnte er nicht verschließen, und als sein Atem sich beruhigt hatte, hörte er die Schreie der Verwundeten nur umso deutlicher. Neben ihm stöhnte Castiglioni. Maurizio setzte sich auf. Sein Magen krampfte sich zusammen, als er die Wunde sah. Es musste eines der Minié-Geschosse gewesen sein, es hatte den Oberleutnant in den Bauch getroffen und ein großes Loch hineingerissen.

Er konnte die Gedärme in der Wunde sehen. Wahrscheinlich steckte die Kugel noch. Panisch sah er sich um. Wo waren die Krankenwärter? Castiglioni musste in Sicherheit gebracht werden, die Wunde musste so schnell wie möglich versorgt werden.

Ächzend richtete sich der Oberleutnant auf und sah auf seinen Bauch. »Merda, das war's dann wohl.« Er ließ sich zurücksinken.

Maurizio versuchte, den Kloß in seiner Kehle zu schlucken, doch es gelang ihm nicht. »Ich hole Hilfe, Herr Oberleutnant. Wir bringen Sie in Sicherheit.«

Castiglioni schüttelte den Kopf. »Lass gut sein, mein Junge. Ich weiß, dass ich sterbe. Einen solchen Bauchschuss überlebt niemand. Nicht nötig, noch ein Risiko einzugehen.«

»Nein!« Das würde er nicht akzeptierten. Dieser Mann war sein Vater, viel mehr als Sergio Castiglioni es jemals gewesen war. Er durfte nicht sterben. Es musste eine Möglichkeit geben, ihn zu retten. Und wenn er ihn selbst über das Schlachtfeld zum Lazarettlager tragen musste.

Castiglioni hob die Hand und strich über Maurizios unverletzte Wange. »Bist ein guter Junge. Wenn ich einen Sohn gehabt hätte, hätte er so sein sollen wie du. Sag das meinem missratenen Bruder. Er kann stolz auf dich sein.«

»Danke, Herr Oberleutnant.«

Castiglioni verzog unwillig das Gesicht. »Für die Wahrheit brauchst du dich nicht zu bedanken. Hör mir zu, ich weiß nicht, wie viel Zeit ich noch habe. Ich fürchte, der Krieg ist verloren. Vielleicht gibt es irgendwo noch mal Schlachten, die sinnlose Opfer fordern, aber du sollst nicht dabei sein. Du bist verletzt. Bleib hier, versteck dich oder stell dich tot. Und wenn es vorbei ist, dann gehst du zu deinem Mädel, dieser niedlichen Marchesa, und heiratest sie. Mach ihr viele Kinder. Und wenn Söhne dabei sind, könntest du einen nach mir benennen? Das wird alles sein, was von mir bleibt, ich habe keine eigenen Kinder.« Sein Atem ging schwer, immer wieder verzog er das Gesicht.

Maurizio spürte die Tränen über sein Gesicht laufen. Auf seiner linken Wange mischten sie sich mit dem Blut aus der Wunde des Säbels und tropften hellrot auf seine Hände. »Ich verspreche es. Wenn Gianna mich will und wir Kinder haben, wird unser erster Sohn Ihren Namen tragen, Herr Oberleutnant.«

»Natürlich will sie dich. Ich habe gesehen, wie sie dich ansieht. Das Mädel liebt dich.« Er schloss die Augen.

Maurizio spähte zwischen den Weinreben hindurch. Die Franzosen zogen sich zurück, hinter ihnen drängte die habsburgische Armee heran, eroberte den Hügel zurück. Seine Wange schmerzte. Er tastete nach der Wunde, die der Säbel des Zuaven gerissen hatte. Es war ein Schnitt, glatt, aber tief, der sich von seinem linken Auge bis zu seinem Kinn zog. Das war nicht weiter schlimm, auch wenn eine Narbe bleiben würde. Schlimmer war das Schrapnell, das über seiner Hüfte steckte. Er tastete nach seiner Feldflasche. Ein kleiner Schluck war noch darin. Er beugte sich über Castiglioni und befeuchtete ihm die Lippen, dann trank er den Rest. Die Sonne stand hoch und brannte unbarmherzig. Der Gestank von Blut und Exkrementen lag in der Luft.

»Soldat, was tun Sie hier?«

Hinter ihm stand ein Mann in der Uniform eines Leutnants. »Oberleutnant Castiglioni ist verletzt«, antwortete er. »Ich habe ihn in Deckung gebracht.«

Der Mann warf einen kurzen Blick auf Castiglioni und stieß einen Fluch aus. »Da kann man nichts mehr tun.«

»Ich weiß«, sagte Maurizio leise. Wieder stiegen ihm die Tränen in die Augen.

»Sie mochten ihn?«

»Sehr.«

»Dann nehmen Sie jetzt Ihr Gewehr und kämpfen. Los! Machen Sie ihm Ehre.«

Maurizio nickte. »Arrivederci«, flüsterte er Castiglioni zu.

Der schlug die Augen auf. »Aber nicht so bald, mein Junge. Nicht so bald. Dich will ich erst in fünfzig Jahren wiedersehen.«

Mühsam stand Maurizio auf.

»Sind Sie ebenfalls verletzt?«, fragte der Leutnant. »Wo ist Ihr Gewehr?«

»Ich wurde angeschossen, und mein Gewehr ist dort.« Er wies mit dem Kinn auf den toten Zuaven.

Der Leutnant ging hin, packte den Stutzen, stemmte einen Fuß auf den Bauch des Mannes und riss das Bajonett heraus. Dann kam er zurück und reichte den Stutzen Maurizio. »Haben Sie noch Munition?«

»Jawohl.«

»Kommen Sie mit.«

Mechanisch griff er nach der Flinte und hinkte hinter dem Mann her, vorbei an Toten und Verwundeten.

Der Leutnant rief einen der Soldaten, der ihnen mit den heranstürmenden Truppen entgegenkam. »Dort zwischen den Weinstöcken liegt Oberleutnant Castiglioni. Holen Sie sich einen zweiten Mann, und bringen Sie ihn ins Feldlazarett.«

»Danke, Herr Leutnant«, sagte Maurizio.

Der Mann drehte sich zu ihm um. »Machen Sie sich keine Hoffnungen, er wird nicht überleben. Aber wir werden ihn nicht den Leichenfledderern oder dem Feind überlassen.« Er deutete auf einen anderen Erdwall. »Dahinter liegen einige Kaiserjäger in Stellung, da ist jetzt Ihr Platz.«

So schnell er konnte, humpelte Maurizio hinter den Wall, hockte sich hin und lud sein Gewehr. Dann legte er sich hin. Rechts und links von ihm lagen Männer in grauen Waffenröcken. Er spähte über den Wall. Von hier aus hatte man einen guten Blick auf die Ebene von Cavriana und die heranrückenden Franzosen. Er legte an.

»Warte noch«, sagte der Mann neben ihm. »Wir sollen sie näher herankommen lassen.«

Er nickte. Links von ihm lag Solferino, das sie verteidigen sollten. Rechts lagen die Weingärten, die sowohl ihnen als auch den Franzosen das Vorwärtskommen erschwert hatten. Doch jetzt hörte er Hufschläge, Wiehern und Geschrei von links. Die französische Kavallerie schlug einen Bogen um das österreichische Heer und versuchte durchzubrechen. Er schwenkte das Gewehr und schoss. Einer der Reiter stürzte und geriet unter die Hufe der nachfolgenden Pferde. Seine Hände zitterten, als er nach der nächsten Kugel griff.

»Lass uns abwechseln«, sagte der Mann neben ihm. »Du lädst, ich schieße. Nach zehn Schuss tauschen wir. Ich bin übrigens Hans.«

Dankbar nickte er. »Maurizio.«

Er kroch ein Stück den Wall hinunter in Deckung, setzte sich und lud sein Gewehr. Dann gab er es Hans, nahm dessen in Empfang, lud es, wartete, bis Hans gefeuert hatte, und tauschte die Gewehre. Immer näher kamen die Franzosen. Ihre Gewehre waren nicht so treffsicher wie die der

Habsburger, die moderner waren und eine größere Reichweite hatten, aber das machten sie durch Masse und ihr unaufhaltsames Vorwärtstürmen wett.

Als sie die Flinten wieder tauschten, rieb Hans sich die Augen.

»Jetzt lädst *du*«, sagte er zu Hans und kroch nach oben.

Das Zielen und das Schießen waren anstrengend. Wie viele Stunden dauerte die Schlacht jetzt schon? Seinem Durst nach zu urteilen, viele. Wie sollte man so kämpfen, halbverhungert und durstig? Wenigstens waren inzwischen Wolken aufgezogen, die Sonne brannte nicht mehr auf seinen Rücken.

Schüsse knallten, die Linie der Franzosen rückte näher. Er visierte einen der Zuaven an und drückte ab. Ob er getroffen hatte, konnte er nicht erkennen, weil eine Kanonenkugel einige Meter vor dem Wall einschlug und Staub und Erde aufwirbelte. Es donnerte wieder, aber dieses Mal über ihm. Er warf einen Blick zum Himmel. Die Wolkendecke hatte sich verdichtet. Ein Blitz zuckte über den Himmel, kurz danach krachte der Donner. Und dann fing es an zu regnen. Es war kein sanfter Sommerregen, sondern eine Sturzflut. In kürzester Zeit waren sie bis auf die Haut durchnässt.

»Verdammt, da zündet kein Pulver mehr«, hörte er Hans neben sich fluchen.

Ihrem Gegner ging es jedoch ebenso, es fielen noch einige Schüsse, dann verstummten die Gewehre. Die Männer pflanzten die Bajonette auf, warfen ihr Tornister ab und gingen aufeinanderlos. Maurizio rammte sein Bajonett einem anstürmenden Franzosen in den Bauch und riss es sofort wieder heraus. Der nächste Soldat, der auf ihn zustürmte, hatte weder Gewehr noch Säbel, mit bloßen

Händen ging er auf ihn los. Maurizio zögerte, er konnte doch keinen Wehrlosen töten. Doch dann spürte er die Hände des Soldaten an seinem Hals. Er ließ sein Gewehr fallen, griff nach den Daumen des Mannes und versuchte sich zu befreien, aber der andere hatte Bärenkräfte. Doch plötzlich riss er die Augen auf, sein Griff lockerte sich. Aus seiner Kehle sprudelte Blut. Hinter ihm stand ein Soldat in ehemals weißem Waffenrock und einem Messer in der Hand. Er warf einen kurzen Blick auf die Leiche, wandte sich um und stürmte dem nächsten Angreifer entgegen. Überall kämpften jetzt Mann gegen Mann, mit Säbel, Messer, Gewehrkolben oder bloßen Händen. Soldaten schlugen, traten und bissen sich. Maurizio hob sein Gewehr auf. Vor ihm war ein Mann in grauem Waffenrock in ein Handgemenge mit einem Zuaven verwickelt. Maurizio rannte los und erstach den Zuaven von hinten mit dem Bajonett. Doch ehe er es wieder aus dem Rücken des Mannes herausziehen konnte, spürte er einen heftigen Schlag auf den Hinterkopf. Er fiel zu Seite und rollte ein Stück den Abhang hinunter. Dann wurde alles schwarz.

Als er wieder zu sich kam, lag er auf dem Bauch, den Kopf zu Seite gedreht, und sein Hinterkopf fühlte sich an, als hätte ihn jemand mit einem Schmiedehammer bearbeitet. Was war passiert? Er erinnerte sich an den Ansturm der Franzosen, an den Schlag auf den Kopf. Jemand musste mit einem Gewehrkolben auf ihn eingeschlagen haben. Um ihn herum lagen Männer in den verschiedensten Waffenröcken. Direkt vor ihm lag ein Infanterist, dem der halbe Unterkiefer fehlte und der leise wimmerte.

Dann sprengte ein Trupp Kavallerie vorbei, über die Körper der Männer, die auf dem Weg lagen, hinweg, ohne Rücksicht auf Verwundete. Ihnen folgte bespannte

Artillerie. Schwere Pferde, die Haubitzen zogen, bahnten sich ihren Weg. Einer der am Boden liegenden schrie gellend, als ihm die Räder einer Haubitze über sein Bein fuhren, ein anderer rollte sich zur Seite und geriet unter die Hufe eines nachfolgendes Pferdes. Schreie, Flüche und Hilferufe mischten sich unter das Wiehern der Pferde. Dann rutschte eines der Zugpferde auf dem schlammigen Boden aus. Das mit eingespannte Pferd scheute. Die Haubitze, die sie zogen, kam vom Weg ab und rutschte auf Maurizio zu. Verzweifelt rollte er sich zur Seite, versuchte, auf die Beine zu kommen. Die Haubitze rutschte weiter, zerrte die Pferde mit sich, die stampfend darum kämpften, auf den Beinen zu bleiben. Einer der Hufe traf seine linke Hand. Er glaubte die Knochen brechen zu hören, dann folgte eine Welle von Schmerz. Wieder wurde es schwarz um ihn.

Als er die Augen wieder aufschlug, war es dunkel. Der Schlachtenlärm war verstummt, stattdessen hörte er um sich herum Jammern und Hilferufe, manche leise, andere laut und verzweifelt. Die Schlacht musste vorbei sein, und die Laute kamen wohl von anderen Verwundeten, die man zurückgelassen hatte. Seine Hüfte schmerzte, und sein linker Arm fühlte sich taub an. Er versuchte sich aufzurichten. Der Schmerz in seiner Hand war so heftig, dass er aufschrie. Er holte tief Luft, biss die Zähne aufeinander, stützte sich mit der rechten Hand ab und kam zum Sitzen. Seine linke Hand pochte und tat unfassbar weh. Er versuchte den Arm zu heben, doch der schien seltsam kraftlos. Schließlich griff er mit der rechten Hand nach dem Handgelenk und hob die Hand auf sein Bein, oder vielmehr das, was von seiner Hand übrig war. Sie sah aus, als hätte sein

Vater, der Schmied, sie auf seinem Amboss bearbeitet. Dunkel von Blut, seltsam breit, und was da so hell aus dem Fleisch stach, waren wohl Knochensplitter. Der Gaul hatte ihn gründlich erwischt. Er blickte sich um. Der Mond schien durch eine Wolkenlücke. Im fahlen Licht sah er zahllose Körper auf dem Feld liegen. Wo waren die Truppen? Er suchte nach dem Schein eines Feuers, doch erfolglos. Sollte er versuchen aufzustehen und ein Lager zu finden? Doch wohin sollte er gehen? Blindlings in der Nacht umherzuirren, war gefährlich, er könnte auf Feinde stoßen. Hier liegen bleiben und darauf hoffen, dass man nach Verletzten suchte? Wahrscheinlich war das seine einzige Chance. Wenn er nur nicht so durstig wäre. Ob einer von den Toten um ihn herum noch Wasser in seiner Feldflasche hatte? Mühsam stand er auf. Wie viele hier lagen. Soweit er sehen konnte, war der Boden mit Körpern bedeckt. Er machte einen vorsichtigen Schritt, dann sackten seine Beine unter ihm weg. Er fiel auf die verwundete Hand und brüllte vor Schmerz. Es kostete ihn alle Kraft, sich auf den Rücken zu drehen. Seine Hand pochte, ihm war heiß. Hatte er Fieber? Vermutlich. Er blieb liegen und schloss die Augen, versuchte sich Giannas Gesicht vorzustellen. Mit der rechten Hand tastete er nach dem Anhänger.

Gianna, Gianna. Ich wollte dich wiedersehen, dachte er. *Ich wollte dich noch einmal küssen, noch einmal lieben.*

Ob Beten helfen würde?

Er musste eingeschlafen sein, denn er wurde von Stimmen geweckt. Inzwischen schmerzten nicht nur seine Hand und seine Hüfte, sondern auch sein Gesicht. Die Schnittwunde, die der Zuave ihm mit seinem Säbel verpasst hatte, musste sich entzündet haben. Jemand beugte sich über ihn, Hände tasteten über seinen Körper. Er zwang sich, die Augen zu öffnen, und blickte in ein bärtiges Gesicht und blaue Augen.

Der Mann richtete sich auf. »Der hier lebt noch!«, rief er.

Maurizio brauchte einen Moment, um zu begreifen, dass der Mann Deutsch sprach. Ein Österreicher.

Er beugte sich wieder über ihn. »Keine Angst, Kamerad, wir bringen dich in Sicherheit.«

Dann waren plötzlich mehrere Leute um ihn und hoben ihn hoch. Der Schmerz in seiner kaputten Hand nahm ihm den Atem. Man legte ihn auf ein Fuhrwerk neben andere Verwundete. Ruckelnd fuhr der Karren an, hielt ein paar Meter später, und der nächste Verletzte wurde hinaufgehievt.

Einige Zeit später erreichten sie eine Straße, die Hufe des Pferdes klapperten auf Pflastersteinen. Jetzt hielten sie nicht mehr an, um weitere Verwundete aufzuladen.

Als Schatten auf sein Gesicht fielen, öffnete er die Augen. Sie mussten in einer Stadt sein, es waren die Wände der Häuser, die sie warfen. Das Rütteln des Fuhrwerks auf dem Pflaster jagte den Schmerz wie glühende Nadeln durch seinen Körper. Der Mann neben ihm wimmerte.

Endlich hielten sie wieder an. Männer kletterten auf den Karren, zwei packten ihn, einer an den Beinen, einer an den Schultern. Sie gaben sich keine Mühe, vorsichtig zu sein, sondern schleppten ihn in einen kühlen dunklen Raum, wo sie ihn unsanft auf den Boden legten.

»Warum lassen wir die Österreicher nicht einfach verrecken und kümmern uns um unsere eigenen Verwundeten?«, murrte der eine im Gehen.

Natürlich, wahrscheinlich war es die italienische Bevölkerung der Stadt, die half, die Verwunden zu bergen. Er konnte von Glück sagen, dass man ihn nicht einfach auf dem Schlachtgeld hatte liegen lassen. Doch wie würde es weitergehen? Lag er hier in der Kirche zum Sterben? Eine Frau hockte sich zu ihm, sah ihm ins Gesicht. Dann befeuchtete sie ein Leinentuch mit Wasser und strich ihm über die Lippen.

»Durst«, murmelte er. »Wasser, bitte gib mir Wasser.«

»Du bist Italiener?« Das Mitleid verschwand aus ihrem Gesicht, machte einem Ausdruck von Verachtung Platz. »Und hast für die Österreicher gekämpft?«

»Gib ihm trotzdem Wasser, Valentina.« Der Mann, der sprach, trug eine schwarze Soutane. »Vielleicht liegt auch dein Sohn irgendwo verletzt in einer Kirche und ist dankbar, wenn sich jemand um ihn kümmert. Vor Gott sind wir alle Brüder. Tutti Fratelli.«

Die Frau zögerte, dann nickte sie. »Sie haben recht, Don Lorenzo. Tutti Fratelli.« Sie füllte einen Becher aus ihrem Krug und hielt ihn Maurizio an die Lippen. »Trink langsam«, sagte sie.

Er gehorchte, trank ein paar Schlucke. »Grazie mille, Signora.«

»Du hast da einen bösen Schnitt im Gesicht.« Sachte tupfte sie mit dem Leinentuch seine Wange ab. »Hat sich entzündet, da wird eine Narbe bleiben. Bist du sonst noch verletzt?«

»Meine Hand und eine Wunde von einem Schrapnell über der rechten Hüfte.«

Die Frau beugte sich vor, um seine Hand anzusehen. »Madonna! Das sieht schlimm aus. Du brauchst schleunigst einen Arzt. Aber die kümmern sich erst einmal um die Schwerstverletzten.« Sie winkte einem jungen Mädchen, das dem Mann neben ihm etwas zu trinken gereicht hatte. »Hast du noch Malvenwasser, Sofia? Meines ist alle.«

»Ich habe noch welches. Warum?«

»Du musst die Hand des jungen Mannes hier darin baden. Es kann dauern, bis einer der Ärzte Zeit hat, sich um ihn zu kümmern.«

»Ich mache das, Mamma.«

Die ältere Frau packte ihr Verbandszeug zusammen und ging zu dem nächsten Verwundeten.

Das Mädchen setzte sich neben ihn, goss eine Flüssigkeit aus einer Tonflasche in eine Schale, dann griff sie nach seinem Handgelenk, hob es an und legte seine Hand in die Schale. Obwohl sie sehr vorsichtig war und seine Hand langsam bewegte, traten ihm die Tränen in die Augen, und er konnte ein Stöhnen nicht unterdrücken. Mitleidig sah sie ihn an. Sie war noch sehr jung, vielleicht sechszehn oder siebzehn Jahre alt. Er erinnerte sich an die Worte des Pfarrers an ihre Mutter. Ihr Bruder war für die Franco-Sarden in den Krieg gezogen. Vielleicht hatte sie auch einen Liebsten bei der Armee. Trotzdem saß sie hier und versorgte ihn, obwohl er der Feind war.

Die kühle Flüssigkeit linderte die Schmerzen in seiner Hand. Wie hatten sie es genannt? Malvenwasser? Er schaute in die Schale. Blut hatte das Wasser rot gefärbt. Das, was im Wasser lang, hatte keine Ähnlichkeit mehr mit einer Hand. Es war eine geschwollene Masse Fleisch, die Finger standen grotesk in verschiedene Richtungen ab.

»Was bewirkt Malvenwasser?«

»Es wirkt heilend und kann Wundbrand verhindern.« Sie lächelte. »Möchten Sie noch etwas trinken?«

»Ja, gerne. Sie sind sehr freundlich, Signorina. Wo ich doch Ihr Feind bin.«

»Niemand hier in dieser Kirche ist mein Feind. Ich sehe hier nur Menschen, die Hilfe brauchen. Und wir sind nicht genug, um zu helfen.«

Da hatte sie recht. Beinahe ohne Pause wurden Verwundete hereingeschleppt. Und viele starben. Für jeden Toten, der hinausgetragen wurde, kamen zwei neue Verwundete hinzu.

Maurizios Blick fiel auf einen Mann in einem weißen Anzug, der vom einen zum anderen ging, hier nach einer Helferin rief, dort Verbandszeug holte. Sein Gesicht war sehr blass, immer wieder blickte er sich in der Kirche um und schüttelte den Kopf, als könnte er nicht fassen, was er sah. »Wer ist das?«, fragte er das Mädchen.

»Das ist Henry Dunant, ein Schweizer. Er kam gestern Abend in die Kirche, und seitdem ist er hier, kümmert sich um die Verletzten, sorgt dafür, dass sie behandelt und verbunden werden. Er hat dafür gesorgt, dass wir Scharpie, Verbandszeug und Decken bekommen. Es heißt, er habe aus geschäftlichen Gründen Kaiser Napoleon sprechen wollen, das aber vergessen, als er das Elend hier gesehen hat. Ich glaube, ihn hat der Himmel geschickt.«

Maurizio nickte stumm und sah dem Mann in Weiß nach. Bleierne Müdigkeit überkam ihn, seine Augen fielen zu. Er spürte noch, dass Sofia seinen Kopf anhob und eine Decke darunterschob, dann schlief er ein. Wirre Träume suchten ihn heim. Er war wieder in Montescudaio, half seinem Vater in der Schmiede. Das Feuer war so heiß, dass sein ganzer Körper brannte. Sein Vater schmiedete ein Hufeisen und gab ihm das glühende Eisen in die linke Hand. Statt es fallen zu lassen, hielt er es fest und sah, wie sich das glühende Metall durch sein Fleisch fraß.

Stimmen weckten ihn auf. Der Mann in Weiß stand

neben ihm, in Begleitung eines anderen Mannes. Die schwarze Armbinde wies ihn als Arzt aus. Er hockte sich neben ihn, nahm vorsichtig seine linke Hand und betrachtete sie eingehend. Dann schüttelte er den Kopf. »Verstehen Sie Italienisch?«

»Ja, Signore.« Seine Zunge fühlte sich geschwollen an, seine Kehle war wund, das Sprechen bereitete ihm Schmerzen.

»Die Hand ist nicht zu retten. Wir werden sie amputieren müssen.«

Als der Mann das aussprach, hatte Maurizio das Gefühl, er hätte es schon die ganze Zeit gewusst. Als wäre diese Bedrohung ein Gedanke in seinem Kopf gewesen, den er nur nicht zugelassen hatte, weil etwas nicht Wirklichkeit wurde, wenn man nicht daran dachte. Doch nun konnte er es nicht mehr leugnen. Das Wort *Krüppel* war in seinen Gedanken. Er schüttelte den Kopf. »Nein.«

Der Mann in Weiß, Dunant, beugte sich zu ihm. »Deine Hand oder dein Leben. Wie alt bist du?«

»Dreiundzwanzig.«

Der Arzt schaltete sich ein. »Wir haben keine Zeit zum Diskutieren, es gibt zu viele Verletzte.« Er winkte zwei Männer herbei. »Tragt ihn in das Seitenschiff, wir müssen operieren.«

Die beiden schleppten ihn durch die Kirche in einen Raum und legten ihn auf einen Tisch. Er zitterte am ganzen Körper. Konnte er aushalten, was ihm bevorstand? Hoffentlich ging es schnell.

Jemand hob seinen Kopf an und setzte ihm eine Flasche an den Mund. »Trink. Es wird sehr weh tun, wir haben keine Betäubungsmittel.«

Es war Grappa, er brannte in seiner ohnehin schon

wunden Kehle, doch er trank in großen Schlucken. Neben ihm krempelte der Arzt die Ärmel hoch. Einer der Helfer trennte den linken Ärmel von Maurizios Uniformrock ab. Dann ging alles sehr schnell. Jemand schob ihm ein Beißholz zwischen die Zähne und drückte dann seine Schultern nach unten. Ein anderer setzte sich auf seine Beine. Er drehte den Kopf zur Seite, er wollte nicht sehen, was der Arzt tat. Ein Brennen zog sich über seinen Arm. Der erste Schnitt? Schnitt auf Schnitt folgte. Er biss mit aller Macht auf das Holz, stöhnte, keuchte, wand sich unter dem eisernen Griff der Männer, die ihn hielten.

»Durchhalten«, sagte der Mann, der seine Schultern auf den Tisch drückte. »Gleich ist es vorbei.«

Doch es war nicht vorbei, die Schmerzen steigerten sich noch. Der Boden begann zu schwanken, wie damals in Montescudaio, als seine Welt in Trümmer gefallen war. Jetzt stürzte der Himmel ein, begrub ihn unter sich, alles wurde schwarz.

26. KAPITEL

Als er wieder zu Bewusstsein kam, lag er auf dem Steinboden der Kirche. Jemand wischte ihm mit einem kühlen Tuch den Schweiß aus dem Gesicht. Es war das Mädchen, Sofia, sie kniete neben ihm. Als sie bemerkte, dass er wach war, schenkte sie ihm ein strahlendes Lächeln. »Haben Sie Durst?«

Ja, er hatte Durst. Er versuchte sich aufzurichten. Seine Hand! Etwas war mit seiner Hand. Er spürte sie pochen, und dann fiel ihm wieder ein, was geschehen war. Langsam drehte er den Kopf. Sein linker Arm endete in einem Stumpf. Dort, wo seine Hand sein sollte, befand sich ein blutbefleckter Verband. Krüppel. Er konnte nicht mehr schießen. Damit war seine Laufbahn als Soldat beendet. Er hatte keine Eltern, kein Zuhause, keinen Ort, an den er gehen konnte. Auf der Tenuta Bandello war er nicht mehr willkommen. Wie sollte er seinen Lebensunterhalt verdienen? Als Schmied sicher nicht. Es gab keine einhändigen Schmiede. Als Knecht? Wer stellte schon einen Versehrten als Knecht ein? Don Enrico würde es vielleicht tun, schon aus Mitleid. Und Gianna? Würde sie auch Mitleid mit ihm haben? Er hatte ihr gesagt, sie solle nach Hause gehen, in ihr normales Leben zurückfinden und dann erst entscheiden, ob sie wirklich einen Bastard zum Mann haben wollte. Und jetzt war er nicht nur ein Bastard, sondern auch ein Krüppel. Vielleicht würde Gianna ihn aus Mitleid und Ehrgefühl zum Mann nehmen, doch das wollte er nicht. Verdammt, warum war er nicht gefallen oder auf dem Schlachtfeld in der letzten Nacht gestorben? Dann wäre alles so viel einfacher. Für ihn und für sie.

»Du wolltest doch etwas trinken.« Beherzt griff Sofia unter seine Schultern und half ihm, sich aufzusetzen. Dann hielt sie ihm den Becher hin.

Er nahm ihn und trank ihn in kleinen Schlucken leer. Jemand hatte ihm den verdreckten Waffenrock und sein Hemd ausgezogen, er trug ein sauberes Leinenhemd.

»Du musst etwas essen«, sagte Sofia. »Der Arzt sagte, du hättest wahrscheinlich seit fast drei Tagen nichts mehr gegessen.«

Das stimmte. Die letzte Mahlzeit war ein Stück trockenes Brot irgendwann am Donnerstagabend gewesen.

Freitagmorgen waren sie von dem Angriff der Franzosen überrascht worden. »Was für einen Tag haben wir?«

»Sonntagmorgen. Du warst sehr lange bewusstlos. Du hast Fieber, aber der Arzt sagt, es ist wohl kein Wundfieber. Er hat nicht nur deine Hand abgeschnitten, sondern auch einen Schrapnellsplitter entfernt. Dort.« Sie zeigte auf seine rechte Seite.

Jetzt erst bemerkte er, dass seine Hüfte kaum noch schmerzte. Wieder blickte er auf die Stelle, wo seine Hand sein sollte.

»Ich hole dir Suppe. Dann geht es dir bestimmt besser.«

Sie war so lieb, so eifrig bemüht, ihm zu helfen. Doch er wollte keine Hilfe. Er wollte tot sein wie Bernardo, wie Raimondo Castiglioni, wie Andreas und so viele andere seiner Kameraden. »Vielen Dank, aber ich habe keinen Hunger.«

»Aber du musst etwas essen.« Ihre Augen waren hellbraun, ebenso wie die Locken, die sich aus dem Kopftuch befreit hatten und ihr Gesicht umrahmten. Ein hübsches Gesicht.

»Ich habe keinen Hunger«, wiederholte er und ließ sich zurücksinken.

Einen Augenblick lang starrte sie ihn empört an, dann stand sie auf und ging.

Er schloss die Augen und dachte an Gianna. An die Nacht in Rosate. Wie sich ihre Haut unter seinen Händen angefühlt hatte. Wie Seide.

»Er will nichts essen!« Sofias Stimme war hoch vor Empörung. »Und dabei ist er schon so schwach.«

Widerwillig öffnete er die Augen. Sofia stand an seinem Lager und starrte ihn mit einer Mischung aus Zorn und

Besorgnis an. Neben ihr stand Henry Dunant. »Warum willst du nichts essen?«

»Weil ich nicht will.« Er hatte keine Lust, sich zu erklären, er wollte seine Ruhe haben, in Frieden einschlafen und am besten nicht mehr aufwachen.

»Du solltest dich schämen«, sagte Dunant. »Die Männer hier sterben uns unter den Händen weg. Viele von ihnen könnten noch leben, wenn sie nur rechtzeitig Hilfe bekommen hätten. Dir konnten wir helfen. Und jetzt willst du dein Leben wegwerfen?«

Wortlos erwiderte Maurizio seinen Blick.

»Du bist dreiundzwanzig Jahre alt. Sollen wir deinen Eltern schreiben, dass du gestorben bist, weil du dir nicht helfen lassen wolltest?«

»Ich habe keine Eltern mehr.« Er verzog den Mund bei dem Gedanken an seinen leiblichen Vater. Wie würde Sergio Castiglioni wohl reagieren, wenn sein Bastard als Krüppel zu ihm käme und um Arbeit und Essen bat? Vielleicht würde er ihn sogar aufnehmen, er hatte ihn niemals schlecht behandelt, aber die Signora würde das nicht dulden.

Dunant beobachtete ihn genau. »Und es gibt auch keine Frau oder ein Mädchen, das gerne deine Frau werden würde?«

Gianna. Er schloss die Augen. Gianna. Mit der rechten Hand tastete er nach dem Medaillon. *Es ist nur eine Leihgabe*, hatte sie gesagt. *Bring es mir zurück.*

Seine Augen brannten, als er sie wieder öffnete. Er spürte, dass er weinte. »Welche Frau will schon einen Krüppel zum Mann? Ich kann keine Familie ernähren.«

Dunant schüttelte den Kopf. »Doch, kannst du. Es gibt ganz hervorragende Prothesen, die haben sogar Finger, die du bewegen kannst. Eine Frau hat sie entwickelt. Eine Deutsche namens Caroline Eichler. Ich schreibe dir auf, wo du solche Prothesen bekommst. Und jetzt iss.«

Dunant wirkte, als würde er jeden Augenblick vor Erschöpfung umfallen. Unter seinen Augen lagen bläuliche Schatten, tiefe Falten hatten sich um seine Mundwinkel gegraben. Sein Anzug war nicht länger weiß, sondern mit Dreck und Blut beschmiert. Er nickte ihm zu und ging weiter zu dem nächsten Verwundeten, einem Mann, der sich erschöpft gegen eine der Säulen gelehnt hatte. Auf seinem Schoß hielt er eine Schüssel, aus der er langsam löffelte. Seine Beine wirkten seltsam kurz. Maurizio zwinkerte und sah genauer hin.

»Eine Kanonenkugel hat ihm beide Beine zerschmettert«, hörte er Sofia sagen. »Sie haben sie ihm abgenommen, aber die Wunde ist brandig geworden. Es ist nicht sicher, dass er überlebt. Er hat eine Frau und zwei Kinder. Das hat mir Signor Dunant erzählt.«

Der Mann lächelte Dunant an und sagte etwas. Dunant legte ihm kurz die Hand auf die Schulter, dann ging er weiter.

Maurizio wandte den Kopf ab und begegnete Sofias Blick. *Willst du mit ihm tauschen?*, schien sie zu fragen. Sein Schicksal gegen das des Mannes neben ihm? Der andere könnte zu Frau und Kinder zurückkehren, zwar nur mit einer Hand, aber das wäre seiner Frau bestimmt egal. Wenn es möglich wäre, würde er mit ihm tauschen. Doch es war nicht möglich, und deshalb musste er leben. Dunant hatte recht, er durfte sein Leben nicht wegwerfen. Plötzlich erinnerte er sich an Raimondo Castiglionis letzte Bitte. Er solle Gianna heiraten, viele Kinder haben und seinen ersten Sohn nach ihm benennen. Er würde es versuchen.

Er würde gesund werden, nach Alberi d'Argento gehen, Gianna ihr Medaillon wiedergeben und sie um ihre Hand bitten. Und wenn sie wirklich ja sagte, würde ihr erster Sohn Raimondo heißen. Das hatte er versprochen.

Mit der rechten Hand stützte er sich ab, setzte sich auf und sah Sofia an. »Ich hätte gerne etwas Suppe.«

Strahlend reichte sie ihm eine Schüssel und ein Stück Brot. Aus der Schüssel duftete es verführerisch, große Fleischstücke schwammen in einer goldgelben Brühe. Das Brot war frisch und weiß. Sein Magen knurrte. Er aß langsam und blickte sich dabei um. Die Kirche war sehr groß. Der Boden bestand aus weißen und gelblichen Marmorplatten, auf denen dicht an dicht Verwundete lagen. In die Ecke, in der er lag, hatte man wohl die österreichischen Soldaten gebracht. Er entdeckte die weißen Waffenröcke der Infanterie, die blauen der Husaren und gar nicht so weit weg lag ein Mann im grauen Waffenrock der Jäger. Zwischen den Männern hatte man notdürftig Stroh verteilt, wohl um das Blut und auch die Exkremente aufzusaugen. Der Geruch in der Kirche musste bestialisch sein. Er bemerkte es nicht mehr, weil er schon seit Tagen hier lag, aber die Gesichter der Frauen, die von draußen kamen, verrieten deutlich, dass es stank. Zahllose Stimmen erfüllten den riesigen Raum. Das Jammern und Stöhnen der Verwundeten. Das Flüstern der Frauen, die ihnen Mut zusprachen, Wasser und Nahrung reichten, ihre Wunden verbanden. Die Rufe der Ärzte, die Männer in den Raum bringen ließen, in dem auch er operiert worden war. Und immer noch wurden verwundete Soldaten hereingebracht.

»Wird denn noch gekämpft?«, fragte er Sofia.

»Nein. Die Österreicher sind am Freitag besiegt worden. Es heißt, sie ziehen sich nach Verona zurück.«

»Und warum werden dann noch Verwundete gebracht?«

»Weil noch Tausende dort draußen liegen. Jeder, der einen Wagen und Zugtiere hat, hilft, sie zu bergen. Viele leben nicht mehr. Wir müssen Massengräber ausheben, die Toten vergiften unsere Felder. Mein Vater hat 1848 gekämpft, aber er sagt, so etwas habe er damals nicht erlebt.«

Maurizio stellte die Schüssel weg. Der Appetit war ihm vergangen.

»Diesen Henry Dunant«, plauderte Sofia weiter, »schickt der Himmel. Er hat seinen Kutscher mit einem Wagen nach Brescia geschickt, um Verbandszeug, Medizin und frische Hemden zu holen, und Zitronen, Orangen und Zucker. Meine Mutter macht gerade Limonade, ich bringe Ihnen gleich eine. Und er hat dafür gesorgt, dass alle gleich behandelt werden. Manche Leute wollten euch Österreicher erst nicht versorgen.« Sie sah ihn mit ihren großen Augen an. »Aber du bist gar kein Österreicher, nicht wahr?«

»Ich komme aus der Toskana«, sagte er.

»Und warum hast du für die Habsburger und gegen uns gekämpft?«

»Ich wollte niemals gegen Italiener kämpfen. Aber in der Toskana ist vieles anders als hier in der Lombardei. Leopold II. ist Habsburger, aber er ist ein gerechter und guter Herrscher und sehr beliebt beim einfachen Volk. Weißt du wirklich, was Vittorio Emanuele und Cavour wollen? Habt ihr denn so sehr unter den Österreichern gelitten?«

Sie legte zwei Finger auf ihre Unterlippe, eine Falte bildete sich zwischen ihren Brauen. »Bis vor zwei Jahren war eigentlich alles gut. Dann wurde der Handel mehr und mehr kontrolliert, man brauchte für alles eine Genehmigung, und die wurden völlig beliebig verteilt. Es genügte ein schiefer Blick, eine falsche Antwort, und schon durfte man seine Waren nicht mehr auf dem Markt verkaufen. Sie haben uns vorgeschrieben, was in der Schule unterrichtet und was in der Kirche gepredigt werden durfte. Aber damit ist es jetzt vorbei.«

»Verstehe«, sagte er. Abgrundtiefe Müdigkeit überkam ihn. Seine Arme und Beine schienen schwer wie der Schmiedehammer seines Vaters. Seltsam, dass er jetzt so oft an seine Eltern dachte. Vielleicht war er dem Tod näher, als er glaubte, und erinnerte sich deshalb an die Toten.

»Wollen Sie noch Suppe, Signore?«, fragte Sofia.

»Nein, aber bitte noch etwas Wasser. Und nenn mich Maurizio, nicht Signore.«

Sie lächelte ihn so entzückt an, als hätte er ihr soeben ein Geschenk gemacht, und füllte seinen Becher noch einmal.

»Sofia!«, sagte eine strenge Frauenstimme, die ihm bekannt vorkam. Ihre Mutter. Sie stand im Gang neben den Bänken und sah ihre Tochter sichtlich ungehalten an. »Es gibt noch mehr zu tun.«

»Ich komme, Mamma.« Sie legte den Kopf schief. »Ich schaue nachher noch mal nach dir, Maurizio.«

Verblüfft sah er ihr nach. Kokettierte sie etwa mit ihm? Wahrscheinlicher war, dass sie Mitleid mit Zuneigung verwechselte, so jung, wie sie war. Er trank seinen Becher aus, dann legte er sich wieder zurück. Trotz der Müdigkeit konnte er nicht schlafen, und so beobachtete er seine Umgebung. Henry Dunant war nirgends zu sehen, vielleicht hatte er sich schlafen gelegt. Er entdeckte drei Männer in habsburgischen Uniform mit der schwarzen Armbinde, die sie als Ärzte auswiesen. Sie halfen offensichtlich den italienischen und französischen Ärzten. Einer kam auf ihn zu.

»Man sagte mir, ich soll Ihre Verbände wechseln«, sprach er ihn auf Deutsch an, setzte sich zu ihm und begann den Verband von seinem Armstumpf abzuwickeln.

Sein erster Impuls war, den Blick abzuwenden, doch dann zwang er sich, hinzusehen. Er hatte sich entschlossen, damit zu leben, also musste er auch den Anblick ertragen. Wenn *er* es schon nicht konnte, wie sollten es dann seine Freunde oder gar Gianna?

Der Stumpf war noch rot, die Fäden, mit denen die Haut über dem Knochen vernäht war, stachen grotesk aus den blutverklebten Nahtstellen heraus.

»Das heilt gut. Ich denke, Sie haben großes Glück gehabt, der Arzt, der das gemacht hat, versteht sein Handwerk. Haben Sie noch mehr Wunden außer den Arm und den Schnitt im Gesicht?«

»Eine Verletzung durch ein Schrapnell an der rechten Hüfte.«

»Sehe ich mir gleich an.« Der Arzt legte Scharpie auf die Wunde und wickelte eine saubere Leinenbinde um den Stumpf. Dann sah er nach der Verletzung über der Hüfte. »Auch das wird heilen. Das Fieber, das Sie haben, ist kein Wundfieber. Vielleicht weil sie in der Nacht im Freien gelegen haben, vielleicht spielen auch der Schock und mangelnde Nahrung eine Rolle.« Er schickte sich an, zu gehen.

»Warten Sie«, bat Maurizio. »Können Sie mir etwas über die Schlacht sagen? Was passiert ist, wie hoch unsere Verluste sind? Gibt es Listen?«

»Ich glaube nicht, dass es schon Listen gibt. Auf beiden Seiten gibt es Tausende Tote.«

»Aber es heißt, wir haben die Schlacht verloren.«

»Das ist richtig. Mac-Mahon hat mit seinen Leuten Solferino eingenommen. Benedek hat sich bei San Martino gut gehalten, er hätte die Piemontesen dort sogar besiegen können, doch nachdem wir hier verloren haben, hat Seine Majestät allen den Rückzug befohlen.« Ein kurzes Lächeln glitt über das Gesicht des Arztes. »Benedek hat den Befehl ignoriert und weitergekämpft. Doch am Abend musste er dann aufgeben.«

Obwohl er die Antwort schon kannte, fragt er doch. »Wissen Sie, wer von den Offizieren gefallen ist? Ich habe gesehen, dass Oberleutnant Castiglioni schwer verletzt wurde.«

»Der Oberleutnant ist tot. Auch Windisch-Graetz ist gefallen und noch viele mehr.«

Ja, er hatte es gewusst, und doch tat die Bestätigung weh. Irgendwo tief in seinem Inneren hatte er wohl doch gehofft, dass der Oberleutnant wie durch ein Wunder überlebt hatte. Umso wichtiger war es, dass er selbst weiterlebte.

»Ich kannte Raimondo Castiglioni«, sagte der Arzt. »Er war ein großartiger Mensch.«

»Das war er.«

»Ich muss weiter. Dieser Schweizer, Dupont oder wie er heißt, hat Scharpie, Verbandszeug und Lebensmittel besorgt. Ihm verdanken wir, dass wir helfen können und nicht mehr als Kriegsgefangene zusehen müssen, wie die Leute sterben. Er scheint ein guter Mensch zu sein. Ich möchte ihn nicht enttäuschen.« Er legte ihm kurz die Hand auf die Schulter, dann stand er auf.

»Er heißt Dunant«, sagte Maurizio. »Henry Dunant. Und er ist ein sehr guter Mensch.«

Am späten Nachmittag stand Maurizio auf. Er fühlte sich sehr schwach. Morgens hatte ihm einer der Helfer nach draußen zu einem Graben geholfen, der als Latrine genutzt wurde, doch jetzt wollte er es alleine versuchen. Er lehnte sich kurz gegen eine der Säulen, bis der Schwindel vorbei war, dann ging er Schritt für Schritt zur Tür. Draußen empfingen ihn eine sengende Sonne und blendende Helligkeit. Wieder machte er eine Pause, bevor er weiterging. Er knöpfte mit einer Hand die Hose auf; so langsam bekam er Übung darin.

Als er zu seinem Platz in der Kirche zurückkehrte, zitterten seine Beine, und er war so erschöpft, dass er einschlief.

Am selben Abend verbreitete sich die Nachricht in der Kirche, dass die Verwundeten demnächst nach Brescia verlegt werden sollten. Zunächst war es nur ein Gerücht, das flüsternd von Mann zu Mann weitergegeben wurde. Keiner wusste, woher es gekommen war oder ob es stimmte. Doch am nächsten Morgen übertönten das Knallen von Peitschen, das Fluchen von Treibern und das Rollen der schweren Räder von Ochsenkarren die Geräusche in der Kirche.

Maurizio setzte sich auf. Also stimmte es.

Sofia eilte durch den Mittelgang auf ihn zu. »Signor Dunant sagt, du wirst mit den ersten Transporten nach Brescia gebracht.« Ihre Augen schimmerten feucht. »Ich habe dir einen Korb gepackt. Wer weiß, wann ihr wieder etwas zu essen bekommt.« Sie stellte den Korb auf den Boden. In ihm befanden sich eine Feldflasche, ein kleines Brot, ein Stück Käse und ein Pfirsich.

»Vielen Dank.«

»Was wirst du tun, wenn sie dich aus dem Hospital entlassen? Signor Dunant meint, du darfst wahrscheinlich nach Hause gehen, weil du nicht mehr kriegsdiensttauglich bist.«

»Dann werde ich an den Ort gehen, der mein Zuhause werden könnte.«

»Gibt es ein Mädchen, das dort auf dich wartet?«

»Ich hoffe es.«

Sie schluckte, und als sie weitersprach, zitterte ihre Stimme. »Sollte sie es nicht tun, dann könntest du vielleicht hierher nach Castiglione kommen. Ich würde dich nehmen, auch ohne linke Hand. Meine Eltern haben ein kleines Gut. Wir bauen Obst und Gemüse an und verkaufen es auf den Märkten. Jetzt, wo die Lombardei frei ist, können wir auch in den großen Städten verkaufen. Mein Vater sagt, dort hat nicht jeder einen Garten, die Leute sind auf die Lieferungen vom Land angewiesen.« Etwas atemlos hielt sie inne. »Obst und Gemüse verkaufen kannst du auch mit einer Hand«, fuhr sie fort. »Weil du doch gesagt hast, du wüsstest nicht, wie du eine Familie ernähren sollst.«

Ihm verschlug es die Sprache. Sie hatte ihm einen Heiratsantrag gemacht. Wie viel Überwindung sie das wohl gekostet hatte? So ein mutiges Mädchen. »Ich bin überwältigt. Du bist so jung und so hübsch. Gibt es denn keinen jungen Mann hier, für den dein Herz schlägt?«

Stumm schüttelte sie den Kopf.

»Du warst noch nie verliebt?«

»Nein. Bisher nicht.«

Sie war nicht in ihn verliebt, sie verwechselte Mitleid mit Liebe. Doch es würde nichts nützen, wenn er ihr das sagte. Also griff er in sein Hemd und zog Giannas Anhänger heraus. »Das hat mir die Frau gegeben, die ich liebe. Es sollte mich beschützen. Ich werde zu ihr gehen und es ihr zurückbringen. Und wenn sie mich nicht mehr will, dann muss ich damit leben. Aber du verdienst einen Mann, der dich von ganzem Herzen liebt und nicht einen, dessen Herz einer anderen gehört. Und ich bin sicher, du wirst diesen Mann finden.«

Sie presste die Lippen zusammen.

»Ich werde dich niemals vergessen«, sagte er. »Du warst eine Freundin für mich.«

Einer der Krankenwärter trat zu ihm. »Signor Dunant sagte, wir sollen dich mit nach Brescia nehmen. Kannst du laufen?«

»Ich kann laufen.« Er stand auf und sah sich noch einmal in der Kirche um. Es war eine schöne Kirche, das hatte er in dem schmalen Seitenaltar, in dem er gelegen hatte, nicht wahrgenommen. Sie war weiträumig, die Decke wurde getragen von mächtigen, weißgetünchten Säulen, und auch die Wände waren hell, was die riesige Kirche freundlich wirken ließ.

»Der Karren, mit dem du fahren sollst, steht direkt vor der Tür«, sagte der Wärter und ging dann weiter zu dem Mann mit den amputierten Beinen. »Du sollst auch mit nach Brescia.« Er winkte einem anderen Mann. »Komm her, den müssen wir tragen.«

Es war offensichtlich, dass der Soldat kein Italienisch verstand. Unsicher und verängstigt blickte er von einem zum anderen.

Maurizio trat zu ihm. »Sprichst du Deutsch?«

Erleichtert nickte der Soldat. »Ein wenig. Ich komme aus Ungarn.«

»Wir werden in ein Hospital nach Brescia verlegt. Diese beiden tragen dich nach draußen.«

Dem Mann schien es besserzugehen, er war nicht mehr so blass, und seine Augen hatten ihren fiebrigen Glanz verloren.

Während die beiden Männer ihn nach draußen trugen, griff Maurizio nach dem Korb, den Sofia für ihn gepackt hatte. Sie stand immer noch am selben Fleck und sah ihn an, als würde sie sich sein Gesicht für immer einprägen wollen. Er beugte sich vor und küsste sie sanft auf die Stirn. »Ich wünsche dir alles Glück der Erde, Sofia. Und wenn ich dir einen Rat geben darf: Heirate keinen Soldaten. Sie sterben oft allzu früh.« Er verließ die Kirche, ohne sich noch einmal umzudrehen.

Draußen stand Henry Dunant und wies die Verwundeten den verschiedenen Karren zu. Er trug nicht mehr seinen weißen Anzug, sondern einen aus grauem Tuch. Lächelnd trat er auf Maurizio zu. »Ich freue mich, dass du dich für das Leben entschieden hast. Hier ist die Adresse, bei der du dich über die Eichler-Prothesen informieren kannst.« Er überreichte ihm einen Zettel.

Dankend nahm Maurizio ihn an und steckte ihn in den Korb. Er verzichtete darauf, Dunant zu sagen, dass eine solche Prothese seine finanziellen Möglichkeiten bei weitem überstieg. So etwas konnten sich vielleicht Adlige oder reiche Kaufleute leisten. »Man sollte Ihnen einen Orden verleihen für das, was Sie hier geleistet haben, Signor Dunant«, sagte er stattdessen. »Ohne Sie wären noch viel mehr gestorben.«

Dunant schüttelte traurig den Kopf. »Ich konnte viel weniger tun, als ich es mir gewünscht habe. Es kann nicht sein, dass sich nach einer Schlacht niemand um die Verwundeten kümmert. Wenn wir erfahrene Leute gehabt hätten, ausgebildete Krankenschwestern, wie Miss Florence Nightingale in England, und wenn diese Leute direkt nach der Schlacht bereitgestanden hätten, um die Verletzten zu bergen und zu versorgen, wären viel weniger gestorben. So musste erst die Bevölkerung mobilisiert werden, und dann hatten wir Pflegerinnen, die es zwar gut meinten, aber zum Teil in ihrer Unwissenheit noch mehr Schaden angerichtet haben.« Traurig schüttelte er den Kopf. »Es muss doch möglich sein, in Friedenszeiten so etwas wie eine Hilfsorganisation zu gründen, deren Ziel es ist, Verwundete durch freiwillige und erfahrene Hilfskräfte zu pflegen, ohne Ansehen der Nationalität.«

»Vielleicht haben Sie hier den Grundstein dafür gelegt. Ja, es hat gedauert, doch Sie haben die Menschen dazu bewegen können, zu helfen, und vor allem haben Sie erreicht, dass nicht zwischen Freund und Feind unterschieden wird. Leben Sie wohl, Signor Dunant. Es war mir eine Ehre, Sie kennengelernt zu haben.« Er salutierte, dann stellte er seinen Korb auf den Karren und kletterte hinauf. Er setzte sich neben den Soldaten, der keine Beine mehr hatte, und lehnte sich an die seitlichen Bretter des Wagens. Es war früher Vormittag, doch die Sonne brannte bereits. Die Fahrt nach Brescia würde kein Vergnügen werden.

Drei weitere Männer wurden auf den Karren gehoben, dann knallte der Kutscher mit der Peitsche, und die Ochsen zogen an. Sie fuhren den steilen Weg vom Platz vor dem Dom hinab, durch die Stadt und bogen dann auf die Straße nach Brescia ein. Es wurde heiß, und der Wagen hatte keine Plane, um Schatten zu spenden. Maurizio trank einen Schluck aus seiner Flasche und gab sie an die anderen Männer weiter. Er verteilte auch das Brot. Nur den Pfirsich behielt er für sich, den aß er allein und dachte dabei an Gianna.

Auf der Straße herrschte viel Verkehr. Wagen, beladen mit Nahrungsmitteln und Verbandszeug, kamen ihnen entgegen. Vor ihnen und hinter ihnen fuhren Karren und Wagen mit Verwundeten. Neben der Straße sah er Menschen vor ihren Häusern sitzen und Scharpie zupfen. Manche kamen zu den Wagen und reichten mit Wasser gefüllte Flaschen hinein. Eine Frau, die mit zwei Flaschen Wasser zu ihrem Karren kam, ließ die Arme sinken und trat zurück, als sie die österreichischen Uniformen erkannte. »Für euch habe ich nichts.« Sie spuckte aus und ging zu dem Wagen, der ihnen folgte und auf dem französische Soldaten lagen.

Nicht alle waren so großmütig wie die Frauen von Castiglione. Wenn Henry Dunant seine Ideen verwirklichen wollte, hatte er noch viel Arbeit vor sich.

Maurizio schüttelte seine Feldflasche. Ein bisschen Wasser war noch darin. Er teilte mit dem Ungarn.

Schließlich hielt der Zug in einem kleinen Ort, der nur aus sechs Häusern bestand. Die Bewohner kamen mit Wassereimern zu den Wagen. Maurizio wollte einer älteren Frau den Eimer abnehmen, als ein Mann dazukam und ihn ihr aus der Hand schlug. »Das sind Österreicher, die kriegen nichts. Das Wasser ist nur für unsere französischen Brüder.«

Maurizio kletterte vom Karren. »Sono Italiano«, fuhr er den Mann an. »Ich bin Italiener. Der Mann, der neben mir liegt, ist Ungar, der auf meiner anderen Seite Südtiroler. Dort auf dem Karren hinter uns liegen Algerier, Franzosen und Tunesier. Sie sind alle krank, und sie haben alle Durst. Der Krieg ist vorbei. Ihr habt keine Ahnung, wie viele mit ihrem Leben dafür bezahlt haben. Im Angesicht des Todes sind wir alle Brüder.«

Er nahm den leeren Eimer und marschierte an dem Mann vorbei zum Brunnen. Es ging leichter, als er gedacht hatte, den Eimer mit nur einer Hand am Haken zu befestigen. Zornig ließ er ihn ins Wasser fallen, dann drehte er an der Kurbel. Er starrte in den Brunnen. Hoffentlich ließ der Mann ihn in Frieden. Unter normalen Umständen wäre er mit einem wie ihm leicht fertig geworden. Doch die Umstände waren nicht mehr normal. Als er den Eimer zurück zum Karren trug, funkelte der Mann ihn zornig an, doch er schwieg. Die Frau jedoch half ihm, den Eimer auf den Karren zu stellen, und reichte ihm saubere Leinenstreifen. Einer der leichter Verwundeten half den Schwächeren, Gesicht und Hände zu waschen. Maurizio füllte derweil seine Flasche.

Der Mann beobachtete mit mürrischem Gesichtsausdruck die Szene, dann wandte er sich ab und ging zu dem Wagen hinter ihnen, auf dem die französischen Soldaten lagen. Er verteilte Brot und Wasser und bemühte sich demonstrativ um die Männer.

Seine Frau gab Maurizio einen Beutel mit Äpfeln und strich ihm über die unverletzte Wange. »Mein Sohn ist etwa so alt wie du. Er kämpfte bei San Martino. Ich weiß nicht, ob er noch lebt und ob er verletzt ist. Aber wenn er verwundet ist, möchte ich, dass ihm jemand Wasser und Nahrung gibt und seine Wunden verbindet. Für uns Mütter seid ihr alle Brüder. Tutti Fratelli.«

Er lächelte sie an. »Ich bete zu Gott, dass er Ihren Sohn lebend und, wenn möglich, unversehrt nach Hause bringt, Signora.«

Sie sah auf seinen Armstumpf. »Einer Mutter ist es gleichgültig, ob der Sohn gesund oder mit fehlenden Gliedmaßen nach Hause kommt, wenn er nur nach Hause kommt.«

Nach über sechs Stunden Fahrt auf dem langsamen Ochsenkarren über holprige Straßen erreichten sie Brescia. In der Stadt wimmelte es von Männer in französischen und sardinischen Waffenröcken. Der Ungar neben ihm starrte ängstlich über den Rand des Karrens und auch der Südtiroler wirkte besorgt.

»Was glaubst du? Sind wir Kriegsgefangene?«, fragte der Ungar. »Werden sie uns ins Lager sperren?«

»Dunant sagte, sie bringen uns in ein Hospital.«

Es schien ein endloser Zug an Karren und Wagen zu sein, der durch die Straßen von Brescia holperte. Die Sonne sank schon, als sie vor einem großen Gebäude hielten. Krankenwärter kamen heraus, gefolgt von Krankenschwestern mit den typischen Flügelhauben.

Zwei Wärter hoben den Ungarn vom Wagen und bedeuteten Maurizio, ihnen zu folgen. Durch einen langen Flur gelangten sie in einen Saal, in dem zwei Dutzend Betten an den Wänden aufgereiht standen. Der Mann wies auf eines und bedeutete ihm, sich hineinzulegen. »Der Arzt kommt, wenn er Zeit hat«, brummelte er.

»Danke, Signore.«

»Oh, du kannst Italienisch? Dann kannst du für uns übersetzen. Diese armen österreichischen Teufel haben Angst vor uns. Sie starren uns an, als wollten wir sie hier abschlachten. Dabei wollen wir nur helfen.« Er schüttelte den Kopf. »Da wollen sie Italien regieren und können noch nicht mal mit den Menschen reden, die hier leben.«

»Das ist doch im Piemont nicht anders«, entfuhr es Maurizio. »Die meisten dort sprechen Französisch und nicht Italienisch.«

»Ist das so? Na, das wird sich jetzt hoffentlich ändern, wo Vittorio Emanuele den Krieg gewonnen hat.«

Nach dem, was er von den österreichischen Ärzten in Castiglione gehört hatte, hatten wohl eher die Franzosen die Schlacht gewonnen, nicht die Sardinier. Dann fiel ihm etwas auf. »Ist der Krieg denn vorbei?«

»Es heißt, der französische Kaiser will den Frieden, und diese Schlacht habt ihr verloren.«

Frieden. Noch niemals war ihm ein Wort so verheißungsvoll erschienen. Er legte sich in das Bett, das der Krankenwärter ihm zugewiesen hatte. Das Laken war sauber und kühl. Die Matratze weich im Vergleich zu den Fliesen der Kirche und dem Holz des Ochsenkarrens. Trotz der Unruhe um ihn herum, es wurden weiterhin Verwundete hereingebracht, von denen manche stöhnten und manche laut jammerten, schlief er ein.

Obwohl er nicht unbedingt bettlägerig war, nutzte er die nächsten Tage dazu, sich gründlich auszuruhen. Der Stumpf an seinem linken Arm verheilte gut, auch die Wunde über seiner Hüfte. Er bat um ein Rasiermesser und einen Spiegel und schabte sich den Bart ab. Zum ersten Mal seit der Schlacht sah er sein Gesicht im Spiegel. Mager war es geworden, sein Mund erschien ihm schmaler und strenger. Der Schnitt im Gesicht verlieh ihm das Aussehen eines Piraten oder Räuberhauptmanns, aber damit konnte er gut leben. Schwieriger war es, mit nur einer Hand zurechtzukommen, doch auch das lernte er. Mittlerweile konnte er sich die Hose aufknöpfen, und sich an- oder ausziehen, und er merkte, wie er zunehmend geschickter wurde. Vielleicht könnte er doch diese Prothese bekommen und dann ein fast normales Leben führen.

27. KAPITEL

Zunächst waren es nur Gerüchte. In den Cafés von Abbiategrasso wurde von einer großen Schlacht irgendwo östlich von Mailand gemunkelt. Man flüsterte die Namen *Solferino* und *San Martino*, Orte, von denen Gianna noch nie etwas gehört hatte. Fahrende Händler munkelten von einem Sieg der Franco-Sarden. Der Jubel kam nur zögernd. Lange war nicht sicher, wer die Schlacht gewonnen hatte. Und als dann die Nachrichten vom Sieg kamen, gab es kaum Begeisterung. Zu hoch war der Preis gewesen, auf beiden Seiten. Zigtausend waren gefallen, beinahe ebenso viele sollten sterbend auf den Schlachtfeldern liegen. Es gab Berichte von verstopften Straßen in Richtung Brescia und Verona, wohin die verwundeten Soldaten mit jedem Gefährt, das Räder hatte, transportiert wurden.

Zwei Tage später berichteten die Zeitungen ausführlicher von der Schlacht bei diesen beiden Orten. Verlustlisten wurden veröffentlicht. Natürlich nur die der französischen und der sardinischen Armee. Angsterfüllt überflog Gianna die Listen. Tommaso stand nicht darauf. Das musste nichts bedeuten, denn Tausende würden vermisst, hieß es. Eine Liste der Gefallenen des habsburgischen Heers war nicht zu bekommen. Die Namen der hochrangigen Offiziere standen natürlich in der Zeitung. Aber einfache Jäger wie Maurizio nicht. So blieb ihr nichts anderes übrig, als zu hoffen und zu beten.

Zum Beten ging sie in die Kirche, doch dort wurde die Erinnerung an ihn so lebendig, dass sie es kaum ertragen konnte. Sie sah ihn wieder neben der Säule liegen, dachte an den Abend, als er sie geküsst und ihr seine Liebe gestanden hatte. Er musste überleben. Von Stadion hatte überlebt, erfuhr sie, und Maurizio hatte zu seinem Korps gehört. Vielleicht könnte sie nach Brescia fahren. Doch wie sollte sie ihn dort finden? Unter Umständen war er auch gar nicht verletzt, sondern bei seiner Einheit. Die Untätigkeit und die Ungewissheit ließen sie nicht zur Ruhe kommen. So beschloss sie, nach Mailand zu fahren. Es hieß, die Eisenbahnlinie Mailand–Venedig, die von den Österreichern bei ihrem Rückzug im Laufe des Junis an verschiedenen Stellen zwischen Mailand, Pescheria und Brescia zerstört worden war, sei repariert, und nun kämen Züge mit Verwundeten auch nach Mailand. Dort würde sie Maurizio wahrscheinlich nicht finden, aber sie konnte helfen, pflegen, und sie würde mehr erfahren als hier auf dem Dorf.

Mittlerweile fuhren auch wieder Postkutschen, und so kehrte sie mit Luisa in den Palazzo Abairate nach Mailand zurück.

Riccardos Mutter empfing sie kühl, seine Schwester nur wenig herzlicher.

»Ich bleibe nicht lange«, erklärte Gianna. »Aber ich möchte helfen.«

»Wir haben vier französische Offiziere aufgenommen«, sagte Riccardos Mutter. »Zwei brauchen Hilfe beim Essen, die anderen beiden sind nur leicht verletzt.«

Die Franzosen sprachen kein Italienisch, und da Gianna kein Französisch konnte, unterhielten sie sich mit Handzeichen. Claudia hatte jeweils einen leicht- und einen schwerverletzten Mann zusammen in ein Zimmer gelegt. Die Leichtverletzten halfen ihren Kameraden, wo sie nur konnten, und so war die Pflege nicht schwer. Im Grunde mussten sie nur mit Essen und Trinken versorgt und die Verbände mussten gewechselt werden. Alle vier waren ausgesprochen zuvorkommend und höflich.

Irgendwann ging Gianna in eines der Cafés, in das früher die Offiziere der Habsburger gerne eingekehrt waren. Dort lagen, wie immer, auch deutsche Zeitungen aus, in denen mehrere Artikel über die Schlacht waren. Ihr Deutsch war nicht gut genug, um sie ganz zu verstehen, also überflog sie die Artikel nur auf der Suche nach Namen. Sie stieß auf Oberleutnant Castiglioni; er war gefallen. Sie unterdrückte ein Schluchzen. Der Mann, von dem Maurizio gesagt hatte, er sei wie ein Vater für ihn, und der sie beide aus der fatalen Situation in Rosate gerettet hatte, war tot. Und Maurizio?

Nach drei Tagen wurden die Franzosen in eines der Hospitäler von Mailand verlegt. Und nicht nur sie, fast alle bei den Mailänder Familien untergebrachten Verwundeten wurden abgeholt und auf die Hospitäler verteilt, um den Ärzten die Arbeit zu erleichtern. Doch da es nicht genug Pfleger gab, meldeten sich viele Mailänderinnen in den Hospitälern, um zu helfen. Darunter auch Adelige wie die Contessa Justine Verri, Signora Uboldi di Capei und die Contessa Taverna. Gianna tat es ebenfalls, zum einen, weil sie das tatenlose Herumsitzen nicht aushielt, zum anderen weil sie hoffte, vielleicht auf Maurizio oder einen seiner Freunde zu treffen, denn es waren auch Österreicher nach Mailand gebracht worden. Man hatte die Offiziere in anderen Sälen untergebracht als die einfachen Soldaten und die Österreicher getrennt von den Alliierten. Gianna meldete sich für die Abteilung, in der die Österreicher lagen. Was sie dort an Verletzungen sah, überstieg alles, was sie in der

Kirche von Abbiategrasso erlebt hatte. Es gab Soldaten, denen das halbe Gesicht weggeschossen worden war, die aber trotzdem überlebt hatten und irgendwie weiterleben mussten. Einem jungen Mann musste der Arm aus dem Schultergelenk amputiert werden. Sie sah Menschen an Wundstarrkrampf sterben, den schrecklichsten Tod, den sie sich vorstellen konnte. Nachts wurden die Toten aus dem Spital gebracht und begraben. Vorher schrieb man ihren Namen oder die Nummer ihrer Erkennungsmarke auf, um die Angehörigen zu benachrichtigen.

Gianna saß an den Betten der hoffnungslosen Fälle, nach denen kein Arzt mehr sah, und schrieb für sie in fehlerhaftem Deutsch Briefe an ihre Angehörigen. Und immer dachte sie an Maurizio. War er verletzt und lag irgendwo in einem Hospital in Brescia oder Cremona? Gab es jemanden, der sich um ihn kümmerte? Sie betete für die Verwundeten und Sterbenden, und sie betete für Maurizio und ihre Brüder.

Nach zwei Wochen leerten sich die Hospitäler. Viele Soldaten konnten entlassen werden, andere waren zumindest so weit wiederhergestellt, dass sie in ihre Heimat zurückkehren konnten, und viele waren gestorben. Drei Wochen nach der Schlacht brauchte man keine freiwilligen Helfer mehr.

Wie betäubt wanderte Gianna durch die Straßen von Mailand. Hier konnte sie nichts mehr tun, und es hielt sie auch nichts mehr hier. Sie würde nach Hause fahren. Am Nachmittag ließ sie die Kutsche anspannen und fuhr zum Friedhof. In der Familiengruft der Parentis nahm sie noch einmal Abschied von Riccardo. Sie würde nicht mehr nach Mailand zurückkehren. Sie stand vor seinem Sarkophag und dachte an ihre erste Begegnung in Genua, an die kurze Zeit ihrer Ehe. Sie hatte ein schlechtes Gewissen. Er war erst ein paar Wochen tot, und sie liebte einen anderen Mann. Doch selbst wenn sie den Rest ihres Lebens nicht mehr lieben würde oder alleine verbrächte, änderte es nichts daran, dass er tot war. Und sie glaubte zu wissen, dass er nicht gewollt hätte, dass sie lange um ihn trauerte.

Zwei Tage später bestieg sie in Luisas Begleitung die Postkutsche nach Genua. Vorher hatte sie einen Brief an Maurizio geschrieben, den sie an Anna nach Abbiategrasso geschickt hatte, mit der Bitte, ihn einem Signor Manari auszuhändigen, falls er dort nach ihr fragte.

In Genua suchte sie Emilia und Fabrizzio auf. Sie empfingen sie mit ihrer typischen, warmherzigen Großzügigkeit. Beide wirkten glücklich, denn sie hatten Nachricht von ihrem Sohn Michele erhalten, der sich Garibaldis *Cacciatore delle Alpi* angeschlossen und bei Como und Varese gekämpft hatte. Er war unverletzt und würde demnächst nach Hause kommen. In Genua erfuhr sie auch von dem Treffen der beiden Kaiser Napoleon III. und Franz Joseph in Villafranca.

»Sie haben einen Waffenstillstand geschlossen«, erzählte Fabrizzio beim Abendessen.

»Ohne Vittorio Emanuele?«, fragte Gianna.

»Er ist nicht glücklich darüber, aber er hat unter Vorbehalt unterzeichnet.«

»Und was heißt das?«

»Österreich übergibt die Lombardei an Kaiser Napoleon, mit Ausnahme von Mantua und Peschiera.« Fabrizzio griff zur Zeitung. »Hier steht es. Napoleon wird die Lombardei dann an Vittorio Emanuele abtreten, dafür bekommt er Nizza. Venetien verbleibt unter österreichischer

Herrschaft, soll aber einer italienischen Konföderation beitreten. Der Großherzog von Toskana und die Herzöge von Modena und Parma kehren zurück …« Er schüttelte den Kopf. »Und das nennen die einen Sieg? Wir sind von einem vereinigten Italien fast so weit entfernt wie vor dem Kampf. Das war es nicht, was Mazzini und Garibaldi wollten.«

»Es ist mir gleichgültig, was die wollten«, fuhr Emilia auf. »Hauptsache, das Töten hat ein Ende, und Michele und Giannas Brüder können nach Hause kommen.«

Gianna stimmte ihr von ganzem Herzen zu. »Ist der Krieg denn wirklich zu Ende?«, fragte sie.

»Ich hoffe es.«

Zwei Tage später bestiegen Gianna und Luisa ein Schiff nach Livorno. Die See war ruhig, es war warm, fast konnte man vergessen, dass im Norden ein Krieg geherrscht hatte, der so vielen Männern das Leben gekostet hatte.

In Livorno stiegen sie wiederum in eine Postkutsche nach Süden, und in Cecina mieteten sie eine Droschke, die sie bis nach Alberi d'Argento brachte.

Giannas Kehle wurde eng, als sie in die Zypressenallee einbogen. Anderthalb Jahre war sie fort gewesen, nicht lange und doch eine Ewigkeit. Sie war nicht mehr das unschuldige Mädchen, das sich mit ihrem Bräutigam auf den Weg in den Norden gemacht hatte. So viel war passiert. Sie hatte ihre Jungmädchenträume verloren, sie hatte ihren Mann begraben.

Dann hielt die Kutsche auf dem Hof, der Kutscher öffnete die Tür und half ihnen heraus.

Carlo, der Stallbursche, stürmte aus dem Stall. »Signorina! Verzeihung. Marchesa! Welch eine Überraschung.«

Die Haustür wurde aufgerissen, und ihre Mutter rannte völlig undamenhaft über das Pflaster. »Gianna!«

Und dann lagen sie einander in den Armen, lachten und weinten gleichzeitig, redeten durcheinander.

Ihre Mutter führte sie ins Haus und läutete nach Ilaria. »Du möchtest bestimmt ein Bad nehmen«, sagte sie.

»Das wäre wundervoll.«

Silvana begrüßte Luisa, die hinter Gianna ins Haus trat. »Du bist erwachsen geworden, Luisa. Eine richtige junge Dame.«

Ilaria kam ins Vestibül, knickste kurz vor Gianna und ihrer Mutter und umarmte dann ihre Nichte. Lächelnd beobachtete Gianna die beiden.

Schließlich wandte sich Ilaria an Silvana. »Signora?«

»Bitte richte ein Bad her für die Marchesa, und lass ein paar Erfrischungen in den Salon bringen. Und sag Claudio, er möchte das Gepäck der Marchesa auf ihr Zimmer bringen. Und dann kümmere dich um deine Nichte.«

Gianna folgte ihrer Mutter in den Salon. Jetzt erst fiel ihr auf, dass sie Schwarz trug. Sie setzte sich ihr gegenüber in einen der Sessel und betrachtete sie genauer. Dünn war sie geworden, ihr Haar war mehr grau als braun, und um Augen und Mund entdeckte Gianna Falten, die sie bei ihrer Hochzeit mit Riccardo noch nicht gehabt hatte. Jetzt, nachdem die erste Freude vorbei war, lag deutliche Trauer in ihren Zügen. Giannas Herz wurde schwer. Die Trauerkleidung trug ihre Mutter bestimmt nicht wegen Riccardo.

»Mamma?« Ihre Stimme gehorchte ihr nicht, sie musste mehrmals schlucken, bevor sie weitersprechen konnte. »Ist Tommaso oder Lorenzo etwas zugestoßen?«

Silvanas Augen schimmerten feucht. »Tommaso. Er ist in der Schlacht von Magenta gefallen.«

Tommaso. Noch ein Opfer für die Freiheit. Erst Giuseppe, dann Riccardo und nun er. Die drei Freunde, die zusammen am Aufstand in Livorno beteiligt gewesen waren, jetzt wieder vereint. Unter ihrer Trauer schwelte hilfloser Zorn. Sie waren so jung gewesen, so voller Idealismus.

Ihre Mutter presste die Lippen zusammen, sie weinte lautlos.

Kälte kroch über Giannas Rücken. »Lorenzo?« Nicht auch noch er.

»Nein.« Silvana schüttelte den Kopf. »Er kam vor zwei Wochen nach Hause. Er wurde bei Treponti verletzt und geriet vorübergehend in österreichische Gefangenschaft. Aber jetzt ist er da.«

»Dann ist er nicht schwerverletzt?«, fragte Gianna vorsichtig. Vor ihrem inneren Auge sah sie die entsetzlichen Wunden und Verstümmelungen der Soldaten in den Hospitälern in Mailand.

»Nein, es war nur eine Stichwunde, die gut verheilt ist.«

So hatte zumindest Stella ihren Mann und die kleine Alisa ihren Vater wohlbehalten zurückbekommen. »Piero ist hoffentlich zu Hause geblieben?«, fragte sie weiter. Ihrem spitzzüngigen Bruder war es ohne weiteres zuzutrauen, dass er sich ebenfalls Garibaldis Truppen angeschlossen hatte.

Ihre Mutter wischte sich die Tränen ab. »Piero wäre wohl gerne gegangen, aber Nerinas Vater hat ihm vor einem halben Jahr sein Geschäft überschrieben und sich völlig zurückgezogen. Er konnte nicht weg.« Sie lächelte. »Es war ein kluger Zug von Nerinas Vater. Vielleicht steckte auch Nerina selbst dahinter.«

Gianna spürte einen Stich. Vielleicht liebte Piero auch seine Frau zu sehr, um in den Krieg zu ziehen. Riccardo hatte sich weder von ihrer Bitte noch von der Tatsache, dass er der einzige Erbe und alleine für das Land und die Geschäfte der Familie verantwortlich war, davon abhalten lassen.

»Aber wie geht es *dir*, mein Kind? Du bist dünn geworden.«

Sie erzählte von Riccardo, dass sich alles zum Guten gewendet hatte, und von dem Schmerz und dem Zorn über seinen Tod. »Ich glaube, ich habe ihn doch geliebt. Anders als Angelo und auch anders als …« Sie stockte. Was würden ihre Eltern sagen, wenn sie ihnen von Maurizio erzählte?

»Als wen?«, fragte ihre Mutter. In diesem Augenblick kam Ilaria, um zu sagen, dass ihr Bad bereit war.

»Ich erzähle es Ihnen und Vater nachher.«

Nach dem Bad begrüßte sie Stella und die kleine Alisa. Ihren Bruder sah sie erst beim Abendessen, er war in den Weingärten gewesen. Er war dünner geworden, schien aber sonst wohlauf. Stella war sichtlich froh, ihn wiederzuhaben, auch wenn sie versuchte, es nicht so deutlich zu zeigen. Sie konnte ihre Augen kaum von ihm abwenden, und wenn er sie anblickte, errötete sie wie eine Jungfrau.

Gianna schilderte ihre Erlebnisse in Abbiategrasso nach der Schlacht von Magenta und sprach von ihrer Liebe zu Maurizio. Ihre Eltern hörten ihr schweigend zu und schwiegen auch, nachdem sie ausgeredet hatte. Gianna sah, wie sie einen langen Blick wechselten. Auch ihr Vater war alt geworden. Sein Haar war nun vollständig ergraut, doch in seinen Augenwinkeln saßen immer noch die Fältchen, die von seinem Humor zeugten, und trotz der Trauer über Tommaso wirkte er nicht verbittert.

»Ich dachte mir so etwas. Man musste nur darauf achten, wie er dich ansah, wie er immer für dich da war. Dass er Sergios Sohn ist, wusste ich schon vor seiner Geburt. Sergio hat Enzo Manari bezahlt, damit er Angelica heirate. Aber ich denke, die beiden führten eine gute Ehe, und Enzo hat Maurizio geliebt, seine erste Ehe war kinderlos, und auch mit Angelica hatte er keine Kinder.«

»Sie wussten es?«

»Ja, aber weder Sergio noch Maurizio wollten, dass es bekannt wird. Klatsch und Tratsch gab es natürlich trotzdem.«

»Und wären Sie damit einverstanden, dass ich ihn heirate, wenn er …«, sie schluckte, »wenn er den Krieg überlebt hat?«

Sie hoffte auf sein »ja«, doch wenn er nein sagte, würde sie sich ihm widersetzen. Sie besaß das Haus in Abbiategrasso, sie bekam Geld aus Riccardos Geschäften. Das war genug zum Leben für sie und Maurizio. Ein bescheideneres Leben, als sie hier geführt hatte, doch das war gleichgültig, solange es ein Leben mit Maurizio war.

Doch ihr Vater enttäuschte sie nicht.

»Das wäre ich. Er ist mir als Schwiegersohn sehr viel lieber als Angelo. Doch auch dir, meine Liebe?«, fragte er und blickte Silvana an.

Sie lächelte. »Ja, mir auch.«

Jetzt erst spürte Gianna, dass sich ihre Hände um das Besteck herum verkrampft hatten. »Ich danke euch!«, sagte sie, und es kam aus vollem Herzen.

»Da ist noch etwas, was du wissen solltest«, sagte ihr Vater. »Damit du nicht überrascht bist. Angelos Frau ist vor fünf Monaten im Wochenbett gestorben, das Kind mit ihr. Angelo ist also Witwer. Und er war hier, um zu sagen, dass er jetzt nach dem Ende des Krieges gerne das Zerwürfnis zwischen unseren Familien beseitigen würde …«

Die Art, wie ihr Vater fragend die Stimme hob, verriet ihr, dass noch mehr dahintersteckte. Angelo war frei, er wollte, dass die Familien sich versöhnten, und das ging natürlich am besten mit einer Heirat, wie sie ursprünglich einmal geplant war. Gianna horchte in sich hinein. Angelo war frei, und sie könnte ihn bekommen. Doch sie wollte ihn nicht mehr. Der Gedanke an ihn löste gar nichts in ihr aus, kein Herzklopfen, keine Freude, aber auch keinen Zorn. Der Mann war ihr vollkommen gleichgültig.

»Was soll ich ihm antworten, wenn er kommt und um deine Hand anhält? Ich bin überzeugt, dass er nicht lange warten wird.«

»Sagen Sie ihm nichts. Schicken Sie ihn zu mir. Ich werde ihm die passende Antwort selbst geben.«

Lächelnd nickte ihr Vater. »Ich bin sicher, dass du das tun wirst.«

Nach dem Essen ging Gianna auf die hintere Terrasse und lehnte sich an die noch sonnenwarme Mauer des Hauses. Es war ein klarer Abend und Neumond. Die Sterne schienen so hell wie selten. Über ihr zog sich das Band der Milchstraße über den Himmel. Das einzige Geräusch war das leise Zirpen der Nachtgrillen, der *Elfchen,* wie sie in ihrer Familie genannt wurden. Die Luft kühlte sich nach der Hitze des Tages ab, ein leichter Wind umschmeichelte ihre Arme wie Seide. Sie sah zum Himmel und dachte an Maurizio. Lebte er noch? Stand er vielleicht irgendwo in der Lombardei oder in Venetien und sah zum Himmel, so wie sie? Sie atmete tief ein und schickte ihre Gedanken zu den Sternen.

Wenn ihr auch auf ihn scheint, sagt ihm, er soll zu mir kommen.

Am Sonntag nach ihrer Ankunft ritt Angelo auf den Hof. Es war später Nachmittag, Gianna saß auf der Veranda am Frühstückszimmer, die um diese Uhrzeit angenehm schattig war. Von dort aus konnte man auf den Hof sehen. Angelo stieg vom Pferd, warf dem Stallburschen die Zügel zu und ging zielstrebig zur Haustür. Gianna nutzte die Gelegenheit, um ihn zu mustern. Er war etwas dicker geworden, trug den Schnurrbart länger, und die Enden waren nach oben gezwirbelt. Gekleidet war er schwarz, er war ja noch in Trauer. Seine ganz Haltung strahlte Selbstsicherheit aus. Kam er, um mit ihrem Vater etwas Geschäftliches zu besprechen, oder kam er ihretwegen? Sie musste nicht lange auf die Antwort warten. Es dauerte nur ein paar Minuten, dann trat er durch die offene Verandatür und verneigte sich.

»Guten Tag, liebe Gianna.« Seine schwarzen Augen funkelten, er lächelte sie an, als wären sie erst vor kurzem und in bester Freundschaft auseinandergegangen.

Sie blieb sitzen und musterte ihn kühl. »Guten Tag, Conte di Riposo.«

»Aber nicht doch, wir kennen uns so lange, du musst mich nicht so anreden. Nenn mich Angelo, wie früher.«

»Nun, Angelo, was verschafft mir die Ehre deines Besuchs?«

Ihre Förmlichkeit schien ihn zu verunsichern, doch er fing sich schnell wieder. »Ich hörte vom Tod deines Mannes und wollte mein Beileid ausdrücken.«

»Danke.«

»Vielleicht hast du schon gehört, dass meine Frau ebenfalls verstorben ist?«

»Mein Vater erzählte es mir. Es tut mir sehr leid für dich.«

Jetzt war er deutlich irritiert. Er stand immer noch, da sie ihm keinen Platz angeboten hatte, und drehte den Zylinder in den Händen. Gianna schwieg und wartete. Sie würde es ihm bestimmt nicht einfach machen. »Ich sagte deinem Vater schon, dass wir auf Bandello gerne das Zerwürfnis zwischen unseren Familien beilegen würden. Ich glaube, er war nicht abgeneigt.«

»Er hat sich mit deinem Vater immer gut verstanden, auch wenn sie nicht immer einer Meinung waren.«

»Ja, das denke ich auch. Und ich denke auch sehr viel an unsere Kindheit und wie glücklich wir alle waren. Ich habe dich nicht vergessen, Gianna, und nun, da dieser grausame Krieg, der uns getrennt hat, vorbei ist, steht unserer Liebe nichts mehr im Weg.«

Gianna hob die Augenbrauen. »Der Krieg hat uns getrennt? Ich meine eher, es waren der Ehrgeiz deiner Familie und deine Bequemlichkeit, die uns getrennt haben.«

»Mir blieb nichts anderes übrig, als meinen Eltern zu gehorchen.«

»Das sehe ich anders. Nun, so schlecht wird eure Ehe wohl nicht gewesen sein.«

»Du weißt, dass ich nicht aus Liebe geheiratet habe.«

»Du vielleicht nicht, aber ich.« Sie stand auf und sah ihm in die Augen. »Ich habe meinen Mann geliebt. Und wenn ich jemals wieder heirate, wird es aus Liebe sein, nicht wegen Titeln, Vermögen oder weil es vorteilhaft für zwei Weingüter ist.«

Das traf ihn. Einen Moment lang tat er ihr beinahe leid, doch dann erinnerte sie sich daran, wie er sie angelogen und hingehalten hatte und dass er ihr angeboten hatte, seine Mätresse zu werden. Was auch immer er unter Liebe verstand, es war nicht das Gleiche wie für sie.

»Ich war vielleicht ein wenig voreilig. Du bist erst ein paar Tage hier und noch in Trauer. Aber ich wollte dich wissen lassen, dass ich dich immer noch liebe und mich freuen würde, wenn du meine Frau werden würdest. Du musst dich nicht gleich entscheiden. Ich werde wiederkommen, wenn du etwas länger hier bist.«

»Du brauchst nicht wiederzukommen. Ich werde dich nicht heiraten, Angelo. Was auch immer zwischen uns war, für mich ist es bei dem Ball damals gestorben. Such dir besser eine andere Frau.« Sie nickte und blickte zur Tür.

Er verstand den Wink, verneigte sich kurz und sehr steif. »Wie du meinst. Vielleicht änderst du deine Meinung noch.«

»Warte besser nicht darauf.«

28. KAPITEL

Nach einer Woche im Hospital wurde Maurizio unruhig. Nun, da es ihm besserging, wurde ihm die Untätigkeit lästig. Er mochte nicht mehr im Bett bleiben, er wollte etwas tun. Bei der Pflege und beim Verbinden konnte er nicht helfen. Als er den Arzt fragte, was er machen könnte, bot er ihm an, beim Essenausteilen behilflich zu sein. Also zog er morgens mit den Krankenwärtern und Pflegerinnen durch die Krankensäle, verteilte Brot, goss Kaffee in Becher, mittags schleppte er einen eimergroßen Topf mit Fleischbrühe in die Räume und schöpfte Suppe in Schüsseln.

Eines morgens kam ein Mann an sein Bett und stellte

sich als Prothesenmacher der Armee vor. Er vermaß Maurizios Armstumpf und erklärte ihm, wie er die Prothese anpassen werde. Zunächst werde er einen Gipsabdruck seines Armstumpfes nehmen und dann die Prothese aus Messing nach dem Vorbild einer Hand formen. Befestigt würde sie mithilfe einer Ledermanschette werden.

»Sie hat einen beweglichen Daumen«, erklärte der Prothesenmacher, »den Sie mit der anderen Hand betätigen können. Damit können Sie Gegenstände greifen und festhalten.«

Die Prothese erwies sich in manchen Dingen als hilfreich. So schaffte er es mit ihrer Hilfe, schwere Gegenstände zu tragen oder sein Bett selbst zu machen. Wahrscheinlich würde er damit auch ein Pferd satteln können.

Eine der größten Erleichterungen war, dass er keine Hilfe mehr beim Essen brauchte. Bisher hatte ihm jemand sein Essen in mundgerechte Bissen schneiden müssen, jetzt konnte er die Gabel mit der Prothese halten und Fleisch, Gemüse, Kartoffeln selbst schneiden.

Etwa drei Wochen nach der Schlacht von Solferino verbreitete sich die Nachricht im Hospital, dass die beiden Kaiser sich in Villafranca getroffen hatten, um über den Frieden zu verhandeln.

Einige Tage später suchte Hauptmann Häusel ihn in Begleitung eines französischen Offiziers im Krankenzimmer auf. Er hinkte ein wenig, eine Kugel hatte ihn ins Bein getroffen. »Ich freue mich, dass es Ihnen bessergeht.«

»Danke, Herr Hauptmann«, antwortete Maurizio höflich und fragte sich, was die beiden Männer wohl von ihm wollten. Er musste nicht lange auf eine Antwort warten.

»Ich will nicht lange herumreden. Eigentlich sind Sie,

wie wir alle hier, ein Kriegsgefangener. Doch mit Ihrer Verletzung sind Sie nicht mehr diensttauglich. Deshalb können Sie vorzeitig aus der Armee entlassen werden unter der Voraussetzung, dass Sie keinen Kriegsdienst mehr leisten. Ihren Sold bekommen Sie ausgezahlt.«

Maurizio atmete durch. Er konnte gehen. Doch wovon sollte er leben?

Hauptmann Häusel räusperte sich und zog ein Blatt Papier aus seiner Tasche. »Oberleutnant Castiglioni hat Sie in seinem Testament bedacht und außerdem veranlasst, dass Sie das Pferd, Dario, welches Sie dem Oberleutnant geschenkt haben, zurückbekommen.«

»Dario lebt noch?« Er hatte damit gerechnet, dass das Pferd ebenfalls in Solferino gefallen war.

»Ja, der Gaul lebt noch«, sagte der Hauptmann. »Er hat ein paar Narben davongetragen, aber er ist gesund.«

Unwillkürlich lächelte Maurizio. Dann hatten sie beide Narben davongetragen. Er freute sich, dass der Hengst noch lebte.

»Wollen Sie nicht wissen, wie viel Ihnen der Oberleutnant hinterlassen hat?«, fragte Häusel.

»Doch.«

Hauptmann Häusel nannte die Summe, und Maurizio schnappte nach Luft. Das war mehr, als er als Soldat in drei Jahren verdient hätte. Er könnte ein kleines Stück Land und ein Haus irgendwo in der Toskana kaufen, vielleicht sogar einen Knecht als Gehilfen anstellen. Er schloss die Augen und dankte seinem Onkel.

»Das Pferd steht hier im Stall. Sie können es gegen Vorlage dieser Bescheinigung holen«, sagte Hauptmann Häusel. »Ich wünsche Ihnen alles Gute.«

Nachdem er gegangen war, setzte Maurizio sich auf sein

Bett und dachte nach. Er war frei, er konnte gehen. Doch wohin? Und was sollte er tun? Nach Alberi d'Argento reiten und Gianna fragen, ob sie ihn heiraten und für den Rest ihres Lebens für seinen Lebensunterhalt aufkommen wollte? Nein. Er musste selbst für sich sorgen. Was konnte er? Er war ein ausgezeichneter Schütze, nur das nützte ihm jetzt nichts mehr. Er konnte gut mit Pferden umgehen. Das wäre auf einem Gestüt ein Vorteil, auch auf der Tenuta Bandello, doch die Raimandis züchteten keine Pferde, und als Stallbursche konnte er dort nicht arbeiten, wenn er um Giannas Hand anhalten wollte. Blieb noch Don Enricos Angebot. Er könnte bei Mario als Cantiniere anfangen, lernen, wie man Wein machte. Er griff nach Giannas Medaillon. Er würde nach Hause gehen, in die Toskana.

Zunächst ritt er nach Abbiategrasso. Zwar hatte Gianna gesagt, sie wolle so schnell wie möglich nach Montescudaio, aber es bestand die Möglichkeit, dass sie noch dort war.

In der Stadt wimmelte es von französischen Soldaten; offensichtlich hatten sie sich dort einquartiert, wo Monate zuvor die Österreicher Quartier bezogen hatten. Die Bevölkerung konnte einem leidtun, dachte er. Die Stadt besaß wahrscheinlich so gut wie keine Lebensmittelvorräte mehr. Er hatte gehofft, hier übernachten zu können, doch die Stadt war so überfüllt, hier würde er kein noch so kleines Zimmer finden. Er lenkte sein Pferd auf die Straße in Richtung Giannas Haus. Der Weg führte an der Kirche vorbei, in der er nach Magenta gelegen hatte. Es war inzwischen Abend. Über der Stadt sammelten sich die Mauersegler, verständigten sich mit ihren schrillen Rufen. Aus den Reisfeldern drang das Quaken der Frösche, und irgendwo sang eine Amsel ihr Abendlied. Die Luft kühlte sich allmählich ab, das Licht wurde dunstig.

Als er Dario vor Giannas Haus zügelte, kam ihm ein junger Mann entgegen, er musste in seinem Alter sein. Über dem linken Auge trug er eine Klappe, darunter verlief eine noch rote Narbe. Eine Kriegsverletzung. Er musterte Maurizio, sein Blick blieb auf seiner linken Wangen hängen. Plötzlich wurde ihm klar, wie viel Glück er gehabt hatte, dass der Säbel des Zuaven nur seine Wange und nicht sein Auge getroffen hatte. Er begrüßte den Mann und fragte nach der Marchesa da Abairate.

»Sie ist nicht mehr hier«, sagte der Mann.

Eine Frau mittleren Alters kam aus dem Haus. »Was gibt es denn, Luca?«

»Der Mann sucht die Marchesa.«

Die Frau sah ihn scharf an. »Wie ist Ihr Name, junger Mann?«

»Maurizio Manari.«

Sofort heiterte sich ihre Miene auf. »Die Marchesa ist schon vor einigen Wochen abgereist, doch sie hat einen Brief hinterlassen. Kommen Sie herein.« Sie winkte ihn in die Küche, bot ihm Wasser an und reichte ihm einen Umschlag.

Er riss ihn sofort auf, war zu ungeduldig, um zu warten. Es war nur eine kurze Notiz: *Lieber Maurizio, du lebst! Dem Himmel sei Dank! Ich bin auf Alberi d'Argento. Komm, so schnell du kannst. Ich warte auf dich. In Liebe, Gianna.*

Anna bot ihm an, im Haus zu übernachten, was er dankend annahm.

Am nächsten Morgen machte er sich auf den Weg nach Hause.

29. KAPITEL

Es war ein eigenartiges Gefühl, den Weg zurückzureiten, den er vor zwei Jahren angetreten hatte. Wieder ließ er sich Zeit. Einerseits drängte es ihn, so schnell wie möglich zu Gianna zu kommen, andererseits fürchtete er sich davor. Als er vor zwei Jahren nach Verona geritten war, hatte er geglaubt, sie niemals wiederzusehen, hatte gehofft, sie irgendwann zu vergessen. Er hatte sie nicht vergessen, aber gelernt, ohne sie zu leben. Dann war der Krieg ausgebrochen, und ausgerechnet der hatte sie zusammengeführt. Vielleicht hätte er ohne die Schrecken der Schlacht von Magenta und der nächsten Schlacht und ohne den möglichen Tod vor Augen niemals den Mut gehabt, ihr seine Liebe zu gestehen. Jetzt musste er erneut den Mut aufbringen und sich ihrer Entscheidung stellen. Liebte sie ihn wirklich, oder war es eine Täuschung aufgrund der besonderen Situation gewesen? Er würde es erfahren, wenn er es fertigbrachte, ihr gegenüberzutreten. Noch war er fest entschlossen, aber er je näher er seiner Heimat kam, desto unsicherer wurde er.

Anfang September erreichte er Montescudaio. Überall in den Weingärten waren Arbeiter und schnitten die Reben von den Stöcken, auf den Straßen kam er an Wagen mit Körben voll Trauben vorbei. Er erreichte die Weggabelung, von der aus man auf die Tenuta Bandello blicken konnte. Nachdenklich betrachtete der das Gut, das jahrelang seine Heimat gewesen war, dann lenkte er sein Pferd zur Stadt. Er fand eine Osteria am Stadtrand, in der er ein Zimmer für die Nacht mietete. Er würde erst einmal ausschlafen, sich morgen gründlich waschen und dann zunächst zur

Tenuta Bandello reiten, um seinen Vater zu sehen und ihm die Nachricht von Raimondos Tod zu überbringen.

In seinem Zimmer wusch er sich den Staub ab und wechselte das Hemd. Mittlerweile kam er mit der Prothese recht gut zurecht. Hemden auf- und zuknöpfen konnte er inzwischen mit einer Hand, auch wenn es länger dauerte. Beim Hosenanziehen war die Prothese durch ihren beweglichen Daumen recht nützlich, er musste nur den Hosenbund dazwischenklemmen, den Daumen schließen und konnte die Hose so hochziehen. Im Vergleich zu vielen anderen Versehrten ging es ihm wirklich gut, er konnte fast alles mit einer Hand tun, wozu er früher zwei benutzt hatte, selbst sein Pferd satteln und aufzäumen.

In der Schankstube war es überraschend voll, alle Tische waren besetzt. An den meisten saßen Männer, nur an wenigen Familien. Dann fiel ihm ein, dass es Samstag war; die Arbeiter auf den umliegenden Weingütern hatten morgen frei. Er suchte einen Tisch, an dem nur Männer saßen, und fragte, ob er sich dazugesellen dürfe. Man machte ihm bereitwillig Platz. Der Wirt kam, und Maurizio bestellte einen Krug Wein, Bruschetta und geschmorte Lammkeule mit weißen Bohnen. Die Lammkeule war beinahe so gut wie die, die Rosa auf der Tenuta immer gemacht hatte. Sie schmeckte nach Salbei, nach Knoblauch und Zitrone. Nach Heimat. Fast konnte er ihre Stimme hören, wenn sie die Stallburschen zum Essen rief. Wie es ihr wohl ging? Und ihrem Mann Emilio?

»Ich kenne dich«, sagte einer der Männer, die mit ihm am Tisch saßen. »Warst du nicht Knecht auf der Tenuta Bandello?«

Er sah auf. Der Mann war einige Jahre älter als er. »Stimmt, das war ich. Woher kennst du mich?«

»Ich bin schon seit Jahren als Tagelöhner bei der Lese auf dem Gut. Du bist vor zwei Jahren gegangen.« Er warf einen Blick auf den Lederhandschuh, unter dem sich die Prothese befand. »Warst du im Krieg?«

»Ja«, sagte Maurizio. »Hab meine Hand dort gelassen. Jetzt muss ich sehen, wie ich klarkomme.«

»Hast den Österreichern hoffentlich richtig eingeheizt. Wo hast du gekämpft?«

»Bei Magenta und ...« Hastig griff er nach seinem Becher und trank einen Schluck. Beinahe hätte er Solferino genannt und sich damit verraten, denn dort hatten nur Österreicher und Franzosen gekämpft, keine Italiener. »San Martino«, beendete er den Satz.

»Ah, San Martino«, sagte ein anderer. »Ein großartiger Sieg für Vittorio Emanuele. Man sagt, er habe seine Armee selbst in die Schlacht geführt. Hat immer an vorderster Front gekämpft.«

Maurizio sah auf den Tisch und schwieg. Vittorio Emanuele war seinen Truppen vorangeritten, doch er hatte keine Ahnung von Taktik gehabt, und seine Generäle hatten darum gekämpft, von ihm beachtet zu werden, statt ihre Angriffe zu planen. Benedek hätte diese Schlacht gewonnen, wenn er nicht abberufen worden wäre. Und nun münzte man das in einen Sieg für den König von Sardinien-Piemont um? Wussten diese Leute, zu welchen Bedingungen der Waffenstillstand von Villafranca geschlossen worden war? Wussten sie, dass Vittorio Emanuele und Cavour dafür gesorgt hatten, dass Leopold II. und die Herzöge von Modena und Parma zurückkehren würden, mit Billigung des Königs, um ihre Herrschaft wieder anzutreten?

»Wie läuft es so auf der Tenuta?«, wechselte er das Thema.

»Ach, ganz gut«, sagte der Mann. »Die Ernte ist gut. Es wird auch ein guter Wein.«

»Und bei den Herrschaften?«

»Die sind in Trauer. Die Frau des jungen Herrn ist vor einem halben Jahr im Wochenbett gestorben und das Kind mit ihr.«

Angelos Frau war tot? »Das ist traurig.«

»Na ja«, schaltete sich ein anderer ein. »Traurig mag es sein, aber so wie es aussieht, hat der junge Herr schon Pläne. Er wird nicht lange Witwer bleiben.«

»Und wer wird die Glückliche werden?«, fragte Maurizio.

»Die Tochter der di Raimandis. Es würde ja auch gut passen. Sie ist Witwe, er hat seine Frau verloren. Sie waren vor dem Krieg schon verlobt, doch dann haben die Familien sich zerstritten. Doch jetzt ist Frieden. Es wäre eine vorteilhafte Verbindung für beide Güter.«

Maurizio starrte auf seine Prothese. Angelo war frei und warb um Gianna. Und sie? Sie hatte die Wahl. Wen würde sie wählen? Den Mann aus ihren Kreisen, den sie schon geliebt hatte, als sie ein Mädchen gewesen war? Würde sie alles andere vergessen, nun, da sie ihn bekommen konnte? Was hatte er dem entgegenzusetzen? Einen Kuss hinter der Kirche von Abbiategrasso, eine Liebesnacht auf einem schmutzigen Strohhaufen in einem kalten Kerker in Rosate. Ein Kriegsversehrter ohne Hand, ohne Vermögen, mit einer Narbe im Gesicht gegen einen schneidigen, gutaussehenden jungen Mann mit Adelstitel und einer vorteilhaften Verbindung für beide Güter. Nein, so war Gianna nicht. Geld brauchte sie als Witwe des Marchese Abairate nicht, und um das Gut musste sie sich ebenfalls keine Sorgen machen, das würde Lorenzo übernehmen. Es stand ihr frei, zu wählen. Er musste sie sehen, so bald wie möglich.

Doch als er am nächsten Morgen erwachte, war er sich seiner Sache schon nicht mehr so sicher. Er entschied sich dafür, erst seinen Vater aufzusuchen, dann hatte er das hinter sich.

Auch auf der Tenuta war die Lese in vollem Gange. Maurizio schlug nicht den direkten Weg zum Haus ein, sondern ritt durch die Weingärten zum Hof. Er band sein Pferd hinter den Ställen an und ging zunächst zum Haus der Romanis. Durch den Gemüsegarten ging er zur Hintertür, die in die Küche führte. Sie stand offen, wie immer im Sommer. Er spähte hinein. Rosa stand am Tisch und hackte Basilikum. Der intensive Duft erfüllte den Raum. Er klopfte an den Türrahmen. »Signora Rosa?«

Sie ließ das Messer sinken und drehte sich um. Ihre Augen wurden groß. »Maurizio? Jesus, du lebst? Heilige Mutter Gottes, wir hatten solche Angst um dich. Es hieß, du seiest vermisst oder gefallen.« Sie legte das Messer weg, stürmte zur Tür und zog ihn in ihre Arme.

Sie duftete nach frischem Brot und nach Basilikum. Es war fast wie damals, als er das erste Mal hierhergekommen war, nur dass er sie jetzt um einen Kopf überragte. Ihre sichtliche Freude brachte ihn zum Lachen und Weinen gleichzeitig. Er drückte sie an sich. Er hatte sich getäuscht, als er Henry Dunant gesagt hatte, er habe keine Familie. Rosa war die Cousine seiner Mutter, und sie hatte ihn immer wie einen Sohn behandelt. »Geht es euch gut?«, fragte er. »Wo ist Emilio?«

»Er versorgt die Pferde. Er wird sich freuen, dich zu sehen.« Sie trat einen Schritt zurück und musterte ihn. »Du bist kein Soldat mehr?«

»Nein.« Er wollte mehr sagen, doch sie unterbrach ihn.

»Gut. Es hat uns nicht gefallen, dass du dich bei den Österreichern eingeschrieben hast, aber wir haben es verstanden. Doch nun ist der Krieg vorbei. Bleibst du jetzt hier?«

»Ich denke nicht, dass ich hier willkommen bin. Du weißt, die Signora will mich nicht hierhaben.«

»Die!« Rosa ging wieder zum Tisch, packte das Messer und hackte auf das nächste Büschel Basilikum ein. »Bei uns bist du immer willkommen, und wir finden schon eine Arbeit für dich.«

»Das glaube ich nicht, Rosa.«

»Warum nicht?«, fragte sie, ohne ihre Arbeit zu unterbrechen. »Du bist fleißig, kennst dich mit Pferden aus …«

Während sie noch sprach, zog er den Handschuh von der Prothese. »Sieh her. Deshalb.«

Sie drehte sich um. Ihr Gesichtsausdruck wechselte von Neugier zu Entsetzen und dann zu Mitleid. »Du hast deine Hand verloren?«

»In Solferino. Ich kann keine Ställe ausmisten, ich kann nicht mehr bei der Heuernte helfen, ich brauche ewig, um ein Pferd aufzuzäumen oder zu satteln. Ich kann keiner Dame mehr in den Sattel helfen. Es gibt nicht viel, was ich noch kann.«

»Dann solltest du erst recht hierbleiben.« Rosas Gesicht verriet allzu deutlich, was sie dachte. Sein Vater sollte gefälligst für ihn sorgen.

»Ich will aber nicht von der Barmherzigkeit irgendwelcher Leute abhängig sein. Ich …«

»Er ist nicht irgendwer, er ist dein Vater!«, unterbrach sie ihn heftig.

»Und wenn er mal nicht mehr ist, bin ich von Angelos

Gnade abhängig. Nein. Don Enrico von Alberi d'Argento hat mir vor zwei Jahren angeboten, bei seinem Cantiniere in die Lehre zu gehen. Wenn er dazu steht, werde ich das tun.«

Rosa nickte. »Don Enrico steht immer zu seinem Wort. Ich bete für dich. Und jetzt isst du erst einmal mit uns zu Mittag. Es gibt Parpadelle mit Pesto.«

»Gerne. Aber dann muss ich erst mein Pferd versorgen.«

Nach der Mahlzeit ging Maurizio zum Haupthaus, um mit Don Sergio zu reden. Wenn er Glück hatte, ruhte die Signora und war Angelo in den Weingärten.

Auf sein Klopfen hin öffnete ein Diener, den er noch nicht kannte. Donata hatte wohl mehr Personal eingestellt, nachdem sie nun adlig waren. Als er darum bat, Don Sergio sprechen zu dürfen, hob der Mann die Brauen, führte ihn dann aber zu Don Sergios Arbeitszimmer.

»Maurizio?« Sergio erhob sich, als er eintrat. »Du lebst! Wir haben die Nachricht von Raimondos Tod bekommen und dachten, du seiest auch gefallen.« Er wirkte aufrichtig erfreut.

»Ich war verwundet, aber ich habe es überlebt. Ich wollte Ihnen die Nachricht vom Tod Ihres Bruders und seinen letzten Gruß überbringen.«

»Du warst dabei, als er gefallen ist?«

Maurizio nickte.

»Setz dich«, sagte Don Sergio. »Möchtest du etwas trinken?«

»Nein danke.« Er schob sich den Stuhl zurecht und setzte sich.

»Wie?«, fragte Don Sergio.

»Ein Bauchschuss. Ich wollte ihm helfen, aber die Wunde war tödlich.«

Don Sergio starrte auf den Schreibtisch. »Wir hatten nicht viel Kontakt, er war immer ganz anders als ich. Ein Sonderling.«

Er war anders gewesen als Don Sergio. Allerdings kein Sonderling. »Er war durch und durch Soldat.«

»Bist du gut mit ihm ausgekommen?«

»Sehr gut. Er war …« Er stockte. Was er hatte sagen wollen, war, dass Raimondo wie ein Vater gewesen war, doch das war gegenüber seinem leiblichen Vater wohl nicht taktvoll. »Er war ein großartiger Mann.«

Don Sergio lächelte. »Du siehst ihm ähnlich. Mehr als mir.«

»Ja, das ist mir auch aufgefallen.«

»Aber du bist doch nicht nur hierhergekommen, um mir davon zu erzählen.« Er runzelte die Stirn. »Wieso bist du nicht in Uniform? Bist du abgehauen?«

»Nein, ich bin entlassen worden.« Wie schon bei Rosa hob er die linke Hand, ließ aber den Handschuh an. »Ich war bei den Jägern und habe meine Hand verloren. Ohne Hand kann ich nicht schießen und auch nicht mehr kämpfen.«

Don Sergio schwieg einen Moment. Vielleicht überlegte er, wie er seiner Frau beibringen sollte, dass sein Bastard nun zurückgekehrt war und Unterstützung brauchte. Maurizio unterdrückte ein Grinsen und wartete ab. Sollte sein Vater sich ruhig ein paar Gedanken machen.

»Das tut mir sehr leid«, sagte Don Sergio schließlich. »Wenn ich irgendwie helfen kann … Wenn du Geld brauchst …«

Geld. Aber nicht das Angebot, hierzubleiben. Nun, er

hätte es ohnehin nicht angenommen. »Das ist nicht nötig. Ihr Bruder hat mir Geld hinterlassen.« Er stand auf. »Ich wollte nur seine letzten Grüße überbringen.«

Auch Don Sergio erhob sich. »Was wirst du jetzt tun?«

Irgendetwas hielt ihn davon ab, die Wahrheit zu sagen. Don Sergio würde es früh genug erfahren, falls er auf Alberi d'Argento bleiben sollte. »Ich suche mir eine Arbeit, die ich tun kann.«

»Wenn du Unterstützung brauchst, melde dich.«

Zu seiner Überraschung umarmte Don Sergio ihn zum Abschied.

Auf dem Hof kam ihm Angelo entgegen. Er schien in Gedanken zu sein und war schon fast an ihm vorbei, als er abrupt anhielt und ihn anstarrte. »Du? Was tust du hier?«

Maurizio musterte ihn. Er war ein wenig dicker geworden und trug den Schnurrbart inzwischen nach oben gezwirbelt, wie es Mode war. Angelo musterte ihn ebenfalls. Sein Blick blieb an seinem Gesicht hängen. Die Narbe. Da er auf seiner Reise hierher kaum in einen Spiegel geblickt hatte, dachte er nicht oft daran. »Ich hatte deinem Vater etwas auszurichten.«

Unwillig zog Angelo die Augenbrauen zusammen. »Willst du jetzt etwa hierbleiben?«

»Keine Sorge, das ist nicht meine Absicht.« Er ließ seinen Halbbruder stehen und ging zum Haus der Romanis. Dort verabschiedete er sich von Rosa, Emilio und deren beiden Söhnen.

Anschließend ging er in den Stall, sattelte Dario und machte sich auf den Weg nach Alberi d'Argento.

Je näher er dem Gut kam, desto langsamer ritt er. Wie sollte er vorgehen? Am liebsten würde er zuerst mit Gianna reden, doch er wollte ihr nicht unter die Augen treten, ohne eine Arbeit zu haben. Aber wenn er erst mit Don Enrico sprach, die Arbeit bekam und Gianna dann nichts mehr von ihm wissen wollte, was sollte er dann auf dem Gut?

Feigling, schalt er sich.

Nach Magenta hatte er den Mut aufgebracht, sie zu küssen, und es hatte sich als richtig erwiesen. Aber da hatte er auch nichts zu verlieren gehabt, außer sein Leben in der nächsten Schlacht.

Als er in die Zypressenallee einbog, trieb er sein Pferd an. Er würde zunächst mit Don Enrico sprechen, dann mit dessen Cantiniere und dann mit Gianna.

Das Klappern der Hufe auf dem Pflaster im Hof erschien ihm unnatürlich laut. Er warf einen raschen Blick zu den Fenstern. Würde ihn jemand hören? Doch im Haus rührte sich nichts, stattdessen kam der Stallmeister, Domenico, um die Ecke. Auch er erkannte ihn und begrüßte ihn freundlich. Don Enrico sei in seinem Arbeitszimmer, sagte er und bot ihm an, das Pferd zu versorgen.

Maurizio nahm dankend an und ging zur Haustür. Auf sein Klopfen hin öffnete Luisa und starrte ihn an. »Signor Manari! Welch eine Freude, Sie hier zu sehen. Soll ich Sie Signora Parenti melden?«

»Nein. Ich wollte mit Don Enrico sprechen.«

»Nein?« Sie zog die Brauen hoch.

»Bitte, sagen Sie ihr noch nichts von meinem Besuch, Signorina. Ich muss erst etwas bereden, bevor ich mit ihr sprechen kann.«

Luisa knickste. »Wie Sie meinen. Sie kennen den Weg zum Arbeitszimmer?«

Ja, den kannte er. Er warf einen langen Blick auf das

Wappen der di Raimandis. »Wer Flügel hat, dem steht der Himmel offen.« Noch nie war er dem Himmel so nahe gewesen wie jetzt, oder der Hölle.

Er stapfte durch den Flur, atmete tief ein und klopfte an die Tür von Don Enricos Arbeitszimmer.

Das Erste, was ihm beim Eintreten auffiel, war Don Enricos schwarze Kleidung. Trug er Trauer wegen des Tods seines Schwiegersohns, oder war seinen Söhnen etwas zugestoßen? Ein Blick in sein Gesicht ließ ihn Böses erahnen. Don Enrico war um Jahre gealtert. Sein Gesicht war eingefallen, unter seinen Augen lagen dunkle Schatten. Entsetzt und ratlos hielt Maurizio inne. Wie sollte er ihn um Arbeit bitten oder gar um die Hand seiner Tochter anhalten, wo er doch für die Habsburger gekämpft hatte? Er verneigte sich tief. »Don Enrico, es tut mir leid, Sie zu stören. Wenn ich geahnt hätte, dass Sie in Trauer sind …« Er wusste nicht weiter.

»Hallo, Maurizio.« Seine Stimme klang wie immer, und als Maurizio ihm wieder ins Gesicht blickte, entdeckte er keinen Groll darin.

»Don Enrico. Wer?« Er wusste nicht, ob es schicklich oder unverschämt war, das zu fragen. Er folgte seinem Gefühl.

»Tommaso. Er ist in Magenta gefallen.«

Auch das noch. Magenta, die Schlacht, in der auch er gegen das sardinische Heer gekämpft hatte. »Mein Beleid«, sagte er leise.

»Danke.«

»Was ist mit Lorenzo?«, fragte er und betete insgeheim, dass er gesund heimgekehrt war.

»Er ist wieder zu Hause«, sagte Don Enrico.

Dem Himmel sei Dank. »Nun, Don Enrico, dann will

ich Ihre Zeit nicht weiter in Anspruch nehmen«, begann er und zog sich zur Tür zurück. Er würde sich woanders eine Arbeit suchen und später mit Gianna reden.

»Warte. Du bist doch nicht hierhergekommen, um ein wenig mit mir zu plaudern. Was wolltest du?«

Maurizio räusperte sich. »Sie hatten mir vor zwei Jahren angeboten, bei Mario in die Lehre zu gehen. Ich wollte eigentlich fragen, ob Sie mich anstellen würden.« Unauffällig legte er die linke Hand hinter den Rücken, Enrico sollte die Prothese nicht sehen. »Aber ich habe in der Armee gekämpft, die Ihren Sohn auf dem Gewissen hat, und ich verstehe, wenn Sie mich nicht hier auf Ihrem Grund und Boden haben wollen.«

Don Enrico schüttelte den Kopf. »Es war Krieg. Du bist nicht schuld an Tommasos Tod. Vielleicht ist noch nicht einmal der Krieg schuld daran. Ich denke, er hat den Tod gesucht. Er und Giuseppe waren immer unzertrennlich. Jetzt sind sie wieder vereint. Was ist mit deiner Hand?«

Dem Mann entging aber auch nichts. Er ließ die Hand nach vorne fallen. »Ich habe sie in Solferino verloren. Deshalb bin ich auch nicht mehr in der Armee. Ich kann nicht mehr kämpfen.« Er schluckte. »Oberleutnant Castiglioni hat mir Geld hinterlassen. Genug, um ein Stück Land zu kaufen. Doch ich kann es nicht alleine bewirtschaften, dazu bräuchte ich einen Knecht. Deshalb suche ich eine Arbeit, von der ich leben kann.«

»Und eine Familie ernähren?«

Hatte Gianna ihm erzählt, dass sie sich nach Magenta begegnet waren? Hatte sie davon gesprochen, was zwischen ihnen gewesen war? Er suchte in Don Enricos Gesicht nach irgendeinem Hinweis, doch er fand keinen. »Ja, auch um eine Familie zu ernähren.«

»Gibt es denn schon eine Auserwählte?«

Hatte er da eben ein Zwinkern in Don Enricos Augen gesehen? Maurizio blinzelte. Seine Ohren wurden heiß, dann seine Wangen und schließlich glühte sein ganzes Gesicht. »Ich … ähm … ja, also … ich weiß nicht …« Herr im Himmel, er stotterte.

»Du weißt nicht, ob es eine gibt?«

Dieses Mal sah er das Zwinkern ganz deutlich. Und war da nicht ein Lächeln in Don Enricos Mundwinkeln? Unwillkürlich nahm er Haltung an. Es half. »Es gibt eine Frau, die ich schon lange liebe. Nur ist sie weit über meinem Stand. Trotzdem hat sie mir gesagt, dass sie meine Gefühle erwidert. Allerdings war das, bevor ich meine Hand verloren habe. Deshalb weiß ich nicht, ob sie mich noch will.« Er schloss kurz die Augen, dann sah er Don Enrico ins Gesicht. »Es handelt sich um Ihre Tochter.«

Enricos Lächeln breitete sich über sein Gesicht aus. »Ich weiß. Gianna hat uns von eurer Begegnung nach Magenta erzählt.«

Konnte man das Lächeln als Zustimmung deuten? »Ich würde ja um ihre Hand anhalten, aber ich bin nur ein Knecht, jetzt sogar ein Krüppel und … ich weiß, dass ich kein standesgemäßer Gemahl für Ihre Tochter bin.«

»Gianna hatte einen standesgemäßen Verlobten, der sich als Windhund entpuppt hat.«

Und der jetzt wieder um sie wirbt, schoss es ihm durch den Kopf.

»Sie hatte einen standesgemäßen Gemahl, und die Ehe war nicht wirklich glücklich, jedenfalls nicht zu Anfang. Ich denke, es ist an der Zeit, dass sie einen Mann findet, der sie aufrichtig und von ganzem Herzen liebt. Und was das ›standesgemäß‹ angeht: Es wäre nicht das erste Mal in dieser Familie, dass eine nicht standesgemäße Ehe geschlossen werden würde. Und das andere Paar ist überaus glücklich, immer noch.«

»Soll das heißen, Sie ziehen mich als möglichen Bewerber in Betracht?«

Don Enrico warf ihm einen langen Blick zu. »Ich kenne dich, seit du ein kleiner Junge warst. Ich habe immer mehr von dir gehalten als von deinem Bruder. Ja, ich weiß, dass Don Sergio dein Vater ist. Du bist kein möglicher Bewerber, du bist der Mann, den sie haben will. Das hat sie deutlich gesagt.« Er stand auf. »Sehe ich es richtig, dass du zuerst zu mir gekommen bist und sie noch gar nicht weiß, dass du hier bist?«

»Ja.«

»Na dann, worauf wartest du noch? Du findest sie auf der hinteren Terrasse.«

»Danke, Don Enrico.« Er verbeugte sich, dann lief er den Flur entlang zur Terrasse. Kurz bevor er sie erreichte, fiel ihm ein, dass sie gar nicht mehr über den Cantiniere gesprochen hatten.

Die Tür stand offen. Gianna saß in einem Korbstuhl und las. Auch sie trug Schwarz, ein schlichtes, schmales Kleid. Die Sonne entzündete rote Funken in ihrem Haar. Ein paar Herzschläge lang blieb er stehen, verschlang sie mit seinen Blicken, dann trat er vor und räusperte sich.

Sie ließ das Buch sinken und wandte den Kopf. Ihre Augen weiteten sich, und dann lächelte sie. Seine Kehle wurde eng. Bis an sein Lebensende wollte er sich an dieses Lächeln erinnern, an den Ausdruck auf ihrem Gesicht, als sie ihn erkannte. Wenn er doch nur malen könnte, um diesen Moment für alle Ewigkeit festzuhalten.

Sie stand auf, ging auf ihn zu. »Du bist da.« Langsam

hob sie die Hand, strich sachte mit dem Finger über die Narbe auf seiner linken Wange. »Solferino?«

»Ja. Ein Säbelhieb von einem Zuaven.«

»Es gibt dir etwas Verwegenes. Du siehst aus wie ein Pirat oder wie Rinaldo Rinaldini, der Räuberhauptmann aus dem Roman von diesem Deutschen.«

»Es stört dich nicht?«

»Nein. Warum sollte es? Du bist doch immer noch der Gleiche.«

»Nicht ganz.«

Fragend hob sie die Brauen. »Wie meinst du das?«

Er zögerte ein paar Augenblicke, um sich ihren Gesichtsausdruck einzuprägen, bevor sie erfuhr, dass er ein Krüppel war. Dann hob er die linke Hand, zog mit der rechten den Handschuh aus und entfernte die Prothese. Stumm blickte sie auf den Stumpf. Die Haut war ein wenig gerötet, wo die Prothese rieb. Er spürte sein Herz schlagen, während er darauf wartete, dass sie sprach. Sie schwieg. Schließlich sah er sie wieder an.

Sie räusperte sich, schluckte. Dann legte sie federleicht ihre Hand auf seinen linken Unterarm. »Heißt das, du bist aus dem Kriegsdienst entlassen?«

Verblüfft starrte er sie an. »Ja.«

»Dem Himmel sei Dank. Ich glaube nicht, dass ich diese Ungewissheit noch einmal ausgehalten hätte. Nicht zu wissen, ob du lebst, ob du verletzt bist.«

»Gianna? Ich verstehe nicht.«

»Verzeih mir. Es ist schlimm, dass du deine Hand verloren hast. Es tut mir sehr leid. Aber du lebst. Ich habe in Mailand Verwundete aus Solferino gepflegt. Ich glaube, es waren die furchtbarsten Verletzungen, die ich je gesehen habe. Und immer musste ich an dich denken. Ob du irgendwo mit ähnlich schlimmen Verletzungen liegst, vielleicht stirbst. Du lebst, und du musst nicht mehr in den Krieg. Du kannst hierbleiben.«

»Soll das heißen, dass du mich immer noch willst?«

Lächelnd nickte sie.

»Gianna, ich weiß nicht, was ich sagen soll.«

Ihr Lächeln wurde spitzbübisch. »Ich fände es eine gute Idee, wenn du mich um meine Hand bätest. Du kannst natürlich auch erst mit meinem Vater sprechen, ich kann dir aber schon verraten, dass er ja sagen wird.«

Er brauchte drei Anläufe, bevor er seine Sprache wiederfand. »Bei deinem Vater war ich schon. Ich wollte ihn fragen, ob er mich immer noch als Cantiniere anlernen würde, wie er es vor zwei Jahren gesagt hat. Es gibt nicht viele Arbeitsmöglichkeiten mit nur einer Hand, und damit könnte ich meinen Lebensunterhalt verdienen.«

»Und was hat er gesagt?«

»Irgendwie kamen wir völlig davon ab und sprachen stattdessen über dich.«

»Und?«

»Er hat mich zu dir geschickt.«

»Nun denn.« Sie trat einen Schritt zurück. »Ich warte.«

Er hatte sich nie Gedanken darüber gemacht, wie man einen Heiratsantrag machte. Aber nun sank er auf die Knie. Vor einer Frau wie ihr konnte man nur niederknien. »Gianna, liebste Gianna. Willst du meine Frau werden?«

Sie errötete, als wäre das ihr erster Heiratsantrag. »Ja, ich will.«

Blitzschnell kam er auf die Füße, zog sie in seine Arme und küsste sie. Ihr Kuss schmeckte nach Pfirsichen.

NACHWORT UND DANK

Die meisten Figuren in diesem Roman, wie Gianna, ihre Familie und die anderen Hauptfiguren sind fiktiv, ich habe sie erfunden, aber die historischen Hintergründe und Ereignisse sind real.

Es gab den Aufstand am Juni 1857 in Livorno, bei dem Giannas Bruder Giuseppe umkommt, und er lief auch so ab, wie ich es geschildert habe. Mazzini schickte Maurizio Quadro und einige seiner Getreuen nach Livorno, um den Aufstand zu organisieren. Sie rechneten damit, dass ein Großteil der Bevölkerung und auch die in Livorno stationierten Soldaten sich ihnen anschließen würden. Stattdessen schlossen die Soldaten die Stadttore, trieben die Aufständischen an die Stadtmauer und richteten sieben von ihnen, die sich nicht ergeben wollten, hin.

Auch die politischen Ereignisse, die schließlich zum Krieg führten, wie Orsinis Attentat, das geheime Treffen in Plombières-les-Bains und das Ultimatum der Österreicher, haben so stattgefunden.

Ebenso die Schlachten.

Es heißt, die Farbe »Magenta« habe ihren Namen von der Schlacht am gleichnamigen Ort am 4. Juni 1859, in der Nähe von Mailand, weil dort so viel Blut vergossen wurde, dass der Boden diese Farbe annahm. Die Schlacht von Solferino am 24. Juni 1859 übertraf das noch, sie war die blutigste seit der Schlacht von Waterloo. Während der

Schlacht wurden geschätzte 30 000 Soldaten getötet, weitere 10 000 Soldaten galten als vermisst oder gefangen. In den Tagen nach der Schlacht erkrankten 40 000 verwundete Soldaten aufgrund von Nahrungsmangel, Überanstrengung und den völlig unzureichenden sanitären Verhältnisse. Viel starben.

Henry Dunant, der eigentlich mit Napoleon über die Lizenz für eine Ölmühle in Algerien sprechen wollte, traf nach der Schlacht von Solferino in Castiglione ein, wohin man die meisten Verletzten gebracht hatte, und war so erschüttert, dass er sein eigentliches Vorhaben vergaß und freiwillige Helfer organisierte, um das Leiden zu mindern. Dank ihm machten die Helfer keinen Unterschied zwischen den Soldaten hinsichtlich deren Nationalität. Berühmt für diese Einstellung wurde die Losung »Tutti fratelli« (Alle sind Brüder) der Frauen Castigliones. Unter dem Eindruck des Grauens von Solferino gründete Henry Dunant später das Rote Kreuz und wurde Mitbegründer der Genfer Konvention.

Bei der Beschreibung der Kriegshandlungen und der Stimmung im habsburgischen Heer waren die Bücher von Hans Wachenhusen (»Halbmond und Doppeladler« und »Tagebuch vom italienischen Kriegsschauplatz«) sehr hilfreich. Wachenhusen war ein zeitgenössischer Roman- und Reiseschriftsteller, später dann Kriegsberichterstatter, und er beschreibt mit einem scharfen Blick fürs Detail und feinem Humor. Natürlich habe ich auch Henry Dunants Buch über Solferino gelesen, seine erschütternde Darstellung der unfassbaren Verhältnisse nach der Schlacht, des Leidens und des Sterbens der Verwundeten.

Es gibt in Solferino ein Ossarium, ein »Beinhaus«, in dem Tausende Totenschädel und Knochen aufbewahrt werden, die in den Jahren nach der Schlacht zufällig von Bauern beim Pflügen gefunden wurden oder die man ausgegraben hat. Jeder hat eine Geschichte, war einmal ein Leben.

Das Gefühl, dort zu stehen, kann ich nicht beschreiben, da fehlen mir die Worte.

In vier Sprachen (Französisch, Italienisch und Lateinisch) befindet sich in der Kapelle folgende Widmung:

Den vereinigten Resten
Toter Krieger
Weihet Kränze
Und fromm Gebete.
Feinde im Kampfe
Ruhen sie im Frieden des Grabes,
beisammen als Brüder.

Die Prothese, die Henry Dunant Maurizio empfiehlt, gab es wirklich. Es war die erste brauchbare moderne Handprothese, entworfen von Margarethe Caroline Eichler im Jahr 1836. Frau Eichler war eine deutsche Bandagistin, Instrumentenmacherin (Feinmechanikerin) und Konstrukteurin.

Wieder bedanke ich mich bei meiner Familie, für ihre Geduld und dieses Mal besonders bei meiner einen Tochter und ihrem Freund, die mir erlaubt haben, die Geschichte ihrer Liebe als Vorlage für die Beziehung zwischen Maurizio und Gianna zu benutzen. Das ist aber auch die einzige Ähnlichkeit, es gibt keine charakterlichen oder äußerlichen Ähnlichkeiten noch Übereinstimmungen in den Lebensgeschichten.

Meinem Stamm von Testlesern (Ute Bareiss, Ilona Schmidt, Sabine Fischer und Nicole Wellemin) danke ich ganz herzlich für Kritik, seelischen Beistand und Ermutigung. Ich bin sehr froh, dass es euch gibt.

Meine Agentin Anna Mechler hat auch dieses Projekt wieder von Anfang an begleitet. Fünf Romane von mir hat sie in zwei Jahren vermittelt, das ist schon ein toller Schnitt.

Dem Aufbau Verlag und meiner Lektorin Anne Sudmann danke ich dafür, dass sie aus meinem Manuskript ein wunderbares Buch gemacht haben.

Und zuletzt meinen Dank an meine Leser, die mich zum Teil seit meinen Schreibanfängen von vor fünf Jahren begleiten. Ich hoffe sehr, ihr schließt Gianna und Maurizio ebenso ins Herz wie Antonella und Marco und vorher Sarah und Peer.

Karin Seemayer
Die Sehnsucht der Albatrosse
Historischer Roman
432 Seiten. Broschur
ISBN 978-3-7466-3574-3
Auch als E-Book erhältlich

Zwischen uns das Meer

San Francisco, 1904: Sarah ist ein gefeierter Opernstar, doch als sie ihre Stimme verliert, scheint ihre Karriere beendet. Um wieder zu sich zu finden, beschließt sie nach Hawaii zu reisen. In einer stürmischen Nacht passiert das Unvorstellbare: Ihr Schiff sinkt. In letzter Sekunde gelingt Sarah die Rettung, sie wird von einem Segelschiff aufgenommen, das auf dem Weg ins Eismeer ist, um dort Robben zu jagen. Plötzlich muss sich Sarah in der rauen Männerwelt, die auf dem Schiff herrscht, behaupten. Doch als sie glaubt, ihre Rolle gefunden zu haben, stößt sie auf ein dunkles Geheimnis …

Eine Frau, die nur für die Musik lebt. Ein Mann, der ohne das Meer nicht leben kann. Und eine Reise, auf der beide an ihre Grenzen kommen.

Regelmäßige Informationen erhalten Sie über unseren Newsletter. Jetzt anmelden unter: www.aufbau-verlag.de/newsletter

atb aufbau taschenbuch

Karin Seemayer
Das Geheimnis des Nordsterns
Historischer Roman
416 Seiten. Broschur
ISBN 978-3-7466-3575-0
Auch als E-Book erhältlich

Eine Liebe, die alle Grenzen überwindet

San Francisco, 1904: Sarah ist nach dem Schiffsunglück wieder in ihrer Heimatstadt angekommen. Zum Entsetzen ihrer Mutter in Begleitung ihrer großen Liebe, des Seemanns Peer. Gemeinsam wollen sie sich in San Francisco eine Zukunft aufbauen. Doch Sarah merkt, dass es ihr schwer fällt, sich wieder in ihr altes Leben einzufinden, dafür hat sie in den letzten Monaten zu viel erlebt. Und auch Peer muss kämpfen, denn die Gesellschaft, in der Sarah und ihre Familie sich bewegen, ist nicht bereit, den Seemann in ihren Reihen zu akzeptieren. Schon bald muss sich das Paar fragen, ob ihre Liebe stark genug ist, sich den äußerlichen Zwängen zu widersetzen.

Hochemotional und romantisch: eine Frau, die ihren Weg sucht, und ein Mann zwischen Pflicht und Gefühl.

Regelmäßige Informationen erhalten Sie über unseren Newsletter. Jetzt anmelden unter: www.aufbau-verlag.de/newsletter

atb aufbau taschenbuch